Schicksalsbringer
Ich bin deine Bestimmung

Stefanie Hasse

Schicksalsbringer

Ich bin deine Bestimmung

Liebe Yvette!
Viel Spaß bei deiner
Begegnung mit dem
Schicksal.

Loewe

♡ Stefanie Hasse

Infos zu Papego am
Ende des Buches

FSC
www.fsc.org
MIX
Papier aus verantwortungsvollen Quellen
FSC® C014496

ISBN 978-3-7432-0382-2
1. Auflage als Loewe-Taschenbuch 2019

Umschlagfotos: © Oleg Genkman/shutterstock.com
Umschlaggestaltung: Ramona Karl
Printed in Germany

www.loewe-verlag.de

*Für alle, die nicht
an das Schicksal glauben.
Lernt es erst einmal kennen …*

O Fortuna

O Fortuna velut luna
statu variabilis,
semper crescis aut decrescis; vita detestabilis
nunc obdurat et tunc curat
ludo mentis aciem,
egestatem, potestatem dissolvit ut glaciem.
Sors immanis et inanis,
rota tu volubilis,
status malus vana salus semper dissolubilis,
obumbrata et velata
michi quoque niteris;
nunc per ludum dorsum nudum fero tui sceleris.
Sors salutis et virtutis
michi nunc contraria
est affectus et defectus semper in angaria.
Hac in hora sine mora
corde pulsum tangite;
quod per sortem sternit fortem, mecum omnes plangite!

(aus den *Carmina Burana*)

Prolog

»Dein Schicksal ist besiegelt.« Die Augen des weiß geschminkten Mannes funkelten unheimlich. Er war auf seinen Stelzen wie aus dem Nichts gekommen, auf das sechsjährige Mädchen zugelaufen und hatte sich wie ein Riese vor ihr aufgebaut. Der kindliche Schrei hing noch in der Luft, als er ihr verschmitzt zuzwinkerte, sich zu ihr hinabbeugte und in seiner erst leeren Handfläche ein Schokotaler auftauchte, den er ihr anschließend reichte. Sie traute sich zuerst nicht, etwas von einem Fremden anzunehmen, doch das Lächeln des Mannes war so vertraut, dass sie mutig nach dem goldenen Taler griff. Als er sich wieder zu voller Größe aufrichtete, legte er einen Finger auf seine Lippen und deutete auf Kieras Hosentasche. Sie verstand und steckte das Geschenk schnell ein, bevor ihre Mutter es entdecken konnte, die gerade angelaufen kam. Sie warf einen verunsicherten Blick auf den Stelzenmann, der ihr kurz zunickte, ehe er hinter dem Zelt der Wahrsagerin verschwand.

Nun kniete ihre Mutter sich hin und Kiera sah die Sorge in den sanften Augen, die sie aufmerksam musterten. »Hat der Mann dich erschreckt?«

Kiera schüttelte schnell den Kopf und genoss die Umarmung ihrer Mutter, sog den beruhigenden, vertrauten Geruch ein.

»Der Mann hat mir gestern auch schon Angst gemacht«, sagte sie, ehe sie Kiera vorschlug, mit dem alten großen Pferdekarussell zu fahren.

Später im Auto erinnerte sich Kiera wieder an den Schokotaler und zog ihn aus ihrer Tasche. Als sie die goldene Folie entfernen wollte, musste sie feststellen, dass es sich um keine Süßigkeit handelte, wie sie sie von den anderen Schaustellern bekommen hatte, sondern um eine richtige Münze! Kein Geld, wie sie es kannte, sondern schwerer, nicht ganz rund, ungefähr so groß, wie ihr kleiner Finger lang war. Ein kleines Loch am Rand lud dazu ein, einen Faden durchzuziehen und die Münze um den Hals zu hängen.

Während ihre Mutter das Auto in die Einfahrt lenkte, verbarg Kiera ihren Schatz schnell wieder in der Tasche. Sie sollte keine Dinge von Fremden annehmen. Aber selbst Kiera mit ihren sechs Jahren wusste einfach, dass diese Münze unermesslich wertvoll war. Sie konnte zaubern, daran glaubte Kiera ganz fest. Und so landete die Münze noch am selben Abend in ihrer Schatztruhe.

Er beobachtete, wie Kiera die Münze an sich nahm und ganz schnell vor neugierigen Blicken verbarg. Ein zufriedenes Lächeln schlich sich auf seine Lippen.

Fortunas Rad begann sich zu drehen.

Kapitel 1

»Wie fühlst du dich, Kiera?«, fragte mich Dr. Phyllis Yates wie bei wirklich jedem Termin, den ich bisher bei ihr gehabt hatte.

Ich unterdrückte ein Seufzen und sah mich wie immer im Raum um, nur um ihrem durchdringenden Blick nicht zu begegnen.

Ehe mich Mom *überredet* hatte, regelmäßig bei einer Therapeutin vorbeizuschauen, hatte ich mir solche Sprechzimmer anders vorgestellt, weniger … gemütlich. Aber genau das war es. Zwei Seiten des großen Raumes waren voller Fenster, die dazu einluden, den Blick in die Ferne schweifen und die Gedanken ziehen zu lassen. Die zwei Sessel, auf denen wir uns nun gegenübersaßen, befanden sich vor einer dieser Fensterfronten. Auf der anderen Seite stand ein kleiner Schreibtisch direkt neben der Tür. An den restlichen Wänden reihte sich Bücherregal an Bücherregal. Auch wenn überwiegend Fachliteratur darin stand, sorgten sie doch für eine wohlige Atmosphäre. Nach ein paar Minuten konnte ich nicht mehr länger wegsehen.

Dr. Yates sah mich erwartungsvoll an. Wie immer. Sie hoffte, dass ich endlich die Gefühlsregung zeigen würde, die meine Mutter erwartet hatte. Denn genau deshalb war ich hier. Mindestens einmal die Woche. Weil Mom sich sicher war, dass ich aufgrund der Trennung meiner Eltern einen psychischen Knacks bekommen würde. Wie ich es hasste, dass sie glaubte, mich besser zu kennen als ich mich selbst. Sie wollte über alles bestimmen, obwohl es um *mein* Leben ging. Ich liebte meine Mom, aber manche Entscheidungen sollten von mir getroffen werden und nicht von ihr. Ganz gleich, ob es um diese Therapie ging oder die College-Auswahl, über die wir diese Woche wieder diskutiert hatten. Mom schaffte es immer wieder, dass ich mich wie das kleine Mädchen fühlte, das sie wohl noch immer in mir sah. Ihre kleine Tochter, die keine Entscheidungen treffen konnte, ohne in Gefahr zu geraten.

Dr. Yates verfolgte jedes Zucken meiner Miene, sodass ich mich bloßgestellt fühlte und mich instinktiv weiter in den Sessel drückte. Dann wiederholte sie ihre Frage nach meinem Befinden.

»Wie immer«, sagte ich mit einem aufgesetzten Grinsen, es klang aber mehr wie eine Frage. Ich fand diese Termine so was von unnötig. Bei jedem einzelnen Besuch musste ich daran denken, wie Mom und ich zum ersten Mal hier gesessen hatten.

Dr. Yates hatte meine Mom lange gemustert, sich mit ihr unterhalten und versucht herauszufinden, was genau sie fürchtete – doch eigentlich war da nichts. Meine Eltern hatten ihre Trennung sorgfältig geplant und nichts überstürzt. Sie hatten sich auseinandergelebt, gingen dennoch freundlicher und liebevoller miteinander um als so manch anderes Paar. Ich war fast erwachsen und würde sowieso im Sommer aufs College gehen. Aber Mom hatte sicher zu viele Psycho-Ratgeber gelesen – und ich musste nun die Konsequenzen davon ertragen.

»Am Wochenende zieht ihr um, oder?«, hakte meine Therapeutin nach.

Ich nickte. »Ich habe schon fast alles gepackt.« Mein Zimmer bei Dad sah aus wie ein Lagerhaus.

»Und was fühlst du dabei? Hat sich für dich etwas verändert?« Sie sah mir fest in die Augen, während sie auf den großen Gefühlsausbruch wartete – der natürlich nicht kam. Er kam nie. Wir würden nur zwei Straßen weiterziehen, ich würde mein Zimmer bei Dad behalten, hin und wieder bei ihm vorbeischauen. Er würde morgens nur nicht mehr in der Küche sitzen.

»Ich fühle mich ein wenig ... traurig?« Die beiden hätten mit dem Umzug auch noch bis zum Ende des Schuljahres warten können, fand ich. Wenn möglich, würde ich ein College irgendwo dort besuchen, wo es viel Sonne gab und selbst der Winter so warm war wie hier in Seattle der Sommer. Davon hatte ich immer geträumt.

»Das ist gut, Kiera. Du musst dir deine Gefühle eingestehen.« Ich hustete, um den Lachanfall zu unterdrücken. Ich war kein Mensch, der gern über Gefühle sprach. Das sollte besser niemand tun. Es hieß schließlich Gefühle, nicht Gerede. Darüber zu sprechen veränderte sie nicht. Aber Mom zu*liebe* – wegen dieses Gefühls – spielte ich mit und kam regelmäßig hierher. Und ich führte sogar das verlangte Tagebuch, wenn auch anders, als Mom es erwartet hatte.

Dr. Yates strich sich eine nicht vorhandene Strähne zurück in ihre perfekt hochgesteckten blonden Haare. Ich würde nicht sagen, dass ich einen Vorwurf in ihrem Blick sah, aber es war kurz davor.

»Ein solcher Umzug muss bei dir für ein Durcheinander an Emotionen sorgen, das ist weder ein Grund zu lachen noch ein Grund, sich zu schämen. Du wirst dein vergangenes Leben hinter dir lassen. Alles wird sich verändern.«

»Warum?« Die Frage war schneller raus, als ich denken konnte. »Ich meine, warum konnten sie nicht noch bis zum Sommer warten?«

»Es war einfach der richtige Moment, Kiera. An einem Wink des Schicksals kommt niemand vorbei.«

Ich runzelte die Stirn und stieß meinen Atem langsam aus. Dann ergab ich mich und nickte.

»Führst du deinen Blog noch? Ist etwas Besonderes vorgefallen?«

»Ja und nein«, antwortete ich knapp. Dr. Yates wusste, dass ich anstelle eines altmodischen Tagebuchs meine täglichen Erlebnisse in einem privaten Blog notierte und nicht in diesem kleinen Notizbüchlein, das nach dem ersten Termin hier bei Dr. Yates von Mom *ganz unauffällig* auf meinem Bett platziert worden war.

Ich hatte in diesem Moment die Kontrollsucht meiner Mom für so extrem befunden, dass sie mein Tagebuch vermutlich sogar lesen würde, nur um zu wissen, ob alles gut war. Daher hatte ich nur die Worte »Hi, Mom« hineingeschrieben und es unter meiner Matratze versteckt. Wenn Mom es je gelesen hatte, hatte sie es sich nicht anmerken lassen.

»In Ordnung. Dann sehen wir uns nächste Woche wieder? Ich habe einen Termin am Dienstag für dich freigehalten, falls du …« Sie machte eine kurze Pause. »Deine Mutter hätte gern, dass wir über den Umzug sprechen.«

Nun musste ich doch die Augen verdrehen. Schon wieder eine Entscheidung, die Mom für mich getroffen hatte. Dr. Yates ignorierte es, stand auf und glättete für mich unsichtbare Falten auf ihrem grauen Bleistiftrock, zupfte die weiße Bluse zurecht und positionierte den Anhänger mit dem türkisfarbenen Stein wieder mittig auf ihrem Dekolleté.

Ich stand auch auf. Ganz ohne zu zupfen und zu glätten.

»Wir sehen uns, Kiera. Und falls etwas ist …«

»Dann kann ich Sie jederzeit anrufen, ich weiß.« Ich wunderte mich ja, dass Mom mir die Telefonnummer von Dr. Yates nicht irgendwo auf den Arm tätowiert hatte.

Sie nickte mir zu, lächelte mich dabei so ehrlich an, dass mich tatsächlich das Gefühl überkam, sie wäre immer für mich da. Vermutlich lernte man so etwas im Studium. Meine Stimmung hob sich sofort, wie immer, wenn mein Termin bei Dr. Yates vorüber war – und so verließ ich gut gelaunt die Praxis.

Zu meiner Überraschung stand Cody vor dem Gebäude und wartete auf mich. Für April untypisch war es knapp fünfzehn Grad warm – was mein bester Freund bereits für eine unerträgliche Hitze hielt und daher nur in einem schwarzen AC/DC-Bandshirt dastand. Der leichte Wind wehte ihm Strähnen seines halblangen blonden Haares ins Gesicht und er strich es mit sisyphosmäßigem Erfolg hinters Ohr. Er grinste mich breit an, die andere Hand in der Gürtelschlaufe seiner Jeans eingehakt.

»Hi, Prinzessin«, begrüßte er mich.

»Was tust du denn hier?«, fragte ich misstrauisch. Nicht, dass ich ihn nicht gerne sah – schließlich waren wir gemeinsam Haus an Haus aufgewachsen –, aber von Dr. Yates hatte er mich noch nie abgeholt.

»Ein wenig mehr Begeisterung hätte ich schon erwartet.« Er verzog mit gespielter Empörung das Gesicht. Doch da lag auch noch etwas anderes in seinem Blick, das ich auf die Schnelle nicht zuordnen konnte.

»Hallo, Cody! Wie toll, dass du mich abholst«, begrüßte ich ihn erneut und er grinste breit.

»Geht doch.«

Ich lachte kurz auf. »Wie komme ich zu der großen Ehre, dass der zukünftige Superstar mir sein Geleit anbietet?«

Ein Schatten huschte kurz über sein Gesicht. »Ich dachte mir, dass wir noch ein letztes Mal gemeinsam nach Hause gehen könnten.«

»Wir ziehen zwei Straßen weiter, Cody, nicht ans andere Ende der Stadt.«

»Es fühlt sich trotzdem falsch an.« Er verzog den Mund. »Was, wenn ich dich sehen will wie sonst immer?«

»Dann musst du deinen Hintern eben ein paar Meter weiter bewegen und nicht nur über den Zaun klettern«, unterbrach ich ihn, ehe er mich noch melancholisch werden ließ. Nur allzu oft hatte ich in den letzten Wochen daran gedacht, dass er bald nicht mehr ständig um mich sein würde.

Cody war so ein wichtiger Teil meines Lebens und ich war es gewohnt, dass er immer irgendwie in der Nähe war. Wir gingen gemeinsam zur Schule, spielten in derselben Band, wohnten direkt nebeneinander und Cody hatte früher mehr Zeit bei uns verbracht als bei sich zu Hause. Vor allem, nachdem seine Mutter gestorben war.

Vermutlich war das der schlimmste Punkt an dem Umzug – aber wie ich gesagt hatte, es waren nur zwei Straßen, die uns trennten, nicht die Welt. Und unsere besondere Freundschaft würde das aushalten, ich glaubte ganz fest daran.

Kapitel 2

Wo steckte nur dieses verdammte Mikrofon? Der erste Tag nach dem Umzug fing ja wirklich gut an. Mein Blick flog über die zahlreichen Kisten, die sich in meinem Zimmer stapelten, so als würde plötzlich die Antwort auf einer von ihnen zu lesen sein. Natürlich suchte ich vergeblich und ließ mich seufzend auf mein quietschpink bezogenes Bett fallen.

Ich stöhnte auf. Das grelle Zeug war doch tatsächlich das Einzige gewesen, das wir in dem Kistenchaos, das Mom und ich unser neues Zuhause nannten, gefunden hatten. Zum Glück waren nicht auch noch Einhörner darauf oder gar *Hello Kitty*-Kätzchen. Zu meiner Schande musste ich gestehen, dass ich beides besessen hatte, doch das war lange her. Pink war nicht mehr annähernd meine Lieblingsfarbe. Mit siebzehn war ich eindeutig zu alt für so was. Sobald ich mein Probe-Mikro gefunden hatte, würde ich schleunigst nach einer weniger peinlichen Bettwäsche suchen.

Ich setzte mich auf – und unter mir knirschte es. Na toll. Ich schlug die pinkfarbene flauschige Decke zurück und zog einen kleinen Bilderrahmen hervor, dessen Glas nun einen Sprung hatte. Mein Blick blieb an dem Riss hängen und instinktiv presste ich meine Lippen zusammen. Das Glas trennte das Bild der glücklichen drei Personen an der Stelle, an der jetzt auch meine Familie zerrissen war: Auf der linken

Seite des Fotos lächelte Dad mich strahlend an, Mom daneben sah aus, als wäre es der schönste Moment ihres Lebens. Auf Brusthöhe der beiden stand ich – mit mehr Zahnlücken als Zähnen im Mund und einem Leuchten in den Augen, wie es wohl nur Sechsjährige noch haben. Bevor die Schule und der »Ernst des Lebens« losgingen.

Ich sah lange auf das kleine Mädchen, mein damaliges Ich. Auf die dunklen Haare, die damals noch so fein gewesen waren, dass die zwei Zöpfe hinter den Ohren dünnen Pinseln glichen und nicht den dicken Pippi-Langstrumpf-Zöpfen, die ich mir so sehr gewünscht hatte. Meine Augen fixierten die sich spiegelnde Oberfläche der Glasscheibe und verglichen mein jetziges Ich mit der kleinen Kiera. Die großen blauen Augen waren geblieben, die Haare waren sogar noch dunkler geworden. Heute trug ich sie jedoch kürzer und gestuft, sodass sie morgens mit einmal Kopfschütteln unter Haarspray und kurzem Zurechtzupfen vorzeigbar aussahen, was für einen Morgenmuffel wie mich die einzig zumutbare Lösung darstellte. Ich stellte das Foto mit dem gesprungenen Glas auf meinen nagelneuen Nachtschrank und nahm mir vor, bald einen neuen Rahmen dafür zu kaufen.

Dann beugte ich mich wieder über die große Kiste, auf der ›Sonstiges‹ stand und in die ich gepackt hatte, was bei meiner Sortierung nicht in die anderen passte. Es gab nur leider sieben Kisten mit ›Sonstiges‹, zwei weitere mit Kleidung, fünf mit Büchern, die ich noch nicht in das neue Bücherregal gepackt hatte, eine mit CDs und seltsamerweise – trotz meiner akribischen Beschriftungsaktion – auch eine ohne Beschriftung, in der ebenfalls Kleidung war. Ich war mir sicher, dass das Mikrofon in einer ›Sonstiges‹-Kiste gelandet war. Wo auch sonst?

Während ich weiter in meinen Kisten nach meinem Mikrofon suchte, förderte ich zufällig meine uralte Schatzkiste zutage. Dort drin hatte ich alles versteckt, was ich als kleines Mädchen für außergewöhnlich gehalten hatte: gemusterte Steine, Deko-Kristalle, glitzerndes Papier, eine Pfauenfeder … Für mich waren das die wertvollsten Dinge, die ich mir hatte vorstellen können.

Ich öffnete die Kiste und all die wundervollen und spannenden Momente meines Lebens zogen in Bildern durch meinen Kopf. Jedes einzelne Stück verband ich mit Erlebnissen meiner Kindheit, die ich nicht missen wollte. In Gedanken versunken schob ich die kleinen weißen Steinchen hin und her, die mich an die vielen gemütlichen Vorlesestunden mit Mom und Dad erinnerten – ich hatte mich für den Fall des Falles vorbereiten wollen und schimmernde Kieselsteinchen gesammelt. Um wieder aus dem Wald zu finden.

Unter den Steinchen kam nun eine Münze zum Vorschein, die ich vor langer Zeit beim Besuch auf einem Jahrmarkt erhalten hatte. Bis heute hatte ich sie vor Mom und Dad versteckt. Jedoch sah die Münze bei Weitem nicht mehr so beeindruckend aus, wie ich sie in Erinnerung hatte. Sie funkelte nicht mehr, nicht einmal, wenn ich meine Handfläche im Licht hin und her kippte. Das Gold hatte seinen Glanz verloren wie so vieles andere in dieser Schatzkiste, doch die damit verbundenen Geschichten würde ich nie vergessen.

Ich schloss die Finger um die Münze und erinnerte mich an die antiken Karussells des Nostalgie-Jahrmarkts, die seltsamen Puppen mit Knopfaugen, das große Eis und diesen seltsamen Mann, der wie aus dem Nichts aufgetaucht war und mich erschreckt hatte.

Plötzlich spürte ich ein Brennen in meiner Handfläche. Ich hatte meine Hand zu fest um die Münze geballt und mich daran geschnitten! Fluchend und schimpfend schleuderte ich das Mistding in die Kiste zurück und betrachtete meine Handfläche. Es war kein Schnitt zu sehen und dennoch brannte es noch immer. Ich biss die Zähne zusammen und machte mich weiter auf die Suche nach meinem Mikrofon. Doch mir fiel nur lauter Mist in die Hände, den ich irgendwann in die noch nicht gelieferten Schränke räumen musste.

Jemand räusperte sich und ich zuckte zusammen.

»Das Ding hast du nicht wirklich immer noch.« Ich hob meinen Kopf und sah in Codys amüsiertes Gesicht, der eine alte Schneekugel von unserem Besuch in Disneyland schüttelte. Das würde ich mir nun ewig anhören müssen! Umständlich rappelte ich mich auf und sah ihn mit dem bedrohlichsten Blick an, den ich parat hatte. Was leider nicht die gewünschte Wirkung bei Cody erzielte. Er wagte es tatsächlich, mich auszulachen!

»Das habe ich tief unten in meinem Kleiderschrank gefunden«, versuchte ich zu erklären.

»Ja, klar. Gib's zu: Du starrst das Ding täglich an und träumst davon, eine zarte Prinzessin zu sein.« Fehlte nur noch, dass er mir die Zunge rausstreckte.

»Immer noch besser als in einer Vitrine Figuren von Darth Vader und Luke Skywalker auszustellen«, forderte ich ihn mit vor der Brust verschränkten Armen heraus.

»Das ist ja wohl etwas ganz anderes«, verteidigte er sich. »Das sind *Sammlerstücke.*«

»Ja, ja. Du bist auch so ein *Sammlerstück.*« Ich nickte ernst, konnte mir ein Lachen aber nicht verkneifen.

»Und was ist das da?« Er deutete auf mein Bett. »Ich wusste nicht, dass du heimlich immer noch auf Pink stehst.« Seine braunen Augen blitzten auf, ehe er übertrieben das Gesicht verzog und einen gespielt ängstlichen Gesichtsausdruck aufsetzte.

»Irgendwie habe ich ein Déjà-vu … Muss ich Angst haben, dass du mich gleich zwingen wirst, mit Barbiepuppen zu spielen?« Er hob die Hände, als müsse er sich ergeben.

»Als hätte ich jemals mit Barbies gespielt!« Niemand kannte mich besser als Cody und er wusste genau, was wir mit den Barbiepuppen angestellt hatten, die man als Mädchen wohl immer von irgendwelchen Tanten geschenkt bekam – ob man sie wollte oder nicht. Eine Karriere als Friseur sollten wir uns beide jedenfalls aus dem Kopf schlagen.

»Stimmt, du warst noch nie das typische Mädchen«, grinste Cody mich endlich an. Doch dann wurde sein Blick nachdenklich, wie so oft, wenn er an unsere gemeinsame Kindheit – oder eher seine Kindheit – dachte. Seine Mutter starb kurz nach seinem vierten Geburtstag. Danach war sein Vater nicht mehr wiederzuerkennen gewesen. Er trank viel, war manchmal tagelang verschwunden und Cody bekam öfter bei uns etwas zu essen als bei sich zu Hause. Er hatte sogar ein eigenes Bettzeug bei uns gehabt und war sehr oft auf der Gästematratze in meinem Zimmer eingeschlafen. Seit er älter war, versorgte er sich selbst und kümmerte sich allein um den Haushalt. Seinem Vater konnte er dennoch nichts recht machen. Wenn er gute Tage hatte, ließ er Cody in Ruhe, wenn er jedoch schlechte Tage hatte, ließ er seine Laune immer an seinem Sohn aus – dem liebenswürdigsten Menschen, den ich kannte.

»Wer will schon eine Prinzessin sein, wenn er Rockstar sein kann?«, versuchte ich die Stimmung zu lockern und grinste Cody breit an. Er glitt aus seiner Nachdenklichkeit und lächelte. Seine Augen jedoch blieben traurig.

Manchmal machte ich mir Sorgen um Cody. Er steigerte sich in die Musiksache so sehr hinein, anstatt sich auf die Schule zu konzentrieren, auf den Abschluss und seine Zukunft. Cody war alles andere als dumm und könnte mit ein klein wenig Anstrengung sicher Stipendien für sämtliche Traumcolleges bekommen, doch er stellte die Schule immer hintenan. Er war wirklich ein richtig guter Musiker, spielte Gitarre wie ein junger Gott und sah auf der Bühne ganz annehmbar aus, was sicher nicht hinderlich war. Entfernt erinnerte er mich bei Auftritten immer an Kurt Cobain. Sogar seine charismatische Ausstrahlung war diesem ähnlich und die Melancholie, die er bei manchen Stücken ans Publikum weitergab, machte aus ihm etwas Besonderes.

Leider waren die Zeiten, in denen es ausreichte, gut zu spielen und zu singen, aber seit Jahren vorbei. Ohne gute Beziehungen und eine große Portion Glück, die man wohl schon immer haben musste, blieb es *nur* ein Hobby. Codys anvisiertes Ziel war zwar ein schöner Traum, aber nichts, auf das man sein restliches Leben aufbauen sollte. Doch mit solchen Aussagen stieß ich bei ihm auf taube Ohren. Die Musik half ihm in Momenten, in denen ihn seine Vergangenheit und der Tod seiner Mutter einholten, und nun setzte er alles daran, dass sie ihm den Rest seines Lebens eben nicht nur als Hobby erhalten blieb.

Da fiel mir mein Mikrofon wieder ein und ich beugte mich erneut über die Kiste, in der ich zuletzt gesucht hatte.

»Ich kann mein Mikro einfach nicht finden.«

»Ähm, das hast du doch im Proberaum gelassen, weil du es im Umzugschaos nicht verlieren wolltest.« Cody sah mich an, als zweifle er an meinem Verstand.

»Verdammt, du hast recht. Der Umzug war … chaotisch.« *Chaotisch* war eigentlich ein viel zu harmloser Ausdruck für einen Umzug mit einem halben Hausstand und ständigen Diskussionen zwischen Tür und Angel, was bei Dad bleiben sollte und was Mom mitnehmen würde. Trotz all der Planung kamen beim Packen Erinnerungsstücke zum Vorschein, die Mom *und* Dad behalten wollten.

Ich atmete geräuschvoll aus und Cody sah mich skeptisch an, ich schüttelte jedoch nur den Kopf und hielt jede weitere Erklärung zurück.

»Lass uns gehen.« Ich stand auf und klopfte mir den nicht vorhandenen Staub von der Jeans.

»Fahren wäre angebrachter. Wir wollen Xander und Jason ja nicht warten lassen.« Cody klimperte mit dem Schlüssel in seiner Hand und ich sprang auf.

Der Rest des Wochenendes verlief nicht weniger chaotisch, denn ohne Schränke konnte ich all meine Sachen nicht einräumen. So war ich jedes Mal viel zu lange auf der Suche nach Klamotten und war auch am Montag viel zu spät dran, als Cody mich zur Schule abholte.

An Frühstück war deshalb natürlich nicht mehr zu denken und so griff ich nach einer Packung Kekse für unterwegs. Nicht gerade das, was man unter gesundem Frühstück verstand, aber ich wollte niemandem meine Laune zumuten, wenn ich nichts im Magen hatte. Cody konnte ein Lied davon singen.

Mein Rucksack stand neben der Tür und Cody schnappte

ihn, bevor ich zugreifen konnte. Mit Schlüssel und Keksen in der Hand versuchte ich, die Haustür zu öffnen, doch die neue Tür war schwerfälliger als die alte und so war es Cody, der mich seufzend zur Seite schob und die Tür für mich öffnete. Mit einer Verbeugung, die als galant durchgegangen wäre, wenn Cody dabei nicht den Mund zu einem Grinsen verzogen hätte.

Wir liefen die Auffahrt hinunter, wobei ich versuchte, unseren überwucherten Vorgarten zu ignorieren. Jemanden zu finden, der den Garten wieder auf Vordermann brachte, stand aber bereits ganz oben auf Moms To-do-Liste.

Sie war eben ein absoluter Organisationsfreak und wollte stets die Kontrolle über alles behalten. Dr. Yates lässt grüßen. Aber abgesehen davon, war sie ganz in Ordnung und ich kam gut mit ihr klar. Außerdem war sie nicht so oft zu Hause wie Dad, der als freiberuflicher Grafiker ein eigenes Arbeitszimmer in unserem alten Haus hatte. Mom hatte in der Regel bis in den Abend hinein Termine, und wenn ich abends noch Bandprobe hatte, sah ich sie manchmal erst kurz vor dem Schlafengehen. Bisher hatte mich das nie gestört, weil Dad ja da gewesen war, wenn ich zu Abend gegessen hatte. In Zukunft würde ich wohl alleine essen müssen.

»Nicht träumen, einsteigen«, holte mich Cody aus meinen Gedanken und öffnete von innen die Beifahrertür des alten klapprigen Vans, ehe er alles, was sich auf meinem Sitz gesammelt hatte, auf die Rückbank beförderte. Zeitweise hatte ich das Gefühl, Cody wohnte in diesem Auto. Sein Dad hatte ihm den Van *geschenkt*, nachdem er seine Fahrerlaubnis verloren hatte. Für Cody jedoch war ein Wagen unerlässlich für seinen großen Traum, schließlich gab es für Auftritte jede Menge Equipment zu transportieren.

»Ich bin so froh, wenn die Woche endlich vorbei ist«, begann Cody die tägliche Diskussion im Auto. Schon seit Anfang des Jahres sehnte er den kommenden Samstag herbei. An dem Tag gab es in einem der angesagtesten Clubs im Großraum Seattle einen ›Battle of the Bands‹ für junge Talente und es ging das Gerücht um, dass auch Talentscouts wichtiger Labels kommen würden, die ansonsten nur gelegentlich im *Triple Door* oder *Fiddler's Inn* in Seattle anwesend waren, an deren Open-Mic-Nächten wir wegen unseres Alters nicht teilnehmen konnten. Welche Scouts es genau waren, konnte mir niemand sagen. Genauso wenig, ob diese Talentsucher wirklich schon mal jemanden groß herausgebracht hatten. Cody hingegen hielt sich an diesem Glauben fest und setzte alles auf diese eine Karte, von der er hoffte, sie würde sein Schicksal für immer verändern. Ich war realistisch genug für uns beide, unterstützte ihn jedoch bei seinen Träumen. Schließlich waren wir die besten Freunde und auf der anschließenden After-Show-Party würden wir ihn sicher alle wieder aufmuntern können. Zumindest hoffte ich das.

Kapitel 3

»Muss es denn um diese Zeit schon so heiß sein?«, stöhnte Cody, als wir aus dem Auto stiegen. Er schulterte seinen Rucksack und strich sich eine Strähne aus dem Gesicht. Sein halblanges Haar, das in alle Richtungen abstand, schien jeden einzelnen Strahl der Aprilsonne einzufangen und leuchtete wie ein Heiligenschein. Ich kommentierte seine Aussage nicht und er erwartete auch keine Antwort darauf. Stillschweigend verließen wir den Parkplatz und gingen auf das Schulgebäude zu.

Im Gegensatz zu ihm liebte ich dieses Wetter. Washington, insbesondere die Ecke rund um Seattle, war für sein raues Klima und die vielen Regentage bekannt. Wenn es im April schon Temperaturen über fünfzehn Grad hatte, wurde mir doch gleich warm ums Herz. Ich war ein Sommermensch und mir konnte es nie warm genug sein. Für mich war klar, dass Sonnenstunden und Temperatur ein wichtiges Kriterium bei der Auswahl meines zukünftigen Colleges waren. Natürlich hatte ich mich auch am *Central College* direkt hier in Seattle beworben, die Zusage lag bereits im Briefkasten, aber ich hoffte doch auf weitere Möglichkeiten – in wärmeren Gefilden. Ich konnte es mir gar nicht vorstellen, wie es sein würde, selbst im Winter Kleidung zu tragen, wie ich sie mein Leben lang nur im Hochsommer hatte anziehen können. Der einzige Wermutstropfen dabei war die Trennung von Cody.

Er hatte sich mir zuliebe zwar an denselben Colleges beworben – und mit etwas mehr Anstrengung würde er seinen Schnitt auch halten, wenn nicht sogar verbessern –, doch mit seiner eher kritischen Einstellung zu Sonne und Hitze war mir jetzt schon klar, dass er nicht mit mir kommen, sondern in Seattle bleiben würde. Jedes Mal, wenn ich daran dachte, versetzte es meinem Herzen einen Stich. Ich war noch nie länger als ein paar Tage von Cody getrennt gewesen. Tage, an denen wir meine Grandma in D. C. besucht hatten – mehr Urlaub hatten sich meine Workaholic-Eltern nie gegönnt. Abgesehen von dem zauberhaften Wochenende, das wir als Kinder in Disneyland verbracht hatten.

Bis auf dieses eine Wochenende war Cody nie aus Seattle herausgekommen, aber ihn störte es nicht. Das Wetter hier war für ihn perfekt, den grüblerischen, sonnenhassenden Alternative Rocker, der sich tagelang in seinem Zimmer verkriechen konnte, um Stücke zu schreiben oder an Gitarrenriffs zu feilen.

In einer Zeitschrift stand irgendwann, dass Seattle wegen des vielen Regens so große Musiklegenden hervorgebracht habe. Hendrix und Cobain waren die wohl bekanntesten ›Söhne der Stadt‹. Ich konnte mir regelrecht vorstellen, wie sie in ihren Zimmern oder Garagen herumhingen, den prasselnden Regen als Inspiration und Beat zugleich nutzten und Gitarrensaiten anschlugen, bis sie im Einklang mit einfach allem waren. Und genau diese Jungs nahm sich mein bester Freund zum Vorbild.

Ich gab den Lehrern die Schuld an Codys Obsession für die Musik. Immerhin waren sie es, die uns bereits in der

Grundschule auf die städtischen Legenden trimmten und Ausflüge zum Greenwood Cemetery in Renton unternahmen, um dem Hendrix Memorial zu huldigen. Die Stadt baute mittlerweile auf die Musiktouristen, nur deshalb fanden hier auch ständig Talentcastings statt, es gab sogar eine eigene Open-Mic-Seite im Internet. Doch viele dieser Veranstaltungen waren für ebenjene Touristen. Im Gegensatz zu der Show am nächsten Samstag – wenn man den Gerüchten glauben konnte.

Pünktlich zum ersten Klingeln betraten wir das Schulgelände und wie immer, wenn es nicht regnete, befanden sich die meisten Schüler noch außerhalb des weitläufigen Gebäudes und genossen die seltenen Sonnenstrahlen. Manche reckten ihre Gesichter zur Sonne wie Sonnenblumen, hielten die Augen geschlossen und sogen jedes bisschen Licht in sich auf. Hätten wir mehr Zeit gehabt, wäre ich wohl eine von ihnen gewesen. Ich lächelte vor mich hin.

»Was ist?«, fragte Cody mit erhobenen Augenbrauen.

Ich schüttelte den Kopf und deutete nur auf die Schar der Sonnenanbeter, was er nach einem kurzen Blick mit einem Augenverdrehen quittierte.

Wir gingen im Zickzack an den vielen kleinen Grüppchen vorbei auf die Treppe zu, die zum Haupteingang führte. Kurz davor hörte ich es. Ich bekam eine Gänsehaut, schloss kurz die Augen und holte tief Luft.

Jeder hier an der Schule kannte dieses Lachen. Auf mich hatte es dieselbe Wirkung wie Fingernägel auf einer der grünen Tafeln im alten Unterrichtstrakt. Amy Rosenberg klang wie die böse Königin aus den Disney-Filmen. Oder wie eine Hexe. Mit geschlossenen Augen stellte man sich eine faltige Alte mit Warze und Kopftuch vor.

Leider war Amy genau das Gegenteil und sah aus wie ein blonder Engel mit glänzenden blauen Augen und der Figur eines Topmodels. Zum Gesamtpaket gehörten natürlich auch Schmollmund und hohe Wangenknochen. Beim Verteilen der Schönheit hatte Amy definitiv das große Los gezogen – weswegen sie vermutlich nicht mehr anwesend war, als man Verstand und Menschlichkeit verteilt hatte.

Aus diesem Grund erschallte ihr hexenhaftes Lachen mehrmals am Tag, oft begleitet vom oberflächlichen Gelächter zweier Möchtegern-Amys: Anastasia und Drizella. Wobei Drizella eigentlich Drew hieß, aber seit die beiden an Amys Hintern klebten und ihr Gift auf sie abfärbte, hatten sie einfach zu viel Ähnlichkeit mit Cinderellas Stiefschwestern. Cody und ich waren aufgrund der Namensähnlichkeit und ihres gehässigen Verhaltens irgendwann dazu übergegangen, die beiden nur noch ›die Stiefschwestern‹ zu nennen. Ohne Amy hingegen konnte man sich mit den beiden sogar unterhalten.

»Wem sie wohl heute den Morgen versaut?«, seufzte Cody und reckte sich, um über unsere Mitschüler hinwegzusehen, die sich um Amy, ihre Anhängsel und das arme Opfer scharten. Leider fand diese hässliche Amy-Show inklusive Demonstration ihres Einflusses mindestens einmal die Woche statt. Natürlich meist vor der Schule oder in Abwesenheit sämtlicher Lehrer, damit die liebe, nette und hilfsbereite Amy auch ja nie als die Hexe gesehen wurde, die sie eigentlich war.

Cody spannte sich an und ich sah, wie er die Hände zu Fäusten ballte.

»Wer?«, fragte ich und versuchte, mich auch nur annähernd so groß zu machen, dass ich über irgendjemanden schauen konnte, was natürlich vergeblich war. Bei meiner Zwergengröße von etwas über eins sechzig endete so etwas immer in Enttäuschungen.

»Xander«, presste Cody zwischen zusammengebissenen Zähnen hervor, ehe er die hinterste Reihe der Gaffer durchbrach und auch andere zur Seite schob, um nach vorn zu gelangen. Ich hasste es, dass so viele zusahen, aber keiner etwas sagte. Doch Amy hatte mehr als einmal bewiesen, dass sie *jedem* das weitere Schulleben zur Hölle machen konnte. So auch unserem Bassisten Xander, der erst letzte Woche gewagt hatte, eine Sechstklässlerin gegenüber Amy zu verteidigen. Sie war unserer Möchtegern-Queen eigentlich nur im Weg gestanden und hatte die Schimpftirade ohne Reaktion über sich ergehen lassen. Das hatte selbst Xander aus seiner Wattewelt gezerrt.

Ich stürmte Cody hinterher. Mich konnte Amy sowieso nicht leiden. Ihre fiesen Sprüche prallten an mir ab – zumindest sah es für sie so aus. Außerdem war ich einigermaßen freundlich zu meinen Mitschülern, sodass sich, wenn ich Amys Zielscheibe war, keine schaulustige Menge sammelte, sondern alle schnell den Kopf senkten und weitergingen. Und ohne Publikum lohnte es sich für Amy natürlich nicht, eine solche Show abzuziehen.

Ich seufzte beim Gedanken daran, wie oft ich das Xander schon gesagt hatte. Aber in Amys Gegenwart hatte er Watte im Kopf. Oder rosarote Wolken. Denn er antwortete nur noch stockend und brachte kaum mehr vernünftige Sätze zustande, während er Amy mit großen Augen anhimmelte. Was Amy natürlich gefiel und ihn noch mehr zur Zielscheibe machte.

Genau das sahen wir dicht vor uns, als wir uns zwischen unseren Mitschülern durchgedrängelt hatten.

Amy hatte sich vor Xander aufgebaut, der plötzlich viel kleiner wirkte, als er eigentlich war. »Ich sage es nur noch einmal: Geh mir aus dem Weg.«

»Amy, ich …«, setzte Xander an, doch er kam nicht weiter.

»Ich mag es nicht, wenn man mich nicht respektiert«, zischte Amy sofort und ihre Augen funkelten regelrecht. »Ich akzeptiere es nicht.« Ihre Stimme war eiskalt. Ich wusste nicht, wie sie das machte, aber selbst ich bekam eine Gänsehaut bei den Worten, obwohl sie nicht an mich gerichtet waren.

Den Umstehenden erging es ähnlich. Sie zuckten zurück, als wären sie von etwas getroffen worden. Ich konnte es nicht verstehen, warum Amy auf so viele eine so besondere Wirkung hatte. Auf Lehrer, Mitschüler, Freunde von mir.

»Lass ihn in Ruhe, Amy.« Codys Stimme war freundlich, ließ aber keinerlei Widerworte zu. Natürlich kam trotzdem eine Reaktion. In Form eines Hexenlachens.

Cody verschränkte die Arme herausfordernd und in genau dem Maße gelangweilt, was bei Amy einen Schalter umlegte. Sie hob eine gezupfte Augenbraue und musterte ihn.

»Cody Weaver«, Amy machte eine bedeutungsschwere Pause – oder vielleicht musste sie ja ihr Hirn bemühen, um den restlichen Satz zu bilden?

»Wo sind denn deine *zahlreichen* Groupies, die du dir so sehr verdient hast?« Sie warf Cody einen abfälligen Blick zu. Amy konnte ihn nicht mehr leiden, seit er sie vor rund einem halben Jahr hatte abblitzen lassen. Sie hatte alles drangesetzt, es so zu drehen, als wären ihre Annäherungsversuche eins ihrer Spielchen gewesen. Nur, zu Amys Schande hatte ihr niemand geglaubt. Cody war bei allen beliebt, ein echter Kumpeltyp und im Gegensatz zu Amy: nett. Mich hatte es damals gewundert, dass sie ihn geradezu umworben hatte – das passte eigentlich so gar nicht zu ihr. Besonders ausdauernd war sie jedoch nicht gewesen, sondern hatte sich sehr schnell einem anderen Zielobjekt zugewandt.

»Na ja, ein Groupie steht doch direkt vor mir«, antwortete Cody und sah sie herausfordernd an.

Amys Augen loderten regelrecht auf, als sie erkannte, wie die Menge um sie herum reagierte. Verhaltenes Lachen war zu hören. Ein Umstand, den Amy nicht tolerieren konnte.

»Als hätte ich das nötig«, versuchte sie, Haltung zu bewahren. »Mein Freund spielt in einer anderen Liga.«

Da war ich anderer Meinung. Im Gegensatz zu Amy war Matt sympathisch und ich hatte keine Ahnung, was er an der Giftspritze fand. Eigentlich schätzte ich ihn nicht so oberflächlich ein, aber vielleicht war das auch Wunschdenken. Matt war ... nun ja, richtig toll. Er sah gut aus, war sportlich, hilfsbereit und freundlich und wurde von allen gemocht. Vielleicht gehörte es zum typischen Klischee, dass er mit Amy zusammen sein musste? Eine Art unveränderliches Schicksal für den bestaussehenden Jungen der Schule? Wenn ich gekonnt hätte, hätte ich das bereits geändert. Doch leider stand Matt auf Sport und nicht auf Musik, weshalb er die Cheerleaderin einer Frontsängerin wie mir vorzog. Leider. Es hatte eine Zeit gegeben, da hatte ich Matt hinterhergesehen, wie Xander es bei Amy tat. Ganz so schlimm war es mittlerweile aber nicht mehr – ich war schließlich realistisch veranlagt.

Den Gaffern wurde langweilig und die sinkende Aufmerksamkeit bewegte Amy dazu, die glänzenden Haare hinter sich zu werfen und mit großen Schritten davonzustaksen. Drizella schob Anastasia hinterher.

»Was hat ihr heute nicht gepasst?«, fragte Cody und stieß Xander mit der Schulter an, der zuerst nicht reagierte, sondern Amy mit verträumtem Blick hinterhersah.

Ich schnaubte. Wann würde er es endlich lernen?

Xanders Blick klärte sich und Cody wiederholte die Frage, während wir in Richtung Schulgebäude gingen.

»Dasselbe wie immer«, erklärte Xander nur betrübt. »Eigentlich habe ich ihr nur einen guten Morgen gewünscht.« Was bedeutete, dass sie wieder einmal über sein Aussehen hergezogen war. Grundsätzlich war Xander ziemlich attraktiv: In dem grauen T-Shirt, das er heute trug, zeigte sich endlich auch das Ergebnis des vielen Trainings im Fitnessstudio. Leider hatte er schlimme Probleme mit seiner Haut, was für Porzellanteint-Amy natürlich ein Grund für Hänseleien war. Oberflächliche Schnepfe!

Xander war nach jeder *Begegnung* mit Amy regelrecht geknickt und wir mussten ihn wieder aufbauen.

»Mach dir nichts draus«, sagte ich und drückte ihm freundschaftlich den Oberarm – was zu einem plötzlichen sengenden Schmerz in meiner Handfläche führte. »Verdammt!«, fluchte ich.

»Was ist los?«, fragten meine zwei Jungs alarmiert, doch ich schüttelte nur den Kopf. »Ich habe mich am Wochenende an einer alten Münze geschnitten, die ich als Kind bekommen habe.« Erneut verfluchte ich das Mistding.

»Zeig her«, sagte Cody fürsorglich wie immer, doch ich lehnte ab. Ich hatte schon am Wochenende keine Wunde gesehen. Es musste nur so etwas wie ein feiner Schnitt an Papier sein und ich wollte ja nicht als Jammerlappen dastehen – was jetzt vermutlich zu spät war.

Cody zuckte mit den Schultern und wandte sich Xander zu.

»Klappt es bei dir mit heute Abend? Ich habe noch an dem Auftakt-Song für den Gig gefeilt. *Love's Lost* wird unser Durchbruch!«

»Na klar.« Xander zuckte nur mit den Schultern. Die letzten Wochen war er nicht sehr motiviert gewesen und mittlerweile machte ich mir Sorgen, dass er uns – aber vor allem Cody – hängen ließ. So kurz vor dem Auftritt. Er hatte bereits angedeutet, die Band verlassen zu wollen. Ich gab eindeutig Amy die Schuld an Xanders Sinneswandel.

Cody hatte die Lippen zusammengepresst, war tief in Gedanken versunken. Teilte er meine Sorgen? Bislang hatte er es immer abgestritten, dass wir einen schnellen Ersatz für Xander brauchten, aber vielleicht war er sich mittlerweile nicht mehr sicher.

Als wir das Schulgebäude betraten, steuerte Xander den Westtrakt an.

»Dann bis heute Abend im Proberaum«, verabschiedete sich Cody mit einem Schulterklopfen von ihm, ehe wir beide unseren Weg fortsetzten. Schweigend gingen wir noch ein Stück nebeneinanderher, bis auch wir uns trennen mussten. Zum Abschied warf er mir ein kurzes Lächeln zu, das mich zum Strahlen brachte.

Die Groupie-Sache war nicht ganz so abwegig. Am Aussehen konnte es definitiv nicht liegen, dass Cody keine Freundin hatte. Auch nicht an seinem Charme. Ich tippte eher darauf, dass er einfach zu oft den guten Kumpel spielte und sich deshalb nicht mehr daraus entwickelte. Irgendetwas störte die Mädels – selbst die, die ihm ab und an sehnsüchtige Blicke zuwarfen. Ich war ein Mädchen, ich registrierte so was sofort. Cody schüttelte aber jedes Mal den Kopf, wenn ich ihn in die Richtung ausfragte. Jungs konnten so was von ignorant sein.

Er stand etwas abseits und hatte die Szene genau beobachtet. Amy *sorgte dafür, dass sich seine Kiefermuskulatur anspannte. Sie war sich ihrer Wirkung auf andere nicht bewusst, interpretierte sie als etwas völlig Falsches. Dennoch musste er aufpassen.*

Sie alle waren so jung, völlig unbedarft und wussten nicht, was auf sie zukommen würde. Wussten nicht, dass sie Teil eines großen Planes waren, der schon vor Jahrtausenden begonnen hatte.

Die Münze hatte ihren neuen Träger gefunden. Die nächste Runde hatte begonnen.

Kapitel 4

Ich bog gerade um die letzte Ecke vor meinem Klassenzimmer, als ich mit jemandem zusammenstieß. Ich wollte mich bereits entschuldigen, die Worte lagen mir quasi schon auf der Zunge, doch der Zusammenprall musste für irgendeinen Aussetzer in meinem Hirn gesorgt haben. Anders konnte ich mir nicht erklären, wieso ich mit offenem Mund dastand und den Typen anstarrte.

Ich hatte ihn nie zuvor gesehen und er ging definitiv nicht auf unsere Schule. Er war groß, nicht gerade schmal gebaut, aber auch nicht übermäßig trainiert. Doch es war nicht zu übersehen, wie sich seine Brustmuskulatur unter dem eng anliegenden Shirt abzeichnete. Seine dunklen, fast schwarzen Haare waren kurz geschnitten, was sein klassisches breites Männergesicht mit den hohen Wangenknochen sehr gut zur Geltung brachte. Die Deckhaare trug er etwas länger und sie wellten sich leicht. Einzig die Farbe seiner Augen konnte ich nicht ausmachen, denn er trug eine Sonnenbrille! Hier im Gebäude! Mir lag bereits ein passender Spruch auf der Zunge, ich kam aber nicht mehr dazu, die Worte auszusprechen.

»Kannst du nicht aufpassen?«, schnauzte er mich an und ich war so perplex, dass meine übliche Schlagfertigkeit versagte.

»Dasselbe gilt wohl für dich«, antwortete ich mit der Reaktionszeit einer Schnecke. »Oder steht irgendwo geschrieben, dass dir alle Schüler aus dem Weg springen müssen?«

Er verzog den Mund zu einem arroganten Lächeln und machte sich nicht einmal die Mühe, die Sonnenbrille abzusetzen. Dennoch spürte ich seinen musternden Blick auf mir. »Gute Idee, das sollte definitiv irgendwo stehen.«

Ich schüttelte den Kopf. Solche Typen, die vor Selbstbewusstsein nur so strotzten und damit hausieren gingen, kannte ich bereits zur Genüge aus Büchern. Im echten Leben brauchte ich sie nicht auch noch.

Ich trat also zur Seite und wollte schon an ihm vorbeistürmen, als er mich ausbremste, weil er ebenfalls ausweichend zur Seite trat und wir uns nun wieder direkt gegenüberstanden. Na, immerhin. Ein klein wenig Anstand steckte anscheinend doch in ihm. Ich versuchte mich an einem Lächeln und nickte ihm kurz zu, ehe ich ihn schnell umrundete und zu meinem Klassenraum ging.

Der erhöhte Puls hatte dafür gesorgt, dass die Wunde in meiner linken Handfläche wieder pochte, als hätte ich mich frisch geschnitten. Auch wenn es natürlich nicht stimmen konnte, gab ich diesem arroganten Typen die Schuld daran. Ich ballte die schmerzende Hand zur Faust und betrat das Klassenzimmer.

Unsere Mathelehrerin Mrs Brewer war schon da, aber ich war immerhin nicht die Letzte, die unter ihrem kritischen Blick an ihren Platz ging. Ich packte meine Stifte und Bücher aus und lehnte mich zurück. Doch als die Stiefschwestern Drew und Ana hinter mir zu tuscheln begannen, konnte ich nicht weghören. Vermutlich ging es um den neuen Schüler.

»Hast du ihn dir genau angesehen?« Drew seufzte und sah Ana verträumt an, als ich mich gerade zu den beiden umdrehte. Das war zu erwarten gewesen. Klatsch und Tratsch waren das Leben der beiden Stiefschwestern und ihrer Anführerin Amy und sie überschlugen sich fast täglich mit ihren Schwärmereien. Mich nervte dieses Getue.

»Der ist ein arroganter Arsch.«

Tödliche Blicke trafen mich.

»Was weißt du schon?«, sagte Drew finster.

»Er ist wirklich heiß«, schwärmte Ana und drehte eine Haarsträhne um ihren Finger. »Er heißt Phoenix.«

»Was? Wie der Vogel aus der Mythologie?«

Sie sahen mich irritiert an, zuckten jedoch synchron mit den Schultern. Vermutlich hatten sie keine Ahnung, was ein Phönix war. »Amy hat bereits mit ihm gesprochen und ihn an der Schule willkommen geheißen. Er schien sehr interessiert an ihr.«

Nun seufzten die beiden unisono und sahen so todunglücklich aus wie auf einer Beerdigung. Ich verschluckte mich beim Versuch, nicht laut loszuprusten, und musste einen Hustenanfall unterdrücken.

Gerade als Mrs Brewer mit dem Unterricht beginnen wollte, flog die Tür auf und donnerte lautstark gegen die Wand. Der Typ von vorhin trat erhobenen Hauptes ein und schob die Sonnenbrille in die Haare. Ohne mit der Wimper zu zucken, sah er sich im Raum um. In dem Moment, in dem er mich sah – oder sich erinnerte, dass er fünf Minuten zuvor in mich hineingerannt war –, kniff er seine Augen ein wenig zusammen und verzog den Mund zu einem Grinsen.

»Und wer sind Sie?«, fragte Mrs Brewer sichtlich irritiert.

»Phoenix«, war die knappe Antwort.

»Und weiter?«

Er schwieg und neigte bloß seinen Kopf zur Seite. Ich konnte sein Gesicht nicht sehen, aber Mrs Brewers Blick verschleierte sich kurz, ehe sie nickte. »Wie dem auch sei. Setzen Sie sich.«

Was war *das* denn?

Phoenix scannte noch einmal den Raum. Er schien ähnlich begeistert wie ich über die Tatsache, dass der einzige freie Platz neben mir war. Langsam trat er näher. Seine Bewegungen erinnerten mich an ein Raubtier – wo auch immer mein Kopf solche Vergleiche hervorkramte. Mit Raubtieren hatte ich bislang herzlich wenig zu tun gehabt.

Er ließ sich auf den Stuhl neben mir fallen und machte keine Anstalten, seine Sachen auszupacken.

»Sie können bei Ihrer Sitznachbarin mit in die Bücher schauen, solange Sie Ihre eigenen noch nicht haben«, wies Mrs Brewer ihn an.

Nein! Nicht auch das noch! Doch sofort rückte Phoenix mit seinem Stuhl näher zu mir. Ich wich ihm, so gut es ging, aus, während ich mein Mathebuch widerwillig ein wenig in seine Richtung schob und stur darauf starrte. So wie er sich auf den Stuhl flegelte, war er doch eh nicht am Lernen interessiert. Er strahlte etwas aus, das ich nicht zuordnen konnte. Wut? Ablehnung? Es war mir unangenehm, so nah bei ihm zu sitzen, und ich konnte mich definitiv nicht mehr auf den Unterricht konzentrieren.

Als es endlich zum Ende der Stunde klingelte, raffte ich innerhalb von Sekunden meine Sachen zusammen, warf sie in die Tasche und verließ das Klassenzimmer, ohne mich noch einmal umzublicken. In der nächsten Stunde würde ich neben Cody sitzen – das war doch schon viel angenehmer.

Ich traf ihn dann auch schon bei unseren Spinden. Noch ehe ich ihm von dem neuen seltsamen Schüler erzählen konnte, berichtete er von ihm: »Wir haben einen Neuen«, sagte er und kramte in seinem Schließfach herum. »Er ist total nett und er spielt Bass.« Codys Augen leuchteten. Ich jedoch sah Phoenix schon vor mir, wie er mit seiner Sonnenbrille im dunklen Proberaum stand.

»Bitte nicht!«, flehte ich und Cody sah hinter seiner Schließfachtür hervor.

»Was denn? Du kennst ihn doch gar nicht. Er stand vorhin allein auf dem Flur und hat *Heart-Shaped Box* vor sich hin gesummt. So sind wir ins Gespräch gekommen. Und weil Xander ja aussteigen will, wäre ein schneller Ersatz umso besser.«

Die Aussage machte mich stutzig. Hätte Phoenix einen Song von Nirvana gesummt, hätte er bei mir vielleicht sogar ein paar Sympathiepunkte sammeln können. Seine überhebliche Art hatte eher das Gegenteil bewirkt. »Und ob ich ihn kenne. Er ist ein arroganter Mistkerl.«

Cody sah mich an, als hätte ich soeben seine Lieblingsgitarre an der Wand zerschmettert.

»Ich saß gerade eine Stunde lang mit ihm im Unterricht und er ist definitiv kein arroganter Mistkerl. Wann hast du ihn denn kennengelernt?«

Die Worte machten mich stutzig und ich runzelte die Stirn. »*Ich* war gerade eine Stunde mit ihm im Unterricht. Er saß direkt neben mir.«

»Das kann nicht sein.«

Typisch Cody. Ich lachte auf.

»Jetzt sollten wir aber los. Ich hab Hayden gesagt, dass ich gleich zurück bin und er sich gerne wieder neben mich setzen kann.«

»Hayden?«

»Der Neue! Was ist denn heute mit dir los? Du wirkst irgendwie total durcheinander.«

Ich schüttelte den Kopf, stieß die Tür meines Schließfachs zu und trottete gedankenverloren neben Cody her. Zwei neue Schüler an einem Tag – und das mitten im Schuljahr? Das klang eher nach einer guten Story für ein Buch als nach meinem Leben.

Kapitel 5

Pünktlich zum Klingeln kamen wir beim Unterrichtsraum für die zweite Doppelstunde des Tages an. Vor der Tür wartete ein Junge, der sich aufmerksam umsah. Er hatte dunkelblonde Haare, etwas kürzer als die von Cody, und sein freundliches Gesicht strahlte, als er uns sah. Cody beschleunigte seine Schritte, sodass ich es ihm gleichtun musste. »Kiera, das ist Hayden. Hayden, das ist Kiera, die Sängerin von *Excellence*.«

Dieser Hayden kannte also sogar schon unseren Bandnamen? Wetten, dass die beiden im Unterricht keine Sekunde aufgepasst hatten?

»Hallo, Kiera. Schön, dich kennenzulernen. Cody hat mir schon sehr viel von dir erzählt.« Hayden streckte mir die Hand entgegen. Der Kontakt verpasste mir einen Stromschlag und ich zog meine Hand schnell wieder zurück.

Ich musterte ihn genau und musste unwillkürlich lächeln. Hayden sah sofort weg und wirkte irgendwie verlegen. Irgendwie niedlich und äußerst sympathisch. Er war wirklich das totale Gegenteil von Phoenix.

Cody nickte in Richtung Klassenzimmer und wir gingen hinein. Der Platz auf Codys anderer Seite war unbesetzt und er bot Hayden an, sich dorthin zu setzen, ehe er selbst neben mir Platz nahm.

»Was grinst du so?«, fragte Cody flüsternd und lehnte sich dabei so weit zu mir herüber, dass mich sein warmer Atem streifte, der nach Kaugummi roch.

»Ich weiß, warum er dir so sympathisch ist.« Ich deutete mit einem kurzen Nicken zu Hayden, der gerade seine Stifte akribisch genau auf seinem Tisch platzierte.

»Er mag Nirvana. Wie könnte er mir da unsympathisch sein?«

Ich schüttelte den Kopf. »Daran liegt es nicht.«

Nun wurde er neugierig. Ich konnte in ihm lesen wie in einem offenen Buch. Doch er hakte nicht nach.

»Er sieht aus wie Anakin Skywalker«, flüsterte ich und verglich das Bild aus meiner Erinnerung mit dem Jungen an Codys linker Seite.

»Das stimmt doch gar nicht«, sagte Cody entrüstet.

Ich schnaubte nur und setzte hinzu: »Und dann heißt er auch noch Hayden. Das hat irgendeinen Nerd-Nerv bei dir getroffen, gib's zu.«

»Gar nicht wahr.« Cody verschränkte die Arme vor der Brust, schien dann aber über meine Worte nachzudenken. Kurz darauf warf er wahnsinnig unauffällige Blicke zu dem Neuen hinüber.

Ich wartete auf Codys Reaktion und erkannte den Moment, in dem er verstand, was ich meinte, ganz genau. Seine Augen waren weit aufgerissen, als er wieder zu mir sah.

Sein Mund war zu einem Strich verzogen. »Du hast recht. Wenn man ihm ein Lichtschwert in die Hand gibt, steht der Verwandlung zu Darth Vader nichts mehr im Wege.« Er schluckte.

»Sei tapfer. Hayden wird schon nicht zur dunklen Seite der Macht gehören.«

»Redet ihr über mich?«, fragte Hayden und lehnte sich näher zu Cody.

Cody war so ein herzensguter Mensch und der schlechteste Lügner, den ich kannte. Daher druckste er nur herum, bis ich einen Lachanfall bekam.

»Normalerweise ist er nicht so«, entschuldigte ich Codys Verhalten und erklärte Hayden seine Ähnlichkeit mit dem jungen Darth Vader. Hayden schien lange darüber nachzudenken.

»Darth Vader war jung?« Er sah irgendwie irritiert aus, während Cody ihn nur mit weit aufgerissenem Mund anstarrte. Seine Fassungslosigkeit hätte man aus meilenweiter Entfernung gesehen.

Ich stupste meinen besten Freund mit der Schulter an und flüsterte: »Einen Makel muss er doch haben.«

Hayden hatte es trotz des Lärmpegels gehört und runzelte die Stirn. »Ich mache mir nicht viel aus Filmen.«

Das stimmte wohl. Ehe Cody seine Fassungslosigkeit abschütteln konnte, ging die Tür auf. Ich erwartete, dass unser Lehrer eintrat, doch es kam schlimmer.

Phoenix.

Ich sah zu Cody hinüber und versuchte, ihm via Gedankenübertragung mitzuteilen, dass das der Neue war, den ich gemeint hatte. Doch er sah mich nicht einmal an, sondern starrte mit zusammengekniffenen Augen auf Phoenix und verfolgte jeden seiner selbstsicheren Schritte.

Hayden spannte sich sichtlich an und plötzlich schien es im Raum mehrere Grad kühler zu werden und ein Schauer fuhr meinen Rücken hinab.

Ich sah von Hayden zu Phoenix und wieder zurück. Hatte ich jemals gedacht, dass *ich* den tödlichen Blick draufhatte –

vor allem kurz nach dem Aufstehen –, so wurde ich gerade eines Besseren belehrt. Blanker Hass schwebte zwischen den beiden Neuen hin und her und die Luft wurde so dick, dass man sie hätte schneiden und in Scheibchen verpackt verkaufen können.

»Was ist?«, flüsterte Cody Hayden zu, der Phoenix keine Sekunde aus den Augen ließ. Er bekam jedoch keine Antwort.

Endlich ließ Phoenix den Blickkontakt zu Hayden fallen und schaute sich im Raum um.

Hinter mir erklang ein gesäuseltes »Hi, Phoenix«, das der Richtung nach zu urteilen nur von Amy stammen konnte. Phoenix reagierte mit einem 100-Watt-Lächeln, ein krasser Gegensatz zu dem Todesblick von eben. Ich verdrehte die Augen. War klar, dass er sich für sie interessierte. Gleich und Gleich gesellte sich eben gern.

Er fixierte erst Amy und kniff dann die Augen zusammen, während er den Blick durch den Rest des Raumes gleiten ließ. Ich erkannte den Moment, in dem er den einzigen noch freien Platz im Klassenraum registrierte. Seine Augen blitzten auf, als er mich daneben sah, und an dem selbstgefälligen Grinsen erkannte ich, was er vorhatte.

Am liebsten hätte ich den freien Tisch neben mir per Gedankenkraft in Luft aufgelöst. Aber natürlich passierte nie, was man sich wünschte, und Phoenix ließ sich selbstsicher wie zur ersten Stunde auf den Stuhl fallen. Er streckte seine langen Beine aus und dehnte sich, um anschließend die Hände hinter dem Kopf zu verschränken. Sein schwarzes T-Shirt rutschte etwas nach oben und legte einen schmalen Streifen Haut zwischen der tief sitzenden Jeans und dem Saum des T-Shirts frei.

Ich wusste selbst nicht, warum ich auf die Stelle starrte, aber neben den unübersehbaren Bauchmuskeln zog eine breite schwarze Linie meine Aufmerksamkeit auf sich und ich war nicht in der Lage, meinen Blick von ihm zu lösen.

Es war ja nicht so, dass ich noch niemals zuvor ein Tattoo gesehen hatte – ich war Musikerin und im *Bricks* probten schließlich auch andere Bands –, aber irgendetwas faszinierte mich an diesen Schnörkeln, auch wenn es nur ein kurzer Ausschnitt etwas über seinem rechten Hüftknochen war.

Phoenix räusperte sich und ich schreckte auf. Peinlicherweise wurden meine Wangen sofort rot und ich wollte ihm eigentlich nicht ins Gesicht sehen. Das wäre auch besser gewesen, denn das selbstsichere Zucken seiner Mundwinkel machte alles nur noch schlimmer.

Er machte keine Anstalten, sein Shirt nach unten zu ziehen, sondern reckte sich noch einmal genüsslich. Schräg hinter mir erklang ein Seufzen. Ob es von Amy oder einer meiner anderen Mitschülerinnen kam, wusste ich nicht. Ich unterdrückte ein Schnauben und wandte mich der Tafel zu.

Wo aus irgendeinem Grund Mr Andrews stand und mich argwöhnisch musterte. Wann hatte er denn den Raum betreten? Und warum starrte er *mich* so durchdringend an? Nicht den Neuen neben mir, der der gesamten Klasse seinen halb nackten Bauch präsentierte. Ich lächelte Mr Andrews an und er verzog das Gesicht, ehe er anfing, uns mit Geschichte zu langweilen.

Irgendwie hatte Mr Andrews ein Faible für die dunklen Episoden der Geschichte und schilderte uns voller Enthusiasmus auch die widerlichen Details der Hexenverbrennungen, die selbst in ausführlichen Dokumentationen unerwähnt blieben. Er zeigte uns sogar zahlreiche Illustrationen von

Folterszenen. Cody und ich hatten schon so oft darüber gelästert, aber was sollten wir machen?

Hayden war etwas blass im Gesicht. Er fand diese Art Unterricht vermutlich auch fragwürdig. Ich wandte mich nach rechts und wollte sehen, wie Phoenix darauf reagierte, wenn jemand direkt vor ihm so euphorisch über die wütende Pest und die zu der Zeit fälschlicherweise beschuldigten Frauen referierte.

Phoenix saß mit einem zufriedenen Lächeln da, die Arme vor der Brust verschränkt. Das T-Shirt war mittlerweile wieder dort, wo es hingehörte – nicht dass ich bewusst nachgesehen hätte.

Cody zog Hayden mit sich und unterhielt sich fleißig mit ihm über Musik und war ganz in seinem Element. Etwas verpeilt ging ich neben den beiden her und bekam nur die Hälfte von dem mit, was sie sagten.

Phoenix' zufriedenes Lächeln ging mir nicht aus dem Kopf. Kurz überlegte ich, ob er Mr Andrews' merkwürdige Faszination teilte, aber vermutlich hatte Phoenix vom Unterricht genauso wenig mitbekommen wie vom Matheunterricht zuvor. Nur zu gern hätte ich gewusst, was ihm vorhin tatsächlich durch den Kopf gegangen war.

Kapitel 6

Die Mittagspause verbrachten Hayden, Cody und ich gemeinsam in der Cafeteria und unterhielten uns natürlich über Musik. Cody schlug Hayden vor, am Abend zur Bandprobe zu kommen. Noch erzählte er ihm aber nichts darüber, dass *Excellence* vermutlich bald einen neuen Bassisten brauchen würde.

Der Nachmittag verlief ereignislos und ich traf mich mit Cody, damit wir gemeinsam nach Hause fahren konnten. Zwar musste er mich seit heute zwei Straßen früher aussteigen lassen, aber den Großteil des Weges teilten wir ja nach wie vor.

Cody kam aus dem Schwärmen über Hayden gar nicht mehr heraus und wenn ich es nicht besser gewusst hätte, hätte ich gedacht, er wäre verliebt. Obwohl: Eigentlich wusste ich es nicht besser. Cody hatte noch nie eine ernsthafte Beziehung gehabt, aber dasselbe galt ja auch für mich, und wer im Glashaus sitzt …

»Ich habe ihn noch kurz getroffen und ihm gesagt, er soll sein Instrument einfach mal mitbringen. Ich glaube, er hat sich gefreut«, plapperte Cody. War er so euphorisch, weil der Gig nicht mehr auf der Kippe stand? Innerhalb von so wenigen Tagen konnten wir ja wohl kaum einen neuen Bassisten aufnehmen und alle Titel so proben, dass wir wirklich eins waren. Aber auch das sprach ich besser nicht laut aus. Ich wollte Codys Hoffnungen nicht zerstören. Stattdessen hörte ich mich sagen: »Hat Xander noch mal etwas darüber gesagt, dass er wirklich gehen will?« Mir gegenüber hatte Xander es nie ausgesprochen, aber Codys Andeutungen hingen seit Wochen in jeder Bandprobe über uns wie eine dunkle Wolke. Vielleicht war dies eins der ungesagten Dinge, die Cody so belasteten.

Cody blieb stehen und wandte sich mir zu: »Von Wollen kann keine Rede sein.« Er presste die Lippen zusammen und starrte auf seine Füße. »Sein Dad hat wieder einen neuen Job.«

»O nein.« Ich bekam sofort Mitleid mit Xander. Ich konnte mich noch erinnern, wie wir ihn damals kennengelernt hatten, als er an unsere Schule gekommen war. Er war so schüchtern gewesen, aber dann kam er mit Cody und mir ins Gespräch, als wir das Plakat über die Suche nach einem Bassisten ans Schwarze Brett gehängt hatten. Nahezu euphorisch hatte er vorgespielt, immer wieder gesagt, dass seine Eltern recht gehabt hatten und dieser letzte Umzug alles verändern würde. Sein Dad hatte ihm versprochen, dass er den neuen Job in Seattle bis zur Rente ausführen wollte. Xander hatte einmal gesagt, dass er sich von den vielen Orten in den Staaten, in denen er schon gelebt hatte, noch in keinem so wohlgefühlt hatte wie hier. Bei uns. Seinen Geschwistern ging es genauso, hatte er immer behauptet.

Cody nickte traurig, als würde er meine Gedanken bestätigen, während er den Wagen an den Straßenrand lenkte.

»Wieso will er nicht, dass wir es wissen?«, fragte ich.

Cody zuckte mit den Schultern. »Er hat mich nur gebeten, es nicht an die große Glocke zu hängen, weil noch nicht sicher ist, wann er gehen wird. Aber nun hat er angedeutet, dass er so oder so aussteigen will, auch wenn sein Dad den neuen Job vielleicht erst nach Ende des Schuljahres antreten wird. Hoffen wir, dass Hayden ihn ersetzen kann. Ich habe ihn auf halb sieben eingeladen, damit wir davor noch kurz mit Xander sprechen können.«

Ich nickte. »Ich werde da sein.«

Dann stieg ich aus dem Auto aus, und während ich zu meinem neuen Zuhause ging, ließ mich der Gedanke an Xander nicht los. Wenn sich der Umzug vielleicht noch bis zum Ende des Jahres hinausziehen ließe, wieso wollte er dennoch aussteigen? Es war schön, dass er Cody vorgewarnt hatte, aber solange es keine konkreten Pläne gab, hätte er es nicht erzählen müssen.

Hing diese fixe Idee, die Band zu verlassen, vielleicht doch mit Amy zusammen? In den letzten Wochen hatte ich ihn so oft in Trainingsklamotten gesehen wie nie zuvor. Wollte er deshalb nicht, dass Cody die Neuigkeiten erzählte? Weil es nur eine Ausrede war, um unseren Freund nicht zu enttäuschen?

Ich hatte immer gedacht, er wäre glücklich mit uns, aber vielleicht war das ein Fehlschluss. Aber wer konnte schon in den Kopf eines Bassisten schauen?

Ich grinste unwillkürlich. Es war ein Insider-Witz von Cody und mir. Irgendwie gab es nicht einen Bassisten in den vielen jungen Bands, die wir kannten, der nicht war wie Xander: still, unauffällig, eher nicht für die Bühne gemacht. Vielleicht war Hayden hier ja die rühmliche Ausnahme? Ich jedenfalls war gespannt.

Zu Hause angekommen, ging ich zuerst in die Küche. Mein Magen knurrte, doch der Blick in den Kühlschrank war ernüchternd. Abgesehen von ein paar Milchtüten herrschte gähnende Leere. Mom war wohl noch nicht zum Einkaufen gekommen.

Umso erfreulicher war der Blick auf die Theke: Dort lag die Bestellkarte des Pizzalieferdienstes und ein Post-it von Mom:

Tut mir leid, dass ich es nicht mehr zum Einkaufen geschafft habe. Vergiss nicht, unsere neue Adresse anzugeben.

Ich war sogar froh, dass sie es nicht geschafft hatte. Ich hätte für Pizza jederzeit Morde begangen – zumindest die Pizza von José. Auch wenn es seltsam war, aber der Spanier machte die beste Pizza in der ganzen Stadt.

Ich musste weder nachsehen, was ich wollte, noch nach der Telefonnummer suchen. Blitzschnell rief ich bei José an, bestellte das Übliche und teilte ihm unsere neue Adresse mit. Sonst hätte Austin, der Fahrer, meine Pizza Peperoni mit extra Käse ohne Zweifel bei Dad abgeliefert. Und der hätte sich vermutlich darüber geärgert, dass ich mich bereits am ersten Tag mit Mom völlig ungesund ernährte.

Ich hatte gerade meine Schultasche ausgepackt, um schon mal mit den Hausaufgaben zu beginnen, als es klingelte. Mein Magen wusste schon, wer davorstand, ehe ich die Tür aufreißen konnte.

Austin hielt mir den Pizzakarton unter die Nase und bei dem Geruch hätte ich am liebsten verliebt geseufzt.

»Ihr seid umgezogen?«, fragte Austin und lächelte mich an.

Ich nickte, antwortete jedoch nicht.

Er nickte ebenfalls und reimte sich im Moment vermutlich den Grund zusammen. Aber den musste er nun wirklich nicht wissen.

»Auf die Rechnung, wie immer?«

»Ja, bitte.«

Er grinste mich an und ich nahm den Pizzakarton entgegen. Kurz berührten sich unsere Hände und er verpasste mir einen elektrischen Schlag. Was war heute nur los? Hatte ich zu viele synthetische Klamotten an? Ich ignorierte das Kribbeln, nickte nur schnell und hatte Mühe, mich bei dem köstlichen Geruch zurückzuhalten und nicht noch vor seinen Augen die Schachtel aufzuklappen und das erste Stück in den Mund zu schieben.

»Dann bis zum nächsten Mal.« Mit einem Tippen an sein Basecap wandte sich Austin um und ging schnell den Weg zum Lieferwagen zurück.

Ich rief ihm noch ein »Bis bald!« zu, ehe ich die Tür schloss und in die Küche rannte. Ich wusste irgendwie schon, dass Austin viel öfter hierherfahren würde als zur alten Adresse. Mom war nicht gerade für ihre Kochkünste bekannt und ich kam in dieser Beziehung wohl nach ihr.

Mein Magen verkrampfte sich schon vor Hunger und mir lief das sprichwörtliche Wasser im Mund zusammen. Kaum hatte ich den Karton auf den Tresen am Ende der Küchenzeile geworfen, der Mom und mir zukünftig auch als Esstisch dienen sollte, hatte ich ihn auch schon geöffnet und nach dem ersten Stück gegriffen. Ich musste die Fäden, die der Käse zog, mit der anderen Hand abzupfen und da sah ich es.

Das Pizzastück fiel zurück in die Schachtel, mein Herzschlag beschleunigte sich und ich blinzelte mehrere Male, um auszuschließen, dass ich mich täuschte.

Minutenlang starrte ich auf meine linke Handfläche, die schon seit der kleinen Verletzung beim Umzug immer wieder so gebrannt hatte wie auch jetzt gerade. Nur hatte ich bisher nie hingesehen.

Jetzt konnte ich mir denken, warum sie manchmal schmerzte, vor allem, sobald mein Puls schneller ging und die Durchblutung angeregt war: Die Wunde – dieser winzige Schnitt, der nicht einmal geblutet hatte – hatte sich entzündet und mitten auf meiner Hand prangte ein dunkelroter Fleck in der Größe eines Vierteldollars. Verdammt.

Ich wedelte mit der Hand hin und her, hielt sie dann eine Weile unter fließendes Wasser. Der Schmerz ließ sofort nach und der Fleck verschwand.

Eigentlich hätte mir der Appetit vergehen sollen. Aber Josés Pizza duftete so verführerisch, dass ich die Wunde schnell vergessen hatte und mich über die Pizza hermachte. Währenddessen piepte mein Handy. Etwas umständlich, um das Display nicht mit Pizzakäse zu überziehen, öffnete ich den Nachrichteneingang.

Lächelnd las ich Dads SMS:

Wie läuft's bei dir? Ist etwas Besonderes vorgefallen?

Sofort zogen Bilder der letzten Tage vor meinem inneren Auge vorüber. Vor allem diese komische Wunde kreiste in meinen Gedanken. Aber das war wohl nicht das, was ich Dad erzählen würde, wenn er wie früher an seinem Tee nippte, während ich von meinem Tag berichtete. In seiner Nähe stand immer eine volle Tasse Tee. Beim Gedanken daran verzog sich mein Mund erneut zu einem Lächeln.

Also tippte ich ein »Gut« und setzte noch ein paar Emoticons dazu, ehe ich die Nachricht abschickte. Es kam nichts mehr nach, vermutlich verkroch sich Dad wieder einmal in seine Arbeit.

Wie immer blieben zwei Stücke der Pizza übrig, die ich in

den Kühlschrank packte. Entweder würde Mom sie essen oder ich sie morgen mit zur Schule nehmen. Ich spekulierte auf Letzteres.

Ein Blick auf die Uhr sagte mir, dass ich mich mit den Hausaufgaben besser beeilen sollte, wenn ich noch meinen Blog aktualisieren wollte. Ich hoffte, dass das Internet zumindest heute wie geplant verfügbar war.

Am Wochenende hatte die Telekommunikationsfirma den Anschluss nämlich noch nicht freigegeben, surfen und bloggen war daher unmöglich gewesen.

Wie ich Mom kannte, hatte sie denen jedoch Feuer unter dem Hintern gemacht. Sie brauchte das Internet für ihre Arbeit und ich zählte darauf, dass wir sehr schnell wieder am Netz waren.

Nachdem ich meine Hausaufgaben erledigt hatte, ging ich nach oben und wartete gespannt, bis mein Laptop aus dem Schlaf erwacht war. Kurz überlegte ich, ob es besser wäre, das Kistenchaos etwas zu beseitigen, entschied mich jedoch dagegen. Morgen sollten meine Schränke geliefert werden. Warum sollte ich mir die Arbeit zweimal machen? Zumal mir die Zeit davonrannte, wenn ich noch bloggen und pünktlich bei der Bandprobe sein wollte.

Der Laptop meldete sich im Netzwerk an und so wie es aussah, war jenes nun auch wirklich mit der Außenwelt verbunden. Ich machte einen gedanklichen Freudensprung, setzte mich an meinen Schreibtisch und loggte mich in den Blog ein.

Kurz fasste ich in einem zurückdatierten Post den Umzug zusammen. Vermutlich nicht so, wie es Dr. Yates gerne hätte – »Gefühle, Gefühle« waren beim Schreiben noch weniger mein Ding als beim Sprechen –, und so versuchte ich gar nicht erst, die Melancholie zu beschreiben, die mich überkommen hatte, als die letzten Dinge in den Lastwagen geladen worden waren.

Meine Eltern sind im Guten auseinandergegangen und ich kann sie ja verstehen. Ewig so weiterzumachen wäre ja auch blöd gewesen. Trotzdem hätten sie doch wenigstens noch damit warten können, bis ich auf dem College bin, oder nicht? Ich würde zu gern wissen, was vor rund einem halben Jahr vorgefallen ist und Mom zu dem Entschluss gebracht hat. Aber mir sagt in dieser Beziehung ja keiner was.

Es frustrierte mich offenbar mehr, als ich mir selbst eingestanden hatte. Ich vertrieb den Gedanken und tippte meinen heutigen Bericht.

Amy war oft Thema – schließlich sollte ich über alles schreiben, was größere Gefühle in mir auslöste. Und unsere selbst ernannte Königin der Schule war prädestiniert dafür.

Doch dazu kam ich nicht mehr, weil mein Handy-Alarm losging. Es war Zeit, zur Probe zu gehen. Schnell loggte ich mich aus dem Blogaccount aus. Mein heutiger Tagebucheintrag musste warten.

Ich rannte nach unten, schnappte meine Sachen und verließ das Haus in Richtung Bushaltestelle. Wenige Minuten später hielt der Bus im Industrial District. Mit schnellen Schritten ging ich in Richtung *Bricks*, einer zum Jugendzentrum umgebauten alten Fabrikhalle, in dem wir einen kleinen Proberaum hatten ergattern können. Codys neuesten Song vor mich hin summend, ließ ich meine Gedanken kreisen, bis mich plötzlich ein ungutes Gefühl beschlich. Mein Nacken kribbelte und ich glaubte, Blicke auf mir zu spüren.

Doch sooft ich mich auch umwandte und in alle Richtungen sah, ich war allein. Kopfschüttelnd ging ich weiter, jetzt jedoch ein wenig schneller als sonst, denn das Kribbeln wollte einfach nicht verschwinden.

Sie hat etwas gespürt.

Ein schmales Lächeln schlich sich auf seine Lippen. Er spürte einen kleinen Ruck im Gewebe des Schicksals, der bald weitere Wellen schlagen würde.

Zufrieden nickend wandte er sich ab und summte die Chorgesänge der Carmina Burana *vor sich hin, während seine Gedanken zum letzten Konzertbesuch glitten.*

Er schloss genießerisch die Augen und lauschte den berauschenden Klängen in seinem Kopf.

Wenn immer es möglich war, besuchte er Inszenierungen von Orffs Ode an Fortuna. Er hatte 1937 sogar der Uraufführung in Frankfurt beigewohnt. Ein ergreifender Moment. Endlich die Huldigung, die Fortuna verdiente, und das Zeichen, auf das er so lange gewartet hatte.

Die Zeit war gekommen, die Schicksalspfade von Göttern und Menschen wieder zu vereinen. Fortunas Rückkehr war nur noch eine Frage der Zeit. Ihr Rad drehte sich unaufhörlich.

Kapitel 7

Etwas außer Atem vom zügigen Laufen kam ich beim *Bricks* an. Mein Vorsatz, regelmäßig joggen zu gehen, hielt immer nur so lange an, bis es regnete – was hier in der Gegend ja nicht allzu selten war – und ich demotiviert die Laufschuhe in die Ecke warf. So viel zum Stand meiner Kondition.

Auch um diese Uhrzeit konnte man die Temperatur noch fast als warm bezeichnen und viele Jugendliche standen in Grüppchen auf dem Vorplatz des *Bricks* herum oder scharten sich um die Bänke, die hier und da aufgestellt waren. Auf einer dieser Bänke saß Amy, mit dem Rücken zu mir. Ihr langes blondes Haar war nicht zu übersehen.

Mein Versuch, sie und die Stiefschwestern beim Näherkommen einfach zu ignorieren, schlug fehl, als ich ihr unverwechselbares Lachen hörte. »Du hast mich nicht gerade ernsthaft gefragt, ob wir gemeinsam zur Party in den Club gehen, oder?« Amys Stimme war viel zu laut für ein privates Gespräch. Die Schwestern kicherten und Amy legte nach: »Als würde *ich* jemals mit so jemandem wie dir ausgehen!«

Wen sie wohl jetzt wieder drangsalierte? Ich konnte nachempfinden, wie sich eine solche Abfuhr anfühlen musste. Instinktiv blieb ich stehen und sah genauer hin.

Amy saß auf der Lehne einer der Metallbänke im letzten Sonnenlicht des Tages, das auf den Vorplatz fiel. Ihr Gefolge hatte es sich auf der Sitzfläche bequem gemacht und schmachtete seine Königin an. Neben Amy – mit ihr fast auf Augenhöhe – stand Xander. Ich hatte es befürchtet. Ich sog scharf die Luft ein und ging langsam auf sie zu.

Amy warf sich die blonden Haare in den Nacken und sah sich dabei um, suchte nach Publikum. Sie schien die Aufmerksamkeit zu brauchen wie Pflanzen die Sonne. Aber anstatt sie durch Sympathie und positives Verhalten auf sich zu lenken, griff sie immer wieder zur Zickenkarte. Ich schüttelte den Kopf.

»Selbst wenn ich wollte – was sicher niemals der Fall sein wird«, sagte sie weit lauter, als nötig war, »könnte ich mich dort nicht mit dir sehen lassen. Was sollen die anderen von mir denken?«

Xander stand mit offenem Mund da und suchte vergeblich nach einer Antwort. Bislang hatte er sich nie getraut, Amy direkt auf ein Date anzusprechen, sondern hatte nur ihre Sticheleien über sich ergehen lassen und sich sogar noch über ihre Aufmerksamkeit gefreut. Er erwähnte immer wieder den Spruch ›Was sich liebt, das neckt sich‹ und glaubte, dass hinter Amys Bissigkeiten mehr steckte. Armer Junge.

»Die anderen würden denken, dass du dich endlich wie ein normaler Mensch verhältst«, warf ich Amy anstelle von Xander entgegen. Ana riss theatralisch die Hand vor den Mund und Drew kiekste. Amy jedoch schnaubte nur, ehe sie mich mit einem aufgesetzten Lächeln musterte. »Du kannst ja mit Xander zur Party gehen. Deinem Ruf kann nichts mehr schaden. Du hängst ja oft genug mit ihm ab.«

Ich kochte innerlich. Amy war einfach … ein Wort für ihre Gehässigkeit musste erst noch erfunden werden.

»Ich *werde* mit ihm zur Party gehen«, antwortete ich. »Und ich wette, dass wir mehr Spaß an diesem einen Abend haben werden als du in einem ganzen Jahr!« Ich reckte das Kinn nach oben, wie sie es immer tat. »Und wetten, dass du es dann bist, die einsam in der Ecke steht? Vielleicht merken die beiden«, ich deutete mit dem Kopf kurz auf die Stiefschwestern, die mit weit aufgerissenen Augen unseren Schlagabtausch verfolgten, »auch irgendwann, was für eine miese Gesellschaft du wirklich bist, und hoffentlich erkennt auch dein Freund, was für ein falsches Spiel du die ganze Zeit spielst.«

Amy sprang von der Bank und baute sich direkt vor mir auf. Ich spürte den Drang, einen Schritt zurückzuweichen, doch den Triumph gönnte ich ihr nicht.

»Du kennst mich nicht, Kiera Mallory, also wage es nicht …«

»Auf näheres Kennenlernen verzichte ich gern«, konterte ich. Doch ich kannte Amy sehr wohl gut genug, um zu erkennen, dass sie mit der Zickerei und Oberflächlichkeit irgendwas zu kompensieren versuchte. Aber solange sie das nicht selbst einsah, war die Sache aussichtslos. »Versprüh dein Gift woanders.«

Ich trat zurück und schob Xander mit der Hand auf seinem Rücken neben mir her. Erst nach ein paar Metern lief er eigenständig weiter.

»Heißt das, wir haben ein Date?« Er sah mich von der Seite an und grinste seltsam verzerrt.

»Wir sind doch sowieso alle zusammen auf der Party. Oder etwa nicht?«, stellte ich die Gegenfrage. So lief das immer ab. Niemand von uns hatte ein Date, die Band ging geschlossen. Und an diesem Abend sollte vor der Party ohnehin unser großer Auftritt stattfinden – es sei denn, Xander war es wirklich ernst mit dem Ausstieg aus der Band.

»Na ja, schon, aber du hast ihr gesagt …«, murmelte er. »Ich weiß nicht, ob Cody das so gut fände …«

»Was hat Cody damit zu tun? Wir gehen immer alle zusammen.« Ich erzählte vorerst besser nichts davon, dass Cody eventuell einen Nachfolger für Xander gefunden hatte. Das wollten wir schließlich gleich in der Probe besprechen.

»Er hatte vor …« Erneut brach er ab.

»Wenn du etwas auf dem Herzen hast, einfach raus damit. In Amys Gegenwart benimmst du dich auch so schräg, ist dir das schon mal aufgefallen?«

Er sah mich mit großen Augen an, ehe er sich am Kopf kratzte, den Mund öffnete und ihn einen Moment später wieder schloss.

»Und?«, versuchte ich es noch einmal.

»Ach, nichts. Das soll er besser selbst mit dir klären.«

Er hatte sich bereits der Eingangstür zugewandt und wollte hineingehen, doch nun war ich neugierig geworden. Konnten Jungs nicht Klartext reden?

Ich hob meine linke Hand, um ihn zurückzuhalten, doch erwischte ihn stattdessen am Oberarm, kurz unter dem Ärmel seines T-Shirts. Ein jäher Schmerz fuhr mir bis hinauf in den Ellbogen und ich zuckte zurück.

»Verdammt!«, schimpfte ich und ballte die Hand zur Faust. Es brannte, als hätte mich eine Wespe mitten in die Handfläche gestochen. Tränen traten mir unwillkürlich in die Augen und ich hatte Mühe, sie wegzublinzeln. Energisch biss ich die Zähne zusammen.

»Was ist los?« Sein genervter Ausdruck verschwand sofort, als er mein schmerzverzerrtes Gesicht sah. »Hast du dir wehgetan?«

»Ach, nichts, nur dieser dumme Schnitt ärgert mich heute schon den ganzen Tag.« Ich verschwieg, dass ich vorhin noch gedacht hatte, die Stelle hätte sich entzündet.

»Zeig mal«, befahl er und streckte mir den Arm entgegen.

Ich wusste nicht, ob es eine gute Idee war. Ich wollte nicht als Heulsuse dastehen und zögerte.

Prompt griff er nach meiner Hand und öffnete mit der anderen einen Finger nach dem anderen. Ich beobachtete ihn dabei und war irgendwie gerührt, wie sanft er vorging. Er hatte zwei kleine Geschwister, auf die er immer wieder mal aufpassen musste, und wohl schon vor langer Zeit gelernt, wie man jemanden tröstete.

Ich fühlte mich nicht mehr unwohl und entspannte mich automatisch. Immerhin war es Xander, einer meiner besten Kumpels.

Er sog scharf die Luft ein und biss sich stirnrunzelnd auf die Lippe. Erschrocken sah ich sofort auf meine Handfläche und erstarrte.

»Was ist das?«, fragte er und hob meine Hand näher zu meinem Gesicht. Als wäre das nötig gewesen. Auch so konnte ich sehen, dass mit meiner Hand definitiv etwas nicht stimmte. Dort, wo der Schmerz am heftigsten pulsierte, prangte wieder dieser kreisrunde rote Fleck – nur sah er jetzt aus wie ein frisch gestochenes Tattoo, das sich entzündet hatte.

»Du hast …« Xander sah mich völlig entgeistert an – vermutlich spiegelte ich seinen Gesichtsausdruck: »Hast du dich verbrannt?«

Ich wagte es nicht, das feuerrote Mal noch länger zu betrachten. Es sah aus, als hätte jemand mit rotem Filzstift ein Pluszeichen und darüber ein X auf die Haut gemalt. Oder eher mit einem brennenden Messer in die Handfläche geritzt. Die Haut um das Mal war kreisförmig gerötet und gereizt.

Auch wenn ich nicht hinsehen wollte, wurde mein Blick wie magisch davon angezogen. Ich fixierte das Zeichen und die Linien wurden feiner, bekamen kleine Punkte und Striche an den Enden. Abrupt ließ Xander meine Hand los und ich zuckte zusammen.

»Hier steckt ihr!«, sagte plötzlich eine Stimme neben mir und ich hätte beinahe vor Schreck einen Satz nach hinten gemacht. »Was macht ihr denn? Wir warten schon die ganze Zeit auf euch.«

Ich hatte nicht bemerkt, dass Cody zu uns nach draußen gekommen war. Als ihm niemand antwortete, sah er fragend zwischen mir und Xander hin und her. Ich ballte meine Hand zusammen und versuchte, mir eine passende Erklärung zurechtzulegen, ohne verrückt zu klingen, als ich bemerkte, welch skeptischen Blick Cody Xander nun zuwarf. Auch wenn es nur eine kleine Veränderung in seinem Gesicht war, seine Augen nur ein winziges bisschen schmaler wurden, erkannte ich, dass ihm etwas widerstrebte, sein Misstrauen geweckt war.

Die beiden Jungs lieferten sich ein seltsames Blickduell, das an das Y-Chromosom gekoppelt sein musste. Für mich sah es aus, als hätten sich ihre Augenbrauen selbstständig gemacht.

»Kiera hat sich die Hand verletzt«, erklärte Xander nach dem stummen Hin und Her. Sofort konzentrierte sich Cody auf mich und griff, ohne zu fragen, nach meiner Hand.

Nach der falschen. Ich zog sie zurück und reichte ihm meine Linke, die er behutsam in seine bettete wie Xander kurz zuvor. Doch im Gegensatz zu ihm strich er zärtlich über meine zur Faust geballten Finger. Eine stumme Bitte, die Finger zu öffnen. Ich kam dem nach, meine Hand kribbelte von seiner Berührung.

Ich beobachtete Codys Reaktion auf die Wunde, doch er verzog keine Miene. Er drehte meine Hand hin und her und runzelte die Stirn.

»Wo denn?«, fragte er und sah mich unter seinen dunklen Wimpern an. Seine Augen glichen einer Gewitterfront: so düster, dass man kaum die Pupillen erkannte.

Ehe ich ihn fragen konnte, ob er blind war, riss Xander meine Hand an sich und starrte mehrere Augenblicke darauf. Dann blinzelte er, nur um anschließend den Kopf zu schütteln.

Ich entzog mich seiner Berührung und musterte nun ebenso fassungslos meine Hand.

Nein, das konnte nicht sein. Das war unmöglich. Oder hatte ich mir das Mal nur eingebildet? Auch ich traute meinen Augen nicht, doch sooft ich auch blinzelte, meine Hand war unversehrt.

Ich sandte eine stumme Frage zu Xander, wollte von ihm hören, dass ich nicht plötzlich unter Wahnvorstellungen litt. Doch der stand nur unendlich verwirrt da, ehe der sonst vorhandene Glanz in seinen Augen verschwand und er mit trübem Blick ins Leere starrte.

Cody zuckte mit den Schultern und trat einen Schritt auf den Eingang zu. Ich schüttelte den Kopf und wollte ihm schon folgen, als mein Blick plötzlich an etwas hängen blieb. Oder besser gesagt, an jemandem.

Phoenix lehnte an einem Baum, die Hände lässig an den Seiten hängend, und sah unverhohlen zu Amy hinüber. Als hätte er meinen Blick gespürt, drehte er seinen Kopf zu mir. Seine Augen bildeten wie üblich eine schmale Linie. Abschätzend. Mir fuhr es eiskalt den Rücken hinab.

»Wo starrst du denn hin?«, fragte Cody und wedelte mit der Hand vor meinen Augen herum, ehe er in dieselbe Richtung blickte.

Doch in genau jenem Moment, in dem Cody sich umdrehte, musste ich kurz abgelenkt gewesen sein, denn Phoenix war verschwunden und der Platz unter dem Baum leer.

»Ach, nichts«, murmelte ich, was eher nach einer Frage klang als nach einer Antwort. So langsam war es an der Zeit, ernsthaft an meinem Verstand zu zweifeln.

Kapitel 8

Cody zog mich in den Proberaum, wo unser Schlagzeuger Jason schon sein Drumset aufbaute, und schob mich direkt vor mein Mikrofon. Cody und Xander schlossen ihre Gitarren an die Verstärker an, doch dann gab Cody Jason nicht das Signal zum Loslegen, sondern winkte Xander zu sich und redete leise mit ihm. Schulterzuckend spielte sich Jason warm und ich versuchte, nicht ständig an meine Hand zu denken. Hatte Xander dasselbe gesehen wie ich? Oder spielte mir mein Kopf wirklich einen Streich?

Cody hob die Hand, um Jason zum Verstummen zu bringen. Sobald Stille eingekehrt war, legte er los. »Wie ihr sicher mitbekommen habt, überlegt Xander, die Band zu verlassen.«

Jason und ich nickten, Xander presste die Lippen zusammen und sah zu Boden. Wenn es wirklich aufgrund des Wegzugs aus der Stadt war, warum benahm er sich dann so? Meine vorherige Theorie, dass er Cody nur nicht verletzen wollte, verhärtete sich immer mehr. Oder suchte er – wie Amy! – nach Aufmerksamkeit und Anerkennung?

»Ich finde es großartig, dass er so lange bleiben möchte, bis wir einen Ersatz für ihn haben, das rechne ich ihm wirklich hoch an.« Obwohl er es doch scheinbar besser wusste, warf Cody Xander den Ausstieg nicht vor, sondern lächelte ihn nur kurz an, was dieser nicht einmal sah, ehe er fortfuhr. »In der Schule habe ich heute Hayden kennengelernt. Er ist neu in der Stadt und spielt Bass. Ich weiß nicht, wie gut er ist oder wie schnell er alles einüben könnte, aber ich habe ihm heute kurzerhand angeboten, vorbeizuschauen.«

Ich beobachtete Xanders Reaktion. Er ballte die Hände so fest zu Fäusten, dass die Sehnen weiß hervortraten. Das hatte ich nicht erwartet. Sollte er nicht froh sein, dass er bald aussteigen konnte?

»Hayden wird bald hier sein. Ihr könnt ihn also gleich kennenlernen«, teilte Cody uns gerade mit, als auch schon sein Handy losging. Er zog es aus der Tasche, warf einen Blick darauf und lächelte.

»Bin gleich zurück«, sagte er und verließ den Proberaum. Xander mahlte mit dem Kiefer. Ich konnte nicht sagen, was genau er hatte, weswegen er so wütend war. Es war sein ausdrücklicher Wunsch gewesen, *Excellence* zu verlassen.

Nachdem Cody wenig später gefolgt von Hayden zurückkehrte, versuchte sich Xander zumindest an einem Lächeln. Es sah aber eher aus, als hätte er in eine Zitrone gebissen.

Cody stellte uns gegenseitig vor. »Kiera ist unsere Frontfrau, aber sie kennst du ja schon.«

Haydens Lächeln war absolut entwaffnend. Als er dann durch sein dunkelblondes Haar fuhr und sich eine Strähne aus der Stirn wischte, wirkte die Geste so vertraut, als hätte ich Cody vor mir. Und wie bei Cody machten seine Haare so gar nicht, was ihr Besitzer wollte. Ich musste unwillkürlich lächeln und Haydens Wangen färbten sich leicht rot.

Diese Schüchternheit gefiel mir und machte ihn unglaublich sympathisch.

Das Einzige, das mich an ihm störte, waren seine stechenden Augen. In ihnen lag etwas, das mir bei zu langem Hinsehen Gänsehaut verursachte.

»Nicht so schüchtern. Kiera beißt nicht.« Cody klopfte ihm auf die Schulter und lotste ihn an Xanders Platz im Proberaum. Xander lehnte sich mit vor der Brust verschränkten Armen an die Seitenwand.

»Na ja, meistens ist sie ganz nett«, fügte Cody noch hinzu und grinste mich breit an.

»Was soll das denn heißen?«, fragte ich gespielt empört.

Cody warf mir nur einen ›Ich kenne dich schon dein Leben lang und weiß, wie du tickst‹-Blick zu und ich konnte nicht anders, als ihm kindisch die Zunge rauszustrecken, was ihn kurz glucksen ließ. Ich liebte dieses ehrliche Lachen tief aus seinem Inneren, hörte es aber leider viel zu selten.

»Du willst also wirklich gleich loslegen?« Cody deutete auf die Instrumententasche, die über Haydens Schulter gestreift war.

Hayden nickte.

»Dann zeig uns mal, was du kannst!« Cody schnappte sich seine Gitarre und legte sich den Gitarrengurt um. Ich schaltete mein Mikro an, während Hayden seinen Bass auspackte. Seine Haare fielen ihm wieder ins Gesicht und als er sich bückte, sah ich, dass auch die kürzeren unteren Haare nicht weniger widerspenstig waren. Hinter den Ohren und im Nacken standen sie in kleinen Wellen ab.

Cody stieß einen anerkennenden Pfiff aus und mein Blick glitt zur Instrumententasche. Der glänzend schwarze Fender Jazz Bass funkelte selbst im spärlichen Licht des Proberaums, das weiße Schlagbrett reflektierte so stark, dass Haydens Gesicht beinahe leuchtete.

Ich hatte nicht gerade die große Ahnung von Bässen, aber ich wusste, wie Xander stets davon geträumt hatte, eben genau diesen Bass zu besitzen. Er hatte mir so viele Bilder gezeigt, dass sogar ich ihn von anderen unterscheiden konnte.

Xanders Mund stand offen und beinahe ehrfürchtig beobachtete er Hayden, der nun wie verwandelt wirkte. Seine blauen Augen strahlten so intensiv, als fühlte er sich erst mit dem Instrument komplett. Das Eisige darin war verschwunden.

Auch Cody registrierte das und ein Lächeln schlich sich auf seine Lippen. Vielleicht war Hayden derjenige, der uns immer gefehlt hatte.

»Du hast die Titelliste der Coversongs bekommen?«, fragte Cody und trat mit der Gitarre vor der Brust an sein Mikrofon.

Hayden nickte. Nachdem Cody den ersten Titel auf der Liste nannte, gab Jason mit den Drumsticks den Takt vor und wir legten los. Wir anderen drei waren ein eingespieltes Team, schließlich hatte sich die Besetzung seit vier Jahren nicht geändert. Doch auch Hayden passte sich so schnell an, als wäre er ebenfalls schon immer dabei.

Cody gab alles – an Gitarre und Gesang. Niemand von uns patzte, die zweite Stimme von mir und Jason harmonierte fantastisch und die Euphorie, die im Raum hing, war absolut berauschend.

Die letzten Töne waren noch nicht verklungen, da rief Cody bereits: »Das war Wahnsinn!« Seine Augen leuchteten und sein ganzes Gesicht strahlte. »Ich würde sagen, du hast den Job. Oder was denkt ihr?« Er sah von Jason zu mir und ich nickte.

Es war perfekt gewesen – in der allerersten Probe. Wie würde es erst mit Übung werden?

»Dann hoffe ich, dass du auch unsere eigenen Songs schnell lernst. Das heißt«, Cody wurde bleich und fixierte Hayden, »wenn du überhaupt willst. Also, ich meine ...« Er kratzte sich verlegen am Hinterkopf. Binnen Sekunden war die Euphorie verflogen und ich erkannte den ängstlichen Schatten auf seinem Gesicht. Cody war schon oft enttäuscht worden und Hayden schien zu perfekt, um wahr zu sein.

Doch dessen Lächeln ließ auch meinen besten Freund wieder strahlen. »Natürlich bin ich dabei. Danke für die Chance.«

»Der Gig am Samstag wird genial!« Cody war schon Feuer und Flamme und registrierte Haydens Unsicherheit gar nicht. »Und ich passe auch auf, dass Kiera dich nicht beißt.« Cody grinste mich breit an, er befand sich immer noch im Glücksrausch und war total überdreht.

»Haha!«, sagte ich nur trocken, während Hayden mich durchdringend ansah.

»Das hoffe ich doch«, sagte er leise, es kam aber weder trocken noch humorvoll rüber, sondern eher nachdenklich, als grüble er über irgendetwas.

»Dann bin ich also raus?«, fragte Xander, der sich von der Seite aus alles angesehen hatte.

Codys Lächeln verschwand. »Du wolltest aussteigen«, sagte er kaum hörbar.

»Das heißt nicht, dass ich sofort ersetzt werden muss. Noch bevor ...« Xander ließ den Satz offen. Trotz stand in seinen Augen, vielleicht sogar Wut. So kannte ich ihn gar nicht. Er war immer so still gewesen und nun erinnerte er mich auf erschreckende Weise an Codys jähzornigen Vater.

Hayden sah zwischen Cody und Xander hin und her.

»Ich muss nicht …«, setzte er an, doch Cody schüttelte bestimmend den Kopf. »Es hat rein gar nichts mit dir zu tun, Hayden. Xander ist derzeit nur etwas schlecht drauf.«

Hayden sagte lange Zeit gar nichts, fixierte Xander jedoch, als könne er dessen Gedanken lesen. Dann nickte er und lächelte. »Ich verstehe dich«, sagte er in ruhigem Tonfall und Xander … beruhigte sich. Ich sah entgeistert von einem zum anderen, aber plötzlich schien alle Anspannung aus der Luft zu weichen.

»Ich freue mich, dass du so tollen Ersatz gefunden hast, Cody. Ich wünsche euch alles Gute für den Gig.« Die Worte klangen nicht ganz nach Xander, aber doch kamen sie aus seinem Mund. Er schnappte sich seinen Bass, packte ihn in die Tasche und ging mit einem leichten Lächeln auf den Lippen zur Tür. Er wandte sich noch einmal kurz um und winkte, ehe er die Tür hinter sich schloss.

Wir alle starrten ihm hinterher, nicht in der Lage, etwas zu sagen.

Hayden räusperte sich. »Proben wir noch den Rest der Coversongs?«

Immer noch etwas irritiert, nickte Cody und gab das Startsignal. Als stünde er auf einer großen Konzertbühne, rockte er die Bandprobe. Sein Verhalten war ansteckend und ich glaubte, schon lange nicht mehr so viel Spaß an der Musik gehabt zu haben. Es war gigantisch und so verging die Zeit wie im Fluge. Erst bei der Heimfahrt im Bus bekam ich die Gelegenheit, über die ganzen Geschehnisse des heutigen Tages nachzudenken. Ein typischer Montag war es definitiv nicht gewesen.

Kapitel 9

Für einen einzigen Tag war viel zu viel passiert und ich war mir nicht sicher, was davon womit zusammenhing.

Mom war immer noch nicht zu Hause, was aber nicht ungewöhnlich war. Wie ferngesteuert ging ich in Richtung Wohnzimmer, zuckte dann jedoch kurz vor dem dunklen Raum zurück. Während Dad um diese Zeit schon mit einer Tasse Tee auf dem Sofa gesessen hatte, war Mom immer noch bis in die späten Abendstunden unterwegs.

Das Wohnzimmer war verwaist. Ohne Dad, der in ein Buch vertieft oder die Nachrichten im Fernsehen verfolgend Leben in den Raum gebracht hatte, war es hier im Haus kein *Wohn*zimmer, nicht der ›Treffpunkt der Familie‹, wie es oft hieß. Zum ersten Mal war ich wirklich traurig darüber, dass sich mein Leben so verändert hatte. Mit hängendem Kopf ging ich in die Küche.

Meine Gedanken kreisten wie ein Karussell. Zu schnell, um wirklich Sinn in all dem Chaos zu erkennen. Zwei neue Schüler, Xanders endgültiger Ausstieg aus der Band, Haydens perfektes Spiel, diese verflixte Schnittwunde.

Am liebsten hätte ich Xander eine Nachricht geschrieben und gefragt, was er von dem Mal auf meiner Hand hielt. Er *musste* es gesehen haben.

Nach seinem seltsamen Verhalten vorhin – vielleicht war

er wirklich nicht so erpicht darauf gewesen auszusteigen, wie wir alle geglaubt hatten – wollte ich ihm jetzt aber nicht schreiben. Er war mir in der Probe so anders vorgekommen, so fremd. Ich schüttelte den Gedanken ab und sah auf meine unversehrte Hand hinab.

Vielleicht war an der alten Münze irgendetwas oxidiert und ein Gift entstanden, das nun munter in meinem Körper herumschlich und für Wahnvorstellungen sorgte?

O Gott, ich sollte weniger Thriller lesen.

Mit einem Glas Wasser in der Hand ging ich nach oben. Nachdem ich im Bad gewesen war und mich umgezogen hatte, machte ich es mir mit dem Laptop unter der quietschrosafarbenen Bettdecke bequem. Ich war zu faul, nach anderer Bettwäsche zu suchen, und verschob es auf den nächsten Tag.

Kurz überflog ich meinen Tagebucheintrag zum Wochenende und öffnete den Blogpost für den heutigen Tag. Es war so viel passiert, und ich wusste gar nicht, wo ich anfangen sollte. Ich schloss die Augen und ließ den Tag vorüberziehen, wie es Dr. Yates mir geraten hatte. Dann begann ich zu tippen. Ich erzählte von Amy heute Morgen, von den beiden neuen Schülern – Phoenix (grrrr), Hayden (okay) – und schrieb, dass ich mich vor allem für Cody freute, der durch Haydens Bandeinstieg so euphorisch war.

Die Worte mehrten sich wie von selbst.

Heute Abend vor der Probe hatte ich erneut eine Begegnung der unliebsamen Art mit Amy. Ich weiß nicht, woher Xander den Mut hatte, sie zu bitten, ihn auf die Party zu begleiten, aber natürlich hat er sich die größte Abfuhr seines Lebens abgeholt. Amy hat doch tatsächlich lautstark verkündet, dass sie sich für

ihn schämen müsse! Damit ist sie heute definitiv einen Schritt zu weit gegangen.

Nur zu gern würde ich ihren strengen Diätplan etwas durcheinanderbringen und ihr etwas unterjubeln, das bei ihr für jede Menge Pickel sorgt. Soviel ich weiß, isst sie nicht einmal Schokolade oder Pizza! Kann man ohne Pizza leben?

Vielleicht sollte ich ihr etwas in ihre Beauty-Cremes mischen, damit ihre Haut noch schlimmer aussieht als die von Xander. Er kann doch nichts dafür! Aber für diese oberflächliche Kuh gleicht ein Pickel dem Weltuntergang. Ich wünschte, Amy würde einfach mal Spaß am Leben haben, anstatt andere zu mobben, um sich gut zu fühlen.

Wenn ich Xander doch nur helfen könnte! Wenn es stimmt, was ich über den neuen Job seines Vaters gehört habe, ist seine aktuelle Stimmung nur verständlich. Ich hoffe, dass Cody recht hat und ich mit meinem Gefühl falschliege, dass der Bandaustritt etwas mit Amy oder einem Aufmerksamkeitsdefizit zu tun hat. Ach ja. Ich bin traurig, dass das Haus so leer ist, wenn ich heimkomme.

Mein Blick verschleierte sich und vor meinen Augen tanzten kleine Lichtfäden, die Welt um mich herum schien mit einem Mal weniger real, sondern wie von einer Kamera eingefangen. Ich rieb mir über die müden Lider und schüttelte den Kopf.

Meine Hand brannte wieder und erinnerte mich auf schmerzhafte Weise daran, dass ich mir die Münze genauer anschauen wollte. Ich klappte den Laptop zu und schlug die Bettdecke zur Seite.

In Gedanken kehrte ich zum Morgen zurück. Nur zu genau erinnerte ich mich an den Moment, als ich mich an der

Münze geschnitten hatte – und sie daraufhin wütend von mir geschleudert hatte. Nur wo war sie gelandet?

Mein Blick glitt über die vielen Kisten und ich überlegte, in welcher die Münze nun liegen konnte. Da ich die Antwort nicht kannte, versuchte ich mein Glück bei der mir am nächsten stehenden, eine der vielen mit der Aufschrift ›Sonstiges‹. Ich wühlte mich von der einen zur anderen Seite, der Erfolg blieb aber aus. Auch bei der zweiten und dritten Kiste.

Mittlerweile hatte ich die Lust verloren, das Ding zu finden, und war bereits am Gähnen. Ich nahm mein aktuelles Buch zur Hand und legte mich zurück ins Bett, um mich endgültig in den Schlaf zu lesen. Vielleicht würde ich heute endlich erfahren, ob die Protagonistin sich der Rebellion anschloss und ihrer Bestimmung folgte.

Wenig später schreckte mich ein Geräusch auf. Die Treppenstufen knarrten. In Gedanken spulte sich ein Gruselfilm vor mir ab und mein Herz schlug schneller.

»Kiera?« Im Flur ging das Licht an und malte einen hellen Streifen auf meinen Fußboden und einige der Umzugskartons. Erleichtert registrierte ich, dass Mom nach Hause gekommen war.

»Ja?«, murmelte ich, setzte mich auf und rieb mir die Augen. Im nächsten Moment steckte Mom den Kopf zur Tür herein und ich wurde vom Flurlicht geblendet.

»Von draußen ist das Licht kaum zu sehen.« Sie deutete zum Deckenstrahler neben meinem Bett. »Hast du was gegessen?«

Ich nickte. »Der Rest der Pizza ist im Kühlschrank.«

Sie lächelte kurz und als ich nichts erwiderte, legte sie den Kopf schief.

Oh oh. Ich kannte diese Geste und sie besagte nichts Gutes. Mir stand ein Gespräch über meinen emotionalen Zustand bevor. Am liebsten hätte ich mir die Bettdecke über den Kopf gezogen. Aber das hätte Mom vermutlich noch mehr beunruhigt. Stattdessen setzte ich ein Barbie-Lächeln auf und bewegte mich trotz Fluchtinstinkt keinen Zentimeter.

Mom stieg im Storchenschritt über die Kartons und beäugte sie dabei kritisch. Nachdem sie sich auf mein Bett gesetzt hatte, klopfte sie auf die Stelle neben sich. Ich unterdrückte den Drang, die Augen zu verdrehen, und kam ihrer stummen Bitte nach, indem ich ein Stück näher rutschte.

»Wie war dein Tag, Liebes?«, fragte sie im besten Mama-Tonfall und setzte eine aufmerksame Miene auf.

»Das Übliche, Mom«, lächelte ich. »Und ich habe bereits alles für Dr. Yates notiert.« Ich deutete mit dem Kopf zum Laptop, der auf dem Nachttisch stand.

Sie nickte zufrieden. Mit mir und sich. Ihr wundervoller Plan mit der Therapie schien für sie aufzugehen und ich ließ sie in dem Glauben. Ihr Blick glitt über das Kistenchaos in meinem Zimmer.

»Wolltest du heute nicht auspacken?« Sie sah mich vorwurfsvoll an.

»Ich habe angefangen«, sagte ich vage und Moms Augenbrauen hoben sich. »Morgen mache ich weiter, ich verspreche es.«

»Die Schränke sollen morgen Vormittag geliefert werden. Ich habe meine Termine bereits verschoben. Wenn du von der Schule kommst, kannst du schon alles richtig einräumen.«

Sie tätschelte mir die Schulter und erhob sich dann sehr elegant von meinem tiefen Bett. Ich hätte das nicht annähernd so anmutig hinbekommen. Aber vielleicht kam das ja erst mit dem Alter. Ich würde die Hoffnung nicht aufgeben.

»Dann gute Nacht, Schatz.« Meine Mom warf mir noch einen Handkuss zu, ehe sie über die Kisten hinwegstieg, von außen die Zimmertür schloss und das helle Licht des Flurs mit sich nahm. Meine Augen brauchten einen Moment, um sich wieder an das Zwielicht meines Deckenstrahlers zu gewöhnen.

Ich suchte im Buch nach der Stelle, an der ich zuletzt bewusst gelesen hatte, aber schon kurz darauf hatte mich die Müdigkeit wieder und ich löschte das Licht.

Es hätte nicht besser laufen können, stellte er zufrieden fest, während er Kiera beobachtete. Eftychios fügte sich nahtlos in den engeren Kreis rund um Kiera ein, genau wie geplant. Selbst diesen Jungen konnte er mithilfe seiner Gabe schnell beruhigen, ohne dass die Veränderung im Gewebe zu groß sein würde.

Er holte tief Luft, schloss die Augen und beobachtete das Gewebe aus größerer Entfernung. Seine Augenbrauen zogen sich zusammen. War dort etwas, das ihm bisher nicht aufgefallen war? Konnte es sein, dass Kiera nicht so handelte, wie sie sollte?

Er lachte kurz auf, um seine Zweifel zu vertreiben. Niemand konnte sich Fortunas Wünschen entziehen. Alles geschah so, wie es sollte.

Kapitel 10

Am nächsten Morgen fühlte ich mich einfach schrecklich. Noch schrecklicher als sonst um diese Uhrzeit. Wäre es mir nicht so bekannt vorgekommen, die Lider nicht anheben zu können, hätte ich wohl gedacht, dass jemand sie zugenäht hatte. Ich hatte etwas Gruseliges geträumt, von einem alten Jahrmarkt. Kein Wunder nach den vielen Gedanken, die ich mir gestern wegen der Münze gemacht hatte.

Zweimal »Schlummertaste« später wagte ich einen neuen Versuch. Gähnend schleppte ich mich aus dem Bett und ins Badezimmer, doch auch das eiskalte Wasser schaffte es nicht, mich wiederzubeleben. Wie ein Zombie stolperte ich zwischen den Kisten herum, um etwas zum Anziehen zu finden. Ich brauchte Kaffee. Dringend.

Während ich dem wundervollsten Geräusch an einem solchen Morgen lauschte – dem Mahlwerk der Kaffeemaschine –, blitzten kurze Bilder meines Traums in meinem Kopf auf. Mein Gehirn war jedoch noch nicht wach genug, sie festzuhalten, geschweige denn, darüber nachzudenken.

Kaum hatte ich mich mit meinem Milchkaffee an den Tresen gesetzt, klingelte es auch schon an der Tür. Verdammt, war ich wirklich so spät dran? Ich trank den Inhalt der Tasse in einem Zug aus, hoffte auf eine schnelle Wirkung des Koffeins und öffnete Cody die Tür. Er strahlte mich an, während ich nur den typischen morgendlich-mürrischen Ausdruck draufhatte. Aber daran war Cody bereits gewöhnt. »Guten Morgen, Sonnenschein«, grinste er breit, doch ich brachte nur ein »Hmpf« zustande. Mehr konnte er von mir um diese Zeit nicht erwarten. Ich sammelte meine Sachen zusammen und wir machten uns auf zur Schule.

»Ich habe gestern noch mit Xander telefoniert«, begann Cody irgendwann im Auto. »Ich glaube, er hat sich wieder beruhigt. Kam er dir auch so seltsam vor?«

Ich nickte. »Ich habe plötzlich gedacht, dass er gar nicht mehr aus der Band aussteigen will.«

Cody nickte bestätigend.

»Jetzt ist alles wieder gut, hat er mir versichert. Er war nur überrumpelt, dass wir so schnell nach Ersatz gesucht haben«, plapperte Cody munter weiter. »Aber Hayden findet er voll in Ordnung.«

Ich wollte schon antworten, dass wir ja wohl kaum das Okay des früheren Bassisten für seinen Nachfolger brauchten, aber auf eine Diskussion darüber konnte ich gerade gut verzichten. Daher nickte ich einfach nur. Cody wollte es einfach immer allen recht machen.

Auf dem Schulhof stach mir sofort eine Gruppe Schüler ins Auge, die aufs Heftigste miteinander diskutierten und aussahen, als würden sie entgegen aller Schulregeln gleich eine Prügelei anfangen.

»Was ist denn da los?«, fragte mich Cody verblüfft. Ich war bereits im Begriff, ihn zurückzuhalten, aber wie immer war er drauf und dran, direkt für Ordnung und Harmonie zu sorgen. Ich folgte ihm mit Widerwillen. Cody war zu gut für diese Welt.

Als ich endlich bei ihnen ankam und Phoenix unter den

Jungs entdeckte, wunderte mich gar nichts mehr. Cody baute sich mutig vor Phoenix auf, dessen Gesichtsausdruck eine Mischung aus Angriffslaune und Belustigung widerspiegelte. Erneut war die Farbe seiner Iris nicht zu erkennen, dafür waren seine Augen zu fest zusammengekniffen.

»Lass uns gehen«, sagte ich leise zu Cody und zog ihn von Phoenix weg. »Die Lehrer werden jeden Moment hier sein und sich darum kümmern.«

Es kam an unserer Highschool sehr selten vor, dass sich Schüler danebenbenahmen. So extrem hatte ich es noch nie erlebt. Allen war die Schule viel zu wichtig, um einen Verweis zu bekommen. Und die Null-Toleranz-für-Gewalt-Politik wurde eisern durchgesetzt. Was war nur in sie gefahren?

»Was hatten die denn für ein Problem?«, fragte ich Cody, als wir die Treppen zum Schulgebäude hochgingen.

Er zuckte nur mit den Schultern. »Ich glaube, das wissen die selbst nicht.«

»Typisch Jungs!«

Cody musterte mich skeptisch. »Benehme ich mich etwa auch so?«

Ich knuffte ihn in die Seite. »Du bist nicht wie typische Jungs. Du bist Cody.«

Es war eigentlich positiv und als Aufmunterung gemeint, aber Cody runzelte die Stirn und presste die Lippen zusammen.

Dann fiel mir auf, wie ruhig es plötzlich auf dem Schulhof geworden war, beinahe unheimlich still. Es waren nicht weniger Schüler da als am Vortag, aber sie riefen sich nichts zu oder brüllten durcheinander, sondern standen in Grüppchen zusammen und tuschelten. Cody und ich sahen uns im selben Moment verwundert an, nahezu synchron hoben wir fragend die Augenbrauen, was sich so schräg anfühlte, wie in ein falsches Spiegelbild zu sehen, und mussten laut loslachen. So laut, dass wir die Blicke der Umstehenden auf uns zogen. Auch den von Xander. Er schlängelte sich daraufhin durch die Grüppchen und kam auf uns zu.

»Was ist denn heute los hier?«, fragte Cody.

Xander schien diese Frage unangenehm und er antwortete nur zögerlich: »Amy ist etwas zugestoßen, wenn man den Gerüchten glauben kann.«

Sofort regte sich meine Neugier. »Was denn zugestoßen? Ein Unfall?«

Xander sah im Wechsel von mir zu Cody, als traute er sich nicht, davon zu erzählen. »Sie hat eine Krankheit, einen schlimmen Ausschlag, und die Ärzte wissen nicht, was es ist.« Er machte sich große Sorgen, seine Stimme klang ganz zittrig, während er sprach. Dabei hatte Amy seine Sorge und sein Mitleid doch gar nicht verdient!

Gedankenverloren starrte Xander ins Leere, doch dann blitzte etwas in seinen Augen auf, ehe er zu meiner Hand hinabsah. Gleich darauf griff er sich an den Kopf und verzog das Gesicht voller Schmerz.

»Was ist los?«, fragte ich besorgt.

Er kniff fest die Augen zusammen und taumelte leicht, dann schüttelte er den Kopf. Ich sah ihm an, dass er keine Erklärung abgeben würde. Instinktiv griff ich nach seiner Hand, um ihn zu trösten, erwischte ihn jedoch bloß am Handgelenk.

»Au!« Ich zog meinen Arm sofort wieder weg. Langsam öffnete und schloss ich die Hand, damit der Schmerz nachließ. Wie von selbst trat ich zwei Schritte zurück. Cody schob sich ein paar Zentimeter zwischen uns, als wollte er mich beschützen.

»Hast du dich an der Hand verletzt?«, fragte Xander direkt.

Seine Frage irritierte mich. Hatte er gestern doch nichts bemerkt? Hatte ich tatsächlich Wahnvorstellungen? Er sah mir fest in die Augen und ich gab nur ein gemurmeltes »Elektrostatische Aufladung« von mir.

Cody runzelte die Stirn, wandte sich dann aber an Xander. »Was machst du dir überhaupt Gedanken um Amy?« Er sagte ihm die Worte direkt ins Gesicht, die ich nur gedacht hatte. »Sie hat dich eiskalt abblitzen lassen. Warum hängst du immer noch an ihr?«

Xander sah nach unten und schürzte die Lippen. Als er wieder aufblickte, blitzte etwas Irres in seinen Augen. Für einen kleinen Moment sah er aus wie ein fanatischer Stalker. Dann kehrte die altbekannte Sanftheit in seinen Blick zurück, die mich beinahe zum Seufzen brachte. Ich musste lächeln, doch Cody sah mich immer noch skeptisch an. »Wir werden sicher bald erfahren, was mit Amy los ist«, warf ich deshalb schnell ein. »Alles, was unsere Möchtegern-Queen betrifft, macht doch sofort die Runde.«

Cody zuckte nur mit den Schultern und zog mich mit sich auf das Schulgebäude zu. Pünktlich zum ersten Klingeln ließen wir uns von dem Strom aus Schülern mittreiben. Nachdem sich unsere Wege getrennt hatten, stieß ich auf die Stiefschwestern, die wild gestikulierend vor mir in Richtung Klassenzimmer gingen.

»Wenn sie nicht einmal mit Make-up ein Selfie von sich machen will, muss es echt schlimm sein!«, sagte Anastasia zu ihrer Schwester.

Drew bemerkte nur: »Hast du gesehen, von wo aus sie die letzte Nachricht geschickt hat? Sie ist in Downtown Seattle, im größten der *Rosenberg Beauty*-Tempel.« Sie betonte den Namen der Beautysalonkette von Amys Mom wie in den Spots im Radio. Es fehlte nur noch, dass sie gleich den Slogan *»Die natürlichste Art der Schönheit«* hinterherschob.

Ana nickte eifrig. »Aber wenn nicht einmal die Ärzte dort etwas machen können …« Sie schüttelte sich, als ekle sie sich ganz stark vor irgendwas.

»Wisst ihr denn, was passiert ist?«, drängte ich mich zwischen die beiden. In der Junior High – ehe Amy sich die beiden zu Untertanen gemacht hatte – war ich noch recht gut mit ihnen ausgekommen. Sie waren nicht gerade von der Göttin der Weisheit gesegnet und, zugegeben, leicht zu beeinflussen, aber nicht bösartig wie Amy.

»Wir wissen nichts«, erklärte Ana freigiebig. »Als wir uns gestern im *Bricks* gesehen haben, war noch alles in Ordnung. Eine Stunde später, vielleicht auch zwei, hat sie in unserem Gruppenchat geschrieben, dass etwas Schlimmes passiert sei.«

»Aber sie wollte nicht, dass wir vorbeikommen«, fügte Drew hinzu. »Sie hat wortwörtlich geschrieben, dass wir sie so entstellt nicht sehen sollen. Sie muss einfach grauenhaft aussehen! Vielleicht hat sie etwas Falsches gegessen? Sie verträgt doch so wenig.« Sie schlug die Hand vor den Mund und schüttelte betroffen den Kopf.

Ana nickte eifrig. »Ich habe ihr immer wieder gesagt, dass sie wie ich ganz auf Milchprodukte verzichten sollte. All die Hormone darin können so schlimme Folgen haben! Aber sie wollte ja offensichtlich nicht auf uns hören.«

»Oder sie hat ganz einfach einen Pickel mitten auf der Stirn – was bei ihr vermutlich einem Weltuntergang gleichkommt.« Ich beschleunigte meine Schritte, um die Diskussion über korrekte Ernährung nicht weiter anhören zu müssen. Beim Gedanken an Amy, die eine Handvoll feuerroter Pickel auf der Stirn hatte, musste ich grinsen. So was hatte ich ihr schon immer gewünscht.

Erst als ich mich auf meinen Platz im Klassenzimmer sinken ließ, verschwand meine gute Laune und eine innere Unruhe setzte ein.

Ich hatte es mir immer *gewünscht*. Die Schnittwunde an meiner Hand begann, wie wild zu pochen.

Kapitel 11

Als sich jemand auf den Platz neben mir fallen ließ, schreckte ich aus meinen Gedanken. Ich weigerte mich stur, diesem Auftritt die vermutlich erwartete Aufmerksamkeit zu schenken, und starrte weiterhin hartnäckig geradeaus. So ein Verhalten konnte ich nicht leiden.

Dann stieß Phoenix lautstark die Luft aus. Ich verkrampfte. Sofort hörte ich ein leises Lachen von nebenan.

»Was?«, fuhr ich herum und sah in die nahezu schwarzen Augen von Phoenix, in denen ein amüsiertes Funkeln stand.

»Nichts.« Er wandte sich genüsslich langsam zur Tafel, während ich ihn fassungslos anstarrte. Was hatte er nur für ein Problem? Hatte er ein akutes Aufmerksamkeitsdefizit wie Amy? Ging da gerade irgendein Virus um?

Ich schob mich so weit wie möglich von ihm weg. Durch einen kurzen Seitenblick sah ich, wie sich ein Grinsen auf seine Lippen schlich, während er weiterhin nach vorne starrte, als würde dort etwas Wichtiges passieren.

Ich hatte gehofft, der Unterricht würde mich etwas ablenken, aber Mrs Brewers Monolog war wieder einmal so einschläfernd, dass ich Mühe hatte, ihr überhaupt zuzuhören. Ich hing an ihren Lippen, als würde deren Bewegung mich wach halten können, bis mich ein Rascheln neben mir neugierig machte. Phoenix notierte eifrig etwas auf einem losen Blatt. Ausnahmsweise war er der Einzige, der etwas tat, alle anderen kämpften wie immer gegen den Schlaf. Mit zusammengekniffenen Augen wollte ich einen Blick auf den Zettel werfen, doch ehe ich etwas erkennen konnte, legte Phoenix blitzschnell seinen braun gebrannten Unterarm darauf.

Ich war so berechenbar! Verärgert entschied ich mich für die Flucht nach vorn und warf ihm einen tödlichen Blick zu. Den tödlichsten, den ich parat hatte.

Das bewirkte leider genau das Gegenteil – Phoenix unterdrückte ein Prusten und duckte sich hinter seinen Vordermann, damit unsere Lehrerin nicht sehen konnte, wie er sich vor Lachen schüttelte.

In mir kochte es. Ich schluckte die Wut hinunter und nahm mir vor, ihn nun komplett zu ignorieren. Wirklich.

Phoenix' Ego ließ natürlich nicht locker und ich spürte weiterhin seinen Blick auf mir. Ein Kribbeln im Nacken, das immer intensiver wurde, bis ich mir am liebsten an die Stelle gefasst hätte.

Als ich immer noch nicht reagierte, spürte ich eine Berührung an meiner rechten Schulter. Doch als ich mich zu ihm umwandte und ihm schon die Frage an den Kopf werfen wollte, warum er mich nicht in Ruhe lassen konnte, saß er mit verschränkten Armen da. Ich runzelte die Stirn. Hatte ich mir die Berührung etwa nur eingebildet?

»Phoenix?«, fragte Mrs Brewer und sah neben mich.

»Ich habe meine Bücher leider immer noch nicht bekommen, Mrs Brewer.« Sein Tonfall war so triefend, dass ich Angst hatte, jeden Moment auf der Schleimspur auszurutschen. Und sein Dackelblick tat das Übrige. O Mann. Ich konnte mir denken, was gleich kommen würde.

»Sie können selbstverständlich bei Miss Mallory ins Buch schauen. Sie wird einem so liebenswürdigen Schüler sicher gerne ein weiteres Mal behilflich sein.« Ihr seltsam verschleierter Blick glitt von ihm zu mir und schien zu sagen: »Wehe, wenn du es nicht tust.«

Ich verzog meinen Mund zu einem falschen Lächeln und säuselte: »Aber selbstverständlich, Mrs Brewer.«

Phoenix verstand das als Aufforderung, so nahe zu rücken, dass sich unsere Oberschenkel berührten. Mrs Brewer setzte ihren Monolog über die Faszination der Vektorrechnung fort und schien uns nicht weiter wahrzunehmen, die wir vermutlich alle dasselbe dachten: dass höhere Mathematik, so faszinierend sie auch sein mochte, uns bei unseren Alltagsproblemen überhaupt nicht nützlich war.

»Kennst du Amy genauer?«, flüsterte Phoenix plötzlich in mein Ohr.

»Was?« Hatte er mich gerade wirklich nach Amy gefragt?

»Ob du sie kennst. Sie ist heute nicht in der Schule.«

Aha, das hatte er bemerkt? War ja klar gewesen. Ich setzte einen fragenden Gesichtsausdruck auf und stellte mich absichtlich dumm. Die beiden wären wirklich ein schrecklich hinreißendes Paar, wäre da nicht …

»Sie hat einen Freund.« Ich wusste nicht, warum ich das sagte. Es ging mich nichts an und eigentlich konnte es mir so was von egal sein. Vielleicht wollte ich nicht, dass Matt verletzt wurde? Amys fester Freund war nämlich eigentlich ganz sympathisch.

»Also kennst du sie? Wo ist sie heute?«

»Na, da fragst du wohl besser die Stiefschwestern«, erwiderte ich und erschrak gleichzeitig über meinen Ton. Er klang aggressiver als beabsichtigt. Was ging es mich an, wenn er sich für Amy interessierte? Doch irgendwas verknotete sich da in meinem Magen und sorgte dafür, dass ich mich schlecht fühlte.

Glücklicherweise wurde ich bald von Phoenix' Nähe befreit. Ich schnappte meine Sachen und war schneller auf dem Flur, als Mrs Brewer »Bis morgen« sagen konnte.

Sobald ich Cody bei den Spinden sah, löste sich der Knoten in meinem Magen.

»Was ist dir denn über die Leber gelaufen?«, fragte er anstelle einer Begrüßung.

»Phoenix«, grummelte ich nur und konnte mir hier, in Codys Nähe, gar nicht mehr erklären, warum er mir so zugesetzt hatte.

Cody sah mich lange an, prüfend und skeptisch. »Hat er dich irgendwie … belästigt?« Er ballte die Hände zu Fäusten.

»Was? Nein!«, sagte ich schnell, als ich verstand, was Cody sagen wollte. »Er ist nur … lästig.« War das die richtige Beschreibung? »Und er hat mich über Amy ausgefragt. Vermutlich vermisst er die Zicke.«

Cody entspannte sich. Er war nun mal mein Beschützer, wie ein großer Bruder. »War klar, dass sich die beiden bereits kennengelernt haben«, lachte er. Dann verdüsterte sich sein Blick etwas. »Nur Matt …«

»Das habe ich mir auch gleich gedacht.« Ich verzog den Mund. »Aber vielleicht ist es gut für ihn.« Es stand schließlich nirgendwo geschrieben, dass die Selfmade Schulqueen und der bestaussehende Junge zusammen sein mussten. Matt könnte weit nettere Freundinnen finden. Ich selbst hatte lange für ihn geschwärmt. Vielleicht tat ein kleines Stück meines Herzens das immer noch und war deshalb so sauer auf Amy.

Ich schüttelte den Gedanken sofort ab. Matt war ein guter Freund. Wie Cody. Mehr nicht. Allein Amy war der Ursprung allen Übels.

Der Schultag verging sehr schnell. Die wildesten Gerüchte um Amys Zustand machten die Runde, und als Cody und ich am Nachmittag die Schule verließen, war Amy dem Gerede zufolge kurz vor dem Sterben. Klatsch und Tratsch von seiner besten Seite. Jeder wusste ein neues Detail und irgendwer hatte sogar das Gerücht gestreut, dass Amy mit verbotenen Cremes ihrer Mom experimentiert hatte.

Ich lächelte noch in mich hinein, während wir uns auf den Weg zu Codys Auto machten. Dann jedoch kehrte das seltsame Gefühl wieder zurück.

»Weißt du, was komisch ist?«, fragte ich zaghaft.

»So einiges«, antwortete Cody grinsend, doch mein Gesicht wurde ernst.

»Ich habe mir gestern noch gewünscht, dass sich Amy einmal so fühlt wie Xander und nicht so perfekte Haut hat und …«

»Du willst *dir* die Schuld dafür geben?« Cody blieb stehen und hielt mich am Arm fest, sodass ich mich automatisch ihm zuwandte.

Ich wandte die Augen ab und nickte dann.

»Du glaubst doch nicht ernsthaft, dass Amy einen Hautausschlag hat, weil du es ihr *gewünscht* hast«, wollte er mich beruhigen. »Ich denke, so einige wünschen ihr tagtäglich die Pest an den Hals.« Er lächelte so breit, dass ich ihm gar nicht widersprechen konnte. Vermutlich hatte er recht. Ein kleiner Rest dieses seltsamen Gefühls in meinem Magen blieb jedoch.

»Ich fühle mich schlecht, weil ich so über sie gedacht

habe«, sagte ich geknickt. Und es war die Wahrheit. Auch wenn es Amy war, man wünschte doch niemandem …

»Hey. Ganz gleich, was du denkst, es kann nichts damit zu tun haben. Vermutlich hat sie einen Pickel«, wiederholte er meine eigenen Worte zu Drew und Ana und stupste mich an. Wir verstanden uns. Und er schaffte es immer, mich aufzumuntern. Schweigend kamen wir bei Codys Wagen an.

»Du hast recht«, sagte ich vollkommen überzeugt, als ich ins Auto einstieg. Das ungute Gefühl hatte sich dank Cody in den hintersten Winkel meines Unterbewusstseins verzogen.

»Das habe ich immer, Prinzessin.«

»In deinen Träumen vielleicht«, lachte ich und stieß ihn freundschaftlich mit der Schulter an, ehe wir losfuhren. Kurz darauf setzte mich Cody an unserer Straßenecke ab. »Bis später«, sagte er kurz angebunden und ich nickte.

Etwas Unausgesprochenes hing zwischen uns, aber er machte keine Anstalten, darüber zu sprechen. Also wiederholte ich seine Worte und machte mich auf den Weg zu unserem Haus.

Sicher bereitete ihm der bevorstehende Auftritt Sorgen. Immerhin stand für ihn einiges auf dem Spiel. Aber er machte sich einfach zu viele Gedanken darüber, dass irgendeine Kleinigkeit schiefgehen könnte. Vermutlich hatte er uns auch deshalb um die täglichen Proben gebeten.

Weil ich die Hausaufgaben schon während einer Freistunde erledigt hatte, öffnete ich voller Tatendrang die Haustür und legte meine Sachen im Flur ab. Ich hatte den restlichen Tag Zeit, mein Zimmer endlich bewohnbar zu machen. Ich flog beinahe die Treppe hinauf.

Kaum hatte ich meine Zimmertür geöffnet, schmolz meine Motivation zu einer kleinen Pfütze. Es sah aus, als hätte dort der Gott der Unordnung persönlich gewütet. Ich traute meinen Augen kaum. Wenn die Handwerker Platz gebraucht hätten, um die Möbel aufzubauen, dann hätten sie nicht alle Kisten durchs Zimmer werfen müssen. Leider sah es aber genau danach aus. Fassungslos starrte ich auf das Chaos aus Kleidung und ›Sonstigem‹, das den Boden flutete. Meine persönliche Apokalypse hatte begonnen.

Kapitel 12

Mom war doch wohl hier gewesen, als die Schränke geliefert und aufgebaut worden waren, oder etwa nicht? Ich zog mein Handy aus der Hosentasche und machte Fotos. Eins davon schickte ich an Mom mit der Frage, ob sie die Handwerker denn nicht beaufsichtigt hatte.

Vermutlich befand sie sich gerade in einem Kundengespräch, denn sie antwortete nicht. Ich legte das Handy auf den Schreibtisch – der einzige Ort, der nicht zugestellt war und wo ich es wiederfinden würde.

Hatte ich nicht … Mein Herz pochte immer schneller, während ich meinen Blick durchs Zimmer gleiten ließ. Erleichtert atmete ich auf, als ich eine Ecke des Laptops auf meinem Bett hervorblitzen sah. Unter einem Stapel Klamotten, die man achtlos dort hingeworfen hatte.

Unterwäsche. Ich spürte, wie mir die Röte ins Gesicht stieg. Zum Glück war ich nicht hier gewesen, als sich die Handwerker durch die Teile an Spitzenunterwäsche gewühlt hatten, die ich besaß. Gab es etwas Peinlicheres?

Ich grub den Laptop aus und presste ihn wie ein Baby an die Brust, ehe ich ihn neben das Handy legte und aufklappte. Eine weitere Welle der Erleichterung überkam mich, nachdem ich mich vergewissert hatte, dass ich aus dem Blog ausgeloggt war. Wer konnte schon ahnen, was die Handwerker hier veranstaltet hatten, während sie sich meine Unterwäsche angesehen hatten! Vielleicht war es ihnen langweilig geworden? Ich schüttelte den Kopf. Mom würde ihnen schon was erzählen, wenn sie das Foto sah.

Wenigstens hatten sie ihre Arbeit gut gemacht. Der neue Einbauschrank passte perfekt in die Zimmerecke. Ich schob testweise die erste der drei Schiebetüren zur Seite und war begeistert über den vielen Stauraum. Hinter der verspiegelten zweiten Tür befanden sich unzählige Schubladen und Fächer, in denen ich wirklich alles aus den ›Sonstiges‹-Kisten würde unterbringen können. Tür Nummer drei war mit einer Stange und ein paar kleinen Fächern versehen und ideal für Kleidung. Der Schrank war ein Traum und wartete nur darauf, befüllt zu werden.

Ich machte mich an die Beseitigung des Chaos. Zunächst rief ich jedoch auf YouTube die Playlist mit den Classic-Rock-Songs auf, die wir bei unseren Auftritten coverten. Ich drehte die Musik so laut, wie die Laptop-Lautsprecher zuließen, und machte mich ans Werk, während ich lauthals mitsang.

Zwischendurch machte ich eine Pause und tippte den heutigen Blogpost. Natürlich konnte ich Amys Hautausschlag und meine verqueren Gedanken dazu nicht außen vor lassen. Auch die erste Begegnung mit Xander auf dem Schulhof ließ ich nicht unerwähnt:

> **Xander war am Boden zerstört, als er uns von Amy erzählte. Ich kann einfach nicht verstehen, wie er in Amy etwas so anderes sehen kann als die fiese Zicke, die sie ist. Ich wünschte, Xander wäre der beliebteste Junge der Schule und könnte Amy mal eiskalt abblitzen lassen. Das würde ihr so guttun. Aber leider steht**

Xander nicht sehr gern im Mittelpunkt. Auf der Bühne müssen wir aufpassen, dass er sich nicht hinter Lautsprechern versteckt. Ich hoffe, dass sich das irgendwann ändert und er ein bisschen mehr Anerkennung bekommt.

Wer hat eigentlich beschlossen, wer zu den beliebten Schülern gehört? Gab es da jemanden, der Beliebtheitspunkte verteilte, oder hatte Xander einfach die Niete beim Verteilen von Selbstbewusstsein gezogen? Ich jedenfalls würde mir für ihn ein bisschen mehr Glück im Leben wünschen.

Ich bezog gerade mein Bett neu – ich hatte meine dunkelblaue Bettwäsche tatsächlich gefunden! –, als der Klingelton meines Handys die ruhige Melodie des aktuellen Songs aus der Playlist störte. Ich warf den Bettbezug zur Seite und sprang zum Schreibtisch.

»Cody?«, fragte ich und bekam sofort ein schlechtes Gewissen. War ich etwa zu spät dran für die Probe?

»Hi, Kiera.« Seine Stimme klang gestresst.

»Was ist? Wir hatten doch nicht etwa früher ausgemacht, oder?«

»Nein, nein. Wir müssen eine halbe Stunde später anfangen. Jason sitzt noch bei seiner Großmutter fest und kommt so schnell auch nicht weg. Passt das bei dir?«

»Natürlich. Ich wollte nur noch kurz mein Bett beziehen, dann wäre ich zum Bus gegangen. Die Handwerker haben ein Chaos veranstaltet, das ich erst einmal beseitigen musste.«

»Hmhm.« Ich hörte rhythmisches Klopfen und wusste, dass Cody gedanklich schon wieder beim nächsten Song war.

»Dann bis nachher«, sagte ich schnell und wir verabschiedeten uns. Nachdem ich aufgelegt hatte, sah ich den verpassten Anruf und die Nachrichten von Mom. Sie hatte wohl während eines lauten Liedes angerufen. Schnell öffnete ich den Posteingang.

Rühre bitte nichts an. Ich bin in spätestens einer Stunde zu Hause.

Das können nicht die Handwerker gewesen sein, ich habe während des ganzen Aufbaus neben ihnen gestanden und sie anschließend zur Tür begleitet. Die Polizei ist informiert. Falls sie vor mir ankommen, sag ihnen, sie sollen warten, bis ich da bin.

Mir wurde eiskalt und es dauerte, bis ich mich überhaupt wieder rühren konnte. Ich sah mich im aufgeräumten Zimmer um. Ich hatte jegliche Beweise zerstört.

O mein Gott. Was, wenn die Einbrecher noch hier gewesen wären, als ich vorhin heimkam? Das reinste Grauen überlief meinen Rücken. Ich schluckte, war nicht imstande, mir auszumalen, was hätte passieren können.

Dann holte mich ein Gedanke aus meiner Schockstarre. Der Laptop – wieso hatten sie ihn nicht mitgenommen? Er hatte deutlich sichtbar auf dem Bett gelegen. Also auf was hatten sie es abgesehen? Bargeld? Im Zimmer eines Teenagers?

Mit Gänsehaut vom Nacken bis zu den Unterarmen verließ ich mein Zimmer und ging langsam die Treppe hinab. Das Knarren mancher Stufen klang nun bedrohlich, seit Jahren hatte ich nicht mehr Angst davor gehabt, allein zu sein. Schnell scrollte ich durch die Kontaktliste meines Handys und drückte auf ›Dad‹. Er ging nicht ran. Meine Hände zitterten, sodass ich kaum in der Lage war, wieder hochzuscrollen. Endlich wählte das Handy Codys Nummer.

»Ja?«

Ich schluckte. Es fühlte sich gleich viel besser an, eine bekannte Stimme zu hören.

»Kiera? Alles okay?« Ich hörte, dass er sich Sorgen machte.

»Das Chaos … Ich meine, Mom sagt …« Ich war nicht in der Lage, einen vernünftigen Satz herauszubringen.

»Kiera, was ist los?«, drängte Cody nun mit fester Stimme. Ich konnte mir vorstellen, wie er alarmiert auf eine Antwort wartete. Er kannte mich zu gut.

»Hier wurde eingebrochen«, flüsterte ich kaum hörbar. »Mom sagt, die Handwerker haben nichts als ihren Job gemacht.«

»O verdammt, Kiera. Soll ich vorbeikommen?«

Tränen stiegen mir in die Augen. Ich presste fest die Lippen zusammen und schüttelte den Kopf.

»Kiera?« Er würde die für ihn so wichtige Bandprobe canceln, doch das konnte ich nicht zulassen. Die Zeit rannte uns davon und wir mussten diesen Band-Battle einfach gewinnen. Damit Codys Traum in Erfüllung gehen konnte. Eine Träne stahl sich aus dem Auge und rann über meine Wange. Hastig wischte ich sie mit dem Handrücken ab.

»Nein, nein. Ich muss nur … ich kann die Stille gerade nicht ertragen.« Ich schluckte. »Kannst du dranbleiben, bis Mom da ist?«

»In Ordnung. Ich ruf dich sofort wieder an. Von draußen, da ist der Empfang besser. Bis gleich.« Ohne meine Antwort abzuwarten, legte er auf.

Ich setzte mich in die Küche an den Tresen und starrte auf den Messerblock, der neben dem Ceranfeld stand, das Handy fest in die Hand gepresst.

Warum dauerte das so lange? Schloss er extra noch ab?

Ich versuchte, mich zu beruhigen, atmete tief ein und aus. Doch bei jedem kleinen Geräusch, das das leere Haus von sich gab, zuckte ich zusammen. Als mein Handy vibrierte und der Gongschlag des Klingeltons ertönte, ließ ich es vor Schreck auf den Tresen fallen.

»So, jetzt bin ich für dich da«, sagte Cody mit gepresster Stimme. Er klang, als hätte er einen Marathon hinter sich. »Erzähl mir, was passiert ist.«

Und ich erzählte. Dass ich Mom das Foto geschickt und ihre Antwort nicht erhalten hatte. Wie ich alles aufgeräumt und damit alle Beweise zerstört hatte.

»Die müssen ja irgendwie ins Haus gekommen sein«, sagte Cody irgendwann. »Die Polizei findet sicher noch Spuren. Mach dir keine Gedanken.«

Es war so rührend, wie er mich aufmuntern wollte, dass es mir gleich um ein Vielfaches besser ging. Ehe ich ihm antworten konnte, klingelte es an der Tür.

»Einen Moment. Ich glaube, die Polizei kommt«, sagte ich zu Cody, sprang vom Barhocker und eilte zur Tür. Ich nahm das Handy vom Ohr und öffnete.

In der nächsten Sekunde schlangen sich zwei Arme fest um mich und rissen mich vom Boden hoch.

Zufrieden sah er sich im Raum um. Es herrschte Chaos. Ein Umstand, der ihn genießerisch einatmen ließ.

Das Chaos hatte seine Wirkung nicht verfehlt. Kiera arbeitete fleißig daran, es zu beseitigen, während er nur darauf wartete, dass die Folgen des Eingriffs Wellen schlugen.

Lächelnd verfolgte er Kieras Mimik, als sie

endlich die Nachricht ihrer Mutter las. Beinahe hätte er Mitleid gehabt. Doch er hatte seine Aufgabe, sein Ziel. Gespannt beobachtete er, wie eins zum anderen kam, bis Cody vor der Tür stand. Aber er war nicht allein.

Nichts geschieht ohne Grund, doch diese Erkenntnis war für Kiera noch neu. Bald würde sie es besser wissen. Genau wie geplant.

Kapitel 13

Cody presste mich fest an seine Brust und ich sog seinen ganz eigenen Geruch ein. Er roch nach Heimat, nach Geborgenheit und Vertrauen. Ich krallte mich an seinem T-Shirt fest, während mein Körper von tiefen Schluchzern geschüttelt wurde. Cody strich mir langsam über den Hinterkopf und küsste mich auf den Scheitel, ehe er sein Kinn auf meinen Kopf legte und mich beruhigend hin und her schaukelte.

»Die Bandprobe«, brachte ich gerade noch so heraus. Meine Emotionen überschwemmten mich und ließen ein Häufchen Elend übrig. Eine Reaktion, die ich in Büchern zutiefst verabscheute. Cody schien es nicht zu stören, er drückte mich weiter fest an sich und tröstete mich.

Ich bog mich etwas nach hinten, um in sein Gesicht zu schauen. Er war einen guten Kopf größer als ich, schon seit ich denken konnte.

Wortlos sah er mich an, seine Augen verdüsterten sich ein wenig, ehe ihm ein schmerzhafter Ausdruck wie ein Schatten übers Gesicht huschte. Seine Hand lag in meinem Nacken und wir waren uns so nah wie lange nicht mehr. Für einen kurzen Moment senkten sich seine Lider und er holte tief Luft.

»Es ist alles gut«, sagte er dann mit rauer Stimme und zog mich wieder an seine Brust. Ich spürte noch kurz die vertraute Wärme, dann manövrierte er mich umständlich rückwärts ins Haus. Ich stolperte mehr, als dass ich ging, denn ich wollte ihn einfach nicht loslassen. Jeder einzelne Muskel an seinem Oberkörper spannte sich an. Ich hatte nie wirklich bemerkt, dass er so muskulös war. Mein Herz raste und ich war mir nicht mehr sicher, ob es nur die Nachwirkungen des Schrecks waren.

Cody bekam es nicht mit – oder ließ sich zumindest nichts anmerken – und schloss die Haustür. Dann schob er mich vor sich her in die Küche, hob mich wie ein kleines Kind auf den Barhocker und öffnete sämtliche Schränke und Schubladen.

»Suchst du nach etwas Bestimmtem?«, fragte ich nach einer Weile.

»Tee«, antwortete er nur knapp und ich lachte.

»Bei uns? Im Haushalt von Mom und mir?«

Er verzog das Gesicht und sah in dem Moment einfach nur niedlich aus, wie er da etwas verloren mitten in der Küche stand und erkannte, dass es bei uns nur Tee gab, wenn jemand todkrank war. Dad war der Einzige, der immer eine Tasse Tee herumstehen hatte.

Cody seufzte und meine Mundwinkel zuckten. Er sah es sofort. »Na ja, wenigstens konnte ich dich aufmuntern.« Er fuhr sich durch die Haare und strahlte mich an, sodass die kleinen Grübchen zu sehen waren. Als wir noch klein waren, hatte ich mich über das ›Loch in seiner Wange‹ immer lustig gemacht. Dem erwachsenen Cody gaben die Grübchen etwas Spitzbübisches und ich sah sie leider viel zu selten an ihm. Cody zog die Augenbrauen zusammen. »Was siehst du mich so an?«

»Nichts, nichts.«

Er verschränkte die Arme vor der Brust.

Ich wollte mich gerade an einer Ausrede versuchen, als ich den Schlüssel in der Tür hörte. Schon hallte ein lautes »Kiera« durchs ganze Haus.

»Ich bin in der Küche!«, rief ich mit zittriger Stimme und war überrascht über mich selbst, wie sehr mich der Einbruch tatsächlich aus der Bahn geworfen hatte. Ich erschauderte noch immer beim Gedanken an diesen Eingriff in meine Privatsphäre, meine Sicherheit, und ich spürte, dass sich etwas verändert hatte. Mom rauschte in den Raum und nahm mich so stürmisch in den Arm, dass sie mich beinahe vom Barhocker geworfen hätte.

Dann hielt sie mich auf Armlänge von sich, musterte mich, presste mich wieder an sich und küsste mir zigmal auf die Stirn wie einem kleinen Mädchen, das Trost brauchte, weil es Streit im Sandkasten gegeben hatte.

»Mom!« Ich schob sie energisch von mir. Im ersten Moment war sie irritiert, fasste sich jedoch schnell wieder.

»Es tut mir so leid, dass ich nicht hier war«, flüsterte sie.

»Cody war da«, sagte ich wie abwesend. Meine Stimme zitterte immer noch. Mom hatte mit ihren Worten ins Schwarze getroffen.

Sie sah sich um. Erst jetzt schien sie Cody wahrzunehmen.

»Danke!«, sagte sie in seine Richtung und Cody nickte kaum merklich.

Mom sah auf die Uhr an der Mikrowelle. »Die Polizei müsste gleich kommen. Ausgerechnet heute hatte ich diesen langen Termin in Northgate. Ich war bereits auf dem Rückweg, als deine Nachricht kam. Aber auf den Straßen war die Hölle los und ich habe ewig bis zum Highway gebraucht. Es tut mir so leid.«

Sie sah verzweifelt aus, obwohl sie doch absolut nichts dafürkonnte.

»Es ist alles gut, Mom«, beruhigte ich sie, auch wenn ich mich nicht so fühlte. Nachdem Cody vor der Tür gestanden hatte, war es mir sofort besser gegangen. Davor jedoch … ich erschauderte beim Gedanken an die kalte Angst, die mir den Rücken hinaufgekrochen war.

»Ich mache uns einen Espresso«, entschied Mom und ging energisch zur Kaffeemaschine. Ich bemerkte erst, wie sehr sie zitterte, als die kleinen Espressotassen in ihrer Hand aneinanderklirrten.

Cody ging zu ihr und schob sie langsam zum Tresen, bis auch sie neben mir auf einem Barhocker saß.

Dann bereitete er uns zwei Espressi zu und servierte sie mit einer Verbeugung. Endlich lächelte auch Mom und beruhigte sich ein wenig.

»Danke«, hauchte sie in ihre kleine Tasse.

Es klingelte.

Vor Schreck ließ Mom ihre Tasse fallen und der Espresso lief über die Theke. Mom sah aus, als würde sie jeden Moment anfangen zu heulen. Doch Cody reagierte schnell, schnappte sich die Rolle Küchentücher, beseitigte das Unglück und ging zur Tür, um die Cops hereinzulassen.

Ich machte mir Sorgen um meine Mutter, die immer noch kreidebleich dasaß und nur mit Ein-Wort-Sätzen auf die Fragen der zwei jungen Polizisten antwortete.

Erst als sie anfingen, mir Fragen zu stellen, die ich so gut ich konnte beantwortete, zeigte sich wieder Farbe auf ihrem Gesicht.

Die Polizisten machten viele Fotos in meinem Zimmer, baten um Zusendung meiner Bilder, die das Chaos vor meiner

Aufräumaktion zeigten, und suchten anschließend an sämtlichen Fenstern und Türen nach Einbruchspuren. Da sie nirgendwo fündig wurden, es nicht einmal Anzeichen für ein gewaltsames Betreten des Hauses gab, machten sie bei ihrem Abschied kein Geheimnis daraus, dass es nicht wirklich Hoffnung gäbe, einen Täter aufzufinden – zumal allem Anschein nach auch nichts fehlte.

Cody blieb noch eine ganze Weile bei uns, was ich ihm sehr hoch anrechnete. Erst als wir uns alle fast nur noch angähnten, verabschiedete er sich zögernd und Mom und ich gingen schlafen. Die Albträume waren vorprogrammiert.

Kapitel 14

In der Nacht verarbeitete ich all das, was ich in den letzten Stunden durchlebt hatte. Das letzte Bild, das noch vor meinem inneren Auge stand, als mich der Wecker aus den Träumen riss, war die innige Umarmung von Cody und mir. Der rasende Puls, den ich dabei spürte, sollte mir wohl eigentlich Sorgen bereiten. Aber es war so normal, dass Cody mich umarmte. Er war jedermanns bester Freund, doch für mich war er wie ein Bruder, denn wir teilten schon unser ganzes Leben.

Im Halbschlaf nach dem Aufstehen hatte ich nicht einmal bemerkt, dass ich die Klamotten vom Vortag geschnappt und angezogen hatte, aber das war mir jetzt egal. Cody klingelte bereits an der Tür, als ich gerade meinen ersten Kaffee zubereitete.

Mom schlurfte ebenfalls zombiehaft durchs Haus, aber noch war sie nicht unten angekommen.

»Was machst du denn schon hier?«

Wieder einmal strahlte Cody mich an wie die Morgensonne, die den Himmel hinter ihm in rotes Licht tauchte.

»Ich bringe Frühstück.« Er hielt mir eine Tüte vom Bäcker vor die Nase, aus der es herrlich duftete.

»Womit habe ich das denn verdient?« Ich schaffte es gerade noch, die Hand vor den Mund zu halten, ehe ich gähnte.

»Nach der Aufregung gestern dachte ich mir, es wäre eine gute Idee.« Cody trat unruhig von einem Bein aufs andere.

Ich nickte lächelnd und ließ ihn ins Haus.

Bis ich langsam in die Küche getrottet kam, hatte Cody schon Teller in den Schränken gefunden und mir ein Croissant auf den Tresen gestellt. Es tat gut, jemanden zu haben, der sich so um einen kümmerte.

Die seltsamen Träume waren schnell vergessen, die Geschehnisse des Vortags in den hintersten Winkel meines Gehirns verdrängt, sodass wir uns beinahe gut gelaunt auf den Weg zur Schule machen konnten.

Kaum waren wir aus dem Auto gestiegen und in Sichtweite, sahen wir Xander und Amy am Rand des Schulhofs stehen. Ich seufzte nahezu zeitgleich mit Cody, der nur knurrte: »Warum lernt sie es denn nicht?«

Kurz irritierte mich das ›sie‹ und ich glaubte, mich verhört zu haben. Wir gingen langsam auf die beiden zu, um Xander vor einer noch größeren Blamage zu retten.

Da bemerkte ich die Veränderung in Xanders Haltung. Heute war es nicht Amy, die dramatisch gestikulierte und nach Publikum Ausschau hielt. Im Gegenteil. Sie stand mit hängenden Schultern da und wirkte unglaublich verletzlich. Ihr Rücken war gebeugt und während Xander laut lachte, schien sie kleiner und kleiner zu werden.

»Was zur Hölle ist da wieder los?« Auch Cody hatte den Unterschied bemerkt und beschleunigte seinen Gang.

Nun dröhnte Xanders Lachen über den Schulhof und zog sämtliche Aufmerksamkeit auf sich wie sonst Amys finsteres Gelächter. Ich musterte Xander. Irgendwas stimmte nicht mit ihm.

Ich musste zweimal hinsehen, bis ich die Veränderung wahrnahm: Xander sah aus wie das Covermodel eines Männermagazins! Ich wollte schon etwas sagen, da fiel mein Blick auf die Stiefschwestern, die ihrer Königin Amy heute wohl nicht zur Seite standen. Angeregt tuschelnd standen sie ein paar Meter entfernt und warfen immer wieder einen Blick Richtung Amy, der vor Abfälligkeit nur so triefte.

Erst als ich direkt in Amys Gesicht sehen konnte, wusste ich, warum. Die Stiefschwestern hatten gestern nicht übertrieben, als sie mir von dem schlimmen Ausschlag erzählt hatten. Amy war … nicht wiederzuerkennen.

Cody sog stark die Luft ein, während ich schluckte. Einen dicken Pickel auf der Stirn hätte ich ja noch lustig gefunden, aber Amy sah echt übel aus. Ihre Haut war stellenweise krebsrot und geschwollen, ihre Oberlippe sah aus wie zu oft aufgespritzt und ihr linkes Auge war zugeschwollen wie nach einem bösen Boxkampf. Ihr Anblick schockierte mich.

Ich sah von ihr zu Xander und versuchte, die Situation einzuschätzen, in die wir soeben hineingeplatzt waren. Wollte Xander ihr helfen und sie hatte ihn wieder einmal abblitzen lassen?

»Was hast du ihm getan?«, fragte Cody an Amy gewandt und sofort bekam sie glänzende Augen und presste die Lippen fest zusammen, um nicht loszuheulen. Das hier war nicht die Amy, die ich kannte, sondern irgendein Klon von ihr.

»Das Übliche«, erwiderte Xander und seufzte theatralisch. Sein Tonfall war so eiskalt, dass ich erschauderte. »Sie will mit mir zur Party. Stellt euch das mal vor.« Er lachte wieder dieses raue Lachen, das gar nicht zu Xander passte.

»Jeder träumt davon, mit dir zur Party zu gehen«, sagte Cody emotionslos und zuckte mit den Schultern.

Ich sah ihn entgeistert an und wartete auf einen sarkastischen Nachsatz, aber da kam nichts. Ich war völlig unfähig, auch nur einen Ton hervorzubringen. Doch es wurde sogar noch schlimmer.

»Ich denke aber, dein Freund könnte etwas dagegen haben, denkst du nicht, Amy?« Cody deutete mit dem Kopf zu Anastasia und Drew, die nun auf einen Jungen einredeten.

Erst nach mehrmaligem Hinsehen erkannte ich Matt wieder. Matt, der beliebteste und umwerfendste Junge der Schule, stand dort drüben und sah aus wie verkleidet, wie eine schlechte Karikatur seiner selbst. Die Haare waren nicht wie üblich gestylt, sondern standen stumpf von seinem Kopf ab. Sein Gesicht wirkte viel älter, hatte einen gräulichen Farbton statt der sportlich wirkenden Bräune. Es war derselbe Matt und doch war er es irgendwie nicht.

Sein Charme war verflogen und seine Haltung drückte tiefe Unsicherheit und Traurigkeit beim Blick auf die entstellte Amy aus. Ja, der Anblick war zum Davonlaufen, aber was zur Hölle war hier los?

»Was sollen meine Fans denken, wenn ich mit dir dort auftauche?«

Amy zuckte wie geohrfeigt von Xanders Frage.

Ich verstand gar nichts mehr. Warum hatte er jetzt Fans, wo er doch aus der Band ausgestiegen war?

Während Amy gebrochen zu Matt ging und ich fassungslos hinterherstarrte, unterhielten sich Cody und Xander über das Bassriff in *Love's Lost*.

Nein, sie stritten sich darüber. Hatte ich etwas verpasst?

Hatte Hayden doch abgelehnt und Cody hatte Xander überredet zurückzukommen? Komme, was da wolle?

»Wenn es dir nicht passt, dass ich den Basslauf verändert habe, dann können wir das Lied auch aus der Setlist streichen.«

Codys Kiefermuskulatur arbeitete. Ich sah ihm an, dass er am liebsten auf Xander losgegangen wäre. Nicht mit den Fäusten, aber mit Worten. Warum sagte er nicht, was er über ihn und sein Verhalten dachte?

Eben setzte Cody zu einer Antwort an, als ein Mädchen aus unserer Stufe auf Xander zugerannt kam. Ich kannte sie nur vom Sehen. Sie war hübsch, aber im Gegensatz zu Amy hatte das nicht ihren Charakter verdorben.

»Xander!«, kreischte sie lauthals, obwohl sie beinahe neben uns stand. Der schrille Ton tat mir in den Ohren weh.

Sie warf sich in Xanders Arme und küsste ihn stürmisch – mit Zunge! Ich bekam Schnappatmung, aber ganz gleich, wie oft ich mich räusperte, weder sie noch Xander reagierten.

»Hast du gestern Abend nicht genug bekommen?«, fragte Xander, als sie endlich voneinander abließen. Seine Stimme war schmierig und mich überkam ein Ekelgefühl.

Ich wollte endlich wissen, was hier eigentlich gespielt wurde, als mich die Erkenntnis wie eine eisige Welle überrollte.

All das ist meine Schuld.

Ich habe es mir gewünscht.

Die Worte drängten sich mir auf und mir wurde schwindelig. Die Gesichter der Schüler um mich herum verschwammen zu Schemen, die in einer anderen Welt zu existieren schienen, und nur mit zusammengekniffenen Augen schaffte ich es, überhaupt etwas zu fixieren. Mein Blick blieb an einem Gesicht hängen, das klar und deutlich zwischen allen anderen zu erkennen war.

Phoenix wirkte wie aus der Zeit gefallen, stand reglos da und beobachtete mich aus zusammengekniffenen Augen.

Kapitel 15

Codys Arm packte mich. Ich hatte nicht bemerkt, dass ich umgekippt war, während sich die Welt wie ein Karussell um mich gedreht hatte. Codys Griff war eisern, seine Augen voller Sorge.

»Geht es dir gut? Soll ich dich zur Schulschwester bringen?« Sein Blick war eindringlich und holte mich aus meinem Schwindel.

»Es geht schon.« Ich entzog mich seinem Griff und sah mich um. Wo war Phoenix? Doch das Klingeln riss mich aus weiteren Überlegungen.

Die Menge drängte in Richtung Schulgebäude. Wie immer ließen Cody, Xander und ich uns einfach mittreiben. Doch das Tuscheln und verlegene Kichern um uns herum war nicht zu ignorieren. Was auch immer ich getan hatte, ich musste es rückgängig machen. Ich musste mir wünschen, dass Xander wieder der Alte war, dass *alles* wieder beim Alten war.

Den ganzen Vormittag konzentrierte ich mich auf nichts anderes. Wenn mich ein Lehrer aufrief, konnte ich nicht antworten, und als Mrs Brewer mich bat, erst in der nächsten Stunde zu schlafen, erntete ich das Gelächter meiner Mitschüler. Phoenix war nicht zum Unterricht erschienen und darüber war ich sehr froh.

Er tauchte auch den ganzen Tag nicht im Unterricht auf,

genauso wenig wie Hayden. Den Lehrern schien es nicht aufzufallen, nicht einmal Cody. Und der hatte ja eigentlich einen Narren an Hayden gefressen. Doch es wurde noch seltsamer und unheimlicher.

Als ich in der Mittagspause die Cafeteria betrat, erkannte ich, dass all das Wünschen leider erfolglos geblieben war. Umringt von Mädchen aller Stufen, wartete Xander schon an dem Platz, der sonst immer für Amy und die Stiefschwestern reserviert war. Gönnerhaft bat er seine Groupies, Platz zu machen, um Cody und mich mit unseren Tabletts durchzulassen. Erneut schockte mich seine schmierige Art.

»Prinzessin«, sagte Xander und sah in meine Richtung. Ich sah mich um, suchte nach derjenigen, die er ansprach, und warf anschließend einen fragenden Blick zu Cody neben mir, dem die Wut bereits im Gesicht stand. Seine Lippen waren bereits zu einem schmalen Strich verzogen. Er schaute nicht in meine Richtung, sondern funkelte Xander grimmig an. Der jedoch hob nur arrogant die Augenbrauen, ehe sich ein eiskaltes Lächeln auf seinem Gesicht zeigte. Dann wandte sich Xander wieder mir zu.

»Du darfst gerne neben mir sitzen«, bot er an und ich wäre am liebsten davongerannt. Aber vielleicht konnte ich so herausfinden, was los war?

Ich versuchte mich an einem Lächeln und nickte. Cody jedoch schien jeden Moment die Beherrschung zu verlieren. Warum nur unternahm er nichts? Immer noch wegen der Sache mit dem Song?

Ich konzentrierte mich auf die verkochten Käsemakkaroni auf meinem Teller und ignorierte die Mädchen um uns herum, die Xander in einer Tour anhimmelten. Die Pasta schmeckte mit jedem Satz schlechter. Als Xander dann noch alles andere als unauffällig näher rückte, versteifte ich mich und hatte Mühe, den letzten Bissen nicht wieder hochzuwürgen. Nie zuvor hatte ich mich in seiner Gegenwart so unwohl gefühlt.

Jeglicher gute Charakterzug war wie ausgelöscht und durch diese arrogante und selbstverliebte Art ersetzt worden.

»Mein Angebot gilt nur noch heute, Prinzessin.« Xander hatte sich zu mir gebeugt und flüsterte mir ins Ohr. Sofort bekam ich eine Gänsehaut.

»Welches Angebot?«, fragte ich, meinen Blick stur nach vorne gerichtet, während ich auf meinem Stuhl so weit wie möglich zur Seite rückte.

Xander seufzte und sein warmer Atem streifte mich am Hals und im Nacken. Mein Erschaudern interpretierte er falsch und rückte erneut näher.

»Du und ich. Gemeinsam auf der Party des Jahres. Anschließend feiern wir meinen großen Durchbruch zusammen in einem hübschen Hotelzimmer.«

Neben mir klirrte etwas und ich riss meinen Kopf herum. Cody hatte sein Glas umgeworfen und starrte hasserfüllt zu Xander. Der Ausdruck ›wenn Blicke töten könnten‹ hatte noch nie besser gepasst. Ich nutzte die Ablenkung, um aufzuspringen und so schnell wie möglich weit weg von Xander zu kommen. Der nasse Fleck auf Codys dunklem Shirt schien mir eine gute Ausrede.

»Komm mit«, befahl ich meinem besten Freund. »Wir bringen das in Ordnung.« Mit diesen Worten zerrte ich ihn hinter mir her. Wir drängten zwischen den Mädels durch, die sich gegenseitig schubsten, um meinen Platz einzunehmen. Dies war mit Abstand der gruseligste Tag meines Lebens. Und ich war schuld daran, das ahnte ich bereits.

Cody blieb vor den Toiletten stehen, aber ich zog ihn weiter.

»Wollten wir nicht …«, setzte er an, doch ich brachte ihn mit einem Blick zum Schweigen.

»Was ist da los zwischen Xander und dir?«, fragte ich auf dem Weg zum Schulhof. Cody antwortete nicht, sondern starrte nur stur geradeaus. Wir mussten einen ruhigen Platz finden, wo ich ihm von allem erzählen konnte.

»Dort drüben.« Ich deutete auf eine Ecke mit Bänken, die um diese Jahreszeit tief im Schatten lag und daher gemieden wurde. Schnurstracks ging ich darauf zu und setzte mich.

Zögernd folgte Cody mir. Er wirkte so unsicher, gar nicht wie er selbst. Es tat weh, ihn so verletzlich zu sehen. Er hatte Angst, sich Xander entgegenzustellen. Ich an seiner Stelle wäre vor Wut geplatzt.

Ein paar Minuten saßen wir schweigend da. Ich wusste nicht, wo ich anfangen sollte. Vermutlich würde mich Cody sowieso für verrückt halten. Doch ich musste es versuchen. Ich holte tief Luft, sah ihn an und erzählte von seinem anderen Ich, dem Cody, der er noch bis zum Vortag gewesen war.

Er schnaubte nur und verschränkte die Arme vor der Brust. Dann berichtete ich von meiner Theorie mit den Wünschen.

»Ich bin schuld an all dem.« Nervös zupfte ich an meinen Haarspitzen, während Cody mich ansah, als überlege er, sofort die Psychiatrie zu verständigen.

»Sieh mich nicht so an! Du musst mir helfen, das wieder in Ordnung zu bringen. Ich habe mir doch nur gewünscht, dass Amy Xander nicht immer so fertigmacht. Ich muss dafür sorgen, dass Xander wieder normal wird. Ich wollte ihm die Chance geben, einmal in Amys Position zu sein, von ihr angehimmelt zu werden anstatt andersrum. Wer konnte schon ahnen, dass es ihn gleich zu einem noch größeren Arsch macht als Amy.« Ich lachte freudlos auf.

»Du weißt, wie verrückt das klingt, oder?« Codys Miene war unergründlich. Ich nickte stumm.

»Das war schon immer so«, sagte Cody mehr zu sich selbst. »Xander ist beliebt. Es war unsere Chance, ihn in die Band zu bekommen.«

»Nein!«, antwortete ich verzweifelt. »Du bist der Publikumsmagnet, Cody. Alle lieben dich!«

Cody lachte, so absurd schien er diese Vorstellung zu finden.

»Danke für die Aufmunterung, Kiera.« Er stand auf und sah auf mich hinab. »Doch dafür ist es wohl zu spät.«

Er ging davon, die Hände in die Gürtelschlaufen seiner Jeans eingehakt, die Schultern hingen nach unten. Dieser Anblick trieb mir beinahe die Tränen in die Augen.

Als er sich noch einmal umdrehte, schöpfte ich Hoffnung, doch die fiel sofort wieder in sich zusammen.

»Wir sehen uns später bei der Bandprobe. Wir müssen *Love's Lost* noch mit dem neuen Riff proben.«

Ich konnte es nicht fassen. Ich wollte es nicht fassen. Am liebsten hätte ich ihn geschüttelt, wachgerüttelt und uns beide aus diesem Albtraum geweckt. Doch er ließ mir keine Möglichkeit dazu und ging einfach davon. Bevor ich ihm zum Gebäude folgte, wischte ich mir die Tränen aus dem Gesicht.

Mitten unter den Schülern, die ihre Pause hier draußen verbracht hatten, sah ich Phoenix, der mich wieder einmal beobachtete. Zwischen seinen Augenbrauen hatte sich eine kleine Falte gebildet. Meine Haut prickelte von seinen

Blicken. Vollkommen teilnahmslos stand er mitten in der Menge, die sich wie ein Fluss um ein Hindernis teilte. Unberührt, fremd. Ich blinzelte und er war verschwunden. Die Lücke in der Menge hatte sich geschlossen.

Ich starrte noch eine Weile auf die Stelle und zweifelte an meinen Augen. Heute war alles so falsch, so verrückt ...

Nach dieser Mittagspause wollte ich nur noch heim. Ich bat Cody per Sprachnachricht, mich bei den Lehrern zu entschuldigen, ging bei der Schulschwester vorbei und jammerte ihr etwas über weibliche Beschwerden vor – eine Ausrede, die wirklich immer funktionierte. Die grauhaarige Miss Mason bedachte mich mit einem mitleidigen Blick und unterschrieb meine Entschuldigung.

Auf dem Weg nach Hause rasten meine Gedanken. Ich lief blind durch die Gegend, und hätte mich nicht ein älterer Mann mit einem lauten »Vorsicht!« im letzten Moment aufgehalten, wäre ich gedankenversunken direkt vor ein Auto gelaufen.

Daheim angekommen, warf ich meine Sachen auf den Boden, rannte hinauf in mein Zimmer und schnappte mir den Laptop. Von meinem Gedankenchaos völlig überwältigt starrte ich einige Minuten reglos auf die Tasten, bis ich zu tippen begann.

Dieser Tag war der schlimmste meines Lebens. Wie oft habe ich diesen Satz schon in Büchern gelesen! Ich hätte nie gedacht, so etwas einmal selbst zu schreiben. Doch nie zuvor hatte er auf mein eigenes Leben so gepasst wie heute. Ich kann gar nicht in Worte fassen, wie mies ich mich fühle, weil ich weiß, dass ich dafür verantwortlich bin. Ganz gleich, wie verrückt sich das anhört.

Ich wünsche mir, dass alles wieder so wird wie vorher.

Mehr schrieb ich nicht, war nicht in der Lage auszudrücken, was genau ich empfand. War es Schuld? Oder doch eher Angst? Szenen aus Filmen zogen vor meinem inneren Auge vorüber. Irrenanstalten, weiß gekleidete Menschen in gepolsterten, sterilen Räumen. Schnell schob ich die Bilder von mir.

Ich wollte einfach nur, dass es vorbei war. Auch wenn es erst früher Nachmittag war, legte ich mich ins Bett. Ich dachte krampfhaft nur an das eine: dass mein Wunsch auch dieses Mal in Erfüllung ging. Doch schon wenige Minuten nachdem ich mich unter die Decke gekauert hatte, schlief ich tatsächlich ein.

Voller Stolz beobachtete er, wie sich die Fäden des Schicksals neu knüpften. Kiera wusste noch nicht, was sie tat, aber dennoch hatten ihre Worte schon jetzt große Auswirkungen auf ihr Umfeld. Ein Stein, in einen ruhigen See geworfen, dessen kreisförmige Wellen noch lang zu sehen waren, selbst wenn er längst auf dem Grund lag.

Seine Brüder mussten die Bewegung auf dem Gewebe des Schicksals ebenfalls gespürt haben. Er hoffte es zumindest.

Spätestens morgen, wenn Kiera alles wieder rückgängig gemacht hatte, sollte ihnen klar sein, dass hier etwas vor sich ging, das es in ihrer gemeinsamen Geschichte niemals zuvor gegeben hatte.

Mit Kiera würde sich alles verändern.

Kapitel 16

Ein Geräusch weckte mich mitten in der Nacht. Oder war das im Traum gewesen? Ich hätte schwören können, dass mich ein Lufthauch streifte, der nach dezentem Aftershave und Natur roch. Die feinen Härchen im Nacken hatten sich aufgerichtet und ich fröstelte. Ich rieb mir über die Augen und sah auf die Uhr. Drei Uhr morgens. Obwohl ich schon rund zwölf Stunden geschlafen hatte, fühlte ich mich noch erschöpft.

Kurz wunderte ich mich darüber, dass Mom nicht nach mir gesehen hatte, aber vielleicht hatte sie mich ja nicht wach bekommen.

Ich zog die Decke bis direkt unters Kinn und vergrub mich wieder in mein Kissen. Dieser seltsame Geruch hing noch in der Luft und begleitete mich in den Schlaf.

Am nächsten Morgen fühlte sich mein Kopf an, als würde eine Horde Zwerge gegen die Schädeldecke hämmern und nach Edelsteinen schürfen. Ich quälte mich mit halb offenen Augen durch die morgendlichen Rituale. Die erste Tasse Kaffee kam mir vor wie der Himmel auf Erden. Zum Denken war mein Gehirn jedoch noch nicht in der Lage. Erst als ich an meiner Waffel herumkaute, die vor lauter Sirup schon triefte, kehrte die Sorge über den gestrigen Tag zurück.

Da klingelte es auch schon an der Tür. Ich hoffte inständig, dass mein gestriger Wunsch funktioniert hatte, dann öffnete ich Cody die Tür.

Misstrauisch musterte ich ihn von oben bis unten. Das schien ihn sichtlich nervös zu machen, denn er zupfte an dem Saum seines Shirts herum.

»Hab ich da irgendetwas?«, fragte er irritiert und wischte sich übers Gesicht. Es war der Glanz in seinen warmen braunen Augen, der mir sagte, dass alles wieder gut war. Jener Glanz, der verschwunden war, als er seine Mom verloren hatte, und der erst mit der Zeit langsam zurückgekehrt war. Gestern hatte ich diesen Glanz sehr vermisst.

Erleichtert fiel ich Cody um den Hals. Erst erstarrte er, dann nahm er mich ebenfalls in den Arm und tätschelte mir vorsichtig den Rücken.

»Ist alles okay?«, fragte er, nachdem ich mich von ihm gelöst hatte und bis über beide Ohren strahlte.

»Alles ist einfach wunderbar!«, rief ich, schnappte meine Sachen und hüpfte über den Gehweg.

»Wenn du meinst«, sagte er skeptisch und holte mich mit schnellen Schritten ein. »Um diese Zeit bist du sonst nicht so …«, er suchte nach dem richtigen Wort.

»Wach?«, schlug ich ihm vor und er grinste breit.

»Das auch. Ich dachte eher an: gesprächig, freundlich …«

Ich wollte ihm neckend auf den Oberarm schlagen, doch er wich gekonnt aus und stieg ins Auto. Na ja, schnell war ich morgens wirklich nicht. Wir lachten und scherzten den gesamten Weg und ich war einfach nur froh, dass ich alles wieder hatte korrigieren können. So sehr, dass ich mir nicht einmal wirklich Gedanken darüber machte, wie es überhaupt so weit gekommen war. Doch dann dachte ich an die seltsame Nacht zurück, an den gestrigen Tag, und plötzlich wurde ich nervös.

Hatte ich etwa den ganzen gestrigen Tag nur geträumt?

Ich fragte Cody, was gestern so los gewesen war. Er bedachte mich mit einem zweifelnden Blick und meinte nur: »Ein typischer Mittwoch.«

Hatte ich es mir wirklich nur eingebildet? Oder konnte er sich nur nicht mehr daran erinnern? Ich war jedenfalls heilfroh, dass er nichts mehr davon wusste. So etwas wollte ich nie wieder erleben. Zur Sicherheit nahm ich mir vor, mir nichts mehr zu wünschen.

Auch auf dem Schulhof war alles beim Alten. Doch nicht einmal Amy und die Lästerschwestern konnten mir die gute Laune verderben. Amy hatte zwar keinen Ausschlag mehr im Gesicht – doch selbst darüber war ich froh.

Auch wenn ich nicht hinschauen wollte, beobachtete ich nach dem ersten Klingeln ein Treffen von Amy und Matt. Für Amys Verhältnisse standen sie sehr abseits, nicht umringt von Amys Hofstaat oder Matts Groupies, sondern zurückgezogen in einer Ecke. So sollte es aussehen, wenn man sich mit seinem Freund traf. Man sollte in einer versteckten Ecke die Zweisamkeit genießen und vielleicht einen Kuss stehlen. So hatte ich es mir zumindest immer vorgestellt und sogar gewünscht. Beinahe hätte ich vor Freude geseufzt. Aber nur beinahe. Denn Amys Worte ließen mich innehalten.

»Es ist aus, Matt. Es fühlt sich einfach falsch an. Tut mir leid.«

Ehe Matt reagieren konnte, eilte sie davon. Trotz ihrer hohen Schuhe hatte sie ein ordentliches Tempo drauf. Matt rief ihr hinterher, aber Amy ignorierte ihn. Für einen kurzen Moment erhaschte ich einen Blick in ihr Gesicht.

Sie wirkte so … verändert. Ein wenig von der Amy des gestrigen Tages schien an ihr hängen geblieben zu sein. Konnte sie sich vielleicht erinnern? Ich haderte mit mir, ob ich sie darauf ansprechen sollte. Doch schon im nächsten Moment hatte Amy für mich entschieden: Sie rümpfte kurz die Nase und setzte wieder ihre Zickenmiene auf – arroganter Blick von oben herab inklusive.

Was hatte ich auch sonst erwartet? Es war natürlich zu viel verlangt, wenn man sich wünschte, dass alles gut werden soll. Doch von Amy ließ ich mir meine Stimmung nicht verderben.

Noch immer viel zu gut gelaunt machte ich mich bereit für den Unterricht bei Mrs Brewer. Selbst Mathe würde mir die Laune nicht vermiesen. Zu meiner Überraschung saß Phoenix schon an seinem Platz, als ich den Klassenraum betrat.

Ich spürte, wie mir sein Blick folgte, während ich ihn stur ignorierte. Hätte ich ihn vor lauter guter Laune angelächelt, wäre das ungefähr so gewesen, als hätte ich Amy umarmt.

»Du musst ja tolle Träume gehabt haben«, sagte er, während ich mein Mathebuch, einen Block und Stifte auf dem Tisch ausbreitete. Ich antwortete nicht, meine Gedanken hingen an der Szene fest, wie er gestern mitten in der Menge gestanden und mich beobachtet hatte. Schnell schob ich es von mir.

Ein kurzer Stups in meine rechte Seite straffte meinen Geduldsfaden.

Nein, ich würde mir meine gute Laune nicht verderben lassen.

Wie ein Mantra wiederholte ich den Satz im Geiste, als ich mich umdrehte – Phoenix saß wieder reglos da, als hätte er mich nicht angestupst – und ihm mit einem breiten falschen Grinsen entgegnete: »Und ob ich die hatte.«

»Und was haben wir in deinen Träumen so angestellt?« Seine Mundwinkel zuckten verheißungsvoll, worauf ich nur die Augen verdrehte und mich abwandte. Warum musste dieser zugegeben ziemlich heiße Typ so ein Idiot sein? Ganz im Gegenteil zu Hayden. Da fiel mir etwas ein:

»Bist du mit Hayden verwandt?«

Sein Gesichtsausdruck war unbezahlbar und ich hatte mich zuvor nie so sehr darüber geärgert, dass mein Handy in der Schule ausgeschaltet in der Tasche liegen musste, wie in diesem Moment. Das Foto hätte ich ihm ewig vorhalten können. Auch gut aussehende Typen konnten nämlich richtig dämlich gucken.

»Wie kommst du darauf?«, presste er hervor und wirkte plötzlich extrem angespannt und bedrohlich. Doch mir war diese finstere Art fast lieber als seine überhebliche Arroganz.

»Du magst ihn nicht«, sagte ich.

»Und daher gehst du davon aus, dass wir verwandt sind? Du hast ja seltsame Vorstellungen von Familie.« Er lachte, aber es klang aufgesetzt.

»Da du ihn nicht gerade magst, musst du ihn bereits kennen. Und wenn ihr euch kennt und gleichzeitig neu hier an die Schule kommt, gehe ich davon aus, dass ihr verwandt seid. Seid ihr Brüder?« Ich dachte darüber nach, dass sie als Brüder nicht im selben Jahrgang sein konnten. »Oder seid ihr Zwillinge?«

Ich lachte bei dem Gedanken, doch Phoenix kniff die Augen zusammen.

»Nicht wirklich, oder? Ihr seid so ziemlich …«

»Was?« Seine Stimme war ein Grollen.

»Keine Ahnung. Ihr seid so verschieden, wie man nur sein kann. Wie Tag und Nacht, wie Sonne und Mond, wie …«

»Schon gut, ich habe verstanden.« Ein echtes Lächeln schlich sich auf sein Gesicht, das sein Äußeres komplett veränderte.

Hinter mir seufzte jemand. Das konnten nur Ana und Drew sein. Aber auch ich war selbst kurz davor gewesen, völlig umnebelt zurückzulächeln. Phoenix hatte eine wirklich seltsame Wirkung auf andere.

»Also seid ihr es?«

»Was?«

»Zwillinge«, half ich ihm auf die Sprünge.

Sein Mund verzog sich, öffnete sich kurz, doch dann nickte er nur.

Meine Neugier war entfacht. Was in aller Welt konnte aus Zwillingen zwei so verschiedene Menschen machen? Abgesehen von dem Äußeren, waren sie auch von ihrem Benehmen her wie Schwarz und Weiß. Während ich so vor mich hin überlegte, musste ich die ganze Zeit in seine Richtung gesehen haben.

»Erde an Träumerin!«, sagte er leise und lehnte sich immer weiter zu mir. »Ich weiß, dass die meisten nicht anders können, aber hat dir schon jemand gesagt, dass es unhöflich ist, Leute anzustarren?«

Ich spürte die Hitze im Gesicht, was bei ihm für ein amüsiertes Aufblitzen in den fast schwarzen Augen sorgte. Schnell sah ich stur geradeaus zur Tafel und wünschte mir, dass meine Wangen weniger glühten, da spürte ich, wie er noch näher zu mir rutschte.

Zuerst wollte ich mich beschweren, doch dann drang ein Geruch an meine Nase. Dieselbe Mischung aus Aftershave und Natur, die ich bereits in der Nacht wahrgenommen hatte. Instinktiv schloss ich die Augen und sog ihn ein.

Dann begriff ich, was ich da tat. Ich war wohl völlig durchgeknallt! Vielleicht sollte ich wirklich über einen Extratermin bei Dr. Yates nachdenken. Ein so seltsames Verhalten hatte ich noch nie an den Tag gelegt.

Mein Gegenüber schien sich über meinen schockierten Gesichtsausdruck zu amüsieren.

Idiot!

Kapitel 17

Die Stunde bei Mrs Brewer war die Hölle. Jedes verflixte Mal, wenn sich Phoenix neben mir bewegte, fiel mir ein, wie ich an ihm geschnuppert hatte, und wurde rot im Gesicht.

O Gott, war das peinlich!

Ich war so froh über das Klingeln zum Unterrichtsende, dass ich regelrecht davonstürmte. Das wurde so langsam zur Gewohnheit – wenn auch aus unterschiedlichen Gründen. Hoffentlich fiel es Mrs Brewer nicht auf.

Im Geschichtsunterricht bei Mr Andrews war ich genauso zappelig und unkonzentriert. Irgendwann lehnte sich Cody zu mir und fragte mich flüsternd, was los war.

Und obwohl seine Worte so leise waren, dass ich ihn kaum hatte verstehen können, antwortete Phoenix an meiner Stelle: »Unserer Prinzessin ist nur peinlich, dass sie an mir geschnuppert hat wie an einem guten Parfum.« Dabei beugte er sich zu Cody und schenkte ihm ein abfälliges Lächeln.

Ich wollte im Boden versinken, möglichst schnell aus Phoenix' … Duftkreis entkommen, da spürte ich Codys Blick auf mir und sah die Enttäuschung in seinen Augen.

Ja, da ging es ihm wie mir.

»Es war ein Versehen!«, entschuldigte ich mich, etwas jammriger als beabsichtigt.

Phoenix verschränkte die Arme vor der Brust und grinste nur wissend. »Ja, ist klar.«

»Schluss jetzt!«, mischte sich nun Hayden von Codys anderer Seite her ein.

Der skeptische Blick und die Enttäuschung in Codys Gesicht wichen von einem auf den anderen Moment einem freundlichen Lächeln und er wandte sich der Tafel zu. Diese ließ er auch bis zum Ende der Stunde nicht aus den Augen, obwohl Mr Andrews nur Jahreszahlen zu den in der letzten Stunde behandelten Hexenprozessen auf der Tafel notierte. Die Rehabilitation und Freisprechung der Hexen war aus Sicht von Mr Andrews wohl zu langweilig, um sie ebenfalls mit Bildern zu untermalen.

Ich jedoch verfolgte nur die Blicke, die Hayden und Phoenix austauschten. Was auch immer die Jungs für ein Problem hatten – vermutlich konnte nicht einmal Dr. Yates etwas für sie tun.

In der Mittagspause versuchte ich, mehr aus Hayden herauszubekommen. Weil ich nicht wusste, wie, entschied ich mich für direkte Konfrontation: »Ihr seid Zwillinge?« Es sollte eigentlich wie eine Feststellung und nicht wie eine Frage klingen.

Hayden verschluckte sich, obwohl er nicht einmal etwas aß, und hustete erst einmal so lange, bis Cody ihm auf den Rücken klopfte und mir dabei fragende Blicke zuwarf. Ich zuckte mit den Schultern.

»Wie kommst du darauf?« Haydens Blick war so durchdringend – seine blauen Augen machten sogar Supermans Röntgenblick Konkurrenz – und sorgte bei mir wieder einmal für Gänsehaut.

»Phoenix hat es erzählt.« Erzählt war vielleicht etwas

übertrieben, aber ›Ich habe es aus Phoenix herausgequetscht, weil ich unsagbar neugierig bin‹ klang auch ziemlich blöd.

Es dauerte, bis Hayden reagierte und den Mund zur Antwort öffnete. Cody war schneller: »Stimmt das? Dieser Idiot ist dein Zwillingsbruder? Und ich dachte, *meine* Familie wäre verkorkst.«

Hayden nahm es gelassen. »Seine Geschwister kann man sich nicht aussuchen.« Das Wort Geschwister betonte er sehr seltsam. Oder bildete ich mir das ein?

Wir saßen ein paar Minuten schweigend da und ich hoffte, dass Hayden von seiner Familie erzählen würde. Vielleicht den Grund nannte, warum sie hierhergezogen waren, mitten im Schuljahr, warum er mit seinem Bruder nicht auskam oder warum Phoenix so ein Idiot war. Aber meine Neugier wurde nicht befriedigt. Als das große Schweigen vorbei war, lenkte Hayden das Gesprächsthema gekonnt auf die Musik und Cody blühte regelrecht auf.

Es war so schön, ihn glücklich zu sehen – immer diesen anderen Cody vom Vortag im Hinterkopf –, dass ich die Stimmung keinesfalls kaputt machen wollte. Daher hörte ich einfach nur zu und sah mich nebenbei in der Cafeteria um.

Als mein Blick den von Xander traf, wurde mir eiskalt. Seine blassen Augen musterten mich, eine kleine Falte entstand zwischen seinen Augenbrauen und ich fragte mich, ob er sich im Gegensatz zu Cody an den gestrigen Tag erinnern konnte. An das, was wirklich geschehen war. Genau wie Amy schien auch er verändert. Oder waren mir Xanders unangenehme Blicke bisher bloß nie aufgefallen? Wurde ich paranoid?

Hayden bemerkte, wie ich erschauderte, und folgte meinem Blick. Schon kurz darauf wurden Xanders Gesichtszüge weich und er sah beschämt zur Seite, als wäre es ihm plötzlich unangenehm, von mir angestarrt zu werden. Meine Bedenken ihm gegenüber lösten sich sofort auf. Er hatte sich sicher nur Gedanken über seinen bevorstehenden Umzug gemacht und nicht wirklich mich angesehen, sondern durch mich hindurch.

Ich wandte mich schnell ab und musterte stattdessen Hayden, der weiter munter mit Cody über alte Rockbands plauderte, als wäre nichts gewesen.

Entweder hatte ich tatsächlich Wahnvorstellungen oder mit Hayden und auch Phoenix stimmte etwas ganz und gar nicht.

Mit dir auch nicht, flüsterte eine innere Stimme.

Leider hatte sie da wohl recht. Schließlich war es nicht normal, dass ich mir Dinge wünschte, die plötzlich in Erfüllung gingen, wenn auch auf ziemlich verkorkste Weise.

Ich war so sehr in Gedanken versunken, dass ich gar nicht mitbekam, wie sich Cody und Hayden erhoben und ihre Tabletts geschnappt hatten. Erst als mich Cody lautstark darauf aufmerksam machte, dass die Mittagspause vorbei war, reagierte ich und ging ihnen hinterher.

Noch den ganzen Nachmittag grübelte ich, ob wirklich ich alles verursacht und wieder rückgängig gemacht hatte. Nur warum? Und wie genau? Doch sosehr ich mir Antworten wünschte, sie kamen nicht.

Auf dem Heimweg, kurz nachdem mich Cody abgesetzt hatte, spürte ich ein Kribbeln im Nacken und gleich darauf hörte ich es hinter mir flüstern:

»Du hast ganz schön Mist gebaut.«

Kapitel 18

Die Umgebung kühlte um gefühlte zehn Grad ab, mein Puls raste. Phoenix' charakteristischer Geruch war plötzlich überall, erinnerte mich an meinen Traum und gleichzeitig an die peinliche Schnupperaktion heute Vormittag. Es dauerte einen Moment, bis ich reagieren konnte.

»Bist du verrückt?«, wollte ich ihn anfahren, aber meine Stimme klang nach Mickymaus, was den dramatischen Effekt deutlich verringerte.

»Warum?«, wagte er zu fragen, das typische Grinsen im Gesicht.

»Du hast mich zu Tode erschreckt!«

»Übertreib es mal nicht. Du lebst, das ist eindeutig.« Er deutete auf meine Brust, in der mein Herz so schnell schlug, dass man es unter dem engen Shirt sogar sehen konnte. Schnell verschränkte ich die Arme davor. Ich brauchte niemanden, der mir auf die Brust starrte.

»Was willst du?«, fragte ich zögernd.

»Dir die Möglichkeit bieten, ganz in Ruhe meine Nähe zu genießen?«

Ich schnaubte. Und wurde trotzdem rot. Verdammt.

»Nein, ich muss mit dir reden.«

Nun wurde ich um einiges misstrauischer und kniff die Augen zusammen.

»Ernsthaft. Du hast Mist gebaut. Ich hätte ... ich meine ...« Er wandte sich ab und fuhr sich mit beiden Händen durch die dunklen Haare.

War er etwa verlegen? Nervös? Ich wurde definitiv neugierig.

»Was genau wird hier eigentlich gespielt, Phoenix?«

»Ich habe nicht mitbekommen, dass *du* die Münze hast.«

Ich fuhr zusammen.

»Was weißt du über die Münze?«

»Einiges.«

Ich wartete, doch er schwieg, ganz gleich, wie auffordernd ich ihn ansah.

Nach einer Weile – in der er mich so lang musterte, dass ich mich irgendwann nackt fühlte – sagte er leise: »Das sollten wir nicht hier besprechen. Lass uns zu dir gehen.«

»Bist du verrückt? Ich nehme doch keinen Fremden mit nach Hause!« Schließlich könnte er ein Massenmörder sein, Frauen quälen oder ... sonst was! Der Einbruch kam mir wieder in den Sinn und ich erschauderte.

»Ich bin kein Fremder. Es ist ... ganz anders, als du denkst, und glaub mir, ich finde es mindestens genauso seltsam wie du.«

»Ach ja?« *Noch seltsamer* konnte es ja auch kaum werden.

»Du hast die Münze Fortunas bekommen. Ich verstehe nicht, warum das Schicksal plötzlich in den Händen eines Teenagers liegen soll, aber ...«

Ich hob die Hand. »Moment«, ich wiederholte in Gedanken noch einmal, was er gesagt hatte. »Die Münze *Fortunas*?«

Er nickte. Sein Mund verzog sich, anscheinend war er nicht einverstanden mit den Geschehnissen.

»Und was …«, setzte ich an, brach dann aber kopfschüttelnd ab. Nein, alles klang viel zu sehr nach Fantasystory, aber ganz sicher nicht nach meinem Leben …

Deine Wünsche sind in Erfüllung gegangen, sagte meine innere Stimme. *Dein Wunsch nach Antworten ist in Erfüllung gegangen.*

Ich zögerte. Phoenix wusste von der Münze, vielleicht wusste er ja wirklich mehr. Und ich wollte Antworten, musste einfach wissen, was schiefgelaufen war.

Irgendwann nickte ich. »Einverstanden. Gehen wir zu mir.«

Phoenix schenkte mir ein breites Lächeln à la Hollywood.

»Lass es mich nicht bereuen«, grummelte ich.

»Was denkst du denn von mir?« Gespielt empört riss er Augen und Mund auf, was so dämlich aussah, dass ich lachen musste.

»Über jemanden, der Amy hinterherrennt, kann man eben nichts Gutes denken.« Ich wandte mich ab und bog kurz darauf auf den Weg durch unseren Vorgarten ein.

Mit langen Schritten holte Phoenix mich ein. »Das war ein Fehler.«

»Wow. Du machst Fehler?«

Mit einem ›Was denkst du von mir?‹-Blick inklusive erhobener Augenbrauen grummelte er nur: »Eigentlich nicht.«

»War ja klar.«

Ich schloss die Tür auf und winkte ihn hinein. Nachdem ich meine Sachen abgelegt hatte, standen wir planlos im Flur. Er war ein Fremder, ich hatte ihn vor drei Tagen das erste Mal gesehen und nun stand ich mit ihm in unserem Haus. Allein. Ich schluckte.

Es war doch keine so gute Idee gewesen.

»Hey, ich tu dir nichts. Ich will doch nur wissen, wie das passieren konnte.«

Nun lächelte er mich aufmunternd an. Nicht aufgesetzt, sondern ehrlich.

Ich zögerte einen letzten Moment, dann deutete ich mit einem Kopfnicken zur Küche und folgte ihm, während er sich neugierig umsah.

Sofort dachte ich wieder an den Einbruch ... Man sollte nie fremde Leute ins Haus lassen, ganz gleich, welche Ausrede sie hatten ... all die Horrorgeschichten von Typen, die dabei ausspionierten, was es zu holen gab ... Ich war so bescheuert gewesen. Hatte ich aus dem Einbruch nicht gelernt? Abrupt blieb ich in der Küchentür stehen.

»Was ist los?« Phoenix sah mich durchdringend an und hob bereits die Hand, um mich anzufassen, ließ sie dann jedoch schnell sinken.

Ich weiß nicht warum, aber plötzlich spürte ich den Drang, ihm die Wahrheit zu erzählen: dass ich mich unwohl fühlte, vor allem wegen des Einbruchs.

»Hier wurde eingebrochen?« Phoenix' Ausdruck veränderte sich innerhalb eines Wimpernschlags. »Wann?«

»Vorgestern. Sie haben mein ganzes Zimmer auf den Kopf gestellt.«

»Wurde etwas gestohlen?« Phoenix benahm sich beinahe wie die Polizisten, die hier gewesen waren. Nur dass er ungeduldiger war. »Nun sag schon!«

»Wir vermissen nichts. Wenn sie etwas gestohlen haben, dann ist es uns nicht aufgefallen. Sie waren nur in meinem Zimmer, aber mein Laptop ist noch da, das einzige Wertvolle, das ich besitze. Was gibt es bei einem Teenager schon zu holen?«

»Du besitzt etwas Wertvolleres als alle Schätze der Welt.«

»Ähm, ja klar. Und das wäre ...?«

»Das Schicksal der Menschheit.«

Nun war ich mir sicher, dass Phoenix verrückt war. Ich trat einen Schritt zurück, dann noch einen, langsam immer weiter in Richtung Fenster.

»Sieh mich nicht so an. Die Münze ist ... sie bedeutet einfach alles.« Er gestikulierte wild mit den Händen. Ich rückte noch weiter ab und sah mich nach einer Waffe um. Der Messerblock war nicht weit entfernt, vielleicht könnte ich ...

Phoenix' Blick folgte meinem und er zählte eins und eins zusammen. Dann brach er in schallendes Gelächter aus.

Er hatte seinen Bruder unterschätzt. Er gab es nicht gerne zu, doch er konnte den Eingriff in den Verlauf des Schicksals nicht länger ignorieren. Nun musste er improvisieren.

Mit einem schmalen Lächeln auf den Lippen fasste er einen neuen Plan. Eine kleine Veränderung, die jedoch eine große Auswirkung haben würde.

Kapitel 19

Mit zusammengepresstem Kiefer wartete ich, bis sein Lachanfall vorüber war.

»Du willst nicht wirklich mit einem Messer auf mich losgehen, oder?«

Ich sah zur Seite. Verrückten sollte man nie direkt in die Augen schauen, hatte ich mal gelesen. Oder war das bei Raubtieren so? Ich starrte jedenfalls stur auf den Kühlschrank. Doch dann tauchte Phoenix plötzlich direkt in meinem Blickfeld auf.

Ich fuhr zusammen. Es waren keine Schritte zu hören gewesen, er ... Ich sah zu der Stelle, an der er eben noch gestanden hatte. Mindestens drei Meter. Ich hätte die Bewegung mitbekommen müssen, zumindest im Augenwinkel. Das war unmöglich!

»Wollen wir vielleicht noch einmal von vorne anfangen?«, seufzte er.

»Du hast dich eben gebeamt.«

»Nein, das habe ich nicht.«

»Doch, du bist ...«

»Ich habe mich jenseits des Schleiers bewegt«, erklärte er in besserwisserischem Tonfall. »Beamen klingt nach Science-Fiction.«

»Du willst jetzt nicht mit mir darüber diskutieren, wie

man es nennt, wenn du an einem Ort verschwindest«, ich deutete an die Stelle, an der er kurz zuvor noch gestanden hatte, »und an einem anderen wieder auftauchst, oder?« Ich konnte es nicht fassen.

Einen Moment lang starrten wir uns nur an. Phoenix fuhr sich durch die Haare und sah dabei aus, als würde er sie sich lieber herausreißen. Dann stieß er die Luft in einem langen Atemzug aus.

»Also noch einmal ganz von vorne: Ich bin Phoenix, ein …«

Ich wollte dazwischenreden, aber er hob die Hand und ich schloss den Mund sofort wieder.

Nickend fuhr er fort: »Ich bin Phoenix, erschaffen von Fortuna, Schicksalsbringer und Begleiter der Münze.« Er sah mich erwartungsvoll an, wartete auf meine Reaktion und ich …

Ich fing an zu lachen. Sein todernstes Gesicht und dazu diese Grabesstimme. Ich konnte einfach nicht anders. Irgendwas in meinem Hirn reagierte definitiv falsch.

Vermutlich sah Phoenix das genauso. Seine Lippen pressten sich zusammen, seine Kiefermuskulatur trat deutlich hervor. Ich erkannte die Wut, die in seinen Augen aufflackerte, und mit einem Mal sah er ziemlich gefährlich aus. Gut aussehend wie zuvor, aber alles an ihm schrie »Nimm dich in Acht!«. Seine Augen waren nun nahezu schwarz, die Iris kaum mehr von der Pupille zu unterscheiden. Das Lachen blieb mir im Hals stecken und meine Hände fingen an zu zittern.

»Tut mir leid.« Meine Stimme brach weg und ich senkte den Blick. Ich wagte es nicht, ihn anzusehen, seine Augen machten mir Angst.

Er holte tief Luft und stieß sie lautstark wieder aus. Dann murmelte er etwas wie »Womit habe ich das verdient?«, aber ich konnte mich auch verhört haben.

Um wenigstens irgendetwas zu tun, ging ich zum Tresen hinüber und setzte mich. Dabei bemühte ich mich, nicht zu Phoenix hinüberzusehen, der immer noch in der Nähe unserer Küchenmesser stand.

Im nächsten Moment jedoch saß er neben mir und … lächelte. Ich konnte nicht schnell genug wegsehen.

»Also, ich weiß nicht, was schiefgelaufen ist oder warum ein *Kind*«, er spuckte das Wort aus, als wäre es Brokkoli auf einer Pizza, »die Münze hat. *Jemand* scheint Sinn für Humor zu haben oder mich ärgern zu wollen. Aber da müssen wir jetzt durch. Du bist der Träger, ich der Begleiter.«

Ich lachte nicht mehr.

»Hast du irgendwelche Fragen?«

Ich sagte nichts, schließlich wollte ich nicht, dass er sich gleich wieder in Mr Hyde verwandelte.

»Verdammt, Kiera. Ich mache diesen Job schon sehr, sehr lange, aber bisher … war niemand davor wie du.« Seine Stimme klang nun beinahe flehend. Beinahe hätte ich ihm die Gefühlswandlung abgekauft, aber sein Tonfall passte nicht zum Ausdruck seiner Augen. Er war definitiv ein guter Schauspieler.

»Wie lange?«, war das Erste, das mir in den Sinn kam.

»Was?«

»Wie lange machst du den … Job schon?« Woraus der auch immer bestand. Dort, wo eigentlich mein Gehirn sitzen sollte, befand sich ein großes Nichts.

»Das willst du wissen?« Fassungslos fuhr er sich übers Gesicht.

»Äh, ja?« Ganz so sicher war ich mir da nicht mehr.

»Sehr lange. Seit Fortuna die Schicksalswege von Göttern und Menschen getrennt hat.«

Ich hörte ihm zu, aber das Gesagte kam nicht an. Das konnte nicht sein. Das … Nein. Niemals.

»Du hast es doch bereits getan. Du hast das Schicksal von Amy und dem kleinen Möchtegern-Gigolo verändert. Du kannst dich doch noch daran erinnern, oder?«

Natürlich konnte ich das. Nur ich wusste, was wirklich passiert war. Und Phoenix anscheinend auch.

»Ich hatte zuerst diese beiden im Visier. Deshalb hatte ich dich nach Amy gefragt. Sie schien mir die Einzige, die die Münze … Sie passte ins Bild und war in der Nähe, als die Münze aktiviert wurde. Außerdem hat sie etwas an sich«, er grübelte einen Moment und suchte nach den richtigen Worten. »Sie hat eine besondere Aura, die eigentlich nur auf den Einfluss der Münze zurückzuführen ist.« Ungläubig schüttelte er den Kopf. »Dann hat sich plötzlich alles verändert – etwas, das nicht hätte sein dürfen. Der Bassist eurer Band … Ich hatte ihn im Verdacht, glaubte, ihn bei der Aktivierung der Münze übersehen zu haben. Sogar heute noch. Es sah ganz nach einem Regelverstoß aus … Kiera!«

Als er auf die Theke schlug, fuhr ich zusammen. Erst langsam drangen die Informationen bis zu mir durch. Er sah mich mit diesem Röntgenblick an, den ich bisher nur von Hayden kannte.

»Du kannst dich an alles erinnern, nicht wahr?«

Ich erschauderte beim Gedanken an Xander. Dann nickte ich.

»Und du weißt auch, dass du dafür verantwortlich bist.«

»Ja.« Meine Stimme klang weniger sicher.

»Dann bist du zweifellos die Trägerin und meine Gebie-«

Auch wenn er nicht zu Ende sprach, schlich sich ein Grinsen auf mein Gesicht. »Ich bin deine Gebieterin?«

Ich erntete einen finsteren Blick – doch im Gegensatz zu vorhin spürte ich keine Furcht, sondern nur einen Hauch der alten Arroganz.

»Bist du so etwas wie ein Dschinn?«

Phoenix lachte los. »Wie kommst du denn darauf?«

»All meine Wünsche werden erfüllt«, sagte ich protestierend.

Er schüttelte vehement den Kopf. »Das sind keine Wünsche, Kiera. Die Münze kann keine Wünsche erfüllen.«

»Und wer tut es dann?«

»Niemand.«

»Wieso haben sich dann alle Wünsche erfüllt?«

Er funkelte mich an. Wahrscheinlich nervte ich ihn bereits mit meiner Fragerei.

»Es. Sind. Keine. Wünsche«, begann er in einem belehrenden Tonfall, als wäre ich erst vier oder so. »Die Träger können *Schicksale* beeinflussen. Du kannst dir nicht irgendetwas ›herbeiwünschen‹.«

»Vielleicht kann ich es ja doch«, sagte ich herausfordernd, schloss die Augen und wünschte mir einen großen Milchkaffee. Von ganzem Herzen. Ich stellte mir sogar die leckeren Kekse aus meinem Lieblingscafé dazu vor.

Die Enttäuschung kam, als ich die Augen öffnete und keinen Kaffee vor mir sah, sondern Phoenix mit seinem ›Habe ich es dir nicht gesagt‹-Blick.

Beleidigt verschränkte ich die Arme vor der Brust.

»Glaubst du mir jetzt?« Der vorwurfsvolle Ausdruck brachte mich zur Weißglut.

»Vielleicht.« Jetzt machte es fast Spaß, ihn zu necken.

Er seufzte resignierend und fuhr mit seiner Rede fort: »Dann lass mich weiter die wichtigsten Regeln erklären: Nicht jeder Lebensweg ist für ein Eingreifen … geeignet, aber bei eurem kleinen Bassisten hat es anscheinend sehr gut funktioniert. Alles, was du ins Buch des Schicksals schreibst, wird sich so ereignen.«

»In welches Buch?«, fragte ich nun doch ehrlich neugierig.

Phoenix runzelte die Stirn. »Das Buch, das du gemeinsam mit der Münze erhalten hast.« Nun klang er selbst unsicher und verfolgte meine Reaktion ganz genau.

»Ich habe in kein Buch geschrieben.«

Es schien fast so, als habe er die Aussage bereits erwartet.

»Dann ist es wohl so weit.«

»Was?«

»Die Regeln … etwas hat sich verändert.«

Nun war es also geschehen: Kiera wusste endlich Bescheid.

Noch gab es zu viele Möglichkeiten für die weiteren Entwicklungen. Er musste jedoch sicher sein, dass es keiner weiteren Veränderung seiner Pläne bedurfte. Er würde ausharren müssen, abwarten, beobachten. Wie schon seit so langer Zeit.

Kapitel 20

Seine Worte schwebten zwischen uns, die Atmosphäre schien sich zu verändern und ich überlegte, wie ich weitere Antworten bekommen könnte.

»Du sagst, die Münze ist schuld daran, dass dieser ganze Mist passiert ist?«

Phoenix nickte gedankenverloren. Sein Blick war in weite Ferne gerichtet. Diese nachdenkliche Haltung stand ihm gut, jeglicher Hauch von Arroganz war verschwunden. Vor mir saß einfach nur ein attraktiver Junge, dessen Sehnsüchte sich in den dunklen Augen spiegelten. Die markanten Gesichtszüge wirkten weicher als sonst, entspannt. Ein paar Strähnen seiner dunklen Haare standen ab.

Ich genoss es, ihn zu mustern, ohne dass seine anstrengende selbstbewusste Seite an die Oberfläche kam. Lange saßen wir schweigend da. Er starrte in die Vergangenheit, ich zu ihm, bis ich mich irgendwann räusperte.

»Erzähl mir alles!«, bat ich.

Er fuhr zusammen und seine Augen klärten sich nur langsam.

»Hm?«

Ich lächelte. Irgendwie freute es mich, dass er auch anders sein konnte. Weniger befehlshaberisch, sondern sogar ein klein wenig verpeilt.

»Ich will alles wissen.«

»Dann sitzen wir nächste Woche noch hier und vergeuden deine Zeit.«

»Welche Zeit?«

Er seufzte. »Jeder Träger hat einen Monat Zeit, Schicksal zu spielen. Achtundzwanzig Tage.«

»Wir haben nicht Februar«, rutschte es mir heraus.

Seine Hand ballte sich kurz zur Faust, ehe er die Worte hervorpresste. »Einen Mondmonat lang. Nach alter Zeitrechnung.«

Aha. Ich sah ihn erwartungsvoll an, er ließ mich aber zappeln.

»Vor sehr langer Zeit war Fortuna für das Schicksal von Menschen und Göttern verantwortlich. Sie drehte fröhlich an ihrem Rad, sorgte für gute und schlechte Fügungen und ließ auch mal jede Einmischung sein – was man dann Zufall nannte. Als die Macht der Götter schwand, weil lediglich der Glaube an Schicksal und Bestimmung ungebrochen war und Fortuna damit zur mächtigsten Göttin erhoben wurde, entschied das Göttertribunal, dass sich die Wege von Menschen und Göttern fortan trennen sollten, um Fortunas Macht einzuschränken. Weil das Göttertribunal Fortuna damit die Möglichkeit nahm, direkt in das Schicksal der Menschen einzugreifen, zog sie als letzte Amtshandlung drei junge Männer aus ihrem Füllhorn, die ihre Aufgabe von nun an übernehmen sollten.«

Phoenix ließ mir Zeit, das Gehörte zu verarbeiten. Es klang so absolut unmöglich und doch fühlte ich, dass er die Wahrheit sagte. Vor mir saß ein, dem Aussehen nach zu urteilen, Achtzehnjähriger, der in Wahrheit ... wie alt war? Tausend? Zweitausend?

»Sprachlos? Dass ich das noch erleben darf!«, sagte Phoenix irgendwann in die Stille hinein und lachte verbittert auf.

Mein Gehirn arbeitete noch an dem großen Gesamtbild und hatte Mühe, die wilden Puzzlestücke zu sortieren.

»Wo ist der Dritte von euch? Ist er auch hier?«

Er sah mich länger an als notwendig, ehe er antwortete: »Du stellst seltsame Fragen.«

»Wieso? Hayden und du ...«

»Ich erzähle dir, du kannst das Schicksal der Welt verändern, und du fragst nach meinen *Geschwistern*?«

Nun ja ... »Ja?«

»Kairos ist schon vor langer Zeit verschwunden.«

»Warum?« Ich hatte definitiv immer noch mehr Fragen als Antworten.

Phoenix seufzte. »Wir hatten unsere Differenzen.«

»Die du mit Hayden ja ganz offensichtlich überhaupt nicht hast. Ihr seid ein Herz und eine Seele.«

»Haha«, kommentierte er trocken. »Das ist etwas anderes. Wir sind Gegenstücke, ein Gleichgewicht. Eigentlich treffe ich nur selten direkt auf Hayden.« Er schwieg. »Und ich hätte nie gedacht, jemals eine Schule von innen zu sehen. Irgendwann habe ich schon einmal von einer ›Tochter des Schicksals‹ gehört, aber dass das wörtlich gemeint war, hätte ich nicht gedacht.« Er lächelte düster. »Wer hat dir die Münze gegeben? Das muss am Samstag gewesen sein, oder?«

Ich schüttelte den Kopf. »Ich habe sie schon vor über zehn Jahren bekommen. Samstagmorgen ist sie mir wieder in die Hände gefallen und ich habe mich daran geschnitten ...« Die Erinnerung an den Schnitt in meiner Hand sorgte dafür, dass ich meine Handfläche nach oben drehte und genauer ansah.

»Das erklärt einiges«, sagte Phoenix kryptisch. Dann nahm er meine Hand in seine. Die Berührung war unerwartet sanft, auch wenn der erste Kontakt für eine kurze statische Entladung und anschließendes Prickeln sorgte.

»Hier?« Er drehte meine Hand langsam hin und her, dann streifte er mit dem Zeigefinger der anderen Hand über meine Handfläche.

Erst lächelte ich, weil es kitzelte, dann war das höllische Brennen plötzlich wieder da.

»Verdammt!« Ich zog meine Hand zurück, ballte sie zur Faust und bemühte mich, die Tränen wegzublinzeln. »Was hast du getan?«

»Was noch getan werden musste. Dein Mal war nicht vollständig. Dass du im Schulflur mit mir zusammengestoßen bist, hat nicht ganz ausgereicht.« Ich erinnerte mich an unseren – alles andere als positiven – ersten Kontakt und meine Augenbrauen zogen sich wie von selbst zusammen, während er nach meiner Faust griff. Schnell zog ich die Hand weg.

»Sieh es dir wenigstens an«, sagte er augenverdrehend.

Ich sah von ihm zu meiner Hand und kaute dabei auf meiner Unterlippe herum.

»Bitte!«, fügte er hinzu, als müsse er das Wort erst einmal ausprobieren.

Ich öffnete die Faust, sah meine feuerrote Handfläche und hätte am liebsten laut aufgeschrien. Das war nicht mehr die Rötung, die ich bereits kannte. Es war … »Ein Tattoo?«

»Das Schicksalsrad«, sagte Phoenix unbeeindruckt. »Es verschwindet gleich wieder. Wer die Münze erhält, bekommt beim ersten Kontakt ein Zeichen. Vielleicht warst du damals noch zu jung? Ich weiß es nicht. Erst durch die Markierung des Schicksals ist es vollständig und entfaltet seine volle Macht.«

»Schön«, sagte ich wenig überzeugt.

»Schöner wäre es gewesen, wenn ich es früher bemerkt hätte. Dann hätte ich es mir sparen können, mich mit diesem oberflächlichen Mädchen unterhalten zu müssen.«

Ich grinste ihn an.

»Was?«, fragte er, irritiert über meinen plötzlichen Stimmungswandel.

»Deine Meinung über Amy gefällt mir. Sie ist ... Ich bin nicht gerade ihr größter Fan.«

»Ist mir gar nicht aufgefallen«, antwortete Phoenix trocken und ich lachte.

Doch die heitere Stimmung war schnell wieder verflogen und Stille breitete sich wie eine dicke Decke über uns aus. Etwas Schweres hing in der Luft, ein Druck, den ich mir nicht erklären konnte.

Mein Handy vibrierte in meiner Tasche und ich zog es heraus. Stirnrunzelnd las ich die Nachricht.

»Wer hat dir geschrieben?«, fragte Phoenix misstrauisch.

»Mein Dad«, sagte ich leise und überflog noch einmal die Nachricht, während ich einen Stich in meiner Brust fühlte.

»Was will er?«

»Sich mit mir treffen. Er hat ... egal.« Ich schüttelte den Kopf. Dad hatte sich dafür entschuldigt, dass ich ihn am Abend des Einbruchs nicht hatte erreichen können. Mom musste ihm davon erzählt haben und nun spürte ich seine Sorge in Form einer SMS.

Schnell tippte ich eine Antwort. Vor der Bandprobe würde ich mich mit ihm in der *Salvadorean Bakery* in der Nähe der

Praxis von Dr. Yates treffen können. Sofort kam die Bestätigung und ich lächelte. Ich freute mich darauf, ihn wiederzusehen. Erst durch die SMS hatte ich bemerkt, wie sehr er mir fehlte. Unsere abendlichen Gespräche nach der Schule oder der Bandprobe. Es war nicht leicht, Gewohnheiten loszulassen. Vor allem jetzt, wo mein Leben so *seltsam* geworden war.

Ich legte mein Handy zurück auf den Tresen. Phoenix griff gedankenverloren wieder nach meiner Hand und betrachtete sie. Das Tattoo begann sich zu bewegen, als wäre es von der Energie angetrieben, die zwischen uns pulsierte.

Niemand von uns rührte sich, jeder hing seinen Gedanken nach und wir bemerkten nicht, wie die Zeit verging. Bis sich plötzlich jemand hinter mir räusperte.

Ich entriss Phoenix meine Hand, drehte mich um, während er so schnell vom Barhocker sprang, dass dieser beinahe umkippte. Als hätte sie mich in flagranti bei weiß-Gott-was erwischt, wurde ich rot im Gesicht.

»Was tust du denn schon hier?«, fragte ich, um die peinliche Stille irgendwie zu überbrücken, und legte noch ein bedeutungsschweres »Mom« nach.

»Genau dasselbe wollte ich dich eben auch fragen.«

Diesen … *hoffnungsvollen* Gesichtsausdruck hatte ich in Bezug auf Jungs noch nie zuvor an ihr gesehen und er machte mir mehr Angst als jener von Phoenix.

Kapitel 21

Mom starrte auf meine Hand hinab, die bis gerade eben noch Phoenix' Hand berührt hatte. Dabei grinste sie dämlich und hatte ein meiner Meinung nach irres Funkeln in den Augen. Ich spürte, wie meine Wangen heißer und heißer wurden.

Phoenix hingegen stand stramm wie ein Soldat, als Mom zu ihm sah und ihn sehr genau musterte – so lang, bis es peinlich wurde. Dann lächelte sie noch breiter. Sie glich dem Joker wie eine Zwillingsschwester.

»Mom!«, platzte ich heraus und ihr verträumter Blick klärte sich.

Sie räusperte sich, ehe sie endlich etwas sagte: »Hallo, Schatz.« Ich verdrehte die Augen. Fehlte ja nur noch, dass sie mich in den Arm nahm und abknutschte. »Wer ist der junge Mann?«

Phoenix streckte blitzschnell die Hand aus, ich jedoch reagierte intuitiv und schob Mom zur Seite. Wer wusste schon, was Phoenix' Berührung bei Mom auslöste? Sofort dachte ich wieder an den sengenden Schmerz in meiner Hand.

»Das ist Phoenix. Seine Familie ist neu in der Stadt«, erklärte ich vage.

Phoenix senkte seine Hand und nickte. Dabei lächelte er so umwerfend, dass vermutlich jeder weibliche Mensch auf dem Planeten dahingeschmolzen wäre. Mom gehörte natürlich auch dazu.

»Freut mich, Sie kennenzulernen«, sagte Phoenix mustergültig.

O Gott! Kann das bitte jemand beenden!

Ich räusperte mich laut, bis zumindest Phoenix auf mich aufmerksam wurde. Etwas zeitversetzt auch meine Mom.

»Freut mich auch sehr, Sie kennenzulernen.«

Dann sah sie wieder zu mir, registrierte vermutlich anhand meiner Gesichtsfarbe, wie peinlich es einem Teenager sein musste, wenn die Mutter so hineinplatzte.

»Ähm, ich wollte nur kurz … Ich habe meine Unterlagen vergessen … Heute wird es später. Ich muss nach Downtown zu einer Veranstaltung.« Sie legte den Kopf schief, ehe sie fortfuhr: »Was hast du heute noch vor?« Die wirkliche Frage stand ihr in Leuchtbuchstaben auf die Stirn geschrieben: »Du willst nicht mit diesem Jungen hier allein bleiben, oder?«

»Ich muss gleich zur Bandprobe«, sagte ich schnell, bevor sie auf noch schrägere Gedanken kam. Das Treffen mit Dad verschwieg ich ihr besser. Ich war mir nicht sicher, wie sie es mir auslegen würde. »Phoenix wollte gerade gehen.«

Phoenix sah verdutzt aus, doch dann nickte er eifrig.

Moms Augen wurden schmal und sie sah langsam von mir zu ihm. Ich wusste nicht, ob sie mir glaubte, aber sie verließ die Küche und ich hörte ihre hohen Schuhe den Flur entlang klackern.

Als ich Phoenix ansah, hatte er das breiteste Grinsen aufgesetzt, das ich je bei ihm gesehen hatte. Ich schlug ihm gegen den Oberarm, worauf er sich mit theatralisch schmerzhaft verzerrtem Gesicht beschwerte. »Das war eine

Premiere für mich«, lachte er. So ehrlich, dass ich mitlachen musste.

»Es war peinlich! Richtig peinlich!«, brachte ich irgendwann heraus.

»Deine Mutter schien hocherfreut zu sein«, bemerkte er. Dem konnte ich leider nicht widersprechen. Sie hatte sich sogar etwas *zu* hoch gefreut, fand ich.

Mom rief uns vom Flur aus noch ein »Viel Spaß in der Bandprobe!« zu – wobei sie das letzte Wort etwas zu sehr betonte –, ehe sie das Haus verließ und die Tür energisch hinter sich zuzog.

»Den werde ich haben, Mom«, rief ich ihr hinterher und schüttelte den Kopf.

»Du kannst nicht zur Probe«, sagte Phoenix mit ernstem Gesicht. »Und ich würde auch gerne deinen Vater kennenlernen, bevor ich dich mit ihm allein lasse.« Hatte er etwa heimlich die Nachrichten auf meinem Handy gelesen? Ich warf ihm einen bösen Blick zu und reagierte trotzig:

»Warum? Ich bin schon groß, ich kann das.« Wie ich es hasste, wie ein Kleinkind behandelt zu werden.

»Darum geht es nicht. Hayden wird dort sein.«

»Ja, und?« Schließlich war er der Nettere der beiden. Ich sah das Problem nicht.

»Ich kann dich nicht begleiten, du weißt ja, Hayden und ich …«

»Ihr mögt euch nicht, das weiß ich. Aber das ist ja auch kein Problem. *Er* ist nett und wird mir …«

»Was soll das denn heißen?« Er sah mich doch allen Ernstes schockiert an.

»So, wie ich es gesagt hatte. Er ist nett … du eher nicht – meistens«, fügte ich etwas leiser hinzu.

Phoenix runzelte die Stirn und überlegte. Hatte ihm das ernsthaft noch keiner gesagt? Was für Leuten war er denn in all der Zeit begegnet?

»Ich kann auch nett sein«, sagte er bestimmt.

»Existiert *nett* in deinem Wortschatz überhaupt?«

»Ich werde es dir beweisen. Aber dafür musst du zu Hause bleiben. Du kannst nicht mit Hayden allein sein.«

»Nein. Ich werde nicht zu Hause bleiben, weil ich nicht mit Hayden allein sein werde«, antwortete ich schnell. »Was stellst du dir denn bitte unter einer Band vor? Bass und Gesang sind etwas wenig, denkst du nicht?«

Verärgert darüber, dass ich in seinen Vorschlag nicht sofort und mit einem lauten »Juhuuu« eingewilligt hatte, kniff er die Augen zusammen.

»Es ist zu gefährlich, Kiera«, sagte er eindringlich.

»Hayden? Er ist nicht gefährlich, er ist sympathisch.«

Phoenix' Blick wurde düster. »Eine gute Tarnung, denkst du nicht auch?«

»Was willst du damit sagen?«

»Ich habe dir von Fortuna erzählt. Sie hat ihre Aufgaben aufgeteilt: Die glückliche, *gute* Fügung, die schlechte, *böse* Fügung und den Zufall, den *Wink des Schicksals.*« Er sprach sehr langsam und erwartete wohl, dass ich mir den Rest selbst zusammenreimte.

Ich runzelte die Stirn. »Drei Schicksale, drei ... Jungs?«

Er nickte wissend und wedelte mit der Hand, damit ich weitersprach. Die Erkenntnis traf mich auch sofort.

»Hayden ist ... böse?« Mir blieb der Mund offen stehen, während Phoenix mir nur einen »Na endlich«-Blick zuwarf.

Den ignorierte ich, dachte an Haydens Augen, die mich

stets verunsichert hatten, und mir kam nur eine Sache in den Sinn: »Ich muss Cody warnen!«

Phoenix schüttelte schnell den Kopf. »Du kannst ihm nichts erzählen. Das ist gegen die Regeln.«

»Hast du nicht gesagt, dass sich die Regeln geändert hätten?« Ich sah ihn herausfordernd an. Wenn ich Cody beschützen könnte, würde ich dafür wirklich jede Regel brechen, die es gab.

»Schon, aber …«

»Kein Aber. Ich muss ihn warnen. Er ist neben Mom und Dad der wichtigste Mensch für mich.«

»Und genau deshalb ist er in Gefahr. Wenn Hayden das herausfindet, wird er ihn als Druckmittel einsetzen.«

»Warum sollte er? Was hätte er denn davon?«

»Ich glaube, es ist noch eine weitere Geschichtsstunde fällig«, seufzte Phoenix und setzte sich wieder auf seinen Barhocker, während ich Anstalten machte, sofort zum Treffen mit Dad zu gehen. Ich zögerte, als er unbeeindruckt zu erzählen begann.

»Die Münze verleiht dem Träger die Macht, das Schicksal zu verändern …«

»Das weiß ich, ich …«

»Pscht!« Er legte mir die Hand unters Kinn und schloss meinen Mund. Die unerwartete Berührung sorgte für ein Kribbeln und ich war tatsächlich nicht in der Lage, weiterzureden oder die Küche zu verlassen.

»Fortuna hatte von vornherein behauptet, dass sie ihre Aufgaben aufteilen würde. Auch wenn es nicht von Anfang an so war«, er verzog kurz das Gesicht, »hat sich ihre Prophezeiung doch erfüllt. Die Namen, die sie uns gegeben hat, waren unser Schicksal, auch wenn die Sprache dafür noch lange nicht erfunden war. *Eftychios* wurde die Verkörperung der guten Fügung, *Zoferos* hatte die Macht über das schlechte Schicksal, *Kairos* wurde der Zufall. Sehr passend, er hat nämlich Probleme, Entscheidungen zu treffen.«

Ich hing noch an den Namen fest. »Efty- *was*? Kein Wunder, dass ihr euch mittlerweile anders nennt.«

Er verzog den Mund, was vielleicht sogar etwas düster gewirkt hätte, wenn da nicht das belustigte Glänzen in seinen Augen gestanden hätte.

»Auch wenn ich nicht verstehen kann, warum du dich ausgerechnet nach einem Vogel genannt hast«, fuhr ich grübelnd fort.

»Der Phönix zerfällt zu Asche und steht aus dieser wieder neu auf.«

»Das ist mir bekannt«, sagte ich nur, wusste aber nicht, worauf er hinauswollte.

Dann lachte Phoenix nur. »Vergiss es, es hat nicht wirklich etwas mit 'ner tollen Fähigkeit zu tun oder irgendeine bedeutungsschwere Tiefgründigkeit. Aber wenn du einmal einen gesehen hättest, würdest du dich auch so nennen.«

Nun stand mir der Mund offen. Ich wusste nicht, ob es von seiner Ehrlichkeit herrührte oder meiner Unsicherheit, ob er mich nicht doch gerade veräppelte.

»Beeindruckt?«, grinste er nur. »Gut so. Nun reden wir wieder über die Tatsache, dass du nicht zur Bandprobe gehen wirst.«

»Vergiss es!« Ich verschränkte die Arme vor der Brust und reckte das Kinn nach oben. »Weißt du überhaupt, wie wichtig mir das ist? «

»Ich habe es dir doch erklärt. Es ist gefährlich, wenn Hayden in der Nähe ist.«

»Weil er *der Böse* ist?«

»Ja. Weil er versuchen wird, die Münze an sich zu bringen.«

»Und warum gehe ich dann noch zur Schule?«

»Weil man dort hingehen muss. Sonst gibt es sicher Ärger mit deiner Mutter und die Folgen für dich und dein Leben wären nicht absehbar.« Er gestikulierte wild mit den Händen.

»Aber diese Folgen kann ich ja beeinflussen, oder?«

»Nein, kannst du nicht. Du kannst nicht jedermanns Schicksal verändern, sondern nur die Schicksale, die … von der Münze ausgewählt werden.«

»Und meine Mom gehört nicht dazu?«

»Nein.«

»Woher soll ich denn wissen, wen … Ach, vergiss es. Das werde ich schon noch herausfinden.« Ich sprang von meinem Hocker.

»Wo willst du hin?«

»Zu Dad und anschließend zur Probe«, sagte ich selbstbewusst. »Und du wirst mich nicht aufhalten.«

Kapitel 22

Ich war nicht einmal bis zur Tür gekommen, da hatte er sich schon vor mich gebeamt – nein, *war durch den Schleier getreten* – und stand an den Türrahmen gelehnt da, als hätte er schon Stunden dort auf mich gewartet. Lässig, die Arme vor der Brust verschränkt, sodass seine Brustmuskulatur für einen Augenblick meine gesamte Aufmerksamkeit auf sich zog. Aber wirklich nur einen kurzen Moment, da war ich mir fast sicher.

»Ich werde gehen«, sagte ich mit fester Stimme.

»Kiera …«

»O doch«, ich schob ihn beiseite, ignorierte das Kribbeln, als ich seine Muskeln ertastete, und trat in den Flur.

»Er ist sehr gut in dem Job, Kiera. Hayden, meine ich. Er passt sich so schnell an und wird von allen gemocht, ehe er seine … dunklen Gedanken streut. Er manipuliert geschickt und bringt sie so auf seine Seite. Er ist nach außen hin ein Engel, auf den jeder hereinfällt.«

Während seiner Rede hatte ich Hayden vor Augen und wie Cody ihn vom ersten Moment an gemocht hatte. Hayden hatte genau gewusst, wie er ihn manipulieren konnte, und hatte meinen besten Freund so schnell auf seine Seite gezogen, dass es wirklich schon gruselig war. Umso wichtiger war es, dass ich die beiden nicht noch öfter allein ließ.

»Das glaube ich dir ja«, sagte ich. »Aber Cody … Du verstehst das nicht. Ich muss es ihm sagen.«

Ich weiß nicht, ob es an meiner flehenden Stimme lag oder ob Phoenix doch irgendwo ganz tief versteckt ein Herz hatte – jedenfalls sah er nicht so aus, als würde er mich weiterhin aufhalten.

»Unter einer Bedingung.«

Ich sah ihn fragend an.

»Ich komme mit.«

»Du kannst nicht mitkommen, das hast du selbst gesagt.«

»Nicht mit zur Probe. Aber ich kann dafür sorgen, dass dir unterwegs nichts passiert. Und ich werde dich und deinen Dad genau beobachten.«

Wunderbar! Ein Babysitter. Meine Stimmung war auf dem Nullpunkt.

»Deinem Freund kannst du trotzdem nichts sagen.«

»Ich habe keine Geheimnisse vor Cody.«

»Er wird dich für verrückt halten. Außerdem wird er es bald nicht mehr wissen.«

»Warum?«

»Er wird es auch ohne unseren Eingriff vergessen, spätestens über Nacht. So sind die Regeln. Niemand darf Bescheid wissen – nur der Träger der Münze und die Schicksalsbringer.«

Ich kniff misstrauisch die Augen zusammen. Er konnte mir ja sonst was erzählen.

»Darauf lege ich es an.«

»Bitte, Kiera … Jeder, der sich mit dir allein trifft, ist eine Gefahr für dich.«

»Du redest hier von Cody. Dem gutmütigsten, liebenswertesten Menschen auf der Welt. Er würde mir nie etwas tun.«

Phoenix überlegte einen Moment.

»Das tut nichts zur Sache. Hayden kann jeden Menschen beeinflussen. Die Frage ist jedoch, warum er gedacht hat, der kleine Gitarrist hätte die Münze«, grübelte er laut.

Ich ignorierte die Stichelei gegen Cody. »Wie meinst du das?«

»Er muss irgendeine ... Veranlagung haben. So wie ich geglaubt hatte, deine reizende Mitschülerin habe die Münze, so hat er geglaubt, Cody sei der Träger.«

»Du willst mir damit sagen ...«, versuchte ich, ihn zum Weiterreden zu bringen.

»Cody hat eine dunkle Seite, zu der Hayden sich hingezogen fühlte.«

»Die hat eindeutig Amy«, sagte ich bestimmt. »Und du hast gedacht, *sie* wäre es.«

»Ja, der erste Eindruck kann täuschen.« Phoenix war alles andere als begeistert über den Verlauf des Gesprächs.

»Der kleine Git – ... Cody«, verbesserte er sich auf mein missmutiges Gesicht hin, »Cody muss Potenzial haben. Eine tragische Vergangenheit oder Leichen im Keller?«

Sofort tauchte der junge Cody, kurz nach dem Tod seiner Mutter, vor meinen Augen auf. Verwahrlost, bleich und viel zu dünn.

»Also habe ich recht?«

Ich nickte stumm und schluckte den Kloß in meiner Kehle herunter.

»Dann glaubst du mir?« Er schien tatsächlich überrascht.

»Es klingt irgendwie logisch. Aber ich werde verhindern, dass ihm etwas passiert. Was auch immer.« Und das war nicht nur dahergesagt. Ich würde Cody vor allem beschützen. Auch vor einem netten Jungen, der in Wahrheit böse war. Codys Vater hatte ich schließlich auch immer für nett gehalten – bis die Trauer ihn verändert hatte.

»Du darfst mich begleiten. Und ich werde außer mit Dad mit niemandem allein bleiben. Aber du musst versprechen, mich einfach machen zu lassen, okay?«

Er zögerte, erklärte sich dann jedoch einverstanden.

Ich schnappte meine Sachen und wir verließen das Haus.

Wir waren gerade vor der *Salvadorean Bakery* angekommen, als mein Handy klingelte.

»Ich bin schon da«, sagte ich ohne eine Begrüßung und wollte eben die Glastür des Cafés öffnen, als Dad antwortete.

»Tut mir so leid, Engelchen. Ich musste dringend zu einem Termin. Können wir unser Treffen verschieben?«

Ich nickte stumm. Die Enttäuschung traf mich unerwartet und schlug daher mit voller Wucht zu.

»Kiera?«, hakte Dad nach.

»Ja, okay«, sagte ich leise.

»Vielleicht können wir uns nach der Bandprobe sehen?«

»Ich melde mich«, antwortete ich mit kratziger Stimme. Wieso war mein Leben plötzlich so kompliziert? Ich konnte mich nicht einmal mit meinem Dad unterhalten. Er fehlte mir und ich hatte das Gefühl, dass es schlimmer werden würde. Dass ich ihn zuerst immer seltener und irgendwann gar nicht mehr sehen würde. So wie es offenbar meistens läuft, wenn die Eltern sich trennten. Dabei hatte ich mir geschworen, dass es bei uns nicht so ablaufen würde, dass Dad doch nur zwei Straßen weiter wohnte und ich ihn ganz oft besuchen würde. Das Versprechen an mich glich einer Lüge, die für einen Knoten in meinem Magen sorgte.

Ich verabschiedete mich von Dad und schluckte mehrmals, als ich das Gespräch beendete.

Da war sie, die emotionale Reaktion, die Dr. Yates vorhergesehen hatte. Ich presste die Lippen fest zusammen und versuchte, meine Gefühle zu sortieren, als ich die Hand spürte, die sanft über meinen Rücken glitt. Ich sah zu Phoenix, der mich neugierig musterte. Er lächelte mich sogar aufmunternd an, sodass ich die Kraft fand, tief durchzuatmen und die Enttäuschung über Dad zu verdrängen.

»Wollen wir noch kurz hineingehen?«, fragte Phoenix mit sanfter Stimme. Ich sah auf die Uhr im Display meines Handys und nickte. Schließlich waren wir nun zu früh dran für die Probe.

Phoenix hielt mir die Tür auf und betrat dicht hinter mir das Café. Am liebsten wäre ich rückwärts wieder hinausgelaufen, als ich auf der Suche nach einem freien Platz direkt in Amys Gesicht sah.

Phoenix atmete lautstark aus und schob mich weiter, an Amy, Anastasia und Drew vorbei. Ich erwartete einen blöden Kommentar, aber Amy sagte rein gar nichts. Erneut schien sie irgendwie verändert. Ich wollte nicht so weit gehen, es sympathisch zu nennen, aber es ging in diese Richtung. War es wegen Matt? Ging ihr die Trennung von ihm doch nahe? Zeigte sie etwa … Gefühle?

Sie schüttelte dann abfällig wie eh und je den Kopf und wandte sich flüsternd an die Stiefschwestern.

Phoenix zog mich zu einem freien Tisch und ließ sich auf den Stuhl fallen. Mir blieb nichts anderes übrig, als mich neben ihn zu setzen, nur die Ecke des Tisches zwischen uns.

Wir bestellten zwei Milchkaffees, und bis sie dampfend vor uns standen, hatte ich mich wieder ein wenig sortiert.

Spätestens Amys schrilles Lachen holte mich zurück in die Realität, in der sie ganz und gar nicht sympathisch sein konnte. Auch wenn es nicht ganz so schrill war wie sonst, schien alles wieder normal. Dennoch erinnerte es mich daran, wie ich unbewusst in ihr Schicksal eingegriffen hatte.

»Bisher ist alles schiefgelaufen, was ich mir gewünscht habe«, brachte ich nach einer Weile hervor.

»Ich weiß ja nicht, wie du ohne das Buch überhaupt etwas verändern konntest, aber vermutlich hast du deine Worte falsch gewählt«, sagte er gedehnt.

»Ich werde mir nichts mehr wünschen.«

Er sah mich scharf von der Seite an, ich spürte seinen Blick, obwohl ich stur geradeaus starrte.

»Es sind keine Wünsche«, beharrte er. »Und es wird nicht funktionieren.«

»Wenn ich nichts mehr ...« Ich rührte in meinem Kaffee, meine Gedanken wirbelten genauso schnell umher. Dann hielt ich inne.

Phoenix registrierte es genau. »Was?«

»Ich schreibe Tagebuch ... In einem privaten Blog ... Meine Mom hat mir ein Buch geschenkt, aber das habe ich nie benutzt.«

Innerhalb eines Wimpernschlags war Phoenix' Gesicht meinem näher gekommen und seine Finger krallten sich beinahe schon in meinem Unterarm fest. »Rede weiter!«, drängte er, sein Blick war todernst.

»Ich habe all meine Wünsche auf dem Blog veröffentlicht. Zählt das?« Ich dachte an die letzten Tage zurück, versuchte, mich an die einzelnen Einträge zu erinnern.

»Deshalb ist nicht alles wahr geworden, was ich mir gewünscht hatte. Glaube ich.« Mein Gehirn bekam einen

Knoten, als ich versuchte, mich an den Inhalt meiner vielen Blogposts zu erinnern. Plötzlich ging mein Handyalarm los. Die Bandprobe! Schnell winkte ich den Kellner zu uns und während er die Rechnung ausdruckte, schüttete ich den restlichen Kaffee in mich hinein. Phoenix hatte seinen nicht einmal angerührt.

Er bezahlte, was ich eigentlich nicht wollte – schließlich war das kein Date, sondern ein aufgezwungenes Treffen gewesen. Aber er bestand darauf und ich gab schließlich nach.

»Wir klären das mit dem Tagebuch später«, warnte mich Phoenix beim Verlassen des *Salvadorean* vor. Ich freute mich schon so sehr darauf, dass ich Luftsprünge machte. Eher nicht.

Nach einer kurzen Busfahrt hielten wir beim *Bricks* und überquerten mit schnellen Schritten den Vorplatz. Zahlreiche Blicke folgten uns, folgten Phoenix. Gleich darauf setzte das Geflüster ein.

Vor dem Eingang blieb ich stehen. »Äh. Wir sehen uns morgen?« Ich wusste nicht, wie man sich korrekt von seinem Schicksalsbringer verabschiedete. Irgendwie hatte ich mich den Nachmittag über an seine Anwesenheit gewöhnt. Und ich musste zugeben, dass er sich wirklich einigermaßen benommen hatte.

Er sah mich mit erhobenen Augenbrauen an, dann grinste er.

»Wir sehen uns. Und denk immer daran …«

Ich hob die Hand. »Ja, ja. Lass dich von niemandem beißen.« Ich lachte, während er an seiner Unterlippe zupfte, was mich verunsicherte. Dann schenkte er mir dieses unwiderstehliche Lächeln und mein Herz reagierte mit einem polternden Galopp.

Er kam näher und ... umarmte mich. In mir verkrampfte alles, ich roch ihn wieder so intensiv, dass mein Hirn fast abschaltete und ich die Worte, die er mir ins Ohr hauchte, kaum verstand. »Lass dich von niemandem verunsichern, Kiera.«

Er löste sich von mir, wandte sich ab und ging davon.

Ich stand wie benommen da, noch immer in seinen Geruch eingehüllt, und mein klopfendes Herz sorgte dafür, dass ich mehrmals schlucken musste.

»Da bist du ja endlich!«

Ich zuckte zusammen und sah Cody an, der an der geöffneten Eingangstür lehnte.

»Seit wann bist du so schreckhaft?«, musterte er mich besorgt.

»Ach, ich ... Sind die anderen schon da?«, fragte ich mit belegter Stimme.

»Natürlich. Wir warten nur noch auf dich.« Cody machte eine ausladende Geste, damit ich eintreten konnte. »Hayden und ich sind schon länger hier. Wir haben die Songs zu zweit geprobt. Er hat es so drauf, sag ich dir. Fehlerfrei. Ein absoluter Glücksgriff. Wir werden diesen Bandbattle so was von rocken.«

»Hmhm.« Mehr konnte ich nicht sagen. Cody war so lange Zeit mit Hayden allein gewesen. Ich schluckte.

Eigentlich hatte ich vor, Phoenix nicht ernst zu nehmen und zumindest zu versuchen, Cody alles zu erzählen. Aber was, wenn Phoenix recht hatte und ich Cody damit in Gefahr brachte? Ich musste noch mal mit Phoenix reden. Bis dahin würde ich mich von Cody fernhalten, ihn so gut ich konnte beschützen.

Kapitel 23

Gemeinsam betraten wir den Proberaum und sofort spürte ich Haydens Blick auf mir. Ich bekam eine Gänsehaut, wollte nicht zu ihm sehen, konnte mich dem Drang jedoch nicht widersetzen. Wie von selbst wandte ich mich ihm zu.

Seine strahlenden blauen Augen waren leicht zusammengekniffen, die eigentlich vollen Lippen waren zu einem Strich verzogen. Dann lächelte er freundlich wie am Tag unserer ersten Begegnung. Nun jedoch bekam ich eine Gänsehaut am ganzen Körper.

»Hi, Kiera«, winkte er mir lässig zu. Ich brachte nur ein steifes Nicken zustande.

Cody sah irritiert zwischen uns hin und her, warf mir einen fragenden Blick zu, ich reagierte mit einem Kopfschütteln.

Er zuckte mit den Schultern und griff seine Gitarre. »Wir proben die gesamte Titelliste. Strengt euch an, ich weiß, dass wir die Besten sind!« Er lachte, legte den Gitarrengurt über die Schulter und trat vor sein Mikrofon.

Nach einem kurzen Nicken in Jasons Richtung schlug dieser die Drumsticks an und wir gaben alles.

Binnen zwei Takten wurde ich von der Euphorie der Jungs mitgetrieben. Endorphine jagten durch meinen Körper und versetzten mich in einen Glücksrausch. Wie schon bei

Haydens Vorspiel war jeder Ton von Cody oder mir, jeder Akkord und jede Melodie der Instrumente, jeder rhythmische Schlag der Bassdrum einfach perfekt. Ich wurde noch glücklicher, zufriedener, und gleichzeitig fühlte es sich so falsch, so aufgesetzt an.

Mein Blick schoss zu Hayden, der sich voll auf sein Spiel konzentrierte. Oder dies zumindest vorgab. Es war zu viel. So berauschend Musik auch sein mochte, es sollte sich auch für meine Bandkollegen nicht *so* anfühlen. Natürlich freute ich mich, dass alles glattlief, aber nicht *so sehr*.

Hayden schien meinen Blick zu spüren und sah schräg zu mir hinüber. Seine halblangen dunkelblonden Haare fielen ihm ins Gesicht, seine blauen Augen funkelten überirdisch zwischen den Haarsträhnen hervor. Es lag ein völlig fremder Ausdruck darin, den ich nicht zuordnen konnte, den ich aber bereits einmal gesehen hatte: in der Schule, als Cody plötzlich von streitlustig auf völlig strebsam geschaltet hatte.

Meine Liste von Dingen, über die ich mit Phoenix reden wollte, wurde immer länger. Gleichzeitig stimmte ich Phoenix völlig zu: Hayden *war* gefährlich. Er schaffte es irgendwie, uns falsche Gefühle aufzuzwängen.

Wir spielten die komplette Setlist durch, ohne auch nur den kleinsten Patzer. Cody genoss die – vermutlich von Hayden inszenierte – Euphorie, jubelte, als hätte er einen Grammy gewonnen, und umarmte einen nach dem anderen stürmisch.

Mit Argwohn verfolgte ich, wie Hayden ihm ebenfalls auf den Rücken klopfte, und verspannte mich, als ich an der Reihe war.

Ich lehnte Codys Angebot ab, gemeinsam etwas trinken zu gehen, und schob Müdigkeit vor.

»Du solltest auch besser heimgehen, damit du morgen in der Schule fit bist«, versuchte ich, ihn so unauffällig wie möglich von Hayden zu trennen, aber es funktionierte nicht. Kurz erwog ich, doch mitzugehen, hatte aber Angst, dass ich dann vielleicht plötzlich allein mit Hayden dasaß.

»Viel Spaß euch. Bis morgen früh!« Ich biss mir auf die Zunge. Jetzt, wo Phoenix mein Begleiter war, sollte mich Cody morgen früh wohl besser nicht abholen ... Aber es war zu spät, das richtigzustellen. Ich würde ihm später schreiben, dass ich früher losgehen musste oder so.

Schnell schnappte ich Jacke und Tasche und flüchtete aus dem Proberaum. Erleichtert stellte ich fest, dass Phoenix direkt neben dem Eingang zum Jugendzentrum stand.

Gemeinsam mit Amy und den Stiefschwestern. Sofort verflog auch das letzte bisschen meiner guten Stimmung.

Er bemerkte mich und wandte sich mir zu. Sein Lächeln entschädigte für alles. Verdammt, seit wann empfand ich seine Gegenwart als beruhigend? Aber wenigstens seufzte ich nicht so dämlich wie Ana und Drew in solchen Situationen.

»Was willst du hier?«, giftete mich Amy an. Sie hatte zu ihrer alten Form zurückgefunden. Irgendwie schade.

Ehe ich etwas sagen konnte, fasste Phoenix mich an der Hand und fragte übertrieben deutlich: »Wollen wir gehen?«

Ich konnte mir nicht verkneifen, Amy hämisch anzugrinsen, ihr Blick war einfach göttlich. Fehlte nur noch, dass aus ihrem weit geöffneten Mund Sabber lief – ehe sie ihr Gesicht wieder unter Kontrolle bekam und die Augen zusammenkniff.

Phoenix zog mich mit sich und ich vergaß vor lauter Freude darüber, Amy eins ausgewischt zu haben, dass er noch immer meine Hand hielt.

Erst bei der Bushaltestelle bemerkte ich es und wollte sie wegziehen. Phoenix hielt mich aber fest. Ich blieb stehen und sah zu ihm auf.

»Du kannst mich loslassen«, sagte ich. Meine Stimme klang verunsichert.

»Warum? Es ist die beste Tarnung, die wir haben können.«

»Wir sind allein.«

»Wir müssen ja noch üben.« Der Bus kam, aber Phoenix ließ meine Hand selbst beim Einsteigen nicht los. Die Ausrede klang flach und falsch, aber ich musste mir eingestehen, dass ich mich sicher fühlte.

»Du lächelst«, erschreckte er mich.

Ich stellte fest, dass er recht hatte. Schnell schaute ich ernst, was ihn auflachen ließ.

»Kann Hayden Gefühle beeinflussen?«, platzte ich heraus.

»Warum fragst du?«

Wir schwiegen einen Moment und ich beobachtete durchs Fenster, wie wir den Industrial District verließen.

»In der Probe ... Die anderen waren so euphorisch, regelrecht berauscht. Und letztens in der Schule, als du Cody geärgert hast, war er plötzlich ganz still, weil Hayden sich eingemischt hat. Habe ich recht?«

Im Augenwinkel nahm ich sein Nicken wahr. Dann blieb er stehen und drehte mich zu sich.

»Glaubst du mir jetzt?«

Ich sah ihn misstrauisch an. »Ein wenig«, versuchte ich zu überspielen, wie sehr mich Haydens Blicke verängstigt hatten.

»Gut«, sagte Phoenix lächelnd und drückte auf den Stopp-Knopf.

Mit schnellen Schritten schlugen wir den Weg zu mir nach Hause ein und fast automatisch begann mein Magen zu knurren.

»Du musst etwas essen.«

»Ich werde mir gleich etwas bestellen. Mom ist nicht da, also gibt es die obligatorische Pizza.« Ich lächelte vor mich hin. Meine geliebte Pizza Peperoni würde mich wieder aufheitern. Ich zog mein Handy aus der Tasche und rief bei José an. Er versprach mir, dass Austin in fünfzehn Minuten liefern würde.

An der Tür wollte ich mich von Phoenix verabschieden.

»Danke, dass du mich nach Hause begleitet hast«, sagte ich.

»Das gehört zum Job«, sagte er mit einem Stirnrunzeln, als er verstand, was ich ihm deutlich machen wollte. »Genauso wie es dazugehört, dass ich dich Tag und Nacht bewache«, fügte er hinzu.

»Was?«, kiekste ich.

Er strahlte mich an. »Natürlich, Schätzchen.«

»Vergiss es. Ich brauche meine Ruhe.« Ich drehte meinen Schlüssel im Schloss und öffnete die Tür.

»Keine Chance.«

»Meine Mom …«, versuchte ich es.

»Sie wird mich nicht sehen, glaub mir. Und ich muss dich beschützen.«

»Träum weiter.« Ich sprang mit einem Satz ins Haus und wollte die Tür hinter mir schließen.

Er hielt sie offen. »Es ist zu gefährlich, Kiera.«

»Was soll mir hier schon passieren? Ich bin zu Hause.« Doch meine Worte klangen unsicher und der Einbruch kam mir in den Sinn. Phoenix schien meinen Gedanken zu erraten.

»Hayden war verantwortlich für den Einbruch«, sagte er mit fester Stimme. »Er hat versucht, die Münze an sich zu bringen, ehe du dich mit ihr verbunden hast.« Ich runzelte die Stirn darüber und reimte mir zusammen, dass er die Markierung meinte, die ja nun vollständig war. Kurz bohrten sich meine Fingernägel in die Stelle, an der das Tattoo erschienen war, ehe ich mich entspannte und Phoenix mit festem Blick ansah:

»Halte einfach draußen Wache, in Ordnung?« Ich brauchte Ruhe, um mir alles durch den Kopf gehen zu lassen und eine Möglichkeit zu finden, wie ich Cody von Hayden fernhalten konnte. Am besten, ohne dabei unseren Gig zu versauen. Das konnte ich ihm nicht antun.

»Wie du meinst.« Phoenix' Kiefermuskulatur trat deutlich hervor. Ich nickte ihm zu und schloss die Tür zwischen uns.

Schnell zog ich mir bequeme Klamotten an und kuschelte mich aufs Sofa.

Beim ersten Türklingeln sprang ich sofort auf. Mein Magen knurrte bereits, als ich die Tür aufriss. Wie immer hielt Austin mir den verführerisch duftenden Pizzakarton entgegen, dennoch wirkte er plötzlich so ... anders. Das Lächeln, das beim Gedanken an mein Essen wie von selbst erschienen war, erstarb mit einem Blick in Austins Augen. Sie waren leer, trüb und ausdruckslos – schlimmer als bei Mom frühmorgens.

»Hi, Austin, alles okay?«, begrüßte ich ihn vorsichtig, aber er schien mich gar nicht wahrzunehmen. Instinktiv wich ich kurz zurück.

Ich wollte nur noch schnell nach meiner Pizza greifen und Austin loswerden, da machte er schon einen Satz nach vorne und drängte mich mit dem Karton in den Hausflur. Ich schrie auf, wich zurück. Panik lähmte mich, als Austin immer näher kam – und mich doch eigentlich gar nicht ansah. Wie ein Zombie …

Plötzlich wurde er nach hinten gerissen und nach draußen geschleudert. Wie eine Puppe landete er in unserem überwucherten Vorgarten.

»Verdammt!«, rief Phoenix, der sich plötzlich vor mich gebeamt hatte. Er drängte mich in Richtung Küche und schloss in Windeseile die Haustür. Ich hörte ein Prasseln wie ein Funkenschlag und hinter den Milchglasscheiben der Tür blitzte es blau auf, als jemand dagegenschlug.

Mein Puls raste, mein Atem ging stoßweise wie nach einem Marathonlauf.

Angst. Sie kam spät, aber schlug mit voller Wucht zu.

»Was war das, Phoenix? Was ist mit ihm?«, fragte ich zitternd.

»Das war Hayden.«

Ein absolut gelungener Schachzug. Die Fäden des Schicksalsgewebes verknüpften sich, gingen neue Verbindungen ein, schufen ein anderes Bild der Zukunft.

Dennoch stand er lächelnd da. Es gab nicht viel, das ihn noch überraschen konnte. Er hatte schnell reagiert.

Die Tochter des Schicksals zeigte ihm völlig neue Wege auf. Das musste sie. Sie war etwas Besonderes, auch wenn sie es noch nicht wusste.

Sie war es, die einfach alles verändern würde. Bald.

Kapitel 24

Meine Beine gehorchten mir nicht mehr und ich geriet ins Taumeln. Mein Herzschlag beruhigte sich allmählich, aber immer wieder wurde ich von Schluchzern geschüttelt. Doch es kamen keine Tränen, dafür war der Schock noch zu groß. Hätte es auch Cody treffen können?

Ich wusste nicht, wie lange wir schon hier im Wohnzimmer saßen. Phoenix hatte mich erbarmungslos hierher geschoben und irgendwann auf das Sofa gedrängt. Kurz darauf war er für ein paar Sekunden verschwunden. Oder vielleicht auch länger. Dann saß er plötzlich dicht bei mir, als wäre nichts geschehen. Bis jetzt hatte ich mich nicht gerührt, war mir seines Armes auf der Lehne hinter mir jedoch nur allzu deutlich bewusst.

»Was ist mit Austin?«, fragte ich. Als Phoenix nicht reagierte, zog ich ein Bein aufs Sofa und wandte mich ihm zu, sodass ihn mein Knie berührte.

»Er kommt in Ordnung, keine Sorge«, knurrte er. »Ich habe ihn weggebracht.«

»Wohin?«

Phoenix schüttelte den Kopf und machte deutlich, dass ich hierüber keine weitere Erklärung zu erwarten hatte.

»Warum war er so?« Ich sah hoch in seine dunkelbraunen Augen. Er knirschte mit den Zähnen.

»Geistige Beeinflussung«, brummte er. »Das ...«, er wandte den Blick ab, sprach jedoch nicht weiter.

Erst jetzt begriff ich, dass ich mich dichter als jemals zuvor bei ihm befand, direkt in seinen Armen, umnebelt von seinem sportlichen Aftershave und der etwas herberen Note nach Natur, die ich unweigerlich mit meiner Kindheit verband, mit Geborgenheit, mit Cody.

Vielleicht lag es an genau jenem vertrauten Geruch, an der Erinnerung an gute Zeiten, dass ich mich so geborgen fühlte, so sicher. Beinahe wie bei meinem besten Freund, der mich nach dem Einbruch getröstet hatte.

»Was wollte Hayden?«, flüsterte ich und schob mich ein wenig von Phoenix weg, nicht jedoch, ohne noch einmal tief einzuatmen.

»Die Münze. Wie immer. Unser ewig währender Kampf.« Phoenix presste die Lippen zusammen. Sein Blick war in die Ferne gerichtet, vermutlich auf unzählige solcher Situationen. Ich erschauderte.

»Ich weiß nicht, wo die Münze ist«, sagte ich leise. »Ich habe sie noch gesucht, aber ... Sie ist weg.«

»Sie kann nicht weg sein«, beruhigte Phoenix mich. Seine Hand glitt meinen Arm hinab zu meiner Hand und er drehte die Handfläche nach oben. »Solange das da ist, bist du die Trägerin.« Er tippte, wie schon einmal, auf meine Haut und das Tattoo erschien. Nun aber ohne das schmerzhafte Brennen. »Siehst du?«

Ich blickte wieder zu ihm auf. Sein Kopf war zu mir herabgesenkt, seine Stirn berührte beinahe meine, seine Haare kitzelten mich. Schnell rückte ich nach hinten und stieß ein Kissen vom Sofa.

»Aber wo ist die Münze?«

Phoenix trat einen Schritt zurück und musterte mich mit zusammengekniffenen Augen von oben bis unten.

»Du hast keine Tasche an dieser Hose.«

»Na und?«

»Also gibt es vermutlich nur eine Stelle …« Er lächelte amüsiert, aber in seinen Augen stand ein nie da gewesener Ausdruck.

Ich legte den Kopf schief.

»Die Münze befindet sich immer irgendwo an dir«, druckste Phoenix herum, das breite Grinsen konnte er sich jedoch nicht verkneifen.

Halb schockiert, halb belustigt sah ich an mir hinab: Ich hatte mir vorhin einen alten Oversize-Pullover und Leggins angezogen. Weder das eine noch das andere hatte eine Tasche. Phoenix starrte auf den Ausschnitt meines Pullovers.

Die Versuchung war groß, meine Arme vor der Brust zu verschränken. »Was?«, blaffte ich.

»Die Münze. Sie ist irgendwo an deinem Körper«, wiederholte er. Bei dem ›irgendwo‹ deutete er auf meine Brust.

Ich verschluckte mich und hustete.

»Soll ich es dir zeigen?«, fragte er mit einem amüsierten Funkeln in den Augen.

Bloß nicht! Ich drehte mich von ihm weg und fischte in meinem BH nach der Münze. Natürlich hatte Phoenix recht.

»Glaubst du mir jetzt?« Er war etwas zurückgerutscht und seine Augen blitzten herausfordernd.

Ich seufzte.

»Du kannst auch einen Faden hier durchziehen«, er deutete auf das kleine Loch an der Münze, »wenn du nicht möchtest, dass sie *irgendwo* auftaucht.«

Guter Plan. »In meinem Zimmer ist sicher irgendwo ein Lederband.«

Wir sprangen gleichzeitig auf und ich prallte mit Phoenix zusammen, der nicht schnell genug zurückweichen konnte. Er hielt mich fest, damit ich nicht umkippte.

»So viel zum Thema, du brauchst niemanden, der auf dich aufpasst.« Er schnaubte. Ich warf ihm einen finsteren Blick zu, ehe ich das Wohnzimmer verließ.

Schnell huschte ich die Treppe hinauf, öffnete die Tür zu meinem Zimmer und knipste das Licht an.

Ich zuckte zusammen, als ich Phoenix auf meinem Bett sitzen sah. Auf meinem Bett! Irgendeine dämliche Stimme in meinem Kopf gratulierte mir, dass ich die pinkfarbene Bettwäsche rechtzeitig entfernt hatte. Dafür nahmen jetzt aber meine Wangen eine pinke Farbe an.

»Was tust du hier? Ich bin sofort wieder unten.«

»Mir gefällt es hier.« Er sah aus, als wäre es für ihn selbstverständlich, auf fremden Betten herumzusitzen. Aber vielleicht war es das auch? Wie oft hatte er wohl schon …? Ein peinliches Knurren unterbrach meine Gedanken.

»Du hast immer noch Hunger.«

Ich schluckte, als ich daran dachte, was mit Austin – und mit meiner Pizza – passiert war. Der Appetit war mir vergangen und ich ignorierte das Magenknurren, wandte mich ab und kramte in einer Schublade nach einem geeigneten Band für die Münze, um die meine Hand noch immer fest zur Faust geballt war. Ich atmete ein paarmal ein und aus. Das war einfach zu viel.

Ging es Austin gut? Phoenix musste ihn mehrere Meter weit geschleudert haben.

»Alles wird gut«, flüsterte es direkt hinter mir. Ich spürte

Phoenix' Wärme in meinem Rücken und sein Atem streifte meinen Nacken. Sofort bekam ich eine Gänsehaut, was mich ein wenig ablenkte.

Endlich hatte ich gefunden, was ich wollte, und zog ein Lederband aus der Schublade. Mit zittrigen Händen versuchte ich, es durch das kleine Loch in der Münze zu ziehen.

Phoenix drehte mich zu sich um und nahm mir beides aus der Hand.

»Du machst dir Sorgen um den Pizzaboten«, sagte er leise, während er geschickt das Band durch die Münze fädelte und verknotete.

Ich nickte nur, was er erst erkannte, als er zu mir aufsah und mir das Band über den Kopf streifte. »Und um Cody«, erklärte ich. »Wenn schon Austin ...«

»Ihm ist nichts passiert. Er wird sich morgen nicht erinnern. Die Regeln, schon vergessen?« Er runzelte kurz die Stirn. »Vielleicht hat er etwas Kopfschmerzen und überlegt, warum er sich nicht an die Party erinnern kann, die zu diesem Kater geführt hat.« Er lächelte mich aufmunternd an und es funktionierte. Ich beruhigte mich ein wenig. Seine Nähe hatte dieselbe Wirkung auf mich wie Codys. Was gruselig war, denn eigentlich sollte er jedem Menschen Angst machen, so uralt, wie er war, und so bedrohlich, wie er manchmal wirken konnte. Ich schloss die Augen, senkte den Kopf und dachte mich in eine Welt vor alldem.

»Aber du hast jetzt gesehen, was Hayden tun würde, um an die Münze zu kommen. Ihm sind alle Mittel recht. Ein jedes Mal beginnt das Spiel von vorne. Ich passe gut auf, mach dir keine Sorgen. Erst ein einziges Mal ist es gelungen, dass die Münze dem Träger abgenommen wurde.«

Ich presste die Lippen zusammen und wollte mir gar nicht erst vorstellen, wie das passiert war. War der Träger womöglich auch nichts ahnend an der Haustür überwältigt worden? Oder war ein Geschäftskunde plötzlich ausgerastet, weil er unter Beeinflussung gestanden hatte? Oder war es doch der beste Freund gewesen?

Cody.

Ich musste Cody beschützen.

Ein Gongschlag ließ mich zusammenfahren. Phoenix spannte sich an. Dem Gong folgte ein Vibrieren, ehe die Gitarre einsetzte. Mein Handy klingelte und tanzte zu *Hells Bells* auf dem Schreibtisch, wo ich es nach dem Umziehen vermutlich hatte liegen lassen.

Ich schnappte es mir und sah aufs Display. »Cody.«

»Geh nicht ran«, sagte Phoenix beschwörend. Ich widerstand dem Drang, bis die Musik endlich aufhörte. Wenig später kam eine Nachricht.

Wo steckst du? Amy hat gesagt, dass du mit Phoenix gegangen bist. Das kann doch nicht dein Ernst sein! Sogar Hayden macht sich Sorgen, und der ist sein Bruder.

Ich schluckte. Phoenix stand dicht hinter mir und las mit. Mein erster Instinkt sagte, ich solle ihn wegschubsen, aber eigentlich war es egal. Ich wandte mich um und sah ihn fragend an.

»Schreib ihm, dass du ein Date mit mir hattest. Oder mehr …« Das Lächeln auf Phoenix' Gesicht wirkte wie einstudiert.

»Das würde Cody mir nicht abnehmen. Du bist …«

Er knurrte, lächelte dann aber. »Schreib ihm, dass du mir

angeboten hast, bei etwas zu helfen«, schlug er schließlich vor.

Ich verzog das Gesicht. Ich musste reagieren. Sonst würde Cody gleich vor der Tür stehen.

Vielleicht wäre es wirklich am besten ... Ich spielte noch für einen Moment mit dem Gedanken. Phoenix sah mir an, was ich dachte.

»Es ist das Beste für ihn«, versicherte er mit Nachdruck. »Das weißt du.«

Ich wusste es. Ich musste Cody von mir fernhalten. Und das Klischee einer frisch Verliebten, die nur noch Zeit mit ihrem ›Schatz‹ verbringen möchte, passte zu gut.

Ich bin mit Phoenix zusammen.

Damit ich es mir nicht noch mal überlegen konnte, drückte ich sofort auf ›Senden‹. Binnen Millisekunden erklangen die Glocken von *Hells Bells*.

Phoenix nahm mir das Handy aus der Hand und ich versuchte, meinem Herzen die Last ebenso zu nehmen. Ich hatte meinen besten Freund vor den Kopf gestoßen. Zu seiner eigenen Sicherheit.

Phoenix schaltete mein Handy aus und ich fühlte mich, als hätte ich soeben einen wichtigen Teil von mir verloren. Meinen besten Freund.

Selbst wenn Fortuna es ihm persönlich unterbreitet hätte, hätte er nicht mit dieser Entwicklung gerechnet. Er musste improvisieren, den anderen voraus sein, damit sich die Tochter des Schicksals auch weiterhin auf den vorgesehenen Pfaden bewegte.

Ihre Entschlossenheit war beeindruckend, doch seine war größer, in Jahrtausenden gewachsen.

Von niemandem würde er seine Pläne durchkreuzen lassen.

Kapitel 25

»Es ist nur zu seinem Schutz.« Phoenix sagte diesen Satz in Dauerschleife. So langsam wurde ihm unwohl, das war deutlich zu spüren. Er schlich in meinem Zimmer hin und her wie ein eingesperrter Tiger.

Ich saß einfach nur da und starrte ins Leere.

»Es war richtig«, sagte er noch einmal.

»Ich weiß«, seufzte ich. »Aber deshalb tut es nicht weniger weh. Cody gehört zu mir, seit wir kleine Kinder waren. Er ist wie ein Bruder für mich.«

Phoenix sah mich lange an. »Ein Bruder. Soso.«

»Was soll das heißen?«

»Nichts.«

Ich sah ihn böse an, doch er reagierte nicht.

»Willst du ...« Er schüttelte den Kopf und fuhr sich nervös durch die Haare. Danach standen sie in alle Richtungen, was irgendwie ... Ich schloss die Augen und vergaß den Gedanken. »Willst du mir von deinem Tagebuch erzählen?«

Ich sah zu ihm hoch. Vermutlich sah ich aus wie das schlimmste Häufchen Elend, das er je gesehen hatte – und das bei seinem Alter! –, denn er murmelte ein »Sorry, vergiss es«.

Aber vielleicht war es besser zu reden, als mich in gemeinsamen Erinnerungen von Cody und mir zu vergraben und ständig daran zu denken, dass er mir das alles niemals verzeihen würde.

»Nein, es ist okay«, sagte ich, holte tief Luft und wollte anfangen.

Phoenix unterbrach mich und deutete aufs Bett. »Darf ich?«

Aus Mangel an weiteren Sitzplätzen – außer meinem unbequemen Schreibtischstuhl – nickte ich. Im nächsten Moment spürte ich, wie die Matratze nachgab und ich in seine Richtung kippte. Schnell rutschte ich etwas weiter weg.

»Als die Trennung meiner Eltern sicher wurde, hat mich meine Mom zu einer Therapeutin geschleppt.« Ich warf ihm einen Wehe-du-kommentierst-das-Blick zu und Phoenix schloss den halb geöffneten Mund wieder.

»Sie empfahl, dass ich meine Gefühle und die Eindrücke des Tages kurz notieren sollte, damit wir einmal die Woche darüber sprechen konnten. Ansonsten hätte ich öfter hingemusst.« Und dieses Schauspiel reichte mir wirklich einmal pro Woche. »Am Abend lag ein Notizbuch auf meinem Bett. Ich habe nur eine Nachricht für meine Mom hineingeschrieben und es anschließend unter meiner Matratze versteckt.«

Phoenix hob eine Augenbraue.

»Ich liebe meine Mutter, aber sie ist so kontrollsüchtig. Da sie so viel arbeitet, spürt sie wohl den Drang, mich anderweitig zu umsorgen. Sie hätte alles gelesen, nur um sich zu vergewissern, dass sie nichts verpasste und es mir gut ging.« Ich seufzte. »Um meinen Teil der Abmachung einzuhalten, habe ich einen Blog erstellt. Nur einen ganz einfachen, auf privat gestellt. Aber dort kann ich alles aufschreiben. Da ich davon ausgehe, dass meine Mom keine Hackerin ist, sind meine Einträge so vor ihr sicher.«

Phoenix zupfte an seiner Unterlippe.

»Es sollte so nicht funktionieren«, murmelte er.

»Was, wenn es egal ist, wo man schreibt? Hat es schon jemand getestet?«

»Ich habe bisher niemanden getroffen, der Tagebuch schreibt – ganz gleich, wo.«

»Ich kenne auch nicht sehr viele«, lachte ich. Oder diejenigen, die es taten, erzählten nicht davon.

»Ich vermute, bei Jüngeren ist es ... verbreiteter. Du weißt doch, dass ich noch nie zuvor eine Schule von innen gesehen habe.«

Ich erinnerte mich daran. Aber erst jetzt, wo ich langsam verstand, was Phoenix' Aufgabe war, erkannte ich die Bedeutung dahinter. Auch hinter seinem Geschimpfe, dass das Schicksal nun in den Händen eines Teenagers, eines *Kindes*, lag, wie er abfällig gesagt hatte. Die Erinnerung schmerzte. Sah er mich immer noch so?

»Wie waren denn die anderen Träger so?« Ich zwirbelte an einer Falte meiner Bettdecke herum und wagte es nicht, ihn anzusehen.

»Älter. Meist einflussreicher. Sie wussten, was sie wollten, viele von ihnen hatten Visionen und Pläne, die sie mithilfe der Münze realisieren konnten.«

Plötzlich fühlte ich mich klein und unbedeutend. »Welche Art Pläne und Visionen?«

Er zuckte mit den Schultern. »Von der Vereinigung Europas bis zum Börsencrash haben Hayden und ich wohl schon alles gesehen.«

Jetzt fühlte ich mich wirklich wie ein Nichts. Ich hatte

mit Politik nichts am Hut, ich war eine Schülerin, deren größte Sorge es war, dass die Trennung ihrer Eltern sie in eine Krise stürzte, für welches College sie sich entscheiden sollte und dass ihr bester Freund glücklich wurde. Und wenn es nach Phoenix ging, konnte ich mit dieser supertollen neuen Fähigkeit kaum etwas davon beeinflussen. Toll. Ganz toll.

Phoenix verfolgte neugierig mein emotionales Chaos. »Ich helfe dir gerne«, sagte er.

»An was denkst du?«

»Wir könnten Nachrichten schauen und du könntest dir überlegen, welche Veränderungen du vornehmen würdest.«

Na, das klang ja aufregend. Phoenix verdrehte die Augen – vermutlich weil ich ihn ansah, als hätte er mir angeboten, Würmer zu essen. Was vermutlich in etwa denselben Spaßfaktor hatte.

»Schon gut, schon gut.« Er hob ergeben die Hände. »Es hatten nicht alle den Wunsch nach großen Veränderungen.« Es klang, als wäre das etwas Schlechtes. »Dann … Schauen wir einfach, was sich morgen so ergibt?«

Die Idee gefiel mir schon besser. Für irgendwelche positiven Dinge musste sich meine neu gewonnene Superkraft doch lohnen.

»Woher weiß ich denn, wen ich … beeinflussen kann?«, fragte ich. Bislang hatte ich mir zusammengereimt, dass es etwas mit dem Schmerz bei Berührung zu tun haben musste. Aber es war ja nicht so, dass ich Leute aus den Nachrichten berühren konnte, um zu sehen, ob das Mal reagierte.

»Mit etwas Übung bekommst du einen Blick dafür. Es ist gar nicht schwer. Und bis dahin kann ich es dir sagen.«

»Du kannst es *sehen*?«

Er nickte langsam. »Nicht direkt … Es ist eher so eine Art sechster Sinn.«

Ich versuchte mir vorzustellen, wie Phoenix' Blick auf die Welt war. Er sah in eine Gruppe von Menschen und spürte, wessen Schicksale beeinflussbar waren? Ich stellte mir so einen Röntgenblick ziemlich gruselig vor.

Ich gähnte und warf einen kurzen Blick zur Uhr. Es war schon nach elf. Sicher würde Mom bald heimkommen. Morgen war Schule und ich sollte dringend schlafen.

»Ich schätze, ich sollte dann mal ins Bett«, sagte ich. Phoenix machte aber keine Anstalten, sich aufzulösen, ganz gleich, wie auffordernd ich ihn ansah.

»Das war eine höfliche Aufforderung an dich, zu verschwinden!«

»Niemals!«, sagte er selbstbewusst und ließ sich aufs Bett fallen. Sein Shirt rutschte nach oben und ich konnte nicht anders, als den schmalen Streifen Haut anzusehen, der über die ausgeprägten Bauchmuskeln gespannt war – und das Tattoo auf seiner Seite, das ich schon im Unterricht entdeckt hatte. Schnell starrte ich wieder zur Uhr und drängte die Hitze in meinen Wangen dorthin, wo sie hergekommen war, ehe ich mich wieder ihm zuwandte.

»Du willst doch nicht etwa …«

Ich war sprachlos.

Doch, er wollte.

»Meine Mom, sie wird nicht gerade …«

»Sie wird mich nicht sehen, keine Sorge. Niemand wird das, wenn ich es nicht will. Ich bin dein … Begleiter«, sagte er zögernd. »Und ich muss dafür sorgen, dass du in Sicherheit bist.«

»Du meinst die Münze.«

Er sah mich irritiert an, dann korrigierte er sich. »Das meinte ich damit.« Allzu überzeugt klang er aber nicht.

Ich wusste nicht, ob mir die Idee gefiel. Cody hatte so oft bei mir im Zimmer geschlafen, aber Phoenix? Ich hatte nicht einmal ein Gästebett und er wollte doch nicht etwa …

Er lachte laut auf. »Keine Sorge. Ich schlafe nicht.«

»Sondern?«

Nun zuckte er mit den Schultern.

»Du weißt, dass es gruselig wäre, wenn du mich beim Schlafen beobachtest?«

»Dann verspreche ich dir, dass ich dich nicht beobachten werde.«

»Haha!«

Er grinste, ich gab mich geschlagen und ging ins Badezimmer.

Während des Zähneputzens versuchte ich, meine Gefühle zu ordnen. Sicher war es unheimlich, dass er mich die Nacht über anstarren konnte, aber ich fühlte mich zumindest sicher, wenn er da war. Ich konnte und wollte im Moment nicht alleine sein. Nicht nur wegen der Gefahr durch Hayden, sondern auch, weil ich mir selbst nicht traute und vermutlich schon in dem Moment, in dem Phoenix sich weggebeamt hatte, Cody angerufen hätte.

Vermutlich wusste Phoenix das.

Seufzend betrat ich mein Zimmer. Phoenix saß auf meinem Schreibtischstuhl und hatte mir den Rücken zugewandt. Er rekelte sich und ich musste lächeln. Ich schlug die Decke zur Seite und machte es mir bequem, ehe ich das Licht ausschaltete.

Mit Phoenix' Geruch auf meiner Decke und einem Lächeln im Gesicht, das sogar blieb, als ich hörte, wie sich der

Schreibtischstuhl drehte, schlief ich ein. Der Gedanke, dass ich heute keinen Tagebucheintrag verfasst hatte, obwohl so vieles passiert war, verfolgte mich in meine Träume. Eine düstere Stimmung legte sich über jede einzelne Szene, die mir durch den Kopf ging.

Kapitel 26

Ich blinzelte mehrmals gegen das gleißende Licht, das selbst hinter meinen Lidern zu Kopfschmerzen führte. Ich öffnete die Augen einen Spalt weit. Irgendwer hatte sogar das große Deckenlicht angeschaltet. Ich war müde, wie gerädert, und wusste gar nicht, warum.

Dann fiel es mir wieder ein. Austin. Phoenix. Ich riss die Augen auf.

»Guten Morgen, Dornröschen«, sagte jemand.

Ich zog die Bettdecke über meinen Kopf und stöhnte. Zu früh!

Jemand, der vorhatte, sehr bald zu sterben, zog sie mir wieder weg.

Ich verteidigte eine Ecke der Bettdecke und verkroch mich wieder darunter. Doch gegen seine Kraft hatte ich direkt nach dem Aufwachen keine Chance.

»Sag mir nicht, dass du morgens immer so … aktiv bist«, nuschelte ich und pustete mir die Haare aus dem Gesicht. Ein Blick auf die Uhr verriet mir, dass mein Wecker erst in einer halben Stunde klingeln würde.

»Wir wollen doch aus dem Haus sein, ehe dein kleiner Freund vorbeikommt, Dornröschen.« Seine gute Laune so früh am Morgen war schlimmer als die arrogante Art, die er sonst an den Tag legte.

»Verschwinde!«, grummelte ich.

»Das willst du doch gar nicht«, sagte er.

»O doch. Das will ich. Und wenn du nicht sehr bald eines qualvollen Todes sterben willst, solltest du es auch wollen.«

Er lachte. Ein echtes, schallendes Lachen, das die Sonne aufgehen lassen würde. Wenn es später am Tag wäre.

Ich drehte mich zur Wand um und klemmte mich an meinen Zipfel der Bettdecke.

Dann pikte mir etwas in den Rücken. Ich knurrte. Was Phoenix nur erneut zum Lachen brachte.

»Bist du morgens etwa immer so?«, seufzte er und ich spürte, wie die Matratze nach unten sank, als er sich setzte. So nah, dass ich seine Gegenwart förmlich spürte.

Piks.

Ich sog scharf die Luft ein.

Piks.

Ich riss die Augen auf und starrte auf die Wand.

Piks.

Ich fuhr herum und warf ihm den tödlichsten Blick zu, den ich aufbieten konnte.

Phoenix brach erneut in schallendes Gelächter aus.

Selbst um mich gekränkt zu fühlen, war es noch zu früh. Mit den schweren Lidern kämpfend, rappelte ich mich auf.

»Du weißt, dass ich mich rächen werde, sobald ich fit genug bin, oder?«, murmelte ich und Phoenix tat so, als hätte er entsetzliche Angst.

Ich musste tatsächlich lächeln.

Mistkerl.

»Sie lebt!« Phoenix sprang auf und machte übertriebene Freudensprünge.

»Idiot!«, grummelte ich und streckte mich langsam.

»Deine Mutter ist genauso. Sie war wie ein Zombie, als sie heute früh zu ihrem ersten Termin gefahren ist. Sie hätte mich vermutlich nicht einmal bemerkt, wenn ich auf diese Seite des Schleiers getreten wäre.«

»Sie hat um diese Zeit einen Termin? Woher weißt du das?«

»Ich habe gesehen, wie sie in ihrem Handy nach der Adresse gesucht hat. Und da stand ›Besichtigungstermin‹. Irgendwo in West Seattle.« Er sah mich besserwisserisch an.

Ich stöhnte und ließ mich zur Seite auf mein Kissen fallen.

»Nichts da!«, sagte er und packte mich pfeilschnell, bevor ich mich wieder hinlegen konnte. Ein Kribbeln strömte durch meinen Körper.

»Gehört das eigentlich dazu?«, murmelte ich und versuchte, endlich klar denken zu können, obwohl Phoenix so nah war. Da war eine Kraft, die mich zu ihm zog. Doch das auszusprechen, war keine Option.

»Was?«

»Dass …« O Mann, ich war zwar noch immer schläfrig, aber den Ausdruck auf seinem Gesicht konnte ich trotzdem schon allzu gut beurteilen. Mit dem Tempo eines Faultiers warf ich ihm mein Kissen entgegen und änderte meine Antwort: »Dass du der arroganteste, eingebildetste Mensch bist, den ich kenne. Hätte Fortuna nicht jemand Netteren aus dem Füllhorn zaubern können?«

Phoenix schnaubte und spielte den Eingeschnappten. Mein Mund klappte auf.

»Was hattest du sagen wollen? Sprich es aus, los«, forderte er.

Ich presste die Lippen zusammen und schüttelte auf kindische Weise den Kopf so schnell, dass meine Haare umherflogen.

Dann tat er etwas, das seit gefühlten Jahrhunderten keiner mehr mit mir getan hatte: Er kitzelte mich durch. Und ganz gleich, wie sehr ich mich wehrte, ich hatte keine Chance gegen seine Kraft. Er hielt mich fest und ich kringelte mich vor Lachen, schüttelte mich, strampelte – bis ich nicht mehr konnte: »Ich ergebe mich!«

Mit einem siegesgewissen Zucken um die Mundwinkel hörte Phoenix auf, ließ mich aber nicht los. Ich lag immer noch halb auf seinem einen Arm, die andere Hand ruhte auf meiner Taille.

Von der einen zur anderen Sekunde hatte sich die Situation komplett verändert. Statt Lachkrämpfen hatte ich nun plötzlich Bilder im Kopf, die hier so gar nichts zu suchen hatten. Ich schluckte.

Phoenix wurde sich der Situation ebenfalls bewusst. Er starrte mich lange an, mein Herz klopfte wie verrückt, meine Haut prickelte an der Stelle, an der seine Hand auf meinem T-Shirt lag.

Ich sah, wie Phoenix die Lippen schürzte und sich langsam hinabbeugte. Das Prickeln wurde zu einem Kribbeln, das ich bis in jede Zelle meines Körpers spürte. Sein Gesicht war nur noch wenige Zentimeter von meinem entfernt, sein Atem streifte mich bereits und ich schloss instinktiv die Augen. Dann spürte ich, wie ein Ruck durch ihn fuhr. Gleich darauf landete mein Körper auf dem Bett.

Ich stemmte mich auf die Unterarme und sah mich im Zimmer um. Phoenix war verschwunden. Die Enttäuschung schmeckte bitter und es gelang mir nicht, sie zu vertreiben.

Als ich mich anzog, hörte ich bereits unten die Kaffeemaschine. Wie ein Süchtiger schwebte ich ihr entgegen.

»Ich dachte mir schon, dass dich das anlocken würde«, lächelte mich Phoenix an. Doch sein Lächeln wirkte gezwungen.

Sollte ich ihn darauf ansprechen?

Ich verschob es auf später und seufzte, als Phoenix meinen Kaffee mit einer lächerlichen Verbeugung vor mich hinstellte.

»Die Magie der Sterblichen. Es scheint zu funktionieren«, lachte er. Um diese Zeit durfte man nicht so gut gelaunt sein. Das ging einfach nicht. Vor allem nicht, wenn kurz zuvor etwas passiert war, das mich mehr durcheinanderbrachte als die ganze Sache mit Fortunas Münze.

»Ich werde meinen Stundenplan ändern«, erklärte er, als er mich wohl für wach genug befand.

»Wieso?«

»Damit ich rund um die Uhr bei dir sein kann, Prinzessin«, sagte er, als wäre das doch völlig logisch.

»Wir haben den ganzen Vormittag zusammen. Reicht das nicht?«

Er schüttelte den Kopf. »Du kennst meinen Job.«

»Jaja.« Ich verzog den Mund. »Aber wie willst du das anstellen?«

»Nicht nur Hayden hat einige Tricks drauf«, erwiderte er so schnell und sah dabei zur Seite, dass ich glaubte, mich verhört zu haben.

»Du kannst die Leute auch beeinflussen?« Ich erschauderte, dachte an Austins leeren Blick und den rauschähnlichen Zustand, in den Hayden meine Bandkollegen versetzt hatte.

Phoenix druckste etwas herum. »Wir alle können es.« Er bedachte mich mit einem Dackelblick, doch auch der konnte mich nicht milde stimmen. Alles in mir verkrampfte.

»Hey, ich bin der Gute, schon vergessen?«, sagte Phoenix und hob entschuldigend die Hände.

»Aber du kannst auch Zombies aus den Leuten machen«, warf ich ihm vor. »Du könntest mich ...« Ein Gedanke schoss mir durch den Kopf. Dieses Gefühl, ihm vertrauen zu können, ihn sogar zu ... mögen. Ich riss die Augen auf.

»Nein. Mit dir kann ich gar nichts machen. Der Träger der Münze ist immun gegen unsere Beeinflussung.«

Ich dachte eine Weile über seine Worte nach und überlegte, ob Hayden mich tatsächlich nicht beeinflusst hatte und mich während der Bandprobe wirklich nur die Euphorie der anderen angesteckt hatte. Gruppenzwang oder so.

»Dann kannst du jedermanns Meinung ändern, wenn sie dir nicht passt?«

Er zuckte mit den Schultern. »Ohne diese Fähigkeit könnten wir uns nicht so anpassen, wie es für unseren Job nötig ist. Was wir draus machen, ist eine andere Sache.«

»Und die Träger können wirklich nicht beeinflusst werden?«

»Nein. Ich werde es dir beweisen.«

»Wie?«, fragte ich misstrauisch.

»Warte es einfach ab«, sagte er geheimnisvoll, aber sein Grinsen beunruhigte mich. »Jetzt sollten wir aber los, bevor dein kleiner Freund gleich auftaucht.«

»Ich sollte ihm schreiben, dass ich schon los bin. Dann muss er nicht extra hier vorbeikommen.« Ich suchte die Theke nach meinem Handy ab, bis mir einfiel, dass ich es nicht mit nach unten gebracht hatte.

Phoenix verschwand und im nächsten Augenblick hielt er es mir hin.

»Ähm. Danke«, murmelte ich und nahm es entgegen. Zahlreiche Anrufe in Abwesenheit wurden angezeigt. Ich drückte sie weg und scrollte durch etliche Nachrichten von Cody. Mit jeder Nachricht bereute ich meine Entscheidung, ihn so vor den Kopf gestoßen zu haben.

Phoenix registrierte die Veränderung in mir.

»Wenn du möchtest, kann ich ihn *beruhigen*«, sagte er vorsichtig. »Ich kann aber nicht versprechen, wie lange es anhält, wenn Hayden sein Misstrauen weiter schürt.«

»Nein!«, sagte ich schnell. Ich wollte nicht, dass Cody in einen Zombie verwandelt wurde. Schlimm genug, dass Hayden, den er für einen tollen neuen Freund hielt, ihn beeinflusste. Wer konnte schon ahnen, was eine solche Manipulation dauerhaft mit dem Gehirn anstellte. Gab es da Langzeitstudien? Wohl kaum.

Phoenix zuckte desinteressiert mit den Schultern. Dann hob er mich vom Barhocker, drängte mich zur Haustür und wir verließen das Haus.

»Das Angebot steht. Wenn du möchtest, kann ich sogar dafür sorgen, dass er sich ein kleines bisschen weniger für dich interessiert«, sagte Phoenix irgendwann auf dem Weg, nachdem ich Cody geschrieben hatte, dass Phoenix und ich schon unterwegs waren – und direkt ein »Wir müssen reden!« zurückkam.

»Was? Warum solltest du das?«

Er warf mir einen Blick zu, der sicher für irgendwelche Psychofilme erfunden worden war. »Für einen ›Bruder‹«, er malte tatsächlich Gänsefüßchen in die Luft, »findet er ein wenig zu viel Gefallen an dir, findest du nicht?«

Ich fühlte mich vor den Kopf gestoßen. »Nein! Ganz sicher nicht. Cody ist zu allen so, wie ein …«

»Mach die Augen auf, Prinzessin. Dein kleiner Freund steht auf dich.«

»Tut er nicht.«

»O doch. Und ich glaube, dass jeder außer dir das genauso sieht. Vielleicht hängt sich Hayden deshalb auch so sehr an Cody, weil er nicht weiß, dass du so blind bist.«

»Nein!« Es ging hier schließlich um Cody. Mein Freund, der immer für mich da war, für den ich immer da war. Mein Halt, ganz gleich, was passierte. Er hatte so viele Mädchen, die ihm hinterhersahen …

Und es interessiert ihn nicht. Amy hat er abgewiesen.

Na gut, aber Amy ist eine oberflächliche Kuh, jeder hätte sie abgewiesen.

In meinem Kopf stritten sich mehrere Stimmen und verunsicherten mich.

»Glaub mir einfach. Ich habe einen Blick für so was.«

»Und ich kenne ihn mein Leben lang.«

Doch ganz so sicher klang es nicht. Er war Cody! Wie konnte er … Wie konnte er das, was wir hatten, aufs Spiel setzen für etwas, das vielleicht nicht funktionieren würde?

In genau diesem Moment hasste ich ihn sogar ein wenig dafür. Und das schockierte mich am meisten.

Kapitel 27

Wir kamen sehr zeitig an der Schule an und warteten gar nicht erst auf dem Schulhof, bis dieser sich füllte. Mir reichten schon die neugierigen Blicke der wenigen Herumstehenden und das Tuscheln, das uns bis ins Gebäude folgte. Fantastisch! Meine Laune sank mit jedem Meter.

Als Phoenix dann noch ohne Grund nach meiner Hand griff, fuhr ich ihn an: »Was soll das?«

»Wir sollten überzeugend sein«, sagte er, entschuldigend klang aber anders. Er schien es regelrecht zu genießen. Aber er war es vermutlich auch gewohnt, Ziel der gesamten Aufmerksamkeit zu sein. Ich hingegen wollte das nicht.

»Das können wir auch so.« Ich entzog ihm meine Hand.

»Indem du mich angiftest? Sehr überzeugend«, feixte er.

»Wir wollen Cody überzeugen, niemanden sonst.«

»Denkst du nicht, er wird es mitbekommen?« Er deutete mit der Hand zu den tuschelnden Grüppchen hinter uns.

»Und wenn schon. Ich werde ihm sagen, dass wir zusammen sind.« Der Plan gefiel mir immer noch nicht.

»Wenn du dabei so guckst, hat er allen Grund, daran zu zweifeln. Etwas mehr Begeisterung sollte schon drin sein.«

Beleidigt hob ich mein Kinn.

»Dann streng du dich an und sei einfach nett. Vielleicht klappt es dann besser.«

»Ich *bin* nett!«, beharrte er, während wir den verwaisten Klassenraum betraten.

Ich sah ihn vorwurfsvoll an.

»Du hättest mich ... ach, vergiss es.« Er ließ sich auf seinen Stuhl fallen und schmollte.

»Was hätte ich?«

»Glaub mir einfach. Ich bin gerade äußerst nett. Sonst hätte ich nämlich nicht vorher gefragt, ob ich deinen ›*Bruder*‹ aus dem Verkehr ziehen soll.«

Ich schluckte. Vielleicht hatte er recht. Immerhin hatte Phoenix bisher nichts getan, das ich nicht wollte. Er hatte mich sogar gerettet.

Lautstark atmete ich aus, entspannte mich ein wenig und setzte mich ebenfalls.

»Viel besser, Sonnenschein«, säuselte Phoenix direkt in mein Ohr. Er hatte sich dicht zu mir gebeugt und sein Geruch wirbelte mal wieder um mich herum.

Ich schnaubte trotzig. Er rückte noch ein wenig näher. Durch die Bewegung sah ich etwas an dem Ausschnitt seines Shirts aufblitzen.

»Wie groß ist dieses Tattoo denn?« Ich zwang mich, nicht direkt sein Hemd hochzuziehen.

Phoenix fuhr zurück und zupfte an dem Shirt herum. Innerhalb von einer Sekunde hatte er einen Rollkragenpulli an. Ebenso schwarz wie immer, aber sehr unbefriedigend für meine Neugier.

»Wir sind noch nicht so weit, dass ich es dir zeigen würde«, feixte er. Seine Augen funkelten und ein spitzbübisches Grinsen schlich sich auf seine Lippen.

»Ich könnte es dir befehlen, oder? Ich bin deine Gebieterin.« Ich ließ es beiläufig fallen, mehr als Witz gedacht, aber er warf mir sofort einen tödlichen Blick zu und sah aus, als würde er mich gleich anspringen wollen.

Ich hob entschuldigend die Hände. »Gnade!«

»Wenn du mich nackt sehen willst, musst du nur ganz lieb fragen. Vielleicht erfülle ich dir diesen Wunsch ja irgendwann.« Er schürzte die Lippen und sah mich mit einer solchen Intensität an, dass ich in seinen dunklen Augen zu versinken drohte. Ganz benommen wandte ich mich ab und versuchte, meinen rasenden Herzschlag zu beruhigen. Die Röte auf meinen Wangen ignorierte ich. Jeglicher Sarkasmus war verloren gegangen – er steckte wohl irgendwo zwischen meiner Fantasie eines Phoenix mit nacktem Oberkörper, der aus irgendeinem Grund im Regen stand. In Musikvideos passierte das schließlich auch dauernd.

Phoenix lachte los. »Weißt du, wie niedlich du bist, wenn du so rot wirst?« Er drehte mein Gesicht ganz vorsichtig zu sich.

So nah, viel zu nah.

»Sei nicht immer so verkrampft, Prinzessin.«

»Nenn sie nicht so«, zischte es von der Tür und ich fuhr zusammen.

Dort stand Cody. Seine Augen waren gerötet und tiefe, dunkle Schatten lagen darunter. Er sah aus, als hätte er die ganze Nacht nicht geschlafen. Mein schlechtes Gewissen regte sich.

»Das …«, versuchte ich mich an einer guten Ausrede und stand abrupt auf. Die es natürlich nicht gab. Denn ich musste ihm zustimmen. *Er* hatte mich immer so genannt. Schon seit wir klein waren. Phoenix hatte kein Recht darauf, mich so zu nennen.

»Ich kann meine *Freundin* nennen, wie ich will.« Phoenix

sprang vom Stuhl und baute sich zwischen Cody und mir auf. Die Luft im Raum war zum Schneiden dick.

Es klingelte und vom Flur her waren die ersten entfernten Stimmen zu hören.

»Lass es, Cody«, sagte Hayden, der nun neben Cody trat und ihm beruhigend die Hand auf den Oberarm legte, um ihn notfalls vor Dummheiten zu bewahren.

Cody konnte den Wutausbruch kaum zurückhalten. Er war so angespannt, dass seine zu Fäusten geballten Hände zitterten. So hatte ich Cody noch nie erlebt. Unbeherrscht, ernst, bereit sich zu prügeln. War das die dunkle Seite, die Phoenix erwähnt hatte? Was tat er überhaupt hier?

»Wir sehen uns in der nächsten Stunde«, sagte ich betont ruhig. Phoenix trat neben mich und legte mir eine Hand auf die Schulter. Mir kam die Geste so besitzergreifend vor und ich ärgerte mich sicher noch mehr darüber als Cody, der kurz vor dem Explodieren war. Aber im Gegensatz zu ihm musste ich mitspielen.

Hayden zog Cody mit sich und kurz darauf waren beide außer Sicht.

»Was sollte das?«, zischte ich Phoenix entgegen und schlug seine Hand nicht gerade sanft von meiner Schulter. »Das war nur, um Cody zu provozieren! Absolut unnötig«, schimpfte ich weiter. Ich war kurz vorm Ausrasten. »Vermutlich war das alles doch keine gute Idee. Wir sollten den Plan vergessen. Es gibt sicher eine andere Möglichkeit. Es *muss* eine andere geben.« Eine, die meinen besten Freund nicht noch mehr verletzte. Ich setzte mich wieder und wandte mich von Phoenix ab.

»Es tut mir leid.«

Ich ignorierte ihn. Die ersten Schüler betraten das Klassenzimmer und beobachteten uns neugierig. Ich warf ihnen einen vielsagenden Blick zu und ertappt sahen sie weg und gingen an ihre Plätze.

Der Klassenraum füllte sich, während Phoenix sich ebenfalls setzte. Aus dem Augenwinkel heraus sah ich, wie er die Hand krampfhaft zur Faust ballte.

»Kiera, bitte«, flüsterte er.

Doch ich blieb standhaft.

Mrs Brewer trat ein, begrüßte uns und endlich hatte ich einen Grund, stur nach vorne zu sehen. Ich verstand zwar nicht, was sie über Parallelverschiebungen und Vektoren erklärte, weil ich ständig Codys verletzten Ausdruck vor Augen hatte, aber wenigstens hatte ich Zeit zum Nachdenken.

Als wir ein Diagramm ins Heft übertragen sollten, schlug ich mein Heft auf. Ich wollte anfangen zu schreiben, da lag plötzlich ein kleiner zusammengefalteter Zettel auf meinen Seiten. Sofort schoss mein Blick zu Phoenix, der eifrig aufs Papier kritzelte.

Ich klappte den Zettel auseinander und las:

Was muss ich tun, damit du mir verzeihst?

Ich war immer noch so verärgert, dass ich am liebsten geschrieben hätte ›Verschwinde aus meinem Leben‹. Aber wenn ich tiefer in mich horchte, wusste ich, dass das nicht stimmte. Ich war froh darüber, dass er da war. Na ja, zu Hause fand ich das gut. Nicht hier, wo er glaubte, den Idioten spielen zu müssen. Schnell schrieb ich:

Sei einfach wie Cody.

Ich klappte den Zettel zusammen und schob ihn zu ihm.

Das geräuschvolle Einatmen zeigte mir, wann er die Nachricht gelesen hatte. Wahre Begeisterung klang anders.

Mit einem aufgesetzten Lächeln sah ich zu ihm hinüber.

Seine Kiefer mahlten heftig. Und doch nickte er, wenn auch mit den Lippen zu einem Strich zusammengepresst.

Mit dem Klingeln sprang er auf und half mir übereifrig, meine Sachen einzupacken.

»Alles, was du wünschst, Prinzessin.«

Danach trug er meine Tasche und meine Bücher zu den Schließfächern. Eigentlich hätte mir das gefallen sollen, aber in Wahrheit empfand ich eher das Gegenteil.

Genau genommen vermisste ich die kleinen Sticheleien schon. Natürlich sagte ich ihm das nicht.

Kapitel 28

Der Weg zu Mr Andrews' Stunde fühlte sich an wie der zu einem Zahnarztbesuch. Der überfreundliche und alle treudoof anlächelnde Phoenix neben mir machte es nicht besser.

Er grinste sogar Schüler an, die er bisher vermutlich nicht einmal beachtet hätte, wenn sie Warnwesten getragen hätten. Deren Gesichtern nach zu urteilen wäre ihnen das auch lieber gewesen. Sie sahen aus, als würden sie am liebsten davonlaufen. Vermutlich befürchteten sie, dass er ihnen Schlechtes wollte. Wenn ich genauer darüber nachdachte, hätte ich vermutlich ebenso empfunden.

»Hör auf, ihnen Angst zu machen.«

Mit einem aufgesetzten breiten Lächeln, das dem von Disneys Biest glich, sah er zu mir hinüber.

»O ja, damit solltest du definitiv aufhören.«

Sein Lächeln verblasste. »Du wolltest, dass ich ›wie Cody‹ bin«, sagte er beinahe knurrend.

»So ist Cody ni…« Ich konnte es nicht aussprechen. Es wäre eine glatte Lüge gewesen. Denn Cody war so. Er war freundlich zu allen, lächelte alle an, begrüßte sie, kannte jeden beim Namen.

Phoenix' wissendem Blick konnte ich nichts entgegensetzen. Verdammt.

»Dann sei nicht ganz so wie Cody.« Ich hatte die Sache mit dem Schicksal echt nicht drauf. War ich wirklich nicht in der Lage, an alle Konsequenzen zu denken, wenn ich etwas entschied? Das waren ja tolle Voraussetzungen für einen Münzträger. Ich verzog deprimiert den Mund.

»Was ist los?«

»Nichts.« Phoenix musste ja nicht wissen, was für eine untalentierte Person er da beschützte.

Er hielt mir die Tür auf – mit einem einigermaßen charmanten Lächeln – und ich trat ein. Ein paar Stühle waren noch leer.

Als sich Codys und mein Blick trafen, wurde es spürbar kälter im Raum. Ich sah zu meinem Platz direkt neben ihm, bis ich Phoenix' Hand an meinem Rücken spürte.

»Wir können uns woanders hinsetzen, es ist kein Problem«, flüsterte er mir ins Ohr. »Jeder würde mir Platz machen.«

Ich sah, dass Hayden es trotzdem gehört hatte. Seine Augen wurden zu Schlitzen.

»Nein«, sagte ich und ging entschlossen zu meinem Platz.

»Kiera«, begann Cody etwas später, während ich meine Sachen penibel auf meinem Tisch ausbreitete. Ich atmete tief durch, ehe ich mich ihm zuwandte.

Seine Augen spiegelten seine Erleichterung, dass ich ihn nicht ignorierte. Aber wie könnte ich? Er war meine Familie.

Das Teufelchen auf meiner Schulter flüsterte mir dagegen ein, dass er all das verraten hatte, als er sich in mich verliebt hatte, und der Ärger darüber kroch wieder aus der finsteren Ecke, in die ich ihn geschoben hatte.

»Du hast dich in mich verliebt«, rutschte es mir heraus

und das Teufelchen freute sich über meine Direktheit und rieb sich die Hände. Fehlte nur noch, dass es sich einen Eimer voll Popcorn besorgte.

Cody stand der Mund offen. Er versuchte zu sprechen, doch es kam nichts heraus. Seine Augen jedoch sagten alles. Sagten mehr, als Worte es je könnten. Phoenix hatte recht gehabt und ich war blind gewesen.

Die Enttäuschung brannte sich durch meine Adern, während ich mir die richtigen Worte zurechtlegte.

»Ich liebe dich, Cody. Ich habe dich immer geliebt. Aber nicht *so.*«

Etwas in ihm zerbrach. Ich konnte es beinahe hören. Und dennoch machte ich weiter, als wäre da etwas in mir, das noch eins drauflegen musste. Ich drehte mich zu Phoenix um, zog ihn zu mir und küsste ihn.

Zuerst war er völlig überrumpelt, doch dann wurden seine Lippen plötzlich weich und er zog mich an sich.

Selbst wenn ich es gewollt hätte, hätte ich mich nicht mehr von ihm lösen können.

Doch ich wollte es gar nicht. Er öffnete seine Lippen, sein warmer Atem strömte in meinen Mund und die Zeit schien stillzustehen. Mein Inneres erwärmte sich, ein wohliges Gefühl, das ich so noch nie zuvor gespürt hatte, durchströmte mich bis in die Fingerspitzen.

Dann wurde er von mir fortgerissen.

Wie betäubt sah ich mich um. Einige Mitschüler hatten ihre Köpfe auf den Tisch gelegt, die Augen geschlossen. Manche von ihnen waren einfach in sich zusammengesackt und schliefen im Sitzen. Unter ihnen auch Cody.

»Was …« Weiter kam ich nicht. Die Worte blieben mir im Hals stecken, als ich Hayden und Phoenix sah, die sich auf der freien Fläche vor der Tafel gegenüberstanden und bedrohlich anfunkelten.

»Hayden hatte wohl etwas dagegen, dass du mich küsst, Prinzessin.«

Ich schrie auf, als Hayden seinen Bruder angriff. Seine Faust traf hart auf Phoenix' Wangenknochen.

Mein Schrei hätte meine Mitschüler wecken sollen, aber sie zuckten nicht einmal. Ging es ihnen gut? Ging es Cody gut?

Phoenix' Kopf wurde von dem Schlag zurückgeworfen. Seine Lippe platzte auf und Blut quoll hervor. Hayden hatte ihn mit voller Kraft getroffen. Ich sprang auf, endlich meines Körpers wieder mächtig, und rannte zu ihm.

»Bleib weg!«, warnte Hayden, seine Augen, die sonst so strahlten, waren vom tiefdunklen Blau eines Gewitters.

»Hört auf!«, rief ich, doch beide Jungs ignorierten mich. »Phoenix, lass ihn in Ruhe! Sofort!«

Phoenix blieb stehen, als wäre es ein Befehl gewesen. Was ihn teuer zu stehen kam, denn Hayden griff ein weiteres Mal an.

Und ich war schuld daran! Phoenix musste mir gehorchen, hatte er das nicht gesagt? Und nun musste er sich verprügeln lassen? »Nein, mach weiter«, änderte ich meine Meinung, auch wenn ich diese Prügelei hier keinesfalls guthieß.

Ein boshaftes Grinsen schlich sich um Phoenix' Lippen und er hob die Hand, in der elektrische Funken aufblitzten. Er schleuderte das zu einer tennisballgroßen blauweiß blitzenden Kugel angewachsene Licht mit voller Wucht auf Hayden, der jedoch rechtzeitig zur Seite sprang. Die Blitzkugel schlug neben der Tür ein und hinterließ eine verbrannte Stelle.

»Hör auf damit!«, forderte Hayden. »Du kennst die Regeln.«

»Die Regeln gelten nicht mehr.« Er schleuderte einen weiteren Blitzball auf Hayden, der ihn diesmal jedoch auffing. Beim Kontakt mit seiner Hand wurde der Blitz kleiner, bis nur noch ein kurzes Zucken über seine Handfläche floss. Dann war der Spuk ganz vorbei.

Er hatte die Blitze aufgesaugt. Ich erschauderte.

»Die Regeln gelten seit Tausenden von Jahren!«, sagte Hayden mit fester Stimme. Er fixierte Phoenix, wartete auf die nächste Attacke.

Phoenix griff nicht an, er lachte. »Na, dann erzähl mir mal, was du die letzten zehn Jahre so getan hast.«

Eine kleine Falte entstand zwischen Haydens Augenbrauen.

»Du glaubst doch nicht, dass Fortuna uns etwas Urlaub gegönnt hat?«

Angestrengt dachte Hayden nach, ehe er den Kopf langsam schüttelte. Dabei fielen ihm Strähnen seiner Haare in die Augen, die er mit der Hand zurückstrich.

»Siehst du. Die Regeln gelten nicht mehr. Etwas hat sich verändert.« Phoenix nutzte den Moment und schleuderte ein weiteres Blitzgewitter auf Hayden. Der konnte sich nicht rechtzeitig verteidigen, wurde an der Seite getroffen und gegen die Wand geschleudert.

Phoenix' Gesicht nahm grausame Züge an. Ich fing an zu zittern. Mit zwei großen Schritten war er bei Hayden, der sich gerade stöhnend aufrappelte, und hob die Hand.

Weitere Funken entstanden in seiner Handfläche, bereit, sich zu einer Kugel zu formen und Hayden zu … töten? Ich wusste nicht, ob er überhaupt getötet werden konnte. Ich wusste nur eins: Ich wollte nicht sehen, wie jemand, der am Boden lag, vor meinen Augen angegriffen wurde.

»Phoenix, nicht!«, schrie ich und machte einen Satz nach vorne, sodass ich direkt zwischen Hayden und Phoenix stand.

Phoenix' Augen waren pechschwarz, sein Gesicht war zu einer grausamen Maske erstarrt und ich schluckte. Er machte mir nun deutlich mehr Angst als Hayden.

Mein Herz drohte auszusetzen. »Bitte«, wollte ich sagen, brachte jedoch keinen Ton hervor.

Erst jetzt schien er mich wahrzunehmen. »Kiera, ich kann es vielleicht beenden«, presste er hervor. Panik benebelte meine Sinne und ich schlug die Hände vors Gesicht.

»Nein. Bitte. Er liegt doch schon am Boden«, stammelte ich.

Hinter mir raschelte es. Vermutlich lag er nicht mehr am Boden.

Phoenix schloss seine Faust, das Blitzen verschwand und er schob mich hinter sich. Ich linste um ihn herum zu Hayden.

Dieser sah etwas bleich aus, aber nicht wirklich schwer verletzt. Im Gegenteil. Er lächelte mich an, als hätte er diesen Kampf gewonnen, ehe er Phoenix einen Blick zuwarf, bei dem nur noch fehlte, dass er ihm die Zunge rausstreckte.

Ich kam mir vor wie im falschen Film.

Dann ging Hayden zurück zu seinem Platz, als wäre nichts geschehen. Fragend sah ich Phoenix an, der nur mit den Schultern zuckte und mich anschließend ebenfalls in Richtung Tische schob.

»Was ist mit ihnen?«, fragte ich und deutete auf Cody und die anderen Schüler. Ich wusste ja nicht, wie oft zwischen den

Geschwistern bereits die Funken geflogen waren – im wahrsten Sinne des Wortes. Keiner von beiden schien beunruhigt. Hayden lächelte freundlich, während Phoenix düster und etwas arrogant dreinblickte.

»Das ist dein Beweis«, sagte Phoenix nur lächelnd und ich verstand nicht, worauf er hinauswollte. Das war mir wohl anzusehen, denn er fügte hinzu: »Du wolltest, dass ich dir beweise, dass wir dich nicht beeinflussen können. Du bist wach, der Rest schläft.«

»Du hast ihnen befohlen, einzuschlafen?«, fragte ich. Den Rest meiner Frage konnte ich nicht aussprechen. *Während wir uns geküsst haben?*

Er gab keine Antwort, sondern schenkte mir nur ein Lächeln, das mein Herz zu Höchstleistungen antrieb.

Kapitel 29

Als Mr Andrews eintrat, war der Rest der Klasse wieder wach, und so wie es aussah, wusste keiner von ihnen, was passiert war. Sie hatten sich kurz gestreckt und waren benommen aufgewacht, doch keiner fragte nach oder wunderte sich.

Meine Gedanken fuhren Karussell, als ich über den bisherigen Tag nachdachte. Verdammt, ich hatte einen jahrtausendealten Typen geküsst! Freiwillig! Kein Wunder, dass die Sache dann eskalieren musste. Ich verschränkte die Arme auf dem Tisch und vergrub den Kopf darin.

»Ms Mallory!«, rief Mr Andrews und langsam hob ich meinen Kopf wieder. Er sah mich enttäuscht an. »Wenn ich Sie langweile, sollten Sie vielleicht die Zeit woanders verbringen.«

Ich wollte etwas erwidern, doch für Entschuldigungen war es zu spät. Mr Andrews deutete mit der Hand zur Tür. Mist.

Seine Miene ließ keine Widerworte oder Entschuldigungen zu, daher nickte ich und packte unter verhaltenem Kichern meiner Mitschüler meine Sachen ein.

»Mr Andrews, Sie können Kiera nicht …«, versuchte Cody, die Sache zu klären. Doch unser Geschichtslehrer hob die Hand und brachte ihn zum Verstummen.

Mit herabhängenden Schultern verließ ich das Klassenzimmer. Keine Minute später folgte mir Phoenix durch die leeren Flure.

»Wolltest du nicht auf mich aufpassen?«

»Das ist mein Job.«

»Ich wurde gerade vom Unterricht ausgeschlossen!«

»Ach, es gibt für alles ein erstes Mal«, bekam ich nur zur Antwort.

»Aber ich wurde noch nie aus dem Unterricht geschickt.«

»Wirklich? Dann hast du bisher einiges verpasst«, grinste Phoenix.

Ich sah zu ihm hinüber. »Ich dachte, du wärst nie auf der Schule gewesen?«

»War ich ja auch nicht. Aber ich habe viele Filme gesehen. Und die wirklich interessanten Sachen passieren nie im Unterricht, oder?«

»Du hast für alles eine Ausrede, hm?«

»Selbstverständlich. Ich bin das Schicksal«, konterte er mit einem Schulterzucken und einem siegesgewissen Lächeln, als würde das alles erklären. »Ich *bin* die Ausrede für alles.«

Ich seufzte. Dem war nichts hinzuzufügen.

Wir befanden uns in einem durch Stellwände abgetrennten Raum nahe dem Eingangsbereich. Hier standen Getränkeautomaten, ein paar Tische, Stühle und Sofas für Freistunden. Phoenix zog mich zu einem alten Ledersofa, drückte mich hinab und setzte sich dicht neben mich.

»Du hast mich … geküsst.« In seiner Stimme schwangen keinerlei Emotionen mit.

Ich wurde rot und senkte zumindest den Blick. Ich konnte einfach nicht in seine Augen sehen.

»Das war nicht so geplant«, nuschelte ich.

Es dauerte eine Weile, bis ich eine Antwort bekam. So

lange, dass ich bereits befürchtete, er hätte sich in Luft aufgelöst.

Doch er studierte noch immer mein Gesicht und fuhr sich dann durch die Haare. »Kiera«, setzte er an und rang mit den Händen nach Worten. »Kiera, ich …«

Mein Magen knotete sich zusammen. Ich wusste, was er sagen wollte. Es sollte mir nichts ausmachen, wenn er so dachte und es aussprach. In weniger als vier Wochen würde ich ihn nie wieder sehen.

Aber ich wollte nicht hören, wie er mir sagte, dass er rein gar nichts für mich empfand. Wie oft hatte ich mit Cody über solche Szenen in Filmen gelacht, wie oft über die Worte geschimpft, die nun über meine eigenen Lippen kamen: »Es hat mir nichts bedeutet.«

Aber Phoenix war kein Mensch. Konnte er überhaupt fühlen? Vermutlich hatte er auch noch nie mit Teenager-Hormonen zu tun gehabt.

Ich bin sein Job, wiederholte ich den Satz in Gedanken wie ein Mantra. Ein Auftrag wie Moms Immobilien oder Dads Grafiken.

Phoenix sah mich lange an, doch ich hielt dem Blick stand. Irgendwann nickte er langsam.

»Gut.«

Wir saßen schweigend da, bis mich das Klingeln erlöste. Ich wusste nicht, was schlimmer war. Das Wissen, dass sich meine Gefühle für ihn verändert hatten, oder Codys Blicke, als er dicht gefolgt von Hayden das Foyer stürmte und mich so nah bei Phoenix sitzen sah.

Ich sprang auf. Cody sah noch immer aus, als wollte er Phoenix von mir wegzerren und verprügeln. Letzterer nahm es gelassen und zog mich wieder zu sich auf das Sofa.

»Cody!«, redete Hayden auf ihn ein. »Du hast keine Chance gegen ihn.«

Mein bester Freund wirkte nicht so, als würde er das genauso sehen. Denn er kam trotz Haydens Griff weiter auf uns zu.

Phoenix neben mir spannte sich merklich an, bereit, aufzuspringen und sich zu verteidigen. Kurz gefiel es mir, wie sie nahezu um mich kämpften, aber dann schämte ich mich sofort für diesen Gedanken.

»Bist du immer noch gegen meinen Vorschlag?«, flüsterte Phoenix in mein Ohr. Ich wusste sofort, was er damit sagen wollte. *Ich kann ihm die Gefühle für dich nehmen.*

»Du wirst ihm nichts tun«, sagte ich mit fester Stimme.

Nun stand Cody direkt vor mir. Er und Hayden sahen zu mir und Phoenix hinab.

»Das kann nicht dein Ernst sein, Kiera!« Cody deutete auf den Arm, den Phoenix nun fester um mich schlang. Es sollte sich nicht gut anfühlen, doch das tat es. Instinktiv rückte ich näher zu ihm, was dafür sorgte, dass Codys Gesicht kreidebleich wurde. Dann veränderte sich seine Mimik. Von der einen zur nächsten Sekunde bestand sein Gesicht nur noch aus einer Mischung aus Enttäuschung und Schmerz.

»Wie du willst.« Er nickte mit fest zusammengepresstem Kiefer und wandte sich ab. In meinen Augen wollten sich Tränen sammeln, hastig blinzelte ich sie weg.

»Cody!«, rief ich und sprang auf.

Mit traurigen Augen sah er mich noch einmal kurz an und ging dann Richtung Ausgang. Hayden warf mir einen letzten vorwurfsvollen Blick zu, ehe er Cody folgte. Die beiden liefen direkt in Amy hinein, die mit den Stiefschwestern gerade ins Foyer kam.

Cody zischte ihr irgendetwas zu, das ich nicht verstehen konnte, aber Amy wich zurück, als hätte er sie geschlagen.

Als sie mich entdeckte, musterte sie mich lange. Mit einem Blick auf Phoenix, in dessen Armen ich saß, runzelte sie die Stirn.

»Ach, jetzt verstehe ich, was unser Sunnyboy hat«, sagte sie laut genug, damit auch alle Schüler im Foyer es mitbekamen. »Es gibt wohl Ärger im Paradies. Hast du endlich bemerkt, dass er auf dich steht?«

Sogar *sie* hatte es gewusst? Sie hatte es gewusst und trotzdem versucht, ihn herumzukriegen? Ich krallte die Hände in ein Sofakissen. Meine linke Handfläche brannte. Ich brauchte nicht hinabzusehen, um zu wissen, dass das Mal gerade deutlich zu sehen war.

»Freu dich«, zischte ich ihr in einem Tonfall zu, von dem ich nicht einmal wusste, dass ich ihn draufhatte. »Jetzt hast du endlich freie Bahn.«

Amys Mimik entglitt ihr für einen kurzen Moment und etwas Verträumtes huschte über ihr Gesicht. Doch schnell setzte sie wieder ihre gelangweilte Miene auf, ehe sie sich umdrehte und mitsamt Gefolge verschwand. Mir fiel auf, dass sie seit dem Eingriff in ihr Schicksal niemanden mehr öffentlich drangsaliert hatte. Nicht einmal Xander, was mich kurz stutzen ließ. Und nun hatte es ausgerechnet mich getroffen.

»Ich wünsche ihr die Pest«, knurrte ich.

»Ich schätze, wir sollten uns nachher unbedingt an die Arbeit machen. Ich denke, du hast einiges zu tun«, antwortete er grinsend.

Ich runzelte die Stirn.

»Du hast die Macht, alles zu verändern«, sagte er mit

einem Funkeln in den Augen. »Wie wäre es, wenn ich uns … *entschuldige* und wir zu dir nach Hause gehen?«

Meine Mundwinkel hoben sich wie von selbst.

»In Ordnung. Lass uns an die Arbeit gehen.«

Auf diese Worte hatte er gewartet. Kiera würde lernen, ihre Macht zu nutzen. Er sah es bereits vor sich, wie sie die Schicksale der Menschen um sie herum neu verband. Gespannt wartete er darauf, was sie alles erreichen würde.

Jeder Eingriff würde ihre Macht stärken und ihn damit näher an sein Ziel bringen.

Kapitel 30

»Und jetzt zeigst du mir dieses Tagebuch«, forderte Phoenix, als wir bei mir zu Hause angekommen waren. Ich fühlte mich seltsam befreit, der Schule entkommen zu sein. Die Stimme, die mich unentwegt ermahnte, dass ich noch nie geschwänzt hatte, brachte ich schnell zum Verstummen. Ich war voller Tatendrang, wollte die Kraft der Münze endlich nutzen. Meine Zeit lief schließlich ab. Ich hatte schon fast eine Woche vergeudet!

»Es ist in deinem Laptop, oder?«

Ich starrte zu Phoenix, der mich in Richtung Treppe schob, und überlegte, was genau er von mir wollte. Mein Magen reagierte mit einem leichten Flattern auf seine Berührung.

»Ja, ist es. Aber ich werde es dir nicht zeigen«, sagte ich schnell und dachte daran, was über ihn darin stand.

Er sah mich vorwurfsvoll an.

»Es ist … privat.«

Phoenix seufzte. »Von mir aus. Aber wir werden es austesten müssen. Ich muss wissen, ob es wirklich das Buch des Schicksals ersetzt, oder …«

»Oder was?«

Er zuckte mit den Schultern und war verschwunden.

Ich hörte ihn in meinem Zimmer und stürmte nach oben. Er wird doch nicht …

Unfassbar, er versuchte es tatsächlich.

Als ich mein Zimmer betrat, saß er vor meinem Schreibtisch und hackte auf die Tastatur des Laptops ein.

»Ich habe ›Nein‹ gesagt«, herrschte ich ihn verärgert an. »Mein Tagebuch ist privat.«

Er drehte mir den Stuhl zu und sein Blick traf mich mit voller Wucht. Und der war todernst.

»Etwas stimmt nicht, Kiera. Ich habe es dir ja bereits gesagt.« Er fuhr sich durch die Haare. »Nach dem Streit mit Hayden …«

Streit … oder Kampf?, fragte meine innere Stimme.

»Ich habe genauer nachgedacht. Erst nachdem ich es zu Hayden gesagt hatte, ist mir bewusst geworden, wie falsch es dieses Mal läuft.«

Ich sah ihn einfach nur an, während ich zum Bett ging und mich setzte. Dann wartete ich darauf, dass er weitererzählte.

»Normalerweise läuft es so ab: Die Zeit eines Trägers ist vorbei, die Münze verschwindet und taucht bei irgendjemand anderem auf. Hayden und ich spüren sie auf, suchen den neuen Träger und … werben um seine Gunst. Es ist ein Fulltime-Job, ohne Urlaub oder Ähnliches. Nachdem der letzte Träger die Münze verloren hatte …«

Er wirkte nun regelrecht verzweifelt.

»Ich weiß nicht, was in den letzten zehn oder elf Jahren gewesen ist, Kiera.« Er vergrub sein Gesicht in die Hände und stützte die Arme auf seinen Oberschenkeln ab.

Langsam erhob ich mich vom Bett und ging zu ihm.

Sein Blick folgte meinem, die Unsicherheit lag noch immer darin. Ich hatte das dringende Bedürfnis, ihn zu trösten, und legte ihm meine Hand auf die Schulter. Das Kribbeln in meiner Handfläche ignorierte ich.

»Ich muss wissen, was passiert ist, wo ich war …«

»Das heißt, du …?«

»Ich weiß es nicht.« Diese Worte einzugestehen, fiel ihm schwer, das erkannte ich.

»Meinst du, dass Hayden …«

Sein Körper spannte sich an, aber er schien darüber nachzudenken.

»Er ist selbst noch gar nicht auf die Idee gekommen. Er war überrascht, als ich ihn gefragt habe.«

»Und dein anderer Bruder?«

Er runzelte die Stirn. »Er hat sich seit Jahrhunderten nicht mehr eingemischt, nur die Münze weitergegeben. Das vermuten wir zumindest.«

Ich versuchte mir vorzustellen, wie die Jagd nach der Münze all die Jahrzehnte, Jahrhunderte sogar, abgelaufen war.

»Erzähl mir mehr von Kairos.«

Phoenix richtete sich wieder auf. Die Unsicherheit war gewichen, jetzt befand er sich wieder auf sicherem Terrain.

»Kairos ist die Personifikation des mächtigsten der drei Schicksalswege: Er ist der Zufall, früher auch ›günstige Gelegenheit‹ genannt. Hätte er nicht so ein Problem damit, sich zu entscheiden, hätte er längst alles selbst erledigen können und wir hätten keinen Job mehr.«

Ich sah ihn fragend an. Meine Synapsen feuerten in alle Richtungen und doch verstand ich die Zusammenhänge noch immer nicht.

»Es ist immer eine Entscheidung zwischen gutem Schicksal und schlechtem Schicksal, einem guten Ende oder einem bösen. Immer. Schwarz und Weiß. Es gibt kein *Dazwischen*, aber auch wir haben lange gebraucht, das zu erkennen.«

»Und die Münze …?«, hakte ich nach.

»Die Münze an sich verleiht die Macht, das Schicksal zu verändern. Hayden und ich … Je nachdem, wer von uns beiden den Träger zuerst aufspürt, dessen Schicksalsweg steht dem Träger offen. Der Schicksalshüter sorgt dafür, dass der Träger alles zum Positiven verändern kann, der Schicksalsjäger bewirkt das Gegenteil. Erst wenn das Mal aktiviert wird, erhält der Träger die endgültige Macht über das Schicksal der Menschen.«

»Wenn es nur zwei Wege gibt, Schwarz oder Weiß, was ist dann Kairos?« Die Zahnrädchen in meinem Kopf ratterten munter vor sich hin.

»Er ist neutral, weil er sich nicht entscheiden kann. Der Zufall führt zu Positivem wie Negativem, zu Dunkelheit und Licht.« Er lachte laut auf und ich fragte mich, ob er nun irgendwie durchgedreht war.

»Man hat sogar eine psychische Krankheit nach ihm benannt! *Kairophobie* ist die Angst, Entscheidungen zu treffen. Er ist der Einzige von uns, der berühmt geworden ist.« Er schüttelte den Kopf, als könne er es immer noch nicht fassen. »Man hatte ihm bereits einen Namen gegeben, als Fortuna noch die Macht über das Schicksal hatte.«

Kurz danach ging ein Ruck durch ihn hindurch und sein arrogantes Lächeln kehrte zurück.

»Ich wette, Kairos hat sich ausnahmsweise zu einer Entscheidung durchgerungen«, sagte er mit einem Knurren. »Die Frage ist nur, was er vorhat.« Er drehte sich mit dem Schreibtischstuhl wieder zum Laptop und hackte weiter darauf ein.

Ich sprang nach vorne und klappte den Laptop zu. Phoenix zog schnell seine Hand weg. Offenbar war nicht einmal das Schicksal selbst mächtig genug, ein Passwort zu knacken. Irgendwie beruhigend.

»Du glaubst doch nicht, dass da die Antwort steht.« Ich klappte den Laptop zu und steckte ihn in die Schreibtischschublade. Als könnte ihn das aufhalten.

»Es muss einen Grund haben, warum es nun ohne das Buch des Schicksals funktioniert.«

»Vielleicht geht ihr einfach mit der Zeit?« Ich biss mir für diesen Kommentar auf die Zunge.

»Und warum sollte sich das gerade jetzt ändern, hm?«

Tja, darauf wusste ich auch keine Antwort.

»Es ist schon lange her, dass ich das Buch das letzte Mal gesehen habe. Doch obwohl es so uralt ist, leuchtete das Rot noch immer wie Rubine und die silbernen Ornamente schimmerten noch auf den dunklen Applikationen wie damals, als Fortuna es uns übergeben hatte.«

Ich wurde kreidebleich und das Zimmer begann sich zu drehen. Ich versuchte, Phoenix zu fixieren, doch er entglitt mir immer wieder.

»Kiera?«

Er sprang auf und griff nach mir. Genau in dem Moment, als mir schwarz vor Augen wurde. Ich wurde von seinem Geruch eingehüllt, von seiner Wärme. Sein Herz pochte schnell.

Er hat ein Herz, bemerkte die Stimme flüsternd. *Warum hat er ein Herz?*

Vorsichtig legte er mich auf meinem Bett ab, ich blinzelte mehrmals, der Raum stand wieder still. Ich wollte mich gerade aufsetzen, doch er drückte mich nach unten. »Wenn ich behaupte, dass Frauen in meiner Nähe reihenweise in Ohnmacht fallen, war das nicht ernst gemeint«, bemerkte er. Doch ich erkannte, was wirklich in seinem Blick lag. Sorge. Um mich?

Ich ignorierte den Spruch, konnte gar nicht anders, weil eine Horde wilder Schmetterlinge aus dem Klumpen in meinem Magen geschlüpft war. Es sollte mich nicht freuen, dass er sich um mich sorgte. Es war sein Job, auf mich aufzupassen. Aber das war mir gerade so was von egal.

»Keine sarkastische Antwort?« Phoenix verzog gespielt enttäuscht das Gesicht, ehe er sich aufrichtete und Kälte zwischen uns drängte.

Weil ich nicht reagierte, sprach er weiter.

»Warum bist du umgekippt? Machst du so was öfter? Ist das bei Mädchen heutzutage normal?«

»Natürlich. Wir fallen mindestens einmal die Woche um«, sagte ich trocken und versuchte, meine Gedanken zu sammeln.

»Ich wusste ja schon länger, dass meine *umwerfende* Art –«

»Beschreib mir noch einmal dieses Buch. Bitte«, unterbrach ich ihn.

Er runzelte die Stirn. »Es ist ungefähr so groß«, er hielt Daumen und Zeigefinger ungefähr fünfzehn Zentimeter auseinander, »rotmetallic, die Ornamente darauf sind reines Silber auf dunkelbraunem Hintergrund.« Er sah mich an, weil ich nicht reagierte. »Warum?«

»Es ist das Buch, das meine Mom mir geschenkt hat.«

»Das kann nicht sein. Das Buch des Schicksals kann man nicht *verschenken*, Kiera.«

Ich sah ihn vorwurfsvoll an. »Es lag auf meinem Bett, kurz nach dem ersten Termin bei meiner Therapeutin.«

»Es war ganz sicher nicht von deiner Mutter.«

»Aber wer …« Ich verstummte.

»Kairos«, sagten wir im selben Moment.

Kapitel 31

»Wo ist das Buch jetzt?«

»Ich weiß es nicht«, gab ich ehrlich zu. »Ich habe es nur einmal angesehen und hineingeschrieben.« Auf seinen fragenden Blick hin half ich ihm auf die Sprünge: »›Hi Mom‹. Ich habe dir davon erzählt.«

Phoenix nickte gedankenverloren.

»Wofür brauchst du es? Es funktioniert doch auch so.«

»Darin stehen die Regeln. Falls wir den Träger nicht schnell genug aufspüren.«

Ich wurde hellhörig.

»Wenn sie sich wirklich verändert haben, würde es dort stehen«, setzte er hinzu.

»Das Buch war leer. Sonst hätte ich nicht hineingeschrieben, schon vergessen?«

»Es muss etwas damit zu tun haben, dass die Münze so lange verschollen war.« Er fuhr sich durch die Haare, sprang auf und lief rastlos im Raum umher. »Wo hast du das Buch zuletzt gesehen?«

Ich überlegte kurz. »Unter meiner Matratze.«

Phoenix warf einen Blick auf mein Bett und machte Anstalten, es auseinanderzunehmen.

»Nicht hier. In meinem alten Zimmer.«

Er sah mich fragend an und ich erklärte ihm, dass ich erst

seit dem Wochenende hier wohnte und die Münze erst im Umzugschaos wiedergefunden hatte.

»Dann hat Kairos wirklich eingegriffen, sein Fanatismus für Fortuna ist tatsächlich grenzenlos. Wir brauchen dieses Buch!«

»Wir können bei Dad vorbeigehen, aber er wird zu Hause sein«, überlegte ich laut. »Und er wird sich fragen, warum ich nicht in der Schule bin.«

Er bat mich um die Adresse.

»Du wirst ihn erschrecken, wenn du dich dorthin beamst.«

Er schnaubte. »Dein Vater wird mich nicht einmal sehen.«

Ich hoffte es und gab ihm die Adresse. Kaum dass ich sie ausgesprochen hatte, war er verschwunden.

Die Minuten vergingen und ich knibbelte bereits ungeduldig an meinem Fingernagel herum. Warum dauerte es so lange? War Dad zufällig in meinem Zimmer? Ich stellte mir vor, dass er sicher einen Herzanfall bekam, wenn plötzlich ein Typ vor ihm aus dem Nichts auftauchte. Gerade als ich begann, mir Sorgen zu machen, stand Phoenix jedoch wieder in meinem Zimmer. Sein Gesichtsausdruck verhieß nichts Gutes.

»Was ist? Ist es nicht mehr da?«

»Doch. Aber ich kann es nicht anfassen.«

»Tja, selbst das Schicksal kann nicht alles, was?«, feixte ich.

Er warf mir einen vernichtenden Blick zu. »Du musst es holen. Aus einem Raum am Ende des Flurs kommt laute Musik. Dein Vater bemerkt dich sicher nicht.«

»Genau«, sagte ich bissig. »Was denkst du von ihm? Spätestens, wenn er den Schlüssel in der Tür hört, springt er auf wie ein Wachhund. Er kann noch so abwesend in seinem Büro hocken – trotzdem bekommt er alles mit. Ich habe jahrelang mit ihm zusammengewohnt.«

Mein Handy vibrierte in meiner Tasche. Ich zog es heraus.

»Ich muss jetzt auch zu Dr. Yates.« Zum Glück hatte ich den Termin einprogrammiert, ich hatte glatt vergessen, auf die Uhr zu sehen. Die Zeit mit Phoenix war zu schnell vergangen. »Danach ist Bandprobe.«

Das Wort schien wie ein rotes Tuch für ihn.

»Ich komme mit.«

»Zur Therapie? Vergiss es. Sie ist für dich tabu – genauso wie die Probe.«

»Bis ich weiß, was Kairos vorhat, lasse ich dich nicht aus den Augen.«

»Das hast du doch gerade auch getan.«

»Das war …« Er verstummte. Dann knurrte er: »Es wird nicht wieder vorkommen. Wer weiß, wie Kairos gerade aussieht. Ich kann dich nicht einmal vor ihm warnen.«

»Wie meinst du das?«

Er sah mich lange an. »Wir … wir sehen natürlich nicht immer so aus.« Er deutete mit dem Finger von seinem Kopf aus den Körper hinab. »Wir passen uns unserer Rolle an.«

Die Information musste ich kurz sacken lassen. Ein Berg von Fragen türmte sich in meinem Kopf auf. Die erstbeste sprach ich aus: »Wie siehst du wirklich aus?«

Er überlegte einen Moment und zuckte mit den Schultern.

»Ich weiß es nicht genau, es ist zu lange her.« Die Antwort schien ihm schwerzufallen. Ein Schatten legte sich auf sein Gesicht, als er an seine Haare fasste. »Ich glaube, ich hatte lockiges Haar, heller als das hier.«

Er schien sich sehr zu konzentrieren, seine Gesichtsmuskulatur zuckte. Es musste schlimm sein, wenn man keine eigene Identität besaß, sondern sich immer dem Münzträger anpassen musste. Aber was wusste ich schon davon. Er war …

»Bist du unsterblich?«

»Was?«

»Na ja, du bist schon ziemlich … alt.«

Ein Hauch von Belustigung blitzte in seinen Augen auf.

»Ich glaube nicht, dass ich unsterblich bin«, sagte er nach einer Weile. »Hayden kann mich verletzen, vielleicht könnte er mich sogar töten.« Er fuhr mit der linken Hand unter sein T-Shirt und ich dachte schon, er wolle es ausziehen. Ein Teil von mir hatte sich schon darauf gefreut und wurde enttäuscht, als das T-Shirt wieder nach unten fiel. Erst das Aufblitzen einer silberfarbenen Klinge lenkte mich ab. Phoenix hielt plötzlich ein übergroßes Messer in der Hand. »Das hier ist das Einzige, was jeder von uns von Fortuna erhalten hat, als sich unsere Wege trennten. Die einzige Waffe außer unserer Energie, die wir auch jenseits des Schleiers nutzen können. Gegen Hayden habe ich sie aber noch nie gerichtet. Bis zu dieser Woche haben wir schon mehrere Jahrhunderte kein Wort mehr miteinander gewechselt.«

Ich dachte über seine Worte nach und musterte ihn nach langer Zeit wieder einmal ganz genau.

»Warum siehst du jetzt *so* aus?«, platzte es aus mir heraus, gerade als die glänzende Waffe wieder aus seiner Hand verschwand.

In seinen Augen leuchtete etwas Undefinierbares auf, dann schürzte er die Lippen. »Ich orientiere mich an den Wünschen des potenziellen Trägers.« Auf meine erhobenen Augenbrauen hin fügte er etwas genervt hinzu: »Ich hatte gedacht,

Amy ist die Trägerin, schon vergessen?« Er schnaubte. Ich sah aber trotzdem, dass er sich immer noch darüber ärgerte.

Ich dachte an Hayden und einen meiner allerersten Vergleiche ihn betreffend. »Es war also kein Zufall, dass Hayden aussieht wie Anakin Skywalker.« Der Gedanke brachte mich zum Lachen. Er dachte, er könnte bei dem potenziellen Träger Cody Eindruck schinden. Was ja tatsächlich geklappt hatte.

»Kairos hat sicher nichts damit zu tun.«

Ich versuchte, seinem Gedankengang zu folgen, dann fiel der Groschen.

»Oh, entschuldige. Dann muss es wohl *Schicksal* gewesen sein«, bemerkte ich bissig.

»Ich will dir nur klarmachen, dass mit Kairos nicht zu spaßen ist.«

»Wenn er nur halb so ernst ist wie du, kann ich mir das gut vorstellen.«

Mit einem Mal veränderte sich Phoenix' Gesichtsausdruck.

»Mach dich *niemals* über das Schicksal lustig.« Er kam bedrohlich näher, wie ein Raubtier, das seine Beute im Visier hatte. Nur wenige Zentimeter vor mir blieb er stehen und hypnotisierte mich mit seinen dunklen Augen. Adrenalin raste durch meinen Körper. Er biss sich auf die Lippe und lenkte meine gesamte Aufmerksamkeit dorthin. Ich konnte nur noch an den Kuss im Klassenzimmer denken, daran, wie sich diese Lippen auf meinen angefühlt hatten.

Ich registrierte nur noch unterbewusst, wie ein Ruck durch ihn fuhr, er die Augen zusammenkniff und plötzlich zwei Meter weiter wegstand. Direkt an der Wand, so weit weg von mir wie möglich.

Hatte er gespürt, was ich in seiner Nähe wirklich empfand? Hatte er bemerkt, wie mein Puls davongerast war? Hatte er sich zusammengereimt, dass der Kuss für mich doch mehr bedeutet hatte?

Phoenix räusperte sich. »Wir müssen zu deinem Termin.«

Ich nickte und versuchte, cool zu bleiben. So cool es eben ging. Denn eine Tatsache konnte ich nicht leugnen und doch konnte ich sie nicht aussprechen, weil es einfach unmöglich war. Wie eine Welle brach der Gedanke über mich:

Ich hatte mich in das Schicksal verliebt.

Kieras Gesichtsausdruck war eindeutig. Es gab für ihn keine Zweifel mehr. Beinahe hätte er vor Entzückung in die Hände geklatscht.

Kapitel 32

Während wir wortlos nebeneinander hergingen, herrschte eine so eisige Stille zwischen uns, dass selbst die Sonne meine Gänsehaut nicht vertreiben konnte. Ich versuchte, mir darüber klar zu werden, was meine Gefühle bedeuteten.

Er war der Sohn – oder so etwas Ähnliches – von Fortuna und noch zweiundzwanzig Tage an meiner Seite, wenn ich mich nicht verrechnet hatte. Wie konnte der Gedanke, ihn zu verlieren, so schmerzhaft sein, obwohl ich ihn erst seit einer Woche kannte?

»Hier stimmt etwas nicht.« Phoenix musterte das Gebäude auf der 16th Avenue Southwest, in dem Dr. Yates ihre Praxis hatte. Es waren die ersten Worte, die er sagte, seit er sich vorhin in meinem Zimmer dicht an die Wand gedrängt aufgelöst hatte. Er ließ seinen Blick nach oben über die Fassade gleiten.

Ich wollte gerade durch die gläserne Eingangstür treten, als Phoenix mich aufhielt.

»Kiera, warte.« Ich erstarrte. Sein Tonfall hatte etwas Besorgniserregendes an sich.

Ich holte tief Luft und drehte mich um.

»Ich kann nicht mit hineinkommen.«

»Das solltest du auch besser nicht.«

»Das meinte ich nicht. Das Gebäude ist geschützt. Ich kann nicht hinein. Das ist kein gutes Zeichen.«

»Was soll das heißen?« Meine Stimme begann zu zittern und Angst überkam mich. Selbst die Schmetterlinge in meinem Bauch versteckten sich.

»Ich weiß es nicht. Ich habe davon gehört, dass es früher möglich war, übernatürliche Wesen wie uns auszuschließen. Zu den Hochzeiten der Götter war es normal, dass Tempel nur von den darin angebeteten Göttern besucht werden konnten. Aber seit ... Es ist Hunderte von Jahren her, dass ich ein Überbleibsel aus dieser Zeit gefunden habe. Und jetzt spüre ich eine solche Barriere auch hier. Ein Talisman, etwas Altes, Mächtiges schützt dieses Gebäude vor dem Übermenschlichen. Geh nicht dort hinein, Kiera.«

»Ich gehe jede Woche dort hinein«, erwiderte ich trocken. Vielleicht war es genau das, was ich jetzt brauchte. Einen Rückzugsort. Nie hätte ich gedacht, dass ich den ausgerechnet bei der mir von Mom aufgezwungenen Therapeutin finden würde. Welch ein *Zufall*.

»Bitte, Kiera.«

»Meine Mom macht mir die Hölle heiß, wenn ich nicht dort hingehe. Außerdem ist das Gebäude uralt. Vielleicht liegt es daran?« Ich deutete auf ein Metallschild oberhalb der Eingangstür, auf dem die Zahl 1903 stand.

»Du hast ein seltsames Verständnis von uralt.« Phoenix legte den Kopf schief. »Geh bitte nicht, ich kümmere mich um deine Mutter.«

»Nein, du wirst sie nicht beeinflussen. Wer weiß, was für emotionale Auswirkungen das auf sie hat.«

»Darüber machst du dir ernsthaft Sorgen?« Er zog die Augenbrauen hoch. »Und nicht darüber, was in diesem Gebäude ist? Wer das Schicksal ausschließt, hat etwas zu verbergen.«

»Ich würde auch nicht wollen, dass jeder meine Akte einsehen kann.« Es klang etwas gereizt, aber ich konnte den Aufstand, den er machte, nicht nachvollziehen. Eher im Gegenteil: Ich war froh, dass er nicht dort drin herumschnüffeln konnte. Dr. Yates hatte Akten aus Papier. Die könnte er lesen, ohne ein Passwort knacken zu müssen. Und das wollte ich keinesfalls. Außerdem gab es zig andere Büros in dem Gebäude, vermutlich sogar Apartments.

Ich öffnete die Tür und trat hinein.

Phoenix griff nach mir, doch er zuckte von meinem Arm zurück und kniff das Gesicht voller Schmerz zusammen.

»Du kannst wirklich nicht hier hinein, oder?« Irgendwie hatte ich es für eine dumme Ausrede gehalten, die mich davon abhalten sollte, meine Therapiesitzung wahrzunehmen.

»Nein«, knurrte er, die Hand noch immer erhoben.

»Dann bis später«, sagte ich mit dem kleinsten Rest Entschlossenheit, den ich zusammenkratzen konnte. Von der Kabine des Fahrstuhls aus sah ich noch einmal zu Phoenix, bis die sich schließende Tür meine Sicht auf ihn versperrte.

Er sah so enttäuscht aus, beinahe verzweifelt. Genau so, wie ich mich fühlte.

Als sich die Fahrstuhltür wieder öffnete, stand Dr. Yates bereits an der Theke und wartete auf mich. Ich holte tief Luft und ging zu ihr. Ihre Nähe hatte nun wirklich etwas Beruhigendes, eine Konstante, die sich seit letzter Woche nicht verändert hatte.

Ich folgte ihr ins Sprechzimmer.

»Wie war deine Woche, Kiera? Sie muss aufwühlend gewesen sein.«

Ich sah sie erschrocken an. Konnte man mir das etwa ansehen?

»Warum?«, fragte ich mit so ruhiger Stimme wie möglich.

»Du siehst etwas … fertig aus, so nennt ihr das, oder? Die endgültige Trennung deiner Eltern, der Auszug … Es ist nur natürlich, dass das bei dir für große Emotionen sorgt.«

Ich nickte nur eifrig. Solange sie mir die Worte in den Mund legte, musste ich mir zumindest nichts aus den Fingern saugen.

Dann kniff sie die Augen zusammen, musterte mich eindringlich, beinahe so, wie Phoenix es immer tat. Mein Herz machte einen kurzen Satz, als ich an ihn dachte.

»Da ist noch mehr«, stellte sie fest. »Erzähl mir davon.«

Alles, was die Woche über passiert war, zog vor meinem inneren Auge vorüber und es fiel mir entsetzlich schwer, nicht hysterisch aufzulachen. Dr. Yates verfolgte meine Mimik ganz genau. Sie schien in meinem Gesicht wie in einem Buch zu lesen.

»Ein Junge vielleicht?«, riet sie. Dabei lächelte sie und kleine Fältchen zogen sich rund um ihre Augen.

Ich wurde rot, sah zur Seite, nach unten auf ihre Hand mit dem türkisfarbenen Stein in dem goldenen Ring, überallhin, nur nicht mehr in ihre Augen.

»Aha! Erzähl mir von ihm.«

»Es ist nicht wichtig«, sagte ich überzeugt.

»Natürlich ist es das. Die Trennung deiner Eltern ist eine emotionale Belastung. Ein Freund könnte dir in dieser Zeit guttun.«

Ich wurde noch röter, falls das überhaupt ging. Phoenix als ›Freund‹ zu bezeichnen war … so falsch.

Trotzdem musste ich von ihm erzählen und versuchte, so nah an der Wahrheit zu bleiben wie nur möglich.

Ich erzählte, dass ich mich von Cody verraten fühlte, nachdem ich von seinen wahren Gefühlen erfahren hatte. Sie unterbrach mich nicht. Nicht einmal, als ich berichtete, dass ich vor lauter Ärger darüber einen anderen Jungen geküsst hatte. Sie fragte nicht, wie es dazu gekommen war, wollte nicht wissen, warum ich Cody mit seinen Gefühlen konfrontiert hatte, sondern wartete einfach ab.

Ich war überrascht, wie gut es tat, darüber zu sprechen. Auch wenn ich ihr nicht die ganze Wahrheit erzählen konnte. Dennoch erwähnte ich, dass ich vielleicht ein klitzekleines bisschen in besagten geküssten Jungen verliebt war.

Eine ganze Weile saß sie reglos da und beobachtete mich. Dann brachte sie ihre Gedanken auf den Punkt. »Kiera, bist du dir wirklich sicher darüber, was Cody für dich empfindet?«

»Er hat es nicht verneint, als ich ihn damit konfrontiert habe«, erwiderte ich.

»Vielleicht hat er aber auch nur Zeit gebraucht, um sich Gedanken darüber zu machen? Vielleicht musste er sich die Frage erst selbst stellen? Wie bist du darauf gekommen?«

Ich schwieg.

»Kiera, du weißt doch, dass nicht alles stimmen muss, was dir jemand erzählt, oder?«

Ich überlegte, woher ich über Codys Gefühle Bescheid zu wissen glaubte.

Phoenix. Ich schnaubte. War dies seine Art gewesen, mich von Cody fernzuhalten?

Sie bedachte mich mit einem wissenden Blick.

»Nur Cody selbst kann dir die Frage nach seinen Gefühlen beantworten. In Ruhe. Ihr müsst euch aussprechen.« Sie machte eine kurze Pause, ehe sie fortfuhr. »Und was deine

Gefühle für diesen anderen Jungen angeht: Stell dir die Frage, ob sie stark genug sind, um etwas zu unternehmen.«

»Das ist nicht nötig«, sagte ich schnell und wich ihrem Blick aus. »Er hat kein Interesse an mir.«

»Hat er das gesagt?«

»Nein, nicht direkt ... Er hat ... Er ist ... nichts für mich.«

Na, das klang ja mal dämlich.

Glücklicherweise lachte Dr. Yates nicht los.

»Glaubst du etwa an Schicksal, Kiera?«

Bei dem Wort ›Schicksal‹ zuckte ich zusammen.

»Ich weiß nicht?«, druckste ich herum.

Sie fixierte mich mit ihren so beruhigenden und warmen Augen.

»Das Schicksal ist immer nur so mächtig wie derjenige, der es lenkt.«

Ich schluckte bei ihrer Aussage. Sie traf so genau auf meine Situation zu, dass es schon fast gruselig war. Ich spürte die Münze schwer unter meinem Pullover auf meiner Haut. War sie wärmer als sonst?

»Du glaubst doch nicht wirklich ans Schicksal, Kiera, oder?«, fuhr sie fort. »Schon die kleinste Veränderung in deinen Entscheidungen könnte dazu führen, dass sich ein weiterer Weg auftut. Und plötzlich ist dieser Junge doch nicht mehr unerreichbar. Du bist nicht die Erste, die so etwas denkt.« Sie zwinkerte mir zu.

Ich konnte ein verbittertes Auflachen nicht unterdrücken. Ganz gleich, wie ich es drehte und wendete: Phoenix blieb ein Sohn Fortunas, der innerhalb von vier Wochen aus meinem Leben verschwinden würde.

»Glaube einfach daran, Kiera. Nichts ist unmöglich.«

Ich nickte nur. Wie sollte ich sonst darauf reagieren?

»Was hast du jetzt vor?«

Die Welt verändern, wenn es nach Phoenix ging. Doch das war wohl keine Antwort für eine Therapiesitzung. Daher zuckte ich nur mit den Schultern.

»Vermutlich wird deine Mutter mich dafür hassen, aber bevor unsere Stunde zu Ende ist, gebe ich dir heute einen Rat.«

Sie stand in einer fließenden Bewegung auf und ich tat es ihr automatisch nach. Nur nicht ganz so elegant wie sie.

»Beobachte ihn genau, Kiera. Wenn dieser Junge kein Interesse an dir hätte, hätte er es dir gesagt. Aber das hat er nicht. Vergiss das Schicksal. Glaube an etwas Größeres, Mächtigeres und nutze jede günstige Gelegenheit.«

Sie lächelte mich aufmunternd an, ehe sie mich aus dem Sprechzimmer hinaus und zum Fahrstuhl begleitete.

»Bis nächste Woche, Kiera. Und wenn dich etwas beschäftigt …«

Sie ließ den Satz wie immer offen. Ich antwortete ihr nicht, sondern nickte nur, ehe ich in den Fahrstuhl trat.

Ihre Worte kreisten wie Geier durch meinen Kopf, während ich nach unten fuhr.

Glaube an etwas Größeres, Mächtigeres und nutze jede günstige Gelegenheit.

Kapitel 33

Die kurze Fahrt mit dem Fahrstuhl kam mir wie eine Ewigkeit vor. Meine Gedanken huschten umher und versuchten, eine Lösung zu finden – oder die Bedeutung dessen, was mir Dr. Yates hatte sagen wollen.

Aber aus irgendeinem Grund machten mir ihre Worte Mut. *Vergiss das Schicksal.* War ich mit der Münze wirklich mächtiger als Phoenix? Als Hayden? Dann war ich auch in der Lage, Cody zu beschützen, ohne ihn zu verletzen. Und ohne mich auf eine Scheinbeziehung mit Phoenix einzulassen. Ein Glücksgefühl durchströmte mich, als sich die Idee festigte. Aber vielleicht war es auch der beständige Druck, der jedes Mal von mir abfiel, sobald ich der Praxis den Rücken kehrte. Druck, den ich mir laut Mom selbst machte. Das konnte ich nicht ganz ausschließen.

Als ich die Erleichterung in Phoenix' Augen sah, nachdem ich aus dem Haus getreten war, lächelte ich. Und er lächelte zurück. Mein Herz pochte und hielt sich so gar nicht an meinen Vorsatz. Ich atmete tief durch und glaubte an meinen Plan: Ich brauchte Cody in dieser Zeit. Einen Freund, der mir hier durchhalf, keine Trennung von meinem alten Leben.

»Ich lebe noch«, sagte ich grinsend und drehte mich mit erhobenen Armen einmal um die eigene Achse.

Die Erleichterung wich einem finsteren Blick.

»Ich werde heute mit Cody reden. Ich kann ihn nicht weiter verletzen und ihn anlügen«, sagte ich schnell, ehe ich es mir anders überlegen konnte.

»Wer hat dir denn so etwas eingeredet? Deine *menschliche* Therapeutin?« Er spuckte die Worte nur so aus. »Du hast gesehen, wozu Hayden und ich in der Lage sind.«

»Ja, aber ihr könnt mir nichts tun.« Ich warf einen Blick zurück zum Praxisgebäude, um das erhabene Gefühl noch einmal zu spüren: zu wissen, was zu tun ist.

An der Hausecke stand Amy und sah sich immer wieder verwirrt um. Sie wirkte ... desorientiert und für einen Moment überlegte ich doch glatt, ob ich sie fragen sollte, ob alles in Ordnung sei. Was wollte sie hier? Ich schüttelte stirnrunzelnd den Kopf – über sie und mich selbst gleichermaßen – und konzentrierte mich wieder auf Phoenix, der gerade den Mund geöffnet hatte, um etwas zu sagen, ihn dann aber wieder schloss.

Aha! Ich wollte schon einen Spruch loslassen, da antwortete er doch noch: »Wir können dich nicht beeinflussen oder verletzen. Aber wir können sehr wohl dafür sorgen, dass es jemand anderes tut.« Nach einer kurzen Pause fügte er hinzu: »Cody zum Beispiel.«

Ich verschränkte die Arme. Ich glaubte fest daran, dass die Worte von Dr. Yates wahr waren. Ich hatte das Schicksal im Griff, nicht das Schicksal mich. *Ich* hatte die Münze.

»Cody wird mir nichts tun. Sein Wunsch, mich zu beschützen, ist ebenso stark wie meiner, ihn nicht zu verletzen. In dem Versuch, es auf deine Weise zu machen, habe ich das Gegenteil erreicht und ihm wehgetan.«

Phoenix griff nach meinem Arm und zwang mich damit zum Anhalten. Die Berührung brachte mich wie immer aus dem Konzept, aber nicht mehr so sehr wie noch vor der Therapiestunde.

Ich wollte Cody helfen, ihn beschützen – wie eine Schwester eben. Vielleicht hatte Cody seine Gefühle für mich auch nur falsch interpretiert, nachdem Phoenix aufgetaucht war? Ich legte mir eine Million Ausreden zurecht und hoffte insgeheim sogar, dass Hayden ihn dahingehend beeinflusst hatte, um mich irgendwie herauszufordern.

Dem würde ich es zeigen!

Wir kamen gerade an der hohen Backsteinmauer eines verwaisten Gebäudes vorbei, von denen es in den Vororten von Seattle einige gab und die Jahr für Jahr weiter zerfielen. Es war nicht wie das *Bricks* restauriert und einer neuen Bestimmung zugeführt worden.

»Was zur Hölle ist mit dir los?« Phoenix sah mich mit weit geöffneten Augen an.

»Was denn?«, antwortete ich mit erhobenem Kinn. »Ich habe Pläne.«

»Wir hatten einen Plan: dich von den anderen fernzuhalten«, knurrte er.

»Und das war der falsche Plan. Ich glaube, dass Hayden dafür gesorgt hat, dass er mich mehr ... mag.«

»Das ist nicht dein Ernst, oder?« Er starrte mich fassungslos an.

»Und wenn wir das hier so weiterspielen, verletzt es ihn.«

Und mich, weil es alles schlimmer macht, setzte ich in Gedanken hinzu und biss mir auf die Zunge.

Er hielt meinen Arm immer noch fest im Griff. Seine Augen wurden dunkler und dunkler, dann flackerte etwas in seinem Blick und er sprach so leise, dass ich ihn kaum verstand und daran zweifelte, ob er überhaupt gesprochen hatte: »Dann hören wir *jetzt* mit dem Spielen auf.«

Noch ehe ich reagieren oder nachhaken konnte, was er damit meinte, wurde ich an die alte Backsteinmauer gepresst. Sofort entwich die Luft aus meinen Lungen. Die raue Steinwand stach mir in den Rücken, Adrenalin jagte durch meine Adern und ich begann zu zittern.

In der nächsten Sekunde küsste er mich.

Nach dem ersten Schock entspannte ich mich, meine Knie wurden weich und ich war froh, mich anlehnen zu können. Dieser Kuss war nicht annähernd mit unserem ersten Kuss in der Schule zu vergleichen. Er war … wild, drängend, gefüllt mit unausgesprochenen Dingen, voller widersprüchlicher Emotionen. Die vernünftige Stimme in meinem Inneren war verstummt. Sie konnte gar nicht anders, denn plötzlich fühlte sich alles so richtig an.

Mit seiner linken Hand stützte er sich an der Wand ab, die rechte glitt von meinem Arm zu meiner Taille und zog mich näher zu sich heran. Doch in der nächsten Sekunde stieß er sich von der Mauer weg und musterte mich mit unergründlichem Blick.

»Es … es tut mir leid«, stammelte er verwirrt.

Dann war er verschwunden.

Und mit ihm all die Hoffnung, die während des Kusses explosionsartig angewachsen war. Die Euphorie, dass Dr. Yates die Lösung für mein Problem gefunden hatte.

Bei einem normalen Jungen mochte es reichen. Ihn hätte ich so dazu bringen können, mir seine wirklichen Gefühle zu zeigen.

Nicht jedoch bei Phoenix, meinem Schicksal.

Meiner Bestimmung.

Kapitel 34

Es fühlte sich beängstigend an, Phoenix nicht in meiner Nähe zu wissen. Das Mal in meiner Hand brannte immer stärker, je näher ich der Bushaltestelle kam, von wo aus mich der Bus zum Industrial District bringen sollte. Vielleicht weil ich wusste, dass Hayden dort sein würde – das war die einzige Erklärung, die ich mir zusammenreimen konnte.

Plötzlich piepte mein Handy und ich sah, dass eine Nachricht von Dad eingetroffen war.

Ich bin jetzt im Salvadorean, falls du vor der Probe noch kurz Zeit hast.

Ich warf einen Blick auf die Uhr. Es war tatsächlich noch ein wenig zu früh, aber Cody war sicher schon im Proberaum – vielleicht sogar mit Hayden. Ich sollte hingehen und ihn beschützen, aber ich wollte die Möglichkeit, Dad zu treffen, nicht schon wieder verpassen.

»Kiera!«, rief er erfreut und strahlte mich an, als ich das Café betrat. Mir wurde warm ums Herz und ich lief mit schnellen Schritten auf ihn zu. Er war von seinem Stuhl aufgesprungen und drückte mich fest an sich, sodass ich mir vorkam wie ein kleines Kind, das seinen ersten Ausflug allein unternommen hatte.

»Dad, du zerquetschst mich«, presste ich hervor und sofort ließ er von mir ab.

»Tut mir leid, Engelchen. Ich freue mich einfach, dich zu sehen, und hatte gehofft, dass ich dich zwischen der … deinem Termin und der Probe noch kurz sehen kann.«

Sein Blick war so aufrichtig, dass ich lächeln musste. Dann musterte er mich mit einem ernsten Gesicht, das ich ansonsten nur von Mom kannte.

»Geht es dir gut? Setz dich doch, möchtest du einen Milchkaffee?« Wir machten es uns in zwei gemütlichen Sesseln bequem.

»Nein, danke, ich habe nicht so viel Zeit«, erwiderte ich schnell und versuchte, mich vor der anderen Frage zu drücken. Er durchschaute mich.

»War bei der Therapie irgendetwas?«, hakte er nach.

Ich war mir nicht sicher, wie viel ich ihm erzählen wollte: »Die Sitzung war sehr gut. Ich bin mir heute darüber bewusst geworden, dass man jede günstige Gelegenheit nutzen und sein Leben nicht dem Schicksal überlassen sollte.«

Dad strahlte mich regelrecht an. »Das ist mein Engelchen. So habe ich es schon mein Leben lang gehalten. Man muss seine Träume und Ziele in die eigene Hand nehmen und darf Rückschläge nicht dem Schicksal zuschreiben.«

»Ich weiß aber nicht, ob Mom das genauso sieht«, lächelte ich zaghaft.

»Auch deine Mutter hat Träume und Ziele«, sagte er nach einem tiefen Atemzug. »Und es steht mir nicht zu, denen im Wege zu stehen.«

Ich sah ihm ins Gesicht und wartete auf eine Emotion. Etwas, woran ich ablesen konnte, ob er traurig darüber war. Doch in seinem Gesicht zeigte sich rein gar nichts. In stiller

Eintracht saßen wir da und hingen unseren Gedanken nach, bis er irgendwann tief Luft holte: »Aber all das hat nichts mit dir zu tun, Engelchen. Solange ich deinen Träumen und Zielen nicht im Weg stehe, bin ich immer für dich da.« Nun leuchteten seine Augen und mir wurde erneut warm ums Herz.

»Danke«, sagte ich flüsternd. Dad nickte nur kurz und sah auf sein Handy, das vor ihm auf dem Tisch lag.

»So gerne ich dich auch noch weiterhin bei mir hätte: Ich glaube, du musst zur Probe.«

Ich warf einen Blick auf sein Display und erschrak. So ein Mist, nun würde ich doch wieder zu spät kommen! Ich sprang auf, während Dad sich langsam erhob und mich noch ein letztes Mal kurz umarmte. »Bis bald, Engelchen. Und viel Erfolg bei der Probe.«

Mein Nacken prickelte, als ich den Proberaum betrat. Nur Cody und Hayden waren anwesend. Codys Blick irritierte mich. Er war sichtlich überrascht. Überrascht, dass ich aufgetaucht war?

»Wir müssen reden!«, sagte ich direkt zu ihm.

»Ist etwas passiert?«, fragte Hayden und seine blauen Augen drangen mir bis unter die Haut.

Nein, es war völlig normal, dass ich mich in einen von ihnen verliebt hatte. Und dass ich deshalb überhaupt nicht wusste, wie ich mit meiner Schicksalsaufgabe umgehen sollte.

Cody kam zu mir, fasste mich an den Oberarmen und fing meinen Blick ein.

»Hat er dir etwas getan?«

Hayden kam nun ebenfalls neugierig näher, lauerte und ich spannte mich automatisch an.

»Es tut mir leid«, sagte ich zu Cody und umarmte ihn. Wie früher. Er versteifte sich nur kurz, ehe er mich fest an sich drückte. Ich genoss die Geborgenheit, die er mir vermittelte, und schlug die Augen gerade noch rechtzeitig auf, um zu sehen, dass Hayden lächelte. Und es war ein sehr zufriedenes Lächeln.

Mich jedoch erinnerte es daran, was er war: berechnend und böse. Sofort war das Lächeln für mich ein Zeichen, dass ich eine falsche Entscheidung getroffen haben musste. Wenn er zufrieden war … Ich schluckte.

Ich rückte von Cody ab.

»Über was möchtest du sprechen?«, fragte Cody mit belegter Stimme. Ich konnte davon ausgehen, dass Hayden es eh mitbekam, ganz gleich, ob ich um ein Gespräch unter vier Augen bitten würde.

»Was … Was da zwischen uns … Ich muss das klären, Cody. Ich muss wissen, was du …«

Hayden spannte sich an und verfolgte jede meiner Regungen.

»Ich muss wissen, ob Phoenix recht hatte. Ich muss es wissen, Cody.« Meine Stimme brach beinahe weg.

Hayden sog scharf die Luft ein und wartete ebenso angespannt wie ich.

»Ich liebe dich, Kiera.«

Ich keuchte auf, er schloss jedoch kurz die Augen und schüttelte den Kopf. Als er sie wieder öffnete, waren sie noch etwas matt. Er holte tief Luft und fuhr fort:

»Ich liebe dich wie eine Schwester. Und deshalb muss ich dich beschützen. Vor Typen wie Phoenix.«

Ich war so erleichtert, dass mir direkt Tränen in die Augen traten. Ich befreite mich aus Codys Umarmung und sah zu

Hayden, der mit zusammengepresstem Mund zu uns hinüberstarrte. Etwas in mir jubelte. Ich hatte mich der Kontrolle des Schicksals entzogen. Es gab etwas Größeres, ganz wie Dr. Yates es behauptet hatte.

Das befreiende Gefühl jedoch verebbte schnell wieder.

»Bist du mit Phoenix zusammen?«, fragte Cody.

»Nein.« Meine Stimme war kaum mehr als ein Flüstern. Mehr wollte ich dazu jetzt nicht sagen.

Cody zog mich wieder zu sich.

»Es tut mir so leid, Kiera.«

Ich nickte nur stumm.

Ich wusste, dass unsere Freundschaft stärker war, dass *ich* stärker war. Genau wie Dr. Yates es behauptet hatte.

Die Tür zum Proberaum wurde aufgerissen und Jason trat summend ein. Er verstummte sofort, als er mich in Codys Armen sah.

»Nehmt euch ein Zimmer!«, lachte Jason, sah sich dann kurz verwirrt um, weil niemand ähnlich reagierte, und fügte hinzu: »Das war ein Witz!«

Cody lachte auf. Ich war so froh, dieses Lachen wieder zu hören.

»Leider können wir uns kein Zimmer nehmen, ehe unser Drummer nicht da ist, um gemeinsam zu proben«, feixte er und ich lächelte erleichtert, während ich mir unauffällig die Tränen aus den Augenwinkeln wischte und ans Mikrofon trat.

»Geht klar, Boss!« Jason ging lachend zum Drumset und wirbelte angeberisch die Sticks herum.

»Bereit?« Cody sah uns einen nach dem anderen erwartungsvoll an. »Morgen ist der große Tag. Wenn es heute noch einmal so gut klappen sollte wie beim letzten Mal …«

Ich schluckte und sah zu Hayden. Dieser erwiderte meinen Blick jedoch nicht, sondern dachte über irgendetwas nach.

»Morgen entscheidet sich alles«, antwortete er dann auf Codys motivierende Worte. »Die Leute werden noch lange über unseren Auftritt reden«, sagte er und zwinkerte Cody zu.

Cody nickte lächelnd, mir jedoch lief es kalt den Rücken runter. Was hatte Hayden vor? Was würde morgen passieren? Eine düstere Vision jagte die andere, sodass die Euphorie, die die anderen sofort wieder erfasste, diesmal nicht bis zu mir durchdringen konnte.

Morgen war Samstag. Ich war dann schon eine Woche lang Trägerin der Münze. Bislang hatte ich nicht wirklich etwas geleistet, außer die schlechteste Seite eines guten Kumpels aufzuzeigen und unserer Schulzicke einen Ausschlag zu verpassen. Aber das war, bevor ich Bescheid gewusst hatte. Wie sollte ich mich nun bewusst entscheiden, auf bestimmte Schicksale einzuwirken? Dass ich nicht gerade gut darin war, hatten meine bisherigen Eingriffe zur Genüge gezeigt. Doch sollte ich die Möglichkeit wirklich verstreichen lassen? Ich verschob die Entscheidung auf später.

Bei jedem Blick auf Hayden, der voll und ganz auf seine Gitarrenriffs konzentriert war, wurde mir kälter und kälter. Ich wünschte mir, Phoenix wäre hier und würde mir helfen, meine Schicksalsentscheidungen zu treffen. Doch ich glaubte nicht daran, dass ich ihn nach seiner Flucht so schnell wiedersehen würde.

Dankend lehnte ich Haydens Angebot ab, nach der Probe noch etwas trinken zu gehen. Ich hatte immer noch kein wirklich gutes Gefühl dabei, Hayden mit Cody allein zu lassen, und versuchte daher, die Jungs zum Nachhausegehen zu bewegen. Ohne Erfolg.

Sie waren immer noch total aufgeputscht, als wir das *Bricks* verließen, doch mich überschwemmte wieder das Gefühl von Angst vor dem nächsten Tag und dem alles entscheidenden Auftritt. Wäre dieser nicht die perfekte Gelegenheit, die Münze zu benutzen? Ich würde Codys Schicksal beeinflussen und dafür sorgen, dass sich seine Träume erfüllten.

Amy, die gemeinsam mit Ana und Drew vor dem *Bricks* stand, rief mir noch irgendetwas zu, doch ich ignorierte sie und ging zielstrebig zur Bushaltestelle. Ich hatte Wichtigeres zu tun.

Nachdem ich in den Bus eingestiegen war, war ich so tief in meinen Gedanken versunken, dass ich an meiner Haltestelle vorbeifuhr und deshalb einen Umweg gehen musste. Während ich mich über mich selbst ärgerte, kam ich an unserem alten Haus vorbei. Das brachte mich auf eine Idee, wo ich meine Antworten finden könnte.

Kapitel 35

Ich fühlte mich wie eine Einbrecherin, als ich die Treppe zur Veranda hochstieg. Vor einer Woche war das hier noch mein Zuhause gewesen, ich hatte nie ein anderes Zuhause gekannt und doch fühlte ich mich jetzt schon fremd hier.

Den Schlüssel schon fast im Schloss überlegte ich es mir anders und klingelte. In der ganzen Woche war ich nicht dazu gekommen, Dad zu besuchen. Dabei hatte ich es fest in meine Woche einplanen wollen. Doch die Tage waren einfach zu … chaotisch gewesen. Sofort musste ich wieder an Phoenix denken und meine Stimmung sank in den Keller.

»Kiera, was ist passiert?«

Ich hatte gar nicht bemerkt, wie Dad die Tür geöffnet hatte und mich vermutlich wie ein Häufchen Elend auf der Veranda stehen sah.

»Hi, Dad!« Ich setzte ein breites Lächeln auf und versuchte, nicht weiter an Phoenix zu denken.

»Ist etwas mit deiner Mutter?« Sorge stand ihm ins Gesicht geschrieben.

»Nein, alles in Ordnung. Mir ist in der Probe nur eingefallen, dass ich etwas in meinem Zimmer vergessen habe.«

Er sah mich kurz irritiert an, dann nickte er und trat zur Seite, um mich hereinzulassen. »Aber wieso hast du denn geklingelt?« Er klang ziemlich verletzt.

Ich zuckte mit den Schultern, aber Dad verstand mich trotzdem.

»Kiera, ganz gleich, ob du eine Woche oder ein Jahr lang nicht hier vorbeischaust: Hier ist dein Zuhause. Es wird immer dein Zuhause sein und du musst dich für nichts entschuldigen.«

Seine Worte sorgten erneut für ein warmes Gefühl im Bauch. Er sagte immer genau das, was ich in dem Moment brauchte. Plötzlich hellte sich sein Gesicht auf, er hielt sich die Hand vor den Mund und atmete laut ein und aus: »Ich. Bin. Dein. Vater.«

Mit diesem Running Gag zwischen uns brachte er mich immer wieder zum Lachen und meine Stimmung hellte sich sofort auf.

»Und ich weiß«, fuhr er mit normaler Stimme fort, »dass das Konzert morgen ein sehr wichtiger Auftritt für dich ist. Ihr habt sicher ständig geprobt, was?«

Dad dachte einfach an alles. Er war der Beste.

Ich nickte lächelnd.

»Wie geht es deiner Mutter?«

»Gut.« Glaubte ich. Es war ja nicht so, dass ich sie sehr oft zu Gesicht bekam.

»Sehr schön.«

Ich konnte den Ausdruck auf seinem Gesicht nicht einschätzen, also nickte ich nur und drehte mich in Richtung Treppe. Er versperrte mir den Weg.

»Ach so, ja. Geh ruhig.« Er kratzte sich verlegen am Kopf. Irgendwie wirkte er nicht ganz wie er selbst.

»Ist alles in Ordnung, Dad?«

»Jaja.«

Ich musterte ihn misstrauisch. Mein Dad war manchmal

völlig in ein Projekt versunken, aber so … desorientiert hatte ich ihn nie gesehen.

»Ich geh dann mal wieder an die Arbeit. Es gibt so viel zu tun. Hol dir, was du brauchst. Und melde dich bald wieder«, fügte er hinzu.

Ich war erleichtert, dass er wohl einfach nur zu viel zu tun hatte. Vermutlich war das seine Art, für Ablenkung nach der Trennung zu sorgen.

»Ich besuche dich bald wieder, versprochen.«

Er nickte und ging in Richtung Büro. Ich sah ihm kurz nach, bis er die Tür hinter sich schloss.

Im Flur fiel mir ein Bild auf, das bisher in seinem Büro gehangen hatte. Vermutlich war es ein Zitat, vielleicht sogar ein berühmtes, aber es hatte mich nie interessiert.

»Wo Chaos herrscht, regiert der Zufall«, las ich flüsternd, wie jedes Mal, wenn ich das Bild näher betrachtet hatte. Es passte einfach so perfekt zu Dad und seinem Chaos im Arbeitszimmer. Dass es jetzt hier hing, versetzte mir jedoch einen kleinen Stich. An der Stelle hatte bisher ein großformatiges Foto von Mom und mir gehangen. Mit dem seltsamen Zitat wirkte der Flur gleich befremdlicher und weniger freundlich.

Ich vertrieb den Gedanken und eilte die Treppe hinauf in mein Zimmer. Automatisch warf ich meine Tasche und den Schlüssel auf die kleine Kommode an der rechten Wand, dann starrte ich auf mein Bett. Es sah noch genauso aus, wie ich es letztes Wochenende zurückgelassen hatte. Langsam trat ich näher – und erschrak. Das Mal in meiner Hand begann plötzlich heftig zu pochen. Noch bevor ich die Matratze angehoben hatte, ahnte ich, dass das Buch dort liegen würde. Mit einem kurzen Ruck zog ich die Matratze hoch und entdeckte das Buch. Fast hätte ich die Matratze wieder fallen lassen, denn das Buch sah *exakt* so aus, wie Phoenix es beschrieben hatte. Ich nahm es aus dem Versteck und zum ersten Mal betrachtete ich es ganz genau.

Es war auf alt gemacht, hatte ich damals gedacht. Aber nun wusste ich, dass es wirklich sehr alt sein musste. Das metallische Rot war an manchen Stellen dunkler als an anderen. Meine Finger glitten über die erhabenen Ornamente, die auf fünf dunkelbraunen Flächen angebracht waren. Den interessantesten Bereich bildete die Mitte, die einem alten ovalen Spiegel glich. Rings um die fünf Ornamente gab es noch einen breiten Rahmen aus Silberschnörkeln.

Je länger ich das ovale Feld in der Mitte anstarrte, desto mehr glaubte ich, in den Ornamenten etwas zu entdecken. Im oberen Bereich saßen zwei Gestalten, die aus den Pflanzen hervorkrochen. Dann waren da noch etliche Kugeln, weiter unten Fabelwesen, vielleicht Drachen oder doch Einhörner? Meine Sicht verschwamm und ich blinzelte. Hatte das eine Wesen oben Hörner wie ein Teufel?

Weiter kam ich mit meinen Gedanken nicht, denn ich ließ das Buch vor Schreck fallen. Das Motiv auf dem Umschlag begann, sich zu bewegen! Die Ornamente schlängelten sich, wanden sich wie Pflanzen, die wuchsen und wuchsen und doch nicht größer wurden. Die beiden Wesen schienen unentwegt in meine Richtung zu starren. Ich musste mich überwinden, das Buch wieder anzufassen. Im Moment der Berührung durchfuhr ein sengender Schmerz meine linke Hand. Doch zum Glück war er so schnell wieder vorbei, wie er gekommen war. Noch einmal sah ich mir das Motiv auf dem Buch ganz genau an. Und nun erkannte ich im Hintergrund, als wäre es auf einer anderen Ebene, das Symbol auf der Münze: das X mit dem Plus darüber, die kleinen Zeichen zwischen den Strichen.

Plötzlich hörte ich von unten ein Geräusch. Ohne in das Buch hineinzusehen, steckte ich es in meine Handtasche, schnappte meinen Schlüssel und lief die Treppe hinunter. Eigentlich hatte ich Dad im Flur erwartet, doch offenbar war er schon wieder tief in seiner Arbeit versunken. Ich rief ein »Bye, Dad!« in Richtung seines Büros, verließ das Haus und nahm mir fest vor, bald wieder vorbeizukommen. Ich hoffte, dass er morgen Abend vor lauter Arbeit meinen Gig nicht verpasste. Bisher war er bei jedem meiner Auftritte dabei gewesen.

Als ich unsere Auffahrt hinunterging, prickelte mein Nacken. Ich fühlte mich beobachtet und hastete schnell durch die Straßen. Ich wollte endlich herausfinden, was es mit den Regeln auf sich hatte. All die Fragen, um die Phoenix immer herumgeschlichen war, würden endlich beantwortet werden.

Das Wiedersehen von Vater und Tochter war rührend verlaufen. Der lange Aufenthalt auf dieser Welt hatte ihn glatt sentimental werden und für einen Moment die Pläne vergessen lassen. Kurzzeitig war ein anderes Bild der Zukunft entstanden, doch schnell verwarf er den Gedanken daran wieder. Sie würde sich entscheiden müssen.

Nach dem heutigen Tag schätzte er die Chancen für sich jedoch besser ein als jemals zuvor.

Kapitel 36

In der Küche lag ein Zettel von Mom. Sie entschuldigte sich tausendmal dafür, dass sie heute schon wieder nicht da war, und versprach mir, am Wochenende ganz viel Zeit für mich zu haben. Ich solle auch in den Kühlschrank sehen.

Eine Auflaufform stand auf Augenhöhe mit einem weiteren Zettel von Mom, dass ich bitte die Folie abmachen solle – als hätte ich Lasagne à la Plastikfolie gewollt! Es folgten detaillierte Angaben, wie ich den Backofen zu bedienen hatte. Ich wusste nicht, ob ich es lustig oder traurig finden sollte, dass sie mich wie eine Sechsjährige behandelte.

Während mein Essen aufwärmte, setzte ich mich an den Tresen und holte das Buch des Schicksals hervor. Ich strich über das Cover und brachte die Ornamente in Bewegung, als mich der Küchenwecker aus der Trance riss. Es fühlte sich an, als wären nur ein paar Sekunden verstrichen, doch der goldbraune Käse auf der Lasagne bewies mir das Gegenteil.

Ich verbrannte mir vor lauter Hunger Zunge und Gaumen, verfluchte mich für meine Gier und hoffte, dass das pelzige Gefühl bis zum nächsten Tag verklungen war und mich nicht beim großen Auftritt behinderte. Schnell räumte ich alles auf und ging mit dem Buch in mein Zimmer.

Ich ließ mich aufs Bett fallen und betrachtete es von allen Seiten, während sich die Ornamente auf dem Umschlag munter vor sich hinbewegten. So ein animiertes Cover, das hatte schon was. Ich öffnete den Magnetverschluss und ließ ihn wieder zuschnappen – zumindest hatte ich es vor einem halben Jahr noch für einen Magnetverschluss gehalten. Jetzt war ich mir da nicht mehr so sicher. Ich sah zu, wie die Figuren und Ornamente jedes Mal erzitterten, wenn ich den Verschluss zuschnappen ließ, und konnte ein Grinsen nicht unterdrücken. Ich dachte darüber nach, was ich an einem Tag wie diesem in meinen Blog geschrieben hätte. Mir ging Codys verletzter Blick nach meiner Abfuhr durch den Kopf. Wie sehr hatte ich ihn verletzt, als ich Phoenix geküsst hatte? Was war nur in mich gefahren?

Mein Magen zog sich schmerzhaft zusammen. Bei der Probe hatte ich klare Verhältnisse geschaffen, hatte dementiert, dass ich mit Phoenix zusammen war. Und dennoch hatte ich meinen besten Freund verletzt. Vermutlich würde Cody mich nie mehr ansehen können, ohne daran zu denken, dass ich vor lauter Wut einen anderen geküsst hatte.

Die Entscheidung war so spontan gekommen, ungeplant, aus reinem emotionalen Chaos heraus. Eine typische Kurzschlusshandlung, wie ich sie von mir zur Genüge kannte. Ich bereute, dass ich mich so hatte hinreißen lassen. Ich war in ein wahres Gefühlschaos versunken und daher noch schlechter als sonst darin, richtige Entscheidungen zu treffen und die Konsequenzen zu bedenken. Dads Bild kam mir wieder in den Sinn: *Wo Chaos herrscht, regiert der Zufall.* Und dieser hatte definitiv die Situation übernommen und konnte, wie Phoenix behauptete, positiv wie negativ sein. Aber wollte ich meine Beziehung zu Cody wirklich dem Zufall überlassen? Es war Zeit, endlich mein Schicksal in die Hand zu nehmen.

Ich schlug das Buch auf und starrte auf die leere erste Seite. Die Seite, auf der irgendwann einmal ›Hi Mom‹ gestanden hatte. Mit einem Stirnrunzeln überlegte ich, wo denn die Regeln ständen, und ließ die Seiten einmal durch meine Finger gleiten, ohne etwas zu finden. Weder beim Vor- noch beim Zurückblättern. Ohne den Blick von der ersten Seite zu heben, fischte ich in der Schublade meines Nachttisches nach einem Stift. Dann begann ich, das cremefarbene Blatt zu füllen. Ich schrieb all meine Gedanken über Cody und Phoenix nieder und endete mit:

Ich wünschte, ich hätte Phoenix nie geküsst.

Dann starrte ich die Seite an. Die ersten geschriebenen Worte lösten sich bereits auf wie diese magische Tinte, die ich als Kind besaß und die beim Trocknen unsichtbar wurde. Ich hatte jedoch einen stinknormalen Kugelschreiber verwendet, trotzdem wurden die Buchstaben nach und nach vom Buch des Schicksals eingesaugt.

Ich beobachtete gespannt, wie meine letzte geschriebene Zeile immer weiter verblasste. Als auch der Punkt verschwunden war, spürte ich einen heftigen Ruck, der mich nach hinten in meine Kissen schleuderte. Wie in einem Film, wenn sich die Schauspieler in der Nähe einer Explosion aufhielten. Zum Glück hatte ich auf dem Bett gesessen!

Ich rappelte mich auf. Das Buch lag neben dem Bett auf dem Fußboden. Zugeklappt, wie unberührt, die Ornamente standen wieder still. Erst als ich meinen Blick tiefer gleiten ließ, sah ich es wieder: Das Rad des Schicksals drehte sich ganz langsam. Drei Wesen glitten dabei am Rand des Mals entlang, sahen mich hämisch grinsend an. Ich erschrak und zuckte zurück.

In genau diesem Moment tauchte Phoenix mitten aus dem Nichts vor dem Bett auf: »Was hast du getan?«

Ich fuhr noch einmal zusammen und musste mich erst einmal sammeln.

Phoenix war aufgebracht und setzte sich ungeduldig auf den Rand des Bettes. Sein Blick war so voller Sorge, dass ich Angst bekam.

Er sah mir tief in die Augen und wiederholte seine Frage.

Ich deutete mit der Hand auf das Buch, das noch immer auf dem Fußboden lag.

Phoenix sog scharf die Luft ein.

»Was hast du geschrieben?«, forderte er. »Ich *muss* es wissen, Kiera.«

Sein flehender Unterton ließ die Antwort wie von selbst über meine Lippen kommen.

»Ich habe unseren Kuss – beide Küsse – rückgängig gemacht.« Schnell blickte ich zur Seite. Ich wollte nicht sehen, wie er darauf reagierte. Es schmerzte immer noch zu sehr, ganz gleich, wie oft ich mir einredete, dass es so besser war und dass wir das beide wussten.

Er sagte kein Wort, rührte sich eine ganze Weile nicht und wie immer befürchtete ich, dass er bereits wieder verschwunden war. Doch mit einem Mal sprang er vom Bett. Ich schaute ihm zu, wie er sich durch die Haare fuhr und im Zimmer immer wieder hin und her lief.

Irgendwann machte mich das wahnsinnig.

»Was denn? Das ist doch genau das, was du wolltest, oder

etwa nicht?« Es kam um einiges schroffer heraus, als ich beabsichtigt hatte.

Er erstarrte mitten in der Bewegung und sah zu mir. Seine dunklen Augen funkelten mich an. Langsam kam er auf mich zu, hielt mich mit seinem Blick gefangen wie ein Raubtier sein Opfer. Vor meinem Bett ging er in die Hocke, um mit mir auf Augenhöhe zu sein.

Seine Stimme war eindringlich, doch ein Hauch von Verunsicherung war dennoch herauszuhören.

»Darum geht es nicht, Kiera. Es ist schlichtweg unmöglich, die Vergangenheit zu ändern. Niemand kann so in das Schicksal eingreifen. Niemand.«

Ich musste die Worte erst einmal sacken lassen. Es dauerte eine ganze Weile, bis ich ihre Bedeutung erfassen konnte. Phoenix sah mich an und wirkte so verloren und erschüttert wie ein kleines Kind, dem man gerade gesagt hatte, dass es den Weihnachtsmann nicht gab.

»Ich … ich habe nicht gewusst, was ich tun darf«, versuchte ich mich zu entschuldigen. Hatte ich irgendetwas im Raum-Zeit-Gefüge beeinflusst, das ich nicht hätte ändern dürfen? Die Warnungen von Doc Brown aus *Zurück in die Zukunft* zogen vor meinem inneren Auge vorüber. »Du hast mir bisher kaum etwas von den Regeln erzählt, ich …«, stammelte ich und wurde immer nervöser.

Er packte mich am Unterarm, vermutlich um mein Gezappel zu unterbinden. »Es gibt keine Regel dafür, Kiera.« Sein Gesicht war nun eine unergründliche Maske. »Es funktioniert nicht. Und glaub mir, es haben schon einige vor dir versucht, den Verlauf der Geschichte zu ändern – oder die eigene Vergangenheit. Niemand ist in der Lage, zurückliegende Entscheidungen zu beeinflussen. Dazu wäre mehr

Macht notwendig, als die Münze verleiht. Es ist *unmöglich*.« Er fuhr sich durch die Haare und sackte mit dem Rücken ans Bett gelehnt auf den Boden. Immer wieder schüttelte er den Kopf. Dann sah ich, wie er sich plötzlich anspannte und fast zeitgleich aufsprang, als Hayden in meinem Zimmer auftauchte. Seine Hände ballten sich zu Fäusten und er sprang einen Schritt auf uns zu. Vor Schreck kiekste ich wie ein kleines Mädchen.

Kapitel 37

Phoenix und Hayden standen sich nun direkt gegenüber, fixierten sich, lauerten. Die Luft knisterte vor Spannung, wie elektrisch aufgeladen. Meine Haut prickelte, die Härchen auf meinem Unterarm richteten sich auf. Ich sah vom einen zum anderen, versuchte zu entscheiden, ob sie sich jeden Moment an die Gurgel springen würden.

»Was habt ihr getan?«, knurrte Hayden und ließ seinen Bruder keinen Moment lang aus den Augen.

Phoenix zuckte mit den Schultern. Arrogant wie immer, wenn er diese Seite von sich zeigte: der Phoenix, den ich nicht mochte. Zu allem Überfluss lächelte er Hayden auch noch überheblich an.

»Es geht dich nichts an … *Hayden*. Die Münze ist auf meiner Seite.« Phoenix kniff die Augen zusammen. »Verschwinde hier!«

»Das werde ich nicht tun. Ich habe den Zug gespürt, als hätte jemand etwas aus dem Gewebe gerissen.«

»Was?«, fragte ich, doch Hayden antwortete mir nicht. Ich stand auf und drängte mich zwischen die Streithähne.

»Erklär mir das genauer«, forderte ich.

»*Ich* werde es dir erklären. Aber erst soll er verschwinden«, knurrte Phoenix und zog mich von Hayden weg.

»Hört damit auf!« Ich schrie die Worte fast, doch sie zeigten Wirkung, denn Phoenix trat einen Schritt zurück. Doch die Wut auf Hayden stand ihm weiterhin im Gesicht. Die beiden waren wirklich unerträglich, wenn sie sich zu lange in einem Raum aufhielten. »Ich möchte, dass Hayden mir antwortet.«

Phoenix öffnete bereits den Mund, doch ich hob die Hand. Er presste die Lippen zusammen und warf Hayden einen warnenden Blick zu. Auch ich sah zu Hayden und wartete neugierig, was er zu sagen hatte.

»Die gesamte Geschichte der Welt, seit Fortuna die Macht über die Götter und deren Geschicke hatte, ist ein einziges großes Gewebe, das du als Münzträger im Moment auch sehen kannst, um zu beobachten, wie die Schicksale beeinflusst werden können. Jeder Gott und jeder Mensch ist ein Faden, dessen Schicksal Fortuna verknüpfte, mit anderen verband, voneinander trennte oder … abschnitt.« Er sah mich an, ob ich ihm noch folgen konnte. Ich nickte zur Bestätigung, dann fixierte er wieder seinen Bruder, als könne der ihn jeden Moment attackieren. Und so, wie Phoenix aussah, war der Gedanke auch nicht allzu abwegig.

Haydens Erklärungen klangen, als hätte er sie bereits unzähligen Menschen erzählt: »Als sich die Wege von Göttern und Menschen trennten, gabelte sich auch das Gewebe auf. Es entstanden zwei Pfade und wir«, er schloss Phoenix mit einer Handbewegung ein, »sind mit dem der Menschen verbunden, spüren die einzelnen Fäden, alle Individuen. Er hat dir sicher von der Münze erzählt, dass wir sie spüren. Sie ist wie ein heller Fleck im Gewebe des Schicksals in der Nähe des Trägers, ehe sie sich mit dessen Faden verbindet. So wandert sie von einem menschlichen Schicksalsfaden zum nächsten.«

»Genau genommen hat Phoenix …«

»Genug mit der Geschichtsstunde«, unterbrach mich Phoenix. »Was willst du?«

Hayden fuhr unbeirrt fort. »Der Mensch, der mit der Münze verbunden ist, kann das weitere Gewebe knüpfen.«

»Wenn sein Lebensweg dafür offen ist«, warf ich ein. Hayden runzelte die Stirn, dann sah er scharf zu Phoenix, der den Blick eiskalt erwiderte.

»Ich werde mich an die Vereinbarung halten, *Bruder*«, zischte Hayden und warf Phoenix einen vielsagenden Blick zu. Was mich zu der Gewissheit brachte, dass sie mir etwas verheimlichten. Hayden musterte mich einen Moment und fuhr dann fort: »Es ist unmöglich, das vorhandene Gewebe zu verändern. Ihr habt jedoch Fäden gelöst, ich habe es gespürt. Das Gewebe hat sich neu verknüpft. Und ich würde gerne wissen, warum.«

Wie konnte er so höflich sein? Er war das düstere Schicksal und gleichzeitig einer der freundlichsten Menschen, die ich außer Cody kannte. Der Wolf im Schafspelz.

Weil ich nicht antwortete, fügte er doch tatsächlich ein »Bitte« hinzu.

»Es geht dich nichts an. Es sind meine achtundzwanzig Tage. Du hast auf den falschen Träger gesetzt.« Phoenix verschränkte die Arme vor der Brust. Er schien keinen Angriff mehr zu befürchten.

»Phoenix«, antwortete Hayden mit einem flehenden Unterton. »Kairos ist zurück, das kann ich spüren und du spürst es auch. Aber da ist noch mehr. Selbst er kann das Gewebe nicht neu knüpfen. Dieser Eingriff kann die gleiche Bedeutung haben wie damals in Atlantis!«

»Atlantis? *Das* Atlantis?«, warf ich ungläubig ein.

»Was hast du ihr eigentlich überhaupt erzählt?«, warf Hayden Phoenix an den Kopf.

Er seufzte resigniert, sein Blick glitt in die Ferne und er sprach leise und eindringlich, so tief in Erinnerungen versunken, dass er mich und Phoenix vermutlich kaum mehr wahrnahm.

»Die Münze war nicht immer da. Wir drei – Eftychios, Zoferos und Kairos – hatten die Macht, den Schicksalspfad eines jeden Menschen zu lenken. Und so schufen wir gemeinsam die Zukunft.

Atlantis war ein Traum, komplett errichtet nach unseren Wünschen. Eine Handvoll Menschen bekam die Entscheidung freigestellt, ihr Schicksal zum Positiven zu wenden und auf die Insel zu ziehen. Sie waren tüchtig, wie sie da aus dem Nichts kamen und plötzlich alles hatten.«

Sein Blick verfinsterte sich und er warf einen kurzen Seitenblick zu Phoenix, der wütend mit dem Kiefer mahlte. »Dann begannen die Menschen zu intrigieren, trafen eigenständig Entscheidungen, verließen die von uns vorgegebenen Pfade und es kam zum Streit unter uns *Geschwistern*. Jeder von uns hatte plötzlich eine Armee an Bürgern hinter sich, die Stadt spaltete sich in zwei Lager.«

Ich runzelte die Stirn. »Wieso zwei? Ihr seid doch zu dritt. Wieso –«

Hayden unterbrach mich und klang nun, als würde er nicht seine, sondern eine völlig fremde Geschichte erzählen. Seine Stimme war distanziert, als zitierte er aus einem Geschichtsbuch. »Kairos stand wie immer zwischen den Lagern. Zoferos war dafür, die Stadt zu vernichten, Eftychios wollte seine Schäfchen retten und ihnen alles durchgehen lassen, sie auf den richtigen Weg zurückführen – vorerst nicht eingreifen. Beide Brüder redeten auf Kairos ein, der unter dem Druck, sich für eine Seite zu entscheiden, verschwand. Später behauptete er, Fortunas Weisungen befolgt zu haben, die sie in einer alten Prophezeiung hinterlassen hatte.«

Für einen Moment schloss Phoenix die Lider und wollte daraufhin etwas erwidern, doch Hayden kam ihm zuvor.

»Auf jeden Fall tauchte plötzlich eine Münze auf.« Hayden deutete auf meine Brust und ich griff instinktiv nach der Münze, um sie zu schützen.

»Kairos warf die Münze«, fuhr Hayden fort. »Als sie auf dem Boden landete, zeigte sie das Rad des Schicksals. Er würde der Münze die Entscheidung überlassen, wenn sich die anderen Brüder uneinig waren. Ich erinnere mich noch an die letzten Worte von Evangelos, dem ... Sprecher der Stadt, der sich stets neutral verhalten hatte und hinter Kairos stand. Er hat geschworen, sich niemals dem Schicksal zu unterwerfen. Nichtsdestotrotz war Atlantis kurz darauf Geschichte.«

Ich keuchte auf.

Hayden griff sich an die Schläfe. »Ein Münzwurf von Kairos hat die komplette Insel zerstört. Sie ist versunken und kein einziger der Bewohner konnte gerettet werden.«

Hayden schwieg, starrte noch immer in die Ferne. Ich war mir sicher, was er sah. All die schreienden Menschen, deren Insel, deren Heimat zerstört wurde. Kinder, Frauen und Männer, die um ihr Leben rannten und doch verloren hatten. Die Bilder in meinem Kopf mischten sich mit den aktuellen Fernsehnachrichten über Terror, Gewalt und Zerstörung. Ich schluckte und blinzelte mehrmals, bis ich Phoenix wieder deutlich sehen konnte. Niemand von uns sagte etwas.

Irgendwann räusperte sich Hayden. »Nach Atlantis haben sich die Regeln für immer verändert. Von nun an konnten wir nur noch mithilfe eines Menschen eingreifen. Wer die Münze des Schicksals trägt, kann das Gewebe beeinflussen. Diese ... Sache hat uns gespalten. Wir wurden zu Hüter und Jäger degradiert und auf gegnerische Seiten verbannt.« Er warf Phoenix einen bedeutungsschweren Blick zu.

Phoenix knirschte mit den Zähnen. »Kairos reicht die Münze weiter und sucht vermutlich nach dem einen Auserwählten, der die Fähigkeit hat, erneut das gesamte Schicksalsgewebe zu verändern. Wir vermuten, dass Fortuna diesen Weg von vorneherein festgelegt hat, sich quasi durch die Münze eine Hintertür offengehalten hat, um ihre Vereinbarung mit den Olympiern eines Tages wieder umkehren zu können. Wir glauben nicht, dass Kairos Fortuna bereits aufgesucht hat. Aber die Zeit läuft uns davon.«

»Ich habe dir immer wieder gesagt, dass wir Fortuna nicht trauen sollen«, warf Hayden ein. »Sie hatte von Anfang an einen Plan, als sie zugestimmt hat, die Wege zu trennen. Ich habe es dir immer gesagt, sie hat eine Möglichkeit gefunden, das Schicksal von Menschen und Göttern wieder zu verweben. Mit einem Münzträger, der das Schicksalsgewebe verändern kann.«

»Und ich habe dir immer gesagt, dass du unter Verfolgungswahn leidest«, schnaubte Phoenix. »Auf welcher Seite stehst du eigentlich?«

Beide Jungs sahen einander an, kniffen die Augen zusammen und gingen in Angriffsstellung.

Dann sprangen sie zeitgleich auf mich zu und griffen nach mir.

Er sah es in Gedanken so genau vor sich, als wäre es gestern gewesen, dass die Brüder sich uneins geworden waren.

Atlantis war der Traum einer Stadt, hohe Gebäude aus Materialien, die zu dieser Zeit anderswo auf der Welt noch nicht einmal entdeckt waren. Es hatte all seine Überzeugungskraft gekostet, unter den tief zufriedenen Bewohnern Zwietracht zu säen, ihnen einzureden, dass sie nicht für immer in ihrer heilen Welt leben konnten, ohne vom Rest der Welt entdeckt zu werden – dass es Kreaturen gab, die ihnen Schlechtes wollten. Zur Veranschaulichung hatte er ein paar … alte Bekannte durch den Schleier geholt. Mit dem Angriff der Harpyien war es ein Leichtes, die Bewohner zu überzeugen. Sie schufen Waffen und Rüstungen, die zum Teil sogar gegen die Macht der Brüder immun waren, rüsteten sich für einen Kampf, trainierten Angriff und Verteidigung gegen Außenstehende, die niemals kommen würden.

Dann war es so weit: Seine sorgfältig gesäte Zwietracht führte dazu, dass sich die geschlossene Gruppe entzweite, dass plötzlich Nachbar gegen Nachbar kämpfte.

Der erste Schritt in eine neue Zukunft war getan.

Kapitel 38

Für einen Moment stand die Zeit still, nichts bewegte sich. Nur mein Puls raste wie verrückt und ich griff intuitiv nach der Münze um meinen Hals. Beide wollten sie. Aber wenn Phoenix recht hatte, konnte sie mir doch keiner nehmen. Oder gingen die beiden davon aus, dass sich diese Regel ebenfalls verändert hatte? Ich hatte die Münze gerade fest mit meinen Fingern umschlossen, da kamen beide wieder in Bewegung. Aber alles passierte in Zeitlupe, was irgendwie sehr schräg war. Ich wusste nicht, wie ich mir helfen sollte, überlegte fieberhaft und wünschte mir, mich wegbeamen zu können, wie Phoenix und Hayden es konnten.

Was natürlich nicht funktionierte.

Dann jedoch erkannte ich, dass Phoenix gar nicht auf mich zusprang, sondern sich auf Hayden warf. Millionen Gedanken flitzten daraufhin durch meinen Kopf. Eine kleine naive Stimme flüsterte mir zu, dass er meine Gefühle doch erwiderte und mich die ganze Zeit nur beschützen wollte, viele andere lachten sich darüber tot und löschten das Hochgefühl wieder aus.

Plötzlich lief wieder alles in normaler Geschwindigkeit ab und ich hatte Mühe, den Bewegungen der beiden zu folgen: Haydens Hand war nur noch wenige Zentimeter von meinem Hals entfernt und ein irritierter Ausdruck schlich sich auf sein Gesicht, als er meine Hand anstatt der Münze sah. Im gleichen Moment rammte ihn Phoenix von der Seite und beide fielen zu Boden. Hayden drehte sich im Fallen um und stemmte seine Hände gegen Phoenix' Brustkorb. Die ersten Blitze zuckten über seine Handfläche, bereit, Phoenix mit voller Wucht zu treffen.

Mein panischer Aufschrei war vermutlich bis rauf auf die Space Needle zu hören. Hayden jedoch war davon vollkommen unbeeindruckt. Die Blitze, die er nun auf Phoenix losließ, verursachten ein schnelles Schattenspiel auf seinem Gesicht.

Phoenix hatte sich verteidigen wollen, doch seine Hände konnten die Blitze von Hayden nicht rechtzeitig abwehren. Ich musste mit ansehen, wie er zuckte, das Gesicht vor Schmerzen verkniffen. Da setzte etwas in mir aus und ich tat das wohl Dümmste, das man in so einer Situation tun konnte: Ich ging dazwischen und versuchte mit voller Wucht, Hayden zur Seite zu schubsen.

Als ich fiel, fühlte es sich an, als hätte ich versucht, mit einem Kissen einen Schnellzug aufzuhalten, und ein Knacken später fuhr der widerlichste Schmerz durch mein linkes Handgelenk, den ich jemals gespürt hatte.

Dennoch zeigte mein Eingreifen Wirkung. Hayden ließ von Phoenix ab und sah mich mit einem unergründlichen Gesichtsausdruck an. Dann stand ihm mit einem Mal der Schreck ins Gesicht geschrieben. Er sah auf seine Hände hinab, die immer noch von blauen Blitzen überzogen waren, daraufhin zu Phoenix, der reglos am Boden lag. Ein Netz haarfeiner blauweißer Linien zog sich noch über seinen ganzen Körper. Hayden schien regelrecht schockiert von Phoenix' Anblick. Er sah auf seine Hände, dann auf mich – und verschwand.

Ich kroch zu Phoenix und kniete mich neben ihn. Das Netz aus Blitzen war verschwunden. Als ich ihn abtasten wollte, spürte ich wieder den Schmerz in meinem Handgelenk. Vermutlich hatte ich mir beim Zusammenprall das Gelenk verstaucht. Zumindest hoffte ich, dass nichts gebrochen war. Ich presste die verletzte Hand fest an meinen Körper und versuchte mit der rechten, Phoenix' Puls zu ertasten. Ich hatte so etwas nie zuvor gemacht. Panik kroch in mir hoch, als ich auch nach ein paar Sekunden noch immer nichts spürte. Schnell legte ich die Hand auf seine Brust. Er hatte einen Herzschlag gehabt, da war ich mir sicher. Ich hatte ihn gehört, als er mich … Ich verwarf den Gedanken und versuchte, mich zu konzentrieren. Weil meine Hand noch immer zitterte, beugte ich mich zu Phoenix' regloser Brust hinab und legte meinen Kopf darauf. In meinen Ohren rauschte es so stark, dass ich nichts anderes hören konnte. Meine Augen brannten und die ersten Tränen verschleierten meinen Blick. »Phoenix! Wach auf! Verdammt, wach auf!« Ich schrie ihn an und schüttelte ihn an den Schultern. Nichts. Tränen rannen mir übers Gesicht, bis ich erschöpft neben ihm zusammensank. Ich hatte mein Zeitgefühl verloren, als ich mich schließlich zusammenriss und mich langsam erhob, um … einen Notarzt zu rufen?

Da griffen zwei Arme nach mir und zogen mich wieder nach unten. Ich stöhnte vor Schmerz auf, als mein schmerzendes Handgelenk verdreht wurde. Sofort ließen die Hände wieder von mir ab. Mit zittrigen Beinen versuchte ich aufzustehen. Phoenix stöhnte und öffnete langsam die Augen. Er stützte sich mühsam mit den Händen hoch und war noch immer ziemlich blass im Gesicht.

Aber er lebt!, jubelte es in mir.

Vor Erleichterung fiel ich in seine Arme und warf uns damit beide zu Boden. Es dauerte, bis mir unsere Nähe Sorgen bereitete und ich mich rasch zurückzog.

Daraufhin sah mich Phoenix lange mit einem unergründlichen Blick an, ohne etwas zu sagen. So lange, dass es mir bereits unangenehm wurde und mir die Röte ins Gesicht stieg. Er hob seine Hand und legte sie sanft auf meine Wange. Die Berührung ließ mich erschaudern. Ich schloss die Augen und eine übrig gebliebene Träne kullerte nach unten. Phoenix fing sie mit seinem Daumen auf und wischte sie weg.

»Du hast mich gerettet«, sagte er mit belegter Stimme.

Ich öffnete die Augen, seine Hand auf meiner Wange war mir schmerzhaft bewusst. »Du hast mich zuerst gerettet.«

Seine Mimik spiegelte die verschiedensten Gefühle in so rasanter Reihenfolge, dass ich sie gar nicht alle wahrnehmen konnte.

»Kiera, ich ...« Er ließ den Kopf sinken. Sein Daumen glitt erneut über meine Wange. Ich hatte nicht bemerkt, dass sich tatsächlich schon wieder Tränen einen Weg gebahnt hatten. Schnell drehte ich mein Gesicht weg.

Warum war es so kompliziert?

Stockend atmete ich ein, wollte aufstehen, doch das Aufstützen auf die linke Hand war keine gute Idee. Der Schmerz durchzuckte mich und ich sackte zusammen.

Sofort war Phoenix noch näher bei mir und besah sich meinen Körper wie ein Arzt. »Bist du verletzt? Hat Hayden ...« Die Sorge stand so groß in sein Gesicht geschrieben, dass ich beinahe lächelte.

»Nein, ich ... Hayden ist wie eine Mauer aus Stahl«, presste ich hervor und umklammerte mein linkes Handgelenk. »Ich hatte gedacht, ich könnte ihn zur Seite stoßen, doch das war wohl ... eine ziemlich blöde Idee.« Ich sah nach unten, wollte nicht sehen, wie lächerlich er es fand.

»Du hast mir damit vielleicht das Leben gerettet. Hätte er seinen Dolch gezückt, als ich schon so geschwächt war ...« Vorsichtig nahm Phoenix mein Gesicht zwischen seine Hände und sah mich eindringlich an.

»Ich weiß nicht, was in Hayden gefahren ist. Irgendwas muss in seinem Hirn ausgesetzt haben. Ich will mir wirklich nicht vorstellen, was er getan hätte, wenn du nicht eingegriffen hättest.« Phoenix schob eine Haarsträhne hinter mein Ohr und strich mit einem Finger meinen Hals entlang. Ich erschauderte. Dann nahm er meine linke Hand in seine und tastete sie vorsichtig ab. »Ich kann das heilen.«

Ich biss fest die Zähne zusammen, um nicht loszufluchen, weil mir sofort wieder ein stechender Schmerz ins Handgelenk fuhr. Doch kurz darauf war er verschwunden.

»Danke«, seufzte ich erleichtert.

Phoenix rang sich ein Lächeln ab, doch seine Augen blieben traurig.

»Phoenix, was ist ...?«

»Normalerweise seufzen die Frauen nicht, weil ich sie heile«, sagte er ausdruckslos. Ich sah, wie sich sein Kehlkopf hob und senkte.

»Deine Sprüche waren auch schon besser«, antwortete ich mit der Bissigkeit eines Regenwurms.

»Es ist ...«, setzte Phoenix an. »Ach, vergiss es. Die Regeln haben sich geändert.«

Mit diesen Worten nahm er mich in den Arm, und ehe ich es bewusst registrierte, lagen seine Lippen auf meinen.

Und er küsste mich, als wollte er nie wieder damit aufhören.

Kapitel 39

Ein weiteres Mal stand die Zeit still. Doch diesmal nicht aus Furcht oder Angst, nein, im Gegenteil. Wenn es nach mir gegangen wäre, hätte dieser Moment, dieser Kuss, ewig dauern können.

Ich fühlte mich lebendig wie noch nie, die Küsse, die ich zuvor aus dem Schicksalsgewebe entfernt hatte, hatten diese Bezeichnung gar nicht verdient. Nicht im Vergleich zu diesem Kuss. Phoenix' Lippen waren so weich und schienen mit meinen zu verschmelzen, während er mich immer noch fester an sich drückte, als würde ich sonst verschwinden.

Ganz gleich, was ich mir eingeredet hatte, dieser Kuss bewies mir das Gegenteil. Er löschte all die düsteren Gedanken aus, die in meinem Kopf umhertrieben. Das Wissen, dass es funktionieren könnte mit uns, festigte sich. Ich spürte, wie sich auch seine letzten Zweifel durch den Kuss auflösten und er seine wahren Gefühle hindurchdringen ließ.

Seine Küsse wurden fordernder, stürmischer und irgendwann lag ich rücklings auf dem Fußboden in meinem Zimmer, Phoenix' Hände überall an meinem Körper. Am liebsten hätte ich die Zeit nun doch wieder angehalten. Phoenix stützte sich seitlich neben meinem Körper ab. In seinen dunklen Augen stand alles, was ich nie zu hoffen gewagt hatte.

»Das war …« Seine Stimme war belegt, er räusperte sich und biss sich auf die Lippe.

Ich war wie in Trance, wollte mich noch nicht aus dem Kuss lösen und hob meinen Kopf für mehr. Phoenix grinste und ein Funkeln brachte seine Augen zum Leuchten.

»Du willst mehr?« Er versuchte sich an seinem überheblichen Gesichtsausdruck, doch die wahren Gefühle dahinter konnte er vor mir nicht mehr verbergen.

»Hmhm.«

»Keine Sprüche mehr auf Lager?« Er klang fast enttäuscht.

»Die machen nur kurz Pause«, sagte ich heiser.

»Warum nur?«, neckte er mich. Seine Lippen schwebten ungefähr einen Millimeter über meinem Mund. Schon allein diese Fast-Berührung brachte meinen Puls zum Ausrasten.

»Ich weiß auch nicht«, hauchte ich und schloss die Augen.

Er genoss es sichtlich, die Kontrolle zu haben, versuchte, mich weiter zu reizen. Seine Lippen glitten wie eine Feder über meinen Mund, streiften meine Wange, verharrten ganz nah bei meinem Ohr.

»Du machst mich verrückt«, flüsterte er, während er meinen Hals küsste und mein Herz dadurch zu immer größeren Höchstleistungen antrieb.

»Es ist nicht gut, das Schicksal so herauszufordern.« Seine Stimme klang belegt, während er kleine Küsse auf meinen Hals tupfte. »Nicht gut.«

Doch dann war das Gewicht, das ich eben noch auf mir gespürt hatte, verschwunden und ich schälte mich aus meiner rosaroten Wolke. Phoenix stand über mir und streckte mir lächelnd die Hand entgegen. Misstrauisch griff ich zu und er zog mich hoch.

»Ich glaube, wir sind nicht in der Lage, wichtige Dinge zu besprechen, wenn wir …«

»Wer will schon *wichtige Dinge besprechen*?« Ich klang enttäuscht wie ein kleines Kind, dem man gerade die Süßigkeiten geklaut hatte.

Er lachte laut auf. »Ich hatte ja keine Ahnung, welche Wirkung ein Kuss des Schicksals haben kann, aber ich weiß ganz sicher, dass wir gerade jetzt eine Trägerin gebrauchen können, die klar denken kann.«

Mein Hirn blieb beim ersten Teil des Satzes hängen und mein Gesicht hatte vermutlich gerade einen recht dämlichen Ausdruck angenommen. Hatte er eben mehr oder weniger offen zugegeben, dass er noch nie jemanden geküsst hatte?

Er räusperte sich und ich schenkte ihm wieder meine volle Aufmerksamkeit. Da fiel mir etwas ein: »Es ist gegen die Regeln, oder?« Ich war mir ziemlich sicher, dass er wusste, was mit ›es‹ gemeint war.

Phoenix starrte zu unseren verschränkten Fingern hinab und nickte dann. »Uns ist die Beeinflussung des Trägers nicht erlaubt.«

»Ich dachte, ihr könntet nicht …«, setzte ich an, doch sein Zeigefinger legte sich auf meine Lippen.

»Wir können den Träger nicht *so* beeinflussen«, er tippte sich an die Schläfe, »aber wir könnten andere Wege gehen.« Er warf mir dabei einen so intensiven Blick zu, dass ich weiche Knie bekam und keinen Zweifel hatte, welcher Weg das wäre.

»Anbaggern verboten?« Ich lachte auf. »Das hat wohl leider nicht geklappt.«

Phoenix verdrehte die Augen. »Ich habe nicht damit angefangen.«

»Ach ja? Immerhin bist *du* in *mich* hineingelaufen und hast mich auch danach nicht in Ruhe gelassen.« Ich versuchte, empört auszusehen, konnte dann jedoch nicht ernst bleiben.

Phoenix grinste wissend. »Da sind wir nun.«

Wir. Ich lächelte.

»Und jetzt?«, fragte ich, nachdem ich meine Gesichtsmuskeln wieder unter Kontrolle hatte.

»Ich glaube, wir sollten uns noch einmal genau darüber unterhalten, was du getan hast.« Er runzelte die Stirn. »Warum wolltest du den Kuss rückgängig machen?«

Ich öffnete den Mund und die letzten Reste der rosaroten Wattewölkchen verschwanden. »Der Kuss hat Cody sehr verletzt, ich wollte das nicht.«

»Und der zweite Kuss?« Nun lag brennendes Interesse in seiner Mimik. »Da waren wir allein.«

»Es war nicht nur für Cody«, brachte ich hervor. »Ich habe ... Ich konnte nicht einmal daran denken, ohne dass mir alles wehgetan hat, ich ... wollte vergessen, was ich gefühlt habe.«

Phoenix sah mich lange an, strich sich eine Haarsträhne aus der Stirn und versuchte, die richtigen Worte zu finden. »Ich ... ich hätte vermutlich selbst versucht, die Küsse rückgängig zu machen, wenn ich auch nur den Hauch einer Chance gesehen hätte, dass es funktioniert.«

Er seufzte, drehte sich zum Bett, ließ sich darauffallen und zog mich mit sich. Ich landete in seinen Armen und schmiegte mich mit dem Rücken an seine Brust. Seine Arme umschlangen mich, seine Finger verschränkten sich mit meinen, während er mehrmals ein- und ausatmete.

»Anfangs schob ich es auf diesen Körper, den jüngsten

Körper, den ich in all der Zeit je angenommen hatte. So viele Emotionen drangen auf mich ein, der tägliche Kontakt mit Hayden machte es nicht besser. Ich fühlte mich ungezähmt, wild, als könnte ich alles schaffen. Und im nächsten Moment empfand ich das genaue Gegenteil. Ich schob es auf die Hormone, die diesen Körper noch so sehr im Griff haben. Daher ... Teenager sein ist vermutlich nicht immer leicht.«

Ich schüttelte den Kopf und er lachte leise auf. Dann streichelte er mit seiner rechten Hand über mein Haar.

»Ich fühlte mich so zu dir hingezogen und konnte es mir nicht erklären. Als ich dann erkannte, dass du die Trägerin bist, habe ich es zuerst auf die Münze geschoben. Sie übt eine gewisse ... Anziehungskraft auf uns aus. Und schließlich hast du mich geküsst. Im Klassenraum. Einfach so.«

Ich schluckte. Meine Wangen röteten sich und die Szene im Klassenraum lief noch einmal vor meinem inneren Auge ab.

»Da hat irgendwas klick gemacht. Als Hayden dich angegriffen hat, konnte ich nur noch daran denken, dass ich dich beschützen muss. Nicht mich. Nicht die Münze. *Dich*.« Er stieß lautstark den Atem aus und zog mich noch enger an sich.

»Dieser Instinkt ist komplett neu für mich. Ich beschützte den Träger, weil es mein Job war, nicht weil ...« Er hielt inne. »Gefühle spielten nie eine Rolle in meinem Leben und ich ... ich kenne mich damit auch nicht gut aus.«

Es dauerte mehrere Atemzüge lang, bis er weitersprach. Selbst durch die Kleidung konnte ich spüren, wie schnell sein Herz schlug.

»Dann vorhin ...« Er setzte sich abrupt auf und strich sich durch die Haare. »Ich weiß nicht, was bei mir ausgesetzt hat. Ich hatte mir solche Sorgen gemacht, weil ich dich nicht spüren konnte, als du in dem geschützten Gebäude deiner Therapeutin warst. Eine Stunde lang fühlte ich mich so machtlos und zum ersten Mal in meiner Existenz hatte ich das Gefühl, einen anderen Weg gehen zu wollen als jenen, der mir vorherbestimmt war. Das hat mir … Angst gemacht.« Seine Stirn legte sich in Falten. Ich rutschte neben ihn und nahm seine rechte Hand in meine.

»Du glaubst an Bestimmung?«

Er verzog den Mund und schaffte es nicht lange, ernst zu bleiben.

»Ich *bin* die Bestimmung!«

»Ich weiß«, grinste ich. Und mit theatralischem Ton fügte ich hinzu: »*Meine* Bestimmung, *mein* Schicksal.«

Dann brachen wir in schallendes Gelächter aus, ehe er mich erneut an sich zog und mich küsste, als wäre ich purer Sauerstoff nach einer langen Zeit unter Wasser.

Kapitel 40

»Wir sollten damit aufhören«, raunte er in mein Ohr, ehe er sich mit kurzen Küssen wieder einen Weg zu meinem Mund bahnte. »Wir müssen reden.«

»Dann hör auf«, flüsterte ich. Ich wusste nicht genau, wer das sagte, aber ich bestimmt nicht. Ich wäre zufrieden gewesen, den Rest des Abends oder auch das ganze Wochenende hier mit ihm zu verbringen, um mich von sämtlichen Entscheidungen fernzuhalten und die letzten Ereignisse vergessen zu können. Phoenix ging es nicht anders, denn er hörte nicht auf, sondern raubte mir mit seinen Küssen weiterhin den Atem.

Ich kuschelte mich in die Kissen und er beugte sich wieder zu mir, gab mir einen Kuss. Im nächsten Moment küsste ich die Luft und der Schreibtischstuhl knarrte. Ich warf einen finsteren Blick in seine Richtung.

»Es funktioniert nicht, wenn ich zu nahe bin«, sagte er mit gespielter Entschlossenheit.

»Was?«

»Reden!« Er verschränkte die Arme vor der Brust. »Du wolltest mir erzählen, was genau du getan hast. Das Warum haben wir ja jetzt geklärt. Alle Zweifel sollten beseitigt sein, hoffe ich.« Für einen kurzen Moment runzelte er die Stirn und warf mir einen unsicheren Blick zu.

»Vielleicht bräuchte ich noch ein wenig mehr *Überzeugung*«, versuchte ich, ihn zu einem weiteren Kuss zu überreden, und sah ihn unschuldig an.

Er lachte auf und schüttelte den Kopf. »Ich *überzeuge* dich dann gerne weiter, sobald wir wissen, was da genau vor sich geht.« Sein Blick landete auf dem Boden. Dort, wo das Buch des Schicksals noch immer lag, nachdem es mir durch den heftigen Ruck aus der Hand gefallen war, als ich versucht hatte, unsere Küsse aus dem Gewebe zu lösen.

Ich hob das Buch vom Boden auf und erneut erlag ich dem Drang, mit meinen Fingerspitzen die Ornamente nachzufahren. Sofort erwachte das Buch zum Leben. »Auf den ersten Blick sieht es wirklich bloß wie ein altmodisches Notizbuch aus, findest du nicht? Bis auf die Bewegungen natürlich.«

»Welche Bewegungen denn?«, fragte er verständnislos.

»Na, das Cover, die Ornamente. Die bewegen sich doch, als wären sie lebendig.«

Ich hasste es, wenn mir jemand einen Blick zuwarf, als wäre ich nicht von dieser Welt. Und das von ihm, der seit keine Ahnung wie vielen Jahrhunderten existierte und mit Blitzkugeln schießen konnte? »Wenn du mir nicht glaubst –«

»Doch, doch, ich glaube dir. Es ist nur so, dass … Verdammt, einfach alles, was ich bisher zu wissen glaubte, gilt nicht mehr. Was genau hast du mit dem Buch gemacht?«

»Nicht viel. Ich habe es aufgeschlagen, vergeblich nach den Regeln gesucht und dann mit einem Kuli hineingeschrieben. Die Worte lösten sich sofort auf. Als alles verschwunden war, gab es diesen … Ruck und kurz darauf bist du aufgetaucht und dann Hayden.«

»Mehr nicht?«

Ich schüttelte den Kopf.

»Dann funktioniert es immer noch so wie bei den anderen Münzträgern«, überlegte er laut, sah kurz zu mir und fügte dann hinzu: »Bis auf die Bewegungen. Das habe ich noch nie gehört.«

»Oh«, fiel mir noch etwas ein. »Wenn man durch die Ornamente durchsieht, sieht man das hier.« Ich hob meine linke Hand hoch. Auch wenn das Mal gerade nicht zu sehen war, wusste Phoenix auch so, was ich meinte.

»Es hat sich gedreht und seltsame ... Tiere krochen am Rand rundherum.«

»Ich brauche deinen Laptop«, sagte er plötzlich und riss mich damit völlig aus dem Konzept.

»Den Laptop?« Ich ahnte, dass er nun doch in meinem Online-Tagebuch stöbern wollte, und runzelte die Stirn.

»Ich möchte dir etwas zeigen. Bitte!«

Ich zuckte mit den Schultern und sah mich im Zimmer um. Wo war das Ding bloß? Gezielt ging Phoenix an meinen Schreibtisch und zog eine Schublade auf. In dieser lag mein Laptop, nachdem ich ihn vor Phoenix ›versteckt‹ hatte. Er grinste mich breit an und ließ sich mit dem Laptop auf der Bettkante nieder. Als ich mich neben ihn setzte, hatte er den Laptop bereits aus dem Stand-by geholt und den Browser geöffnet. Er tippte kurz etwas auf der Tastatur und sofort erschienen lauter Zeichnungen als Suchergebnis.

Schon beim ersten Blick darauf bekam ich eine Gänsehaut.

»Das ist die Tarotkarte ›Rad des Schicksals‹«, erklärte er und vergrößerte eins der Bilder.

Ich starrte auf den Bildschirm und erkannte genau das, was ich auf der zweiten Ebene des Covers zu sehen geglaubt hatte. Das Muster auf der Münze – beziehungsweise das Mal auf meiner Hand – und dazu drei Gestalten. Phoenix zoomte in das Bild hinein und deutete auf die vier Symbole am Rand des Kreises, die ich mir nie so genau angeschaut hatte.

»Das sind die alchemistischen Symbole für die vier Elemente. Und das hier«, er wies in die Ecken der Karte, »sind die Cherubim – Engelswesen. Der Legende nach halfen sie Fortuna, ins Buch des Schicksals zu schreiben. Diese Tarotkarte vereint ziemlich viele Religionen – denn Fortuna steht über allem, sogar über den Göttern. Das hier ist der Gott Anubis«, er wies auf die Gestalt, die einen … Hundekopf hatte? Irgendwo in meinem Gehirn fand ich den Begriff ›Schakal‹ und war stolz darauf.

»Das ist der griechische Gott Typhon – der die Götter stürzen wollte und daher mit dem Chaos in Verbindung gebracht wird, was aber auch dem ägyptischen Gott Seth nachgesagt wird.

Und hier oben«, er fuhr die Schlange nach, die an der linken Seite des Rades nach unten glitt, dann über Anubis auf der rechten unteren Seite nach oben zu einer Sphinx, »die Sphinx steht für so etwas wie die Lebensrätsel, heißt es. Zugegeben, diese Tarotkarte ist etwas verwirrend«, er fuhr sich gedankenverloren übers Gesicht, »das liegt daran, dass sie von Menschen erdacht wurde. Menschen, die nicht wissen, wie das Gewebe der Zeit und des Schicksals funktioniert.«

Ich starrte noch immer verwirrt auf die Karte, während Phoenix das Schicksalsrad auf dem Bildschirm nachfuhr: »Der eine steigt auf, der andere fällt. Jede Entscheidung hat Folgen, jedes Schicksal wirkt sich auf das der anderen aus. Das soll wohl die Lehre aus dieser Darstellung sein.« Er zuckte mit den Schultern, was ich aber kaum mehr wahrnahm, denn eine Erinnerung tauchte plötzlich in meinem Kopf auf.

»Was hast du?« Phoenix strich über meinen Arm und holte mich aus meinen Gedanken.

»Ich kenne dieses Bild«, sagte ich, als es endlich klick gemacht hatte. »Nicht als Tarotkarte, sondern als Poster am Zelt einer Wahrsagerin auf einem dieser nostalgischen Jahrmärkte. Es könnte sogar am gleichen Tag gewesen sein, als ich die Münze bekommen habe.« Ich grübelte einen Moment lang, da waren noch mehr Erinnerungen. »Ich glaube, Mom hatte Angst vor dieser Wahrsagerin. Ich hatte später am Abend ein Gespräch zwischen ihr und Dad belauscht, da war ihre Stimme ganz zittrig ... aber ich kann mich nicht mehr daran erinnern, was sie zu Dad gesagt hat.«

»Vielleicht sollten wir es herausfinden?«

Ich sah irritiert zu ihm hinüber.

»Die Erinnerung daran ist da, nur ... unter anderen Gedanken verborgen. Ich kann dir helfen, sie freizulegen.«

»Willst du mich etwa hypnotisieren? Ich dachte, du kannst mich nicht beeinflussen.«

Er schüttelte den Kopf. »Das mache ich auch nicht. Ich helfe dir nur, die Erinnerung, die du suchst, freizulegen. Stell dir das vor wie ... wie eine Reise über das Gewebe der Zeit zu diesem einen Punkt, der hier«, er stupste meinen Kopf an, »irgendwo drin steckt.«

Ich war skeptisch, aber ich hatte das seltsame Gefühl, dass dieser Tag auf dem Jahrmarkt wirklich eine Art Schlüsselmoment gewesen sein könnte, und stimmte zu.

»Leg dich auf dein Bett«, wies Phoenix mich an. »Manche kippen dabei nämlich um.«

Ich legte mich aufs Bett und Phoenix setzte sich neben mich. Ich hatte ein mulmiges Gefühl im Magen, aber ich war ebenso gespannt, welche Erinnerungen er zutage fördern konnte.

Kapitel 41

»Es war eine einzige Entscheidung«, sagte Phoenix, während er mir die Kissen unter dem Kopf zurechtrückte. »Ein Punkt auf dem Gewebe des Schicksals. Du musst nur ganz fest an diesen Moment denken, an die Entscheidung, das Gespräch deiner Eltern zu belauschen, dann kann ich dich dorthin zurückbringen.«

Ich konzentrierte mich ganz fest darauf und schloss die Augen. Phoenix nahm meine Hand und drückte sie leicht, dann spürte ich für einen winzigen Augenblick seine Lippen auf meinem Mund. Mein Herz schlug einen Purzelbaum und lenkte mich davon ab, dass Phoenix mich ohne weitere Vorbereitung in meine Erinnerungen schubste und ich plötzlich wieder sechs Jahre alt war.

Barfüßig stand ich im Flur vor dem Wohnzimmer und lauschte den Stimmen meiner Eltern. Mom klang aufgeregt, beinahe hysterisch, und mein Vater hatte Mühe, sie zu beruhigen. Ich spähte durch den Türspalt und sah, dass sie in seinen Armen lag und er ihr sanft über den Rücken strich.

»Du glaubst doch so etwas nicht«, sagte mein Vater. »Sie ist bloß eine *Showattraktion*. Kein Mensch kann die Zukunft vorhersagen.«

Meine Mutter schniefte. »Diese Frau war ... richtig gruselig. Sie hat mir bis ins kleinste Detail geschildert, wie unser Leben verlaufen wird. Dass wir uns trennen, Kiera abdriftet, bis wir sie nicht mehr wiedererkennen. Wir werden sie verlieren, Robert.«

»Schsch! Das war bloß die Spinnerei einer verrückten Frau, nichts anderes. Sie hat nur mit deinen Ängsten gespielt – den Ängsten einer jeden Mutter. Du glaubst ihr doch nicht etwa?«

Meine Mom antwortete nicht. Sie war kreidebleich, als erinnere sie sich gerade an die Bilder, die bei der Wahrsagerin in ihr Gehirn gepflanzt worden waren. »Und was ist mit diesem blonden Mädchen, das ich später vor dem Zelt der Wahrsagerin gesehen habe? Ich habe schon oft gehört, dass mit ihr irgendetwas nicht stimmt. Es gibt ... Gerüchte über die Tochter der Rosenbergs.«

Ich riss die Augen auf. Sprach sie etwa von Amy? Mom hatte nie erzählt, dass sie sie auf dem Jahrmarkt getroffen hatte, aber ... Nein, das konnte nicht sein.

Schnell konzentrierte ich mich wieder auf die Erinnerung. Auf Dad, der Mom nun sanft die Haare aus dem Gesicht strich und sie anschließend mit festem Blick fixierte.

»Kiera wird nichts passieren. Und sie wird niemals ein schlechter Mensch werden. Wir werden uns niemals trennen. Mach dir keine Sorgen.« Mein Vater küsste meine Mom auf die Stirn und drückte sie anschließend fest an seine Brust. Was meine Mutter nicht sah: Er presste die Lippen zusammen, als glaubte er selbst nicht, was er da sagte.

Mom nickte stumm. »Diese Frau ... Du kannst dir nicht vorstellen, wie sehr sie mir Angst gemacht hat.« Sie schluchzte erneut auf. »Genau wie die kleine Rosenberg mit ihren großen ängstlichen Augen.«

Dad wiegte sie hin und her. »Es wird alles gut. Kiera ist ein so fantastischer Mensch, sie hat nicht einmal einen einzigen düsteren Gedanken.«

»Robert, sie ist sechs, das wird sich noch ändern.«

»Aber ich bin mir sicher, dass du ganz genau aufpassen wirst, sollte es wirklich dazu kommen«, flüsterte mein Vater und die traurige Miene meiner Mutter wich tiefster Entschlossenheit. Sie nickte.

»Ich werde auf sie aufpassen.«

Ich wusste, dass es genau jener Moment war, der meine Mom zu der Helikoptermutter gemacht hatte, die sie heute war. Hatte ich die Sitzungen bei Dr. Yates etwa einer verrückten alten Wahrsagerin zu verdanken?

Ich schnaubte.

»Was hast du gesehen?«, wollte Phoenix wissen und brachte mich ganz durcheinander.

»Kannst du nicht sehen, was du mir gezeigt hast?«

Er schüttelte den Kopf. »Ich kann dir nur den Weg zu der Entscheidung zeigen. Sie ist zwar in deinem Gehirn, aber finden kannst nur du sie – und abrufen. Ich kann schließlich keine Gedanken lesen. Also: Was hast du gesehen?«

»Meine Mom. Sie war verstört, wurde von meinem Dad getröstet. Eine Wahrsagerin hat ihr erzählt, dass sie und Dad sich trennen würden und dass ich ihnen entgleite, als würde ich zur dunklen Seite der Macht wechseln.« Ich lachte auf. Das klang wie aus einem mir sehr bekannten Film.

Phoenix sah mich fragend an. »Was hat sie noch gesagt?«

»Dass sie Amy Rosenberg vor dem Zelt der Wahrsagerin getroffen hat. Sie war wohl schon damals sehr speziell.«

Er erwiderte nichts, war in Gedanken weit weg. Dass kein bissiger Kommentar, rein gar nichts von ihm kam, verunsicherte mich mehr, als wenn er irgendetwas Schlimmes gesagt hätte.

»An was denkst du?«

»Ich versuche mir vorzustellen, wie alles zusammenhängt. Deinen Schicksalsfaden zu sehen. Aber er ist … verschwommen, ich kann ihn, wenn überhaupt, nur erahnen. Daher konnte ich auch nicht sehen, dass du der Münzträger bist.« Mit einem Mal verfinsterte sich sein Gesicht. »Ich kann es nicht abschätzen, aber ich bin mir ziemlich sicher, dass dein gesamter Lebensfaden von Kairos berührt wurde – dieser Moment mit der Wahrsagerin, dann die Münze. Das muss eine Bedeutung haben.«

Ich stemmte mich auf die Unterarme, während er weiter in Gedanken versunken vor sich hin murmelte.

»Kairos könnte die Münze an dich weitergegeben haben, weil er wusste, dass du sie noch nicht benutzen kannst … Auf diese Weise hat er uns ›ausgeschaltet‹ und wir haben nicht einmal mitbekommen, was vor sich ging. Unfassbar!«

»Und was bedeutet das jetzt?«

»Ich weiß es nicht, Kiera.« Er verbarg sein Gesicht hinter den Händen, als wäre ihm diese Aussage peinlich. »Ich weiß es wirklich nicht.« Dann fuhr er sich mit beiden Händen durch die Haare, rückte anschließend näher zu mir und entspannte sich ein wenig, was mir ein kleines Lächeln entlockte.

»Wir werden uns morgen etwas überlegen. Du solltest jetzt schlafen.«

Wie dazu aufgefordert, gähnte ich, während mein Blick zur Uhr glitt. Es war bereits kurz vor Mitternacht.

»Morgen ist unser Auftritt«, sagte ich und er nickte.

»Ich weiß. Aber ich glaube, Hayden hat nun genügend Respekt vor dir und wird keinen Alleingang mehr unternehmen.« Er lachte auf. »Und im Zweifelsfall bin ich ja da.«

»Um ihn wieder zu provozieren?«, warf ich ihm vor.

Phoenix hob die Hände. »Ich habe nichts anderes getan, als dich zu beschützen!«

Punkt für ihn. Und er hatte ja selbst gesagt, dass er Hayden noch nie so gesehen hatte. Das brachte mich auf eine Idee: »Kann Kairos euch beeinflussen?«

»Er mischt sich niemals ein«, sagte er, ohne lange zu überlegen.

»Bisher nicht«, schob ich nach.

Phoenix nickte. »Stimmt, mittlerweile ist wohl alles möglich.«

»Wäre es dann nicht besser, mit Hayden … zusammenzuarbeiten?« Das letzte Wort nuschelte ich nur, Phoenix verstand jedoch genau und lachte über meine Wortwahl.

»Es wird nicht funktionieren. Wir sind das genaue Gegenteil voneinander, wir können nicht dieselben Ziele verfolgen, selbst wenn wir es so wollten. Fortuna hat es so vorherbestimmt.«

»Aber ihr seid doch immerhin Brüder!«

»Wir sind keine Geschwister, nicht so, wie du es dir vorstellst. Wir entstanden einfach zur selben Zeit am selben Ort, wir wurden nicht geboren, sondern erschaffen. Wir sind nicht verwandt, wenn du das denkst. Es ist nur einfacher, uns *Brüder* zu nennen – ich wüsste kein anderes Wort dafür. ›Zur selben Zeit Erschaffene‹ klingt dämlich.« Er grinste und ich musste lachen. Zumindest seinen Humor hatte er trotz allem nicht verloren.

»Aber jetzt musst du wirklich schlafen, Kiera.«

Mit nur noch wenig Widerwillen stand ich auf, schnappte T-Shirt und Shorts für die Nacht und ging ins Badezimmer. Als ich zurückkam, hatte Phoenix das Kissen aufgeschüttelt und die Decke zur Seite geklappt. Ich kroch hinein und er schlug sie wieder über mich.

»Schläfst du heute zur Abwechslung auch mal?«, fragte ich gähnend und legte mich auf die Seite. Meine typische Schlafstellung.

»Kiera, ich werde *immer* über dich wachen. Schlafen ist nicht, das weißt du doch.«

Er setzte sich zu mir aufs Bett, gab mir einen langen Kuss, ehe er mir in fließenden Bewegungen über den Rücken strich, sodass ich sofort müder und müder wurde.

Ja, das wäre schön ... für immer ... dachte ich noch, während mir die Augenlider zufielen und ich viel schneller als sonst im Schlaf versank.

»Für immer«, schnaubte er. Welch große Worte sein Bruder doch immer fand. Dabei hätte er selbst unter normalen Umständen nur noch drei Wochen an ihrer Seite und das wusste er genau. Doch er ließ die Tochter des Schicksals unwissend. Vielleicht spürte er bereits, dass ihnen nicht einmal mehr ein ganzer Tag vergönnt sein würde?

Rasch warf er einen Blick auf das Gewebe, glitt an ihm entlang, suchte nach den entscheidenden losen Fäden, die die Zukunft beeinflussen würden. Die Unendlichkeit war nicht für seine Brüder bestimmt. Das würden sie bald am eigenen Leib spüren.

Kapitel 42

Samstage waren wundervoll. An Samstagen klingelte kein Wecker. Was diesen Samstag aber perfekt beginnen ließ, war die Tatsache, dass ich von einer fremden Wärme umhüllt wurde.

Für einen unendlich langen Moment genoss ich es, in Phoenix' Armen zu liegen, ganz nah an seiner Brust, dem rhythmischen Pochen seines Herzens lauschend. Ich war noch nie in den Armen eines Jungen aufgewacht, selbst Cody hatte immer auf einer eigenen Matratze geschlafen, auch als wir noch klein gewesen waren.

Ich ließ die Augen noch geschlossen und atmete tief aus und ein. Das Aftershave von Phoenix war beinahe verflogen, übrig war nur dieser ureigene intensive Geruch, der mich an die Natur erinnerte. Ich sollte mir diesen Duft in Flaschen füllen lassen.

Langsam schlug ich die Augen auf und erwartete, dass Phoenix mich anstarrte. Er musste doch bemerkt haben, wie ich aufgewacht war, oder? War es in Filmen nicht auch immer so, dass der Junge vor dem Mädchen wach war und es beobachtete?

Phoenix regte sich jedoch kein bisschen. Auch dann nicht, als ich langsam den Kopf hob und ihn beobachtete.

Er hatte die Augen geschlossen und sah so wundervoll

entspannt aus, dass ich ihn am liebsten geküsst hätte. Dann jedoch erinnerte ich mich daran, dass er behauptet hatte, nicht schlafen zu müssen. Mein Blick glitt über seine Brust, die sich unter dem hautengen schwarzen T-Shirt gleichmäßig hob und senkte. Sein Gesicht war zu entspannt, um sich nur schlafend zu stellen. Er schlief. Definitiv. Mich überkam ein wirklich ungutes Gefühl und ich sog scharf die Luft ein. Was sollte ich jetzt tun? Ihn wecken? Ihn wachküssen wie Dornröschen? Oder ihn doch einfach nur anstarren, weil ich ihn noch nie so friedlich gesehen hatte?

»Warst du es nicht, die es gruselig fand, im Schlaf beobachtet zu werden?«, murmelte er irgendwann mit geschlossenen Augen und schlang seinen Arm fester um mich.

»Ich dachte, du würdest nicht schlafen.«

»Ich habe nicht geschlafen«, behauptete er.

»Und ob du geschlafen hast!« Ich winkelte meinen Arm an und legte meinen Kopf darauf, um ihn besser sehen zu können.

»Phoenix, du hast geschlafen. Ich erkenne den Unterschied. Und das gefällt mir nicht.« Das ungute Gefühl in meinem Magen verstärkte sich.

»Muss ich dich etwa *überzeugen*?« Er lächelte mich liebevoll an und seine Augen blitzten verschlafen unter den halb geschlossenen Lidern hervor. Sein Gesicht kam näher und ich schloss instinktiv die Augen. Mein Puls glich einem Techno-Beat und mein Herzschlag setzte kurz aus, als ich eine kaum wahrnehmbare Berührung auf meinen Lippen spürte.

»Das nennt man *ablenken*, nicht überzeugen«, sagte ich schwach und setzte mich abrupt auf.

Er verzog das Gesicht wie ein kleines Kind und ließ sich wieder auf den Rücken fallen. »Ich möchte nicht streiten.«

Das wollte ich auch nicht. Aber ich wusste, was ich gesehen hatte, und dass er die Sache jetzt so herunterspielte, gefiel mir gar nicht. Ich würde ihn noch überzeugen, wenn auch nicht sofort. Bei dem Wort *überzeugen* spürte ich, wie sich meine Wangen röteten.

»Hast du etwa unanständige Gedanken?«, fragte er amüsiert.

»Niemals!«, versuchte ich kläglich, mich herauszureden.

»Soll ich dir etwas sagen?« Er rutschte etwas näher zu mir. »Ich kann an nichts anderes mehr denken. Dieser Körper … Die Hormone machen mich verrückt.«

Ich lachte. »Das nehme ich jetzt einfach auch als Ausrede.«

Er schnaubte. »Du konntest dich lange genug damit zurechtfinden.«

Vermutlich. Und trotzdem hatten meine Hormone nie so durchgedreht. Nicht einmal während meiner Schwärmereien für Matt. Da war lediglich immer ein Flattern in meinem Bauch gewesen. Es hatte bei einem Auftritt vor zwei Jahren begonnen. Auf der Party, die heute Abend wieder stattfinden würde.

Beim Gedanken daran schoss eine Frage wie ein Blitz durch meinen Kopf und ließ mich zusammenfahren.

»Was passiert nach der ersten Woche mit dem Münzträger?«, fragte ich geradeheraus.

»Nichts Besonderes, wieso?« Phoenix zog die Augenbrauen zusammen.

»Weil Hayden mir bei der Probe ziemlich Angst gemacht hat.«

»Was hat er gesagt?« Sofort spannte Phoenix sich an.

»Er meinte so etwas wie ›der große Auftritt‹ – oder so

ähnlich.« Ich versuchte krampfhaft, mich daran zu erinnern, was er wirklich gesagt hatte.

»Vielleicht war es ja auch einfach genau so gemeint?« Phoenix schien nicht überzeugt, aber eine bessere Erklärung hatte er wohl auch nicht.

Ich zuckte mit den Schultern. »Ich glaube aber auch selbst, eine Veränderung zu spüren.«

»Und das ist ... gut so.« Phoenix' Gesicht verfinsterte sich.

»Was?«

»Die Macht der Münze über den Träger wird von Woche zu Woche stärker. Es könnte sein, dass du – mit so vielen Schicksalen konfrontiert – eingreifen *musst*.«

Ich sah ihn mit großen Augen an.

»Ich hatte dir doch gesagt, dass die Münze fordern wird, dass du deinen Job als Träger machst. Du wirst sie irgendwann *sehen*, Kiera.«

»Wen sehen?«

»Die Entscheidungen, die getroffen werden könnten. Hayden hat schon angedeutet, dass du mithilfe der Münze das Schicksalsgewebe sehen kannst und die Entscheidungen, die zu treffen sind. Wenn du nichts tust und niemanden lenkst, könnte sich das Mal melden.« Er griff nach meiner linken Hand und strich zärtlich über die Handfläche. Das Brandmal erschien.

»Und was muss ich tun?«

»Sie mit dem Mal berühren.« Er fuhr sich durch die Haare. »Bisher hat allen gereicht, dass ich ihnen erzählt habe, dass sie nun einen Monat Zeit haben, alles zu ihrer Zufriedenheit zu verändern. Sie wussten instinktiv, was zu tun war. Du warst von Anfang an ... anders.«

»Vielen Dank«, antwortete ich beleidigt.

»Anders sein ist an sich doch nichts Schlechtes. Gefällt dir ›besonders‹ besser?« Er strahlte mich regelrecht an, doch dann verfinsterte sich sein Gesichtsausdruck.

»Bestimmt ist auch Kairos schon auf dich aufmerksam geworden. Mich würde nicht wundern, wenn er jeden Moment hier auftaucht.«

»Ihr habt beide großen … Respekt vor ihm, nicht wahr?« Ich wollte nicht sagen ›Angst‹, aber genau das vermutete ich mittlerweile.

Phoenix hörte meine Ahnung dennoch heraus. »Hayden und ich sind uns ebenbürtig, halten die Waage. Aber Kairos ist stärker als wir beide. Und es bereitet mir keine Freude zu wissen, dass er sich für dich interessieren könnte. Das kann nichts Gutes bedeuten.«

»Aber Kairos ist doch nicht böse, oder? Hattest du nicht gesagt, dass euer dritter Bruder weder das eine noch das andere ist?«

»Er ist nicht unbedingt *böse*, aber er geht immer seine eigenen Wege und hat nur seinen eigenen Vorteil im Sinn. Wenn der Zufall sich zu einer Entscheidung durchringt und eingreift, dir beispielsweise gute Karten zuspielt, dann nur, weil er einen Vorteil dadurch hat, dass du gewinnst. Er ist niemals uneigennützig.«

»Ganz im Gegensatz zu Hayden und dir?« Ich sah, dass er sich ertappt fühlte, und musste schmunzeln.

»Wir haben unsere Aufgabe im Sinn … Zumindest sollten wir das.« Seine dunklen Augen hielten meinen Blick gefangen, als ich es endlich geschafft hatte, mich von seinen Lippen zu lösen.

»Aber jetzt gerade habe ich eigentlich nur ein Ziel«, fügte Phoenix hinzu und sein Blick veränderte sich.

Ich schluckte.

»Und das wäre?«, fragte ich mit leicht krächzender Stimme.

»Jede Minute mit dir genießen.« Auch seine Stimme klang nun belegt. Ganz langsam kam er immer näher auf mich zu, während die Endorphine durch meinen Körper rasten und der Rest der Welt sich immer weiter entfernte.

Hatte ich erwähnt, wie wundervoll Samstage waren?

»Iss etwas«, ermahnte mich Phoenix ein weiteres Mal, als ich einen Schluck aus meiner Kaffeetasse trank.

»Ich habe *wirklich* keinen Hunger.« Und das war nicht einmal gelogen. Dieses ›Von Luft und Liebe leben‹ schien doch nicht nur eine dämliche Redewendung zu sein. Selbst der Kaffee schmeckte mir nicht so gut wie sonst. Ich spielte mit dem Notizzettel von Mom, auf dem stand, dass sie heute Vormittag kurzfristig bei einer Besichtigung war, wir uns aber auf jeden Fall heute Abend beim Auftritt sehen würden. Direkt daneben lag das Buch des Schicksals wie eine Ermahnung, dass das hier eben kein normaler wundervoller Samstag zweier frisch Verliebter war, sondern eine ziemlich verstrickte Geschichte.

Phoenix strich mir über den Rücken. »Ich muss nicht essen. Aber du bist ein Mensch.«

»Das musst du mir nicht immer wieder unter die Nase reiben.« Es klang bissiger als beabsichtigt. Aber diesen Unterschied ständig zu spüren, tat weh, und ich stellte mir wieder einmal vor, dass wir uns unter normalen Umständen begegnet wären, dass *er* normal war.

»Ich will nur nicht, dass du umkippst.« Er warf mir einen sorgenvollen Blick zu und schob mir den Teller mit einem – seiner Meinung nach liebevoll – bestrichenen Toast hin.

Wenn man bedachte, dass er das in seinem uralten Leben wohl zum ersten Mal gemacht hatte, sah mein Frühstück eigentlich ganz passabel aus. Lustlos und appetitlos kaute ich daran herum. Was tat man nicht alles, um seinen Freund glücklich zu machen.

»So ist's brav«, lobte er mich wie einen Hund und grinste breit. Fehlte nur noch, dass er mir gleich den Kopf tätschelte. Doch stattdessen legte sich plötzlich ein Schatten auf sein Gesicht.

Ich wollte gerade nach dem Grund fragen, als es an der Tür klingelte. Kurz sah ich fragend zu Phoenix, dann sprang ich vom Barhocker und ging zur Tür.

Ein lächelnder Cody begrüßte mich und hielt mir eine Tüte meines Lieblingsbäckers unter die Nase, aus dem es verführerisch nach frischen Croissants duftete.

»Kleine Stärkung, damit unsere Frontfrau heute nicht von der Bühne kippt.«

Ohne zu fragen, schob er sich an mir vorbei und ging Richtung Küche. Ich war viel zu überrumpelt, um schnell genug reagieren zu können. Das Mal auf meiner Hand begann zu prickeln. Das hatte es bei Cody bislang nie getan. Irritiert schaute ich ihm nach. Dann fiel mir ein, wer da in der Küche saß …

Verdammt! Ich schloss hastig die Haustür und wollte Cody noch aufhalten, ihm alles … erklären. Doch es war zu spät. Als ich die Küche betrat, starrten sich Phoenix und Cody bereits an, als wären sie Gegner im Ring.

»Schluss damit!«, rief ich, trat zwischen sie und schob beide zum Tresen. »Ich will das nicht mehr!«

Ich musterte Cody ganz genau, konnte jedoch nichts von der Eifersucht erkennen, die ich ihm unterstellt hatte.

»Was tut *er* hier?«, knurrte er dennoch.

»Er frühstückt mit mir«, sagte ich emotionslos. »Cody, ich möchte keinen Stress. Ich mag euch beide und vor allem will ich, dass ihr miteinander auskommt. Ich … ich bin mit Phoenix zusammen.«

Codys Kiefermuskulatur trat hervor und seine Augen wurden schmal. »Ich habe befürchtet, dass du mich gestern nur beruhigen wolltest. Hayden hat es ebenfalls so empfunden.« Er atmete geräuschvoll aus, schien aber nicht weiter verärgert. »Ich hoffe nur, dass du weißt, was du tust und worauf du dich da einlässt.« Er warf einen misstrauischen Blick in Phoenix' Richtung.

»Du hast mit Hayden über sie gesprochen?«, knurrte Phoenix direkt und trat einen Schritt auf Cody zu.

»Das gilt auch für dich«, sagte ich bestimmend. »Keinen Streit.«

»Ja, habe ich. Er hat mir geholfen zu verstehen, was deine eigentliche Intention ist.« Cody sprach in einem Plauderton, der nicht ganz zum Inhalt seiner Worte passte.

Phoenix sprang auf. »Ich werde ihn umbringen.«

»Nein!«, sagte ich scharf. »Du lässt dich nicht weiter provozieren und hier wird auch niemand umgebracht. Ich lasse mich von schlechtem Gerede nicht beeinflussen, egal wie oft ihr es versucht. Eure Taten zählen.« Ich schluckte und versuchte, mich an meinen eigenen Ratschlag zu halten. Nur zu gern wüsste ich, was Hayden Cody erzählt hatte. Hatte Phoenix mich etwa doch belogen? Verheimlichte Phoenix mir noch immer etwas? Der Zweifel legte sich um mich wie eine dicke Decke. Doch Phoenix griff nach meiner Hand und wartete, bis ich zu ihm aufsah. Der Ausdruck in seinen Augen löschte meine Unsicherheit größtenteils wieder aus und ich entspannte mich, bis nur noch ein leichtes Grummeln in meinem Magen übrig blieb.

»Dein Magen knurrt«, sagte Cody und holte mich aus meinen Gedanken, ehe er auf die Tüte mit den Croissants deutete. »Iss etwas.«

»Warum meint eigentlich jeder hier, mir sagen zu müssen, dass ich etwas essen soll?«

Phoenix und Cody sahen sich an und etwas Neues schwang zwischen den beiden. Und es war definitiv keine Feindseligkeit.

Ich verschränkte die Arme. »Na klar, wenn es darum geht, mich wie ein kleines Kind zu behandeln, haltet ihr natürlich zusammen.« Ich versuchte, sie bitterböse anzuschauen, doch beide begannen im selben Moment zu grinsen.

»Wir wollen nur dein Bestes«, sagte Cody selbstbewusst. »Auch wenn ich mich dafür auf *seine* Seite schlagen muss.« Mit einem Kopfnicken deutete er auf Phoenix.

»Was man nicht alles in Kauf nimmt ...«, kommentierte Phoenix und zog seine Mundwinkel so gut es ging nach oben.

Ich lächelte in mich hinein und hoffte, dass die beiden sich wirklich irgendwann vertragen konnten. So verschieden waren sie doch gar nicht.

»Jetzt!« Cody zog ein Croissant aus der Tüte und reichte es mir. Bei der kurzen Berührung unserer Finger ließ ich mein Frühstück jedoch sofort fallen. Ein kurzer widerlicher Schmerz schoss in meine Handfläche und ein Echo davon war bis in meinem Unterarm zu spüren.

Phoenix sprang sofort alarmiert auf, Cody kniff die Augen zusammen.

»Was ist das?«, flüsterte Cody, kaum hörbar unter dem Knistern, das in der Luft lag.

Ich starrte hinab auf meine Hand und hatte Mühe, meinen Kaffee im Magen zu behalten. Schnell sah ich zu Phoenix, doch dessen Miene machte mir nur noch mehr Angst. Mit weit aufgerissenen Augen starrte er auf meinen Arm, über den kleine blaue Blitze entlang zuckten. Meine Hand krümmte sich, die Finger standen unnatürlich voneinander ab.

»Was zur Hölle ist das?«, rief Cody erneut und griff nach meiner Hand. Die elektrische Entladung war zu sehen und zu spüren, denn er zuckte ruckartig zurück.

Ich war nicht in der Lage zu antworten, sondern spürte nur, wie das Blitzgeäst weiter und weiter meinen Arm emporkroch. Wie lauter kleine Nadelstiche, die meine Muskeln traktierten.

»Du musst die Energie loswerden, Kiera!«, rief Phoenix, doch ich fühlte mich wie gelähmt.

Das Prickeln zuckte weiter, kroch nun meinen Oberarm entlang und sorgte dafür, dass sich der Bizeps ungewollt anspannte. Ein Muskel nach dem anderen verkrampfte. Meine Schulter hob sich, meine Brustmuskulatur zog sich zusammen. Ich spürte, wie das Netz zu meinem Herzen glitt, dem wichtigsten Muskel …

Kapitel 43

Phoenix packte meine Hand, die andere legte er mir auf die Brust. Cody stand hilflos daneben, die Augen voller Panik und Verzweiflung.

Ich spürte, wie die Krämpfe nachließen, sich langsam jeder einzelne Muskel entspannte und ich Arm und Schulter wieder senken konnte. Phoenix' Gesicht wirkte unendlich erleichtert, als er die letzten blauen Blitze, die er mir … abgesaugt hatte, in seiner Faust verschwinden ließ.

Es herrschte absolute Stille. Ich war noch viel zu sehr geschockt und meinem besten Freund stand der Mund offen und er war wie erstarrt. Sofort machte ich mir Sorgen, dass es ihm zu viel werden könnte.

»Ich fürchte, wir schulden Cody eine Erklärung«, sagte Phoenix emotionslos. »Es sei denn, du möchtest …«

»Niemals! Nein. Du wirst ihm nichts anderes einreden oder ihn manipulieren!«, rief ich schnell.

»Auf die Erklärung bin ich gespannt.« Cody hatte seine Sprache wiedergefunden und sah mich herausfordernd an.

Ich blickte zu Phoenix hinüber. »Er kann das wohl besser erklären.«

Es hätte mich vielleicht ängstigen sollen, dass Cody nun wusste, wozu ich im Moment fähig war, aber im Gegenteil:

Ich fühlte mich befreit. Es tat gut, dass er endlich eingeweiht war. Ich fragte mich bloß, ob er auch morgen noch wusste, was los war, denn eigentlich vergaßen die Menschen doch über Nacht, wenn sie mit dem Schicksal in Kontakt kamen – zumindest hatte es Phoenix mir nach der Sache mit Austin so erklärt.

Ich räumte meinen Barhocker und überließ ihn Cody, der – je weiter Phoenix mit seiner Erzählung über die Münze des Schicksals fortschritt – immer bleicher wurde.

Mir fiel auf, dass Phoenix versuchte, möglichst wenig über Hayden und sich preiszugeben, aber Cody zog am Ende der Zusammenfassung seine eigenen Schlüsse: »Wenn Hayden dein Bruder ist, dann ist er wie du?«

Phoenix nickte.

»Aber er ist böse«, sagte ich schnell.

Cody lachte auf. »Und wie! Ich habe wirklich Angst vor ihm.« Er nahm die Hände vor die Augen, was ziemlich albern aussah.

»Im Ernst, Cody. Er hat euch bei den Proben manipuliert!«

»Wir sind keine Brüder«, mischte sich Phoenix ein und erzählte ihm nun doch von den drei Männern aus Fortunas Füllhorn.

»Wo steckt dann der Dritte von euch?«, wollte Cody sofort wissen. Er stellte genau die richtigen Fragen. Die, die Phoenix nicht beantworten konnte.

»Ich habe die Münze noch drei Wochen lang.« Ich zog die Kette aus meinem Ausschnitt und ließ sie vor mir hin und her baumeln. »Phoenix glaubt, dass Kairos in dieser Zeit auftauchen könnte.«

»Dann sollten wir den Auftritt absagen.« Cody sah jetzt

entschlossen aus wie nie. »In der Öffentlichkeit ist es zu gefährlich für dich.«

Phoenix lachte laut auf. »Als ob das einen Unterschied macht, Blondie.«

Cody funkelte ihn bitterböse an. Da löste sich Phoenix einfach in Luft auf und ließ Cody völlig verblüfft zurück. Phoenix tippte ihm von hinten auf die Schulter und Cody fuhr herum.

»Buh!« Cody zuckte wirklich erschrocken zusammen, und auch wenn ich es nicht hätte tun sollen, prustete ich los und konnte das Lachen kaum unterdrücken. Der nächste bitterböse Blick galt mir. »Das ist nicht lustig, Kiera!«

Danach herrschte eine ganze Zeit lang Stille, während Cody seine Gedanken sortierte. »Ist Hayden eine Gefahr für sie?«, wollte Cody schließlich von Phoenix wissen.

»Nein, sie hat ihm gezeigt, dass sie sich verteidigen kann.« Ein klein wenig Anerkennung schwang in Phoenix' Stimme mit.

»*Sie* ist im Raum!«, rief ich dazwischen und verschränkte die Arme vor der Brust. Dieses Macho-Gehabe war ja wie aus dem vergangenen Jahrhundert.

»Dennoch müssen wir aufpassen. Der Abend wird nicht leicht für sie werden. Deine Berührung vorhin hat gezeigt, dass die Münze mehr Macht über sie gewinnt.«

»Was?«, fragten Cody und ich zeitgleich.

»Du hast ihn berührt und die Münze hat darauf reagiert. Du solltest in sein Schicksal eingreifen. So wird es von nun an immer sein, wenn du jemanden berührst, dessen Schicksalsfaden du lenken kannst.«

»Ich werde Funken sprühen, wenn ich jemanden berühre?«

Phoenix zuckte mit den Schultern. »Das ist die einzig logische Erklärung. Ich habe es zwar noch nie so gesehen, aber bisher hatte sich auch noch niemand so energisch dagegen gesträubt, ins Schicksal einzugreifen.«

Codys fragender Blick ruhte auf meinem Gesicht und ich erklärte, dass alles, was ich anpackte, schieflief und ich deshalb Angst hatte, meine Pflicht als Münzträger zu erfüllen. Nicht einmal mein letztes Eingreifen hatte Wirkung gezeigt, wie ich mir in Erinnerung rief. Der Kuss war vielleicht für Cody aus der Erinnerung gelöscht, aber Phoenix und ich waren nun doch zusammen.

»Vielleicht ist es ja wirklich angestaute Energie, die rausmuss«, stimmte Cody schließlich zu. »In Filmen ist das auch immer so.«

Ich lachte. »Na, wenn das so ist …«

»Nein, im Ernst, Kiera. Was, wenn dich die Münze … zerstört, wenn du sie nicht benutzt?«

Ich sah zu Phoenix, der konzentriert über etwas nachdachte. War er auch schon zu dem Schluss gekommen?

»Dann soll ich also einfach irgendjemandes Schicksal beeinflussen? Nur damit die Münze mich nicht in einen blauen Blitz verwandelt?«

»Ich weiß es nicht … vielleicht«, presste er mit zusammengebissenen Zähnen hervor.

»Dann soll ich jetzt in die Stadt gehen, wildfremde Menschen antippen und für sie Entscheidungen treffen? Nichts leichter als das!« Ich lachte hysterisch auf.

»Es funktioniert auch ohne Antippen. Das war nur bildlich gesprochen.« Phoenix tippte sich an die Stirn. »Wenn du die Münze festhältst und dich auf eine Person konzentrierst, wirst du die Möglichkeiten sehen und kannst sie niederschreiben.« Er deutete auf den Tresen, wo das Buch des Schicksals lag und auf meine Anweisungen wartete.

»Na toll, das hilft mir wirklich weiter«, sagte ich trocken.

In der nächsten Sekunde stand er hinter mir und legte seine Arme um mich. »Wir werden es gemeinsam schaffen«, flüsterte er in mein Ohr und ein Kribbeln strömte durch meinen Körper.

Cody räusperte sich und beäugte Phoenix noch immer misstrauisch. Das ließ Phoenix natürlich nicht auf sich sitzen und er baute sich herausfordernd vor Cody auf. »Wenn du ihr wirklich helfen willst, *Sunnyboy*, dann lass sie in dein Schicksal eingreifen.«

»Nein!« Panik packte mich. Wenn etwas schieflief, würde er sich vielleicht wieder in diesen tieftraurigen Cody mit den hängenden Schultern verwandeln. Ein Schicksal, das ich nie wieder sehen wollte – und für das ich schon gar nicht verantwortlich sein wollte.

»Du hast es bereits einmal getan«, sagte Phoenix leise, jedoch laut genug, um Cody aufhorchen zu lassen. »Und ich habe es nicht erkannt.« Ich zuckte zusammen, als er mit der Faust auf den Tresen schlug.

»Was getan?«, hakte Cody nach.

»Die Vergangenheit geändert. Bei eurem Bassisten. Es hätte mir damals schon auffallen sollen, verdammt. Aber ich bin davon ausgegangen, dass es nur eine einfache Entscheidung war, dass sich dieser schleimige Typ für einen Tag zu Höherem berufen fühlte ... Aber so war es nicht, oder, Kiera?«

Ich presste die Lippen zusammen und musste an Xander und meine extrem dämliche Schicksalsentscheidung denken.

»Würde mich bitte jemand aufklären?« Cody gestikulierte wild mit den Händen.

»Kiera kann die Vergangenheit ändern, rückwirkend in das Schicksal eingreifen, indem sie vorhandene Schicksalsfäden wieder löst. Bisher konnte das niemand.« Allein bei dem Gedanken breitete sich eine Gänsehaut auf meinem Körper aus. Cody hingegen nahm es gelassen. »Ich wusste immer, dass du etwas Besonderes bist«, lächelte er mich an. »Und mich freut es, dass du offenbar mehr Fähigkeiten hast als er.« Nun grinste er breit in Phoenix' Richtung. So war er, mein Cody.

»Pass auf, was du sagst, Sunnyboy. Oder du wirst –«

»Er wird gar nichts«, schritt ich ein. Die beiden waren ja schlimmer als kleine Kinder.

»Ich muss jetzt eh zum Bühnenaufbau in den Club«, sagte Cody nach einem finsteren Blickduell mit Phoenix. »Kommst du mit?«

»Momentchen!« Phoenix packte Cody an der Schulter. »Du wolltest dich doch als Versuchskaninchen zur Verfügung stellen.«

»Nein! Ich ... ich habe mich anders entschieden«, sagte ich mit fester Stimme. Der vorwurfsvolle Blick von Phoenix brachte mich jedoch völlig aus dem Konzept.

»Ich weiß nicht, wie lange ich deine überschüssige Energie noch aufnehmen kann. Du musst sie loswerden!« Er trat dicht zu mir, strich mir eine Haarsträhne aus dem Gesicht und die folgenden Worte flüsterte er fast lautlos in mein Ohr: »Ich habe Angst, dass dir die Energie gefährlich werden könnte. Tu es für mich. *Bitte.*« Die Worte klangen so flehend, als hätte ich gar keine Wahl. Als müsste ich mich zwischen meinem Freund und meinem besten Freund entscheiden.

»Es ist nur zu deinem Besten«, legte Phoenix nach.

Ich trat einen Schritt von Phoenix weg, um klarer denken zu können. Das Schicksal war für mich etwas so Großes, Lebensveränderndes, auch wenn Phoenix erklärt hatte, dass selbst die Entscheidung für oder gegen ein bestimmtes Paar Schuhe einen Schicksalsweg verändern konnte. Das fand ich einfach nur lächerlich. So was galt nur für Menschen wie Amy, deren Leben von der Wahl der passenden High Heels abhing. Aber bei Cody? Hilfe suchend blickte ich Phoenix an.

»Bring ihn dazu, einen anderen Weg zu fahren als den, den er normalerweise genommen hätte.« Phoenix zuckte mit den Schultern und deutete auf das Buch des Schicksals auf der Theke. Der Vorschlag klang doch gar nicht so übel. Trotzdem wollte ich nicht, dass Cody wegen mir … Verdammt, ich hasste Entscheidungen!

Cody sah mich mit schräg gelegtem Kopf an und strich sich die Haare aus dem Gesicht. Dann zuckte er mit den Schultern. »Ich stelle mich gerne zur Verfügung. So schlimm klingt es ja wirklich nicht.«

»Da hörst du es. Mach einfach«, forderte Phoenix und rieb mir über den Oberarm.

»Aber wie?«

»Denk nicht über das Wie nach, das passiert intuitiv. Denk nur daran, welches Ergebnis du möchtest, und notiere es. So, wie du es bereits in deinem Tagebuch getan hast.« Seine Finger glitten leicht über meinen Rücken und sorgten für eine Gänsehaut.

Ich holte tief Luft und sah Cody dabei an. Dann nahm ich die Münze in die Hand, um das Schicksalsgewebe sehen zu können. Und plötzlich wusste ich, welchen Weg er zum Club nehmen würde, in dem der Band-Battle und die anschließende Party stattfinden sollte. Es war ein klares Bild in meinem Kopf, wie Cody den Highway in Richtung Norden fuhr.

Ich nahm das funkelnde Buch zu mir, versuchte dabei, die sich bewegenden Ornamente zu ignorieren, klappte den Verschluss auf und öffnete es. Phoenix reichte mir einen Stift, ich betrachtete das Gewebe und stellte mir bildlich vor, dass Cody einen kleinen Umweg über das *Bricks* nehmen würde. Ehe ich es aufschreiben konnte, hielt Phoenix meine Hand zurück.

»Was denn? Ich dachte, ich soll es aufschreiben«, fragte ich verwirrt.

»Ich möchte, dass du versuchst, es nur zu denken. Wir könnten testen, ob du das Buch überhaupt brauchst. Die Energie, die dich eben hätte töten können, kannte ich bisher nur von Hayden und mir. Was, wenn sie bedeutet, dass du … noch mehr Fähigkeiten hast?«

»Du meinst, ich brauche es gar nicht aufzuschreiben?« Ich runzelte die Stirn.

Phoenix sah mich aufmunternd an. Ich legte den Stift zur Seite, schlug das Buch zu und schob es neben den Stift.

Anschließend schloss ich die Augen, sah das Gewebe wieder ganz klar vor mir und die Münze zeigte mir Codys Schicksalsfaden. Bild für Bild wiederholte ich noch einmal vor meinem inneren Auge, wie Cody einen Umweg über das *Bricks* nehmen würde.

In unserem Haus war es fast gruselig still. Ich öffnete die Augen wieder und sah zu Phoenix neben mir, der ebenfalls die Lider geschlossen hatte. Er öffnete sie und nickte langsam.

»Das Gewebe hat sich verändert«, sagte er nahezu tonlos.

»Wenn du nicht mitkommst, fahre ich dann mal. Bis später«, verabschiedete sich Cody, als wäre nichts gewesen.

»Bis später«, stammelte ich irritiert.

»Sei pünktlich. Sonst muss ich ein ernstes Wörtchen mit deinem neuen Freund reden.« Er betrachtete Phoenix kritisch, während er in den Flur ging.

»Cody?«, fragte ich und er wandte sich zu mir um. »Fährst du direkt zum Club?«

»Nein«, schüttelte er den Kopf. »Ich muss doch noch kurz beim *Bricks* vorbei. Ich will zur Sicherheit noch ein Ersatzmikro für heute Abend organisieren.«

Das war ziemlich unheimlich, ich versuchte mich dennoch an einem Lächeln.

Cody nickte und verließ die Küche. Kurz darauf hörte ich die Haustür.

In mir breitete sich ein seltsames Gefühl aus und mein Magen rebellierte beim Gedanken daran, dass ich selbst jemanden so beeinflussen konnte. Es zufällig aus Unwissenheit zu tun, war das eine, aber jemanden bewusst zu manipulieren, das andere. Ich wusste nicht, wie ich dieses neue Gefühl interpretieren sollte. Es war beängstigend und berauschend zugleich. Erst mit etwas Verzögerung erkannte ich, was es war: Macht.

Die Magie prickelte noch in seinem Blut. Es war einfach gewesen, beinahe zu einfach. Nur ein kleiner Taschenspielertrick in Form von ein paar elektrischen Entladungen war nötig gewesen, um sie zu beeinflussen, den von ihm geplanten Weg zu gehen. Selbst sein Bruder war auf die Täuschung hereingefallen.

Fortunas Rad drehte sich schneller und schneller. Cody war ein wichtiger Bestandteil von Kieras Leben. Seine Beeinflussung würde den gewünschten Effekt erzielen. Es war nahezu berauschend zu verfolgen, wie sich sein Schicksalsfaden veränderte.

Kapitel 44

»Fühlst du dich besser?«, fragte Phoenix und setzte sich zu mir aufs Sofa.

»Ich weiß es nicht«, antwortete ich ehrlich. Einerseits fühlten sich meine neuen Fähigkeiten ja wirklich gut an, andererseits machten sie mir Angst. Ich kam mir vor, als wäre ich an einem wichtigen Wendepunkt angekommen und eine falsche Entscheidung könnte alles verändern. Phoenix schien zu ahnen, was ich dachte, denn er warf mir einen skeptischen und besorgten Blick zu.

»Ich mache mir Sorgen um dich.« Er nahm meine Hand und strich mehrmals zärtlich über den Handrücken. »Was auch immer Kairos mit dir vorhat, du bist der Macht der Münze nicht gewachsen. Vielleicht liegt es am Alter oder den nicht vorhandenen Zielen …«

»Na, danke auch.«

»Das war nicht negativ gemeint«, rechtfertigte er sich. »In deinem Alter muss man noch keinen Lebensplan haben. Allein dieser Körper«, er deutete mit dem Finger auf sich, »fühlt sich an, als könnte er gar keine anderen Ziele haben als …« Er schmunzelte und sah zu meinen Lippen hinab, sodass meine Wangen sich sofort heiß anfühlten. Dann schüttelte er den Kopf. »Was ich damit sagen will: Niemand sollte in deinem Alter eine solche Macht besitzen. Wenn du nicht einmal mehr niederschreiben musst, was sich verändern soll. Es ist gefährlich. Ein falscher Gedanke …« Er schüttelte den Kopf, ließ den Satz offen. Das Kopfkino ging trotzdem los. Allein jemandem die Pest an den Hals zu wünschen, könnte ausreichen … Nein. Die Pest konnte ich vermutlich nicht mehr heraufbeschwören. Aber einen Flugzeugabsturz, jemanden vom Blitz treffen zu lassen, einen Autounfall. Ich musste wirklich aufpassen, was ich über die Leute dachte.

»Wir müssen versuchen, die Münze loszuwerden«, sagte Phoenix entschlossen und holte mich damit aus meinen Gedanken.

Ich fuhr hoch. »Geht das denn?«

»Wir müssen es versuchen. Ich brauche mehr Zeit. Und ich muss Hayden sprechen«, antwortete er zähneknirschend. Begeisterung sah anders aus.

Ich wurde unruhig. »Was hat er damit zu tun?«

Phoenix dachte angestrengt nach. »Er hat schon einmal einen Ausweg gefunden. Er muss uns sagen, wie er es geschafft hat, bei Chenoa zu bleiben. Es ist lange her, dass … Ich bin sofort wieder da. Ich denke, ich weiß, wo er ist.«

»Warte!«, aus einem Impuls heraus hielt ich ihn am Arm fest.

»Kiera, ich werde nicht mit ihm streiten. Aber Hayden hat vielleicht Antworten.«

»Ich weiß«, erwiderte ich und sah Phoenix hoffnungsvoll an, »nimm mich mit, *bitte*.«

»Das ist zu gefährlich. Hinter dem Schleier –«

»Phoenix. Wir können das nur gemeinsam durchstehen.«

Ich sah ihm in die Augen und las darin so vieles. Furcht. Schmerz. Eine düstere Traurigkeit, die sich auf seine Züge legte. Er sah mich lange an und griff dann nach meiner Hand. Er zog mich näher an sich und hob mich auf seine Arme wie ein Baby.

»Ich habe dich gewarnt«, murmelte er und plötzlich verblasste die Welt um mich herum. Ein schwebendes Gefühl setzte ein, das ich von jenem kurzen Moment vor dem Einschlafen her kannte. Ich schloss die Augen und lauschte Phoenix' Herzschlag, der direkt an meine Wange pochte.

Die nachfolgenden Ereignisse konnte ich mir nur zusammenreimen. Ich musste immer wieder weggenickt sein, von Phoenix' Armen in den Schlaf getragen. Irgendwann drang eine Stimme bis zu mir durch. Sofort realisierte ich, dass ich nicht mehr an Phoenix' Brust geschmiegt war, sondern auf einem kalten Untergrund lag. Ein kühler Wind zog an meinen Haaren.

Phoenix strich mir über die Wange und ich schlug lächelnd die Augen auf.

»Du bringst sie durch den Schleier?« Hayden klang vorwurfsvoll, als er sich über mich beugte.

Phoenix antwortete sofort: »Sie ist die Münzträgerin, sie kann in der Zwischenwelt überleben.« Ich blinzelte mehrmals und versuchte, an den beiden Jungs vorbeizusehen, die dann auch sofort Platz machten und ein paar Schritte zurücktraten. Sie verschwammen kurz und ich hob meinen Kopf, versuchte, ihrer hitzigen geflüsterten Diskussion mit zusammengekniffenen Augen zu folgen. Meine Nackenmuskulatur schmerzte vor Anstrengung, daher versuchte ich, mich auf die Unterarme zu stützen. Mein Kopf fühlte sich stumpf an wie bei einer fiesen Erkältung und auch mein restlicher Körper war ziemlich erschöpft. Wo war ich?

Um mich herum gab es keinerlei Gebäude oder Bäume.

Ich musste ziemlich weit oben sein, so windig, wie es war. Befand ich mich etwa auf einem Hochhausdach?

Phoenix bemerkte meine Bemühung, mich aufzurichten, und kam mir zu Hilfe. Anschließend gab er mir ganze zwei Sekunden, ehe er mir erklärte, was passiert war.

»Du wolltest mitkommen. Um Zeit zu sparen, habe ich dich an die Grenze deiner Welt gebracht. Nur jene mit göttlichem Blut können hier überleben. Die Träger der Münze fallen in eine Art Ohnmacht, bis sie wieder in ihrer Welt sind.«

Etwas an seiner Aussage stieß in meinem Kopf auf Widerstand, doch ich war noch zu benommen, um dieses Etwas greifen zu können. Während ich nachdachte, ging der Streit zwischen Phoenix und Hayden weiter. Hayden warf Phoenix vor, mich unnötig in Gefahr gebracht zu haben. Wieder einmal sprach jemand über mich, als wäre ich ein Kleinkind.

»Schluss jetzt!«, ging ich dazwischen und versuchte, wieder das eigentliche Problem zu fokussieren. »Wir sind hier, um die Münze loszuwerden, schon vergessen? Warum kann ich sie nicht einfach nehmen und … dort hinabwerfen?« Ich trat näher an die Kante des flachen Daches, die mir ungefähr bis zur Mitte des Schienbeins reichte, und blickte hinab auf die winzigen Autos unter mir. Wir mussten auf einem der Verwaltungsgebäude sein. Wenn ich mich weiter nach vorne beugte, sollte ich das Gebäude von Dr. Yates' Praxis sehen. Phoenix riss mich zurück und starrte mich an, als hätte ich eben vorgehabt, direkt vom Dach zu springen. Doch er erwiderte nichts, sondern zog mich nur weg vom Rand und auf Hayden zu und setzte mit einer Erklärung an: »Wenn es ausreichen würde, die Münze einfach nur abzulegen und wegzuwerfen, hätte ich mich sicher auf keinen Deal mit *ihm* eingelassen. Sie wird immer wieder zu dir zurückkehren.« Phoenix' Augen loderten regelrecht, während er seinen Bruder fixierte, der mir einen unergründlichen Blick zuwarf.

»Welchen Deal?«, fragte ich heiser und hatte geflügelte Worte wie ›Pakt mit dem Teufel‹ und ›verkaufte Seele‹ im Kopf.

»Das ist nicht wichtig«, sagte Phoenix nur knapp, was mich keinesfalls beruhigte.

»O doch!«, sagte ich und wandte mich an Hayden. »Sag mir, wie der Deal lautet.«

Hayden ballte die Hände zu Fäusten und wich meinem Blick aus.

Ich wünschte, sie würden mich nicht wie ein kleines Kind behandeln! Mit etwas mehr Nachdruck forderte ich eine Antwort ein: »Hayden, du sagst mir jetzt sofort, was ihr beschlossen habt!«

Haydens Augen weiteten sich kurz vor Schreck, ehe sich sein Gesicht schmerzhaft verzerrte und er die Augen zusammenkniff. »Phoenix wird sich zukünftig heraushalten«, presste er hervor. Als er den Satz ausgesprochen hatte, entspannte er sich wieder und starrte ungläubig erst auf mich, dann zu Phoenix.

Ich ließ seine Antwort sacken, versuchte, mir die Bedeutung der Worte zusammenzureimen.

»Wieso hat sie so eine Kontrolle über uns?«, fragte Hayden scharf.

»Ich weiß es nicht. Aber ohne ihren Einfluss hätte ich dich bereits in der Schule fertiggemacht.«

Ich spürte, wie die Luft zu knistern begann. Wo man eben noch hätte denken können, die beiden Geschwister würden sich vertragen, wogten Wut, Zorn und Hass hin und her.

»Wobei soll Phoenix sich heraushalten?«, versuchte ich, ihre Aufmerksamkeit wieder auf mich zu lenken.

»Die Münze. Er wird nicht nach den nächsten Trägern suchen.«

Ich erstarrte.

»Das hast du ihm versprochen?«, rief ich. Meine Stimme überschlug sich fast. Sofort tauchten Bilder vor meinem inneren Auge auf. Dunkle Bilder. Kriege, Schicksale, die alle anderen ins Unglück stürzten.

»Du bedeutest mir mehr«, sagte Phoenix mit heiserer Stimme und sah zu Boden.

Hayden musterte seinen Bruder genau, dann schlich sich so etwas wie ein Lächeln auf seine Lippen. Es musste das Lächeln des Teufels sein. So sympathisch und doch so böse.

»Aber jetzt erklär mir, wie du damals bei Chenoa bleiben konntest. So hieß sie doch, oder, Hayden?«

Hayden verzog schmerzhaft das Gesicht, echte Qual stand in seinen Augen. Es dauerte einen Moment, bis er endlich sprechen konnte. Den Mund bereits geöffnet, ging ein Ruck durch seinen Körper und seine Lider flatterten.

»Cody!«, stöhnte er. »Die Verbindung ...«

Ich sah fragend zu Phoenix.

»Er hatte ihn ja für den Träger gehalten und sich auf ihn eingestimmt. Daher hat er einen sechsten Sinn für ihn.«

»Hayden, was ist mit Cody?« Meine Stimme begann zu zittern.

»Ich spüre nur die starken Emotionen«, sagte Hayden mit bleichem Gesicht. »Ich muss zu ihm.«

Er lief auf die Kante des Hochhausdaches zu, sprang und war hinter dem Schleier verschwunden.

Kapitel 45

»Was ist mit Cody?« Meine Stimme zitterte immer noch und Schwindel packte mich.

Phoenix zog mich an sich und ich ließ mich von seiner Wärme einhüllen.

»Scht«, beruhigte er mich und fuhr mir dabei gleichmäßig über den Rücken. »Es wird schon nichts Schlimmes sein. Ich mache mir viel mehr Sorgen um dich.«

Er schob mich etwas von sich und streifte meine Haare aus dem Gesicht. »Mach dir keine Sorgen. Hayden kümmert sich um deinen Sunnyboy.« Auch wenn er versuchte, ruhig zu sprechen, ähnelte es einem Knurren. Ihm passte es nicht, dass Hayden darin verwickelt war.

»Ich mache mir viel mehr Sorgen, dass du es zulässt, dass er die nächsten Träger aufspürt.« Bilder von Zerstörungen aus irgendwelchen Endzeit-Filmen zogen durch meine Gedanken.

»Er hatte vor langer Zeit einen Träger, der es geschafft hat, die Münze loszuwerden.«

»Wie?«

»Wenn ich das wüsste, hätte ich ihn wohl gerade nicht danach gefragt«, knurrte er.

»Aber … Du kannst das nicht zulassen, Phoenix. Wer weiß, was er anrichtet.« Ich bekam die Bilder einfach nicht aus meinem Kopf. Vor meinem inneren Auge schrien so viele Menschen, litten, Babys weinten. Ich verzog schmerzhaft das Gesicht.

»Was ist los?« Phoenix strich sanft über meine Wange.

»Ich bekomme die Bilder nicht los. Als könnte ich in die Zukunft sehen.« Schnell blinzelte ich die aufkommenden Tränen weg.

»Das ist die Münze. Sie zeigt dir Möglichkeiten, Kiera. Wege, die du für deine Aufgabe kennen musst.« Seine Hand glitt meinen Hals entlang, über die Schulter und meinen Arm hinab, bis er nach meiner Hand griff. »Es ist nichts in Stein gemeißelt.«

So wirklich beruhigen konnte mich das nicht, aber ich versuchte es zumindest und atmete mehrmals tief ein und aus. Die schrecklichen Zukunftsszenarien verblassten und stattdessen breitete sich ein ganz anderer Gedanke in meinem Kopf aus wie Unkraut.

»Wenn ich die Münze loswerde«, sagte ich mit krächzender Stimme, weil ich Angst davor hatte, Antworten zu bekommen.

Er sah mich mit seinem durchdringenden Blick an und drückte meine Hand fester, regte sich jedoch nicht.

»Die Münze und du …« Ich konnte es einfach nicht in Worte fassen. Sein Nicken jedoch war Bestätigung genug und mir wurde eiskalt. Mein Herz pochte wie verrückt, es fiel mir schwer, seine Worte zu verstehen:

»Ich bin an die Münze gebunden. Ich muss in ihrer Nähe sein. Nicht direkt, so wie jetzt, aber zumindest im näheren Umkreis – wie Hayden.«

»Wenn ich mit Haydens Hilfe die Münze loswerde, dann also auch dich?« Meine Stimme zitterte.

»Ich würde alles tun, um dich zu schützen, Kiera.«

»Es würde mich nicht schützen«, sagte ich möglichst entschlossen. Es würde mir das Herz brechen. Mit zitternden Lippen wandte ich mich von ihm ab und ließ mich vom Blick auf die weite Welt ablenken. Phoenix trat so dicht hinter mich, dass ich seine Wärme am Rücken spürte.

»Hayden ist meine einzige Möglichkeit, bei dir zu bleiben. Er hat es irgendwie geschafft, nicht in der Nähe der Münze bleiben zu müssen ... Dieses Wissen ist die Folgen wert.«

Doch ich begann zu zweifeln. Konnte ich wirklich für die Liebe das Schicksal der Menschen aufs Spiel setzen?

»Kiera, ich ...« Phoenix legte seine Stirn an meine und hatte Mühe, weiterzusprechen. »In drei Wochen werde ich dich verlassen müssen, sollten wir keinen anderen Weg finden.«

Mein Herzschlag setzte aus. Ich vergaß zu atmen. In meinem Kopf rasten die Gedanken umher. Viel zu schnell, um sie greifen zu können. Ich hatte dieses eine Hindernis so lange Zeit verdrängt, dass es für mich bereits verblasst war. Wieder und wieder schüttelte ich den Kopf. Verzweiflung fraß sich durch mich hindurch und ließ nichts als Kälte zurück.

»Deshalb wollte ich mich von dir fernhalten«, flüsterte er in mein Ohr und schlug die Arme fest um mich.

Er hatte sich also anfangs absichtlich wie ein Idiot aufgeführt, damit es gar nicht erst so weit kam? Damit ich mich nicht in ihn verliebte? Ich lachte hysterisch auf.

Ich wusste nicht, ob das, was ich empfand, Liebe war. Aber ich spürte, dass das, was ich so stark in mir fühlte, zu etwas Größerem werden könnte. Nur für eine solche Entwicklung bräuchte es Zeit. Zeit, die ich nicht hatte. Ich würde ihn mir nicht wegnehmen lassen. Niemals!

»Vergiss den Deal mit Hayden«, sagte ich mit brüchiger Stimme. »Ich werde die Münze behalten. Und ich werde dafür sorgen, dass wir wenigstens eine Chance haben.« Ich schluckte den Kloß im Hals hinunter, während sich meine Entscheidung festigte. »Wenn es schon die Regeln nicht mehr gibt, warum sollte es dann für uns keine Chance geben?«

Phoenix blieb stumm, was mir einen Stich versetzte. Er hatte aufgegeben. Jetzt verstand ich die Andeutungen, die er gemacht hatte. Die vielen Hinweise, die Zeit mit mir zu genießen. Er hatte immer im Hinterkopf gehabt, wie uns die Zeit davonlief. Und ich Idiotin hatte es nicht gesehen. Nicht wahrhaben wollen.

Aber es musste doch einen Weg geben, das Schicksal auszutricksen, sich neue Regeln auszudenken. Mein Mund verzog sich zu einem irren Grinsen, ehe ich mich umwandte und an Phoenix' Brust presste.

Mit einem lauten Poltern landete Hayden direkt neben uns und ich zuckte zurück. Er war von irgendwo in der Luft abgesprungen, doch dort war nichts. Ich sah erst Phoenix an, der die Augen zusammenkniff und die Stirn runzelte. Dann blickte ich zu Hayden, der kreidebleich im Gesicht war. Plötzlich konnte ich nur noch an eines denken: Cody.

Kapitel 46

»Was ist passiert?«, fragte ich alarmiert, nachdem die beiden für einen winzigen Moment verschwunden waren und sich wohl ohne mein Zuhören unterhalten hatten.

»Es gab einen Unfall. Fast direkt vor dem *Bricks*. Jemand hat Cody die Vorfahrt genommen und ist mit voller Geschwindigkeit in seinen Van hineingerast.« Hayden warf Phoenix einen finsteren Blick zu.

Mein Puls raste in die Höhe. »Wo ist er jetzt?«

»Im Krankenhaus. Es geht ihm den Umständen entsprechend gut. Er hat nur Prellungen und eine leichte Gehirnerschütterung.«

Mein Körper sackte zusammen, als hätte jemand die Luft abgelassen. Phoenix stützte mich, doch die Erkenntnis überrollte mich dennoch wie ein Tsunami: *Ich* hatte Cody zum *Bricks* geschickt, seinen Weg geändert und sein Schicksal bestimmt.

Nichts, was ich anpackte, funktionierte. Ich verbarg mein Gesicht in den Händen. Ein widerwärtiges Gefühl breitete sich in meinem Magen aus und mir wurde übel.

»Alles wird gut.« Phoenix strich mir etwas mechanisch über den Rücken.

Hayden räusperte sich und stand mit vorwurfsvollem Blick da. »Cody hat sich nicht sonderlich gewundert, dass ich plötzlich aufgetaucht bin. Ihr habt ihm alles erzählt, oder?«

»Er weiß, dass du so bist wie ich.« Die beiden lieferten sich über meinen Kopf hinweg ein Blickduell. Dann wandte sich Hayden mir zu.

»Ich soll dir von Cody ausrichten, dass du beim Aufbau helfen sollst. Er kommt so schnell wie möglich nach, sobald sie ihn aus dem Krankenhaus entlassen. Ich weiß leider nicht, wie das ganze Equipment …«

»Das ist gar kein Problem.« Ich war ehrlich gesagt froh über Ablenkung. Sonst würde ich mir doch nur die ganze Zeit Vorwürfe machen.

»Ich werde euch helfen«, bot Hayden an.

»Wirst du nicht«, sagte Phoenix ohne zu zögern.

»Ich habe es Cody versprochen!«, zischte Hayden.

»Vertragt euch endlich! Wir können jede Hilfe gebrauchen. Für Cody!« Doch das war wohl zu viel verlangt. Solange ich es ihnen nicht *befahl*, würde sich an ihrer Haltung zueinander nichts ändern. Ich seufzte.

»Ich muss nur kurz nach Hause, dann können wir zum Club.«

Phoenix nickte und machte mir klar, dass er auf einen weiteren Ausflug hinter den Schleier verzichten wollte. Er schob mich auf den kleinen quadratischen Zugang zum Gebäude zu und wir stiegen die Fluchttreppe hinab. Hayden begleitete uns nicht.

Kaum dass wir bei mir zu Hause angekommen waren, rannte ich die Treppe hoch in mein Zimmer. Als ich mir andere Klamotten überstreifte, rauschten mir so viele Gedanken durch den Kopf.

Drei Wochen. Dann würde ich Phoenix verlieren, wenn wir keine andere Möglichkeit fanden.

Cody. Ich hatte dafür gesorgt, dass er im Krankenhaus gelandet war. Wenn ich nicht wüsste, dass ich es mit dem Schicksal zu tun hatte, würde ich vermuten, dass das reine Pech an mir klebte.

Ich band mir noch schnell meine Haare zusammen und flitzte wieder nach unten. Schon auf der Treppe hörte ich sie in der Küche streiten. Hayden war vermutlich nur hinter dem Schleier verborgen gewesen, nicht gegangen.

»Du hast dich kein Stück verändert«, warf Hayden Phoenix vor. »Du wirst ihr Leben zerstören. Ich dachte, nein, hatte gehofft, du hättest dich wirklich geändert.« Er schnaubte.

Ich blieb im Flur stehen und lauschte.

»Wie konntest du es riskieren, dass ausgerechnet *er* verletzt wird?«

Phoenix antwortete auf all die Vorwürfe nicht und Hayden schrie weiter.

»Du bist eifersüchtig! Weil er hat, was du nie haben …«

Der Rest des Satzes ging in einem Rauschen und Blitzen unter und ich musste meine Augen abschirmen, so hell waren ihre Blitze.

Ich war davon ausgegangen, dass Phoenix Hayden angriff, umso schockierter war ich über das Bild vor mir. Phoenix lag am Boden und … blutete an der Seite. Auf den hellen Fliesen direkt neben ihm breitete sich eine kleine rote Lache aus.

Hayden kniete neben ihm und starrte auf seine Hände, die beide rot von Phoenix' Blut waren. Zitternd ließ er seinen silbernen Dolch wieder verschwinden.

Ich sank neben die beiden.

»Was hast du getan?« Vergessen war die Neugier über das belauschte Gespräch. Panik überrollte mich wie eine Welle.

»Er blutet«, murmelte Hayden, einen irren Blick in den Augen, die nach wie vor auf seine Hände gerichtet waren.

Ich schubste ihn zur Seite, um Phoenix genauer anzuschauen. Ein großer dunkler Fleck säumte sein graues T-Shirt auf Höhe des unteren Rippenbogens. Ich zog das T-Shirt nach oben und würgte beim Anblick der Wunde. Tiefdunkles Rot lief über die verschnörkelten schwarzen Linien seines Tattoos.

»Was habt ihr getan?«, schrie ich Hayden erneut an.

Endlich schien er aus seiner Lethargie zu erwachen. Er sah schockiert zu seinem Bruder und riss den Mund auf.

»Kannst du ihn heilen?«, fragte ich, weil ich nicht wusste, was ich mit Phoenix tun sollte. »Phoenix hat mich geheilt. Kannst du das auch?«

Hayden nickte unsicher und rutschte zu Phoenix.

»Ich kann es versuchen.« Sein Gesicht war so kreidebleich wie das seines ohnmächtigen Bruders, als er seine zitternde Hand langsam über die Wunde hielt. Ich sah, wie sich Phoenix' Muskeln anspannten, vermutlich eine Reaktion auf die Heilung. Das hoffte ich zumindest.

»Er blutet«, murmelte Hayden dabei immer wieder.

»Weil du ihn verletzt hast.« Das konnte ich mir nicht verkneifen. Erleichtert stellte ich fest, dass sich die Wunde schloss, Gewebe sich neu verband und Haut in rasender Geschwindigkeit darüberwuchs. Als nur noch eine blassrosa Stelle übrig war, die wie ein Radiergummistrich auf dem Tattoo wirkte, zog Hayden seine Hand beiseite und ließ sich rückwärts gegen den Küchenschrank fallen. Er wirkte erleichtert und dennoch zutiefst erschüttert. Sein Atem ging stockend, aber er zitterte nicht mehr wie zuvor.

»Du verstehst nicht …« Hayden strich sich die blonden Haare aus dem Gesicht, sodass Phoenix' Blut dunkelrote Schlieren auf seinem Gesicht und den Strähnen hinterließ. »Wir …« Er schüttelte wieder den Kopf, fasste sich durch den Kragenausschnitt kurz unter sein T-Shirt an die Schulter, wo ich ebenfalls ein Tattoo aufblitzen sah, wie Phoenix es besaß. Prompt hielt er wieder den Dolch in der linken Hand.

Ich zuckte zurück, wusste nicht, was er mit der Waffe vorhatte. Der silberne Dolch reflektierte die Sonnenstrahlen, die auf den Küchenboden trafen und alles in ein surreales Licht tauchten. Die rote Lache unter Phoenix, das Blut auf Phoenix' halb nacktem Oberkörper, obwohl die Wunde längst geheilt war.

Dann zog Hayden sich den Dolch mit einer schnellen Bewegung über den Handballen und sog vor Schmerz die Luft ein, ehe er die Waffe fallen ließ und diese sich erneut auflöste.

Die Hand mit der klaffenden Wunde streckte er mir entgegen und ich verstand.

Ehe sich der tiefe Schnitt sofort von selbst wieder verschloss, rollten ein paar Tropfen nahezu schwarzer Flüssigkeit sein Handgelenk hinab.

Kapitel 47

»Ichor«, sagte Hayden, als er seine Hand an seiner Jeans abwischte, was aussah, als hätte er mit Schmieröl gearbeitet.

»Das Blut der Götter?«, kramte ich die Information aus den verstaubten Schubladen meines Hirns hervor.

»Kein Blut, aber so ähnlich.« Hayden betrachtete seine Handfläche. »Wir sind nicht menschlich, haben kein Blut. Eigentlich.« Er sah lange auf Phoenix hinab, der mittlerweile aussah, als würde er gemütlich auf dem Fußboden schlafen. Die Farbe kehrte langsam wieder in sein Gesicht zurück. Er sah wunderbar entspannt aus. Genauso wie heute Morgen, als er geschlafen hatte.

»Schläfst du eigentlich?«, platzte ich heraus.

»Was?« Hayden schien von der Frage überrumpelt. »Nein, wir schlafen nicht«, setzte er schnell nach und sah mich neugierig an. »Phoenix etwa?«

Ich wusste nicht, ob ich es ihm erzählen sollte. Sie waren schließlich ... Todfeinde, aber mit irgendjemandem musste ich einfach reden und Phoenix schien regelmäßig die wichtigen Informationen auszulassen, um mich ›zu schützen‹.

Ich antwortete nicht, aber das reichte Hayden schon aus. Er fuhr sich durch die Haare und stieß die Luft aus.

»Irgendetwas passiert gerade. Und das gefällt mir nicht.«

»Dann seid ihr ja ausnahmsweise mal einer Meinung«, sagte ich trocken, was mir einen seltsamen Seitenblick einbrachte.

»Wir sind …«, er schüttelte den Kopf. »Phoenix und ich waren nicht immer so, nur er … Er hat mich dazu gezwungen …« Er verstummte und ganz gleich, wie sehr ich ihn nahezu flehend ansah, er sprach nicht weiter.

»Atlantis?«, versuchte ich, mehr aus ihm herauszubekommen.

Ein scharfer Blick traf mich, doch dann nickte er. »Wir standen alle auf derselben Seite, ehe sich unsere Wege trennten.«

Er schien nicht glücklich mit seiner Rolle, hatte ich das Gefühl. Daher wählte ich meine Worte mit Bedacht. »Warum hast du dich damals für den Untergang entschieden?«

Hayden presste die Lippen zusammen, als müsse er Worte zurückhalten. Schlimme Worte. Die Erinnerung bereitete ihm sichtbare Schmerzen.

»Wir vermuten, dass Fortuna diese Wege von Anfang an so bestimmt hat«, sagte er emotionslos. »Ihnen müssen wir folgen. Sie hatte sicher einen Plan, wie sie die Vorgaben der anderen Götter umgehen konnte.«

»Phoenix hat mir nie mehr darüber erzählt«, sagte ich enttäuscht.

»So ist er.« Hayden lachte freudlos auf. »Kairos hat von Anfang an daran geglaubt, dass die getrennten Wege irgendwann wieder zusammenfinden würden – und hoffte auf eine Ablauffrist des Vertrages.« Sein Blick war nun in weite Ferne gerichtet.

»Nach Atlantis. Dorthin hat er sich zurückgezogen, nachdem sich unsere Wege getrennt hatten. Da er der Überzeugung war, die Münze wurde ihm von Fortuna an die Hand gegeben, hat er gesagt, er würde nach weiteren Hinweisen suchen.« Er machte eine Pause. »Und wenn ich mir die aktuellen Ereignisse so anschaue, glaube ich, dass er Erfolg gehabt hat.«

»Was genau will er?«

»Fortunas Willen durchsetzen.«

Ich sah ihn nur fragend an.

»Sie wollte nie, dass die Götter von der Erde verschwinden, Kiera. Nur hier hat sie Macht über sie, aber kann lange nicht so eingreifen wie bei den Menschen. Sie wurde *hier* angebetet – noch lange, nachdem die Tempel der anderen Götter zerfallen sind. Menschen glauben lieber an Schicksal, als eigene Entscheidungen zu treffen und ihr Leben selbst zu bestimmen.« Er seufzte. »Vor allem, wenn es die falschen waren. Die Menschen haben gespürt, dass die Götter verschwanden, wünschten sich jedoch vor allem Fortuna zurück. Besonders in … dunklen Zeiten beteten sie zu Fortuna. Die Texte der *Carmina Burana* sind nur ein Beweis dafür.«

»Das Lied von Carl Orff?«, fragte ich.

Hayden antwortete mit einem Kopfschütteln. »Es ist eine Textsammlung aus dem 11. und 12. Jahrhundert. Und eine der wenigen Illustrationen in dem alten Werk zeigt das Rad der Fortuna. Ich denke, der Komponist wurde durch dieses Werk inspiriert.« Er zuckte mit den Schultern. »Dieser Glaube an Fortuna hat sie immer noch mächtiger gemacht. Die anderen Götter hingegen sahen ihre Macht schwinden, wurden weniger angebetet und verfolgten mit Argwohn, wie Fortuna immer weiter aufstieg. Das hat ihnen nicht gefallen. Daher die Trennung der Schicksalswege von Menschen und Göttern.«

Ich verstand nichts von göttlichen Spielchen, aber dass niemand gerne Macht abgab, sah sogar ich ein. »Und ihr denkt, dass Fortuna eine Möglichkeit gefunden hat, das Abkommen des Göttertribunals zu umgehen? Dass sie einen Weg gefunden hat, zurückzukommen?«

»Das glaubt Kairos. Und je mehr ungewöhnliche Dinge aktuell passieren, desto mehr glaube ich ihm. Phoenix hält ihn für verrückt. Das tue ich auch, aber ich halte ihn auch für sehr mächtig, und das ist eine gefährliche Mischung. Er sucht manisch nach Hinweisen, war kaum ansprechbar, als ich ihn das letzte Mal gesehen habe.«

»Du hast Kontakt zu ihm?« Hatte Phoenix nicht erzählt, dass Kairos sich von ihnen fernhielt?

»Nicht so oft wie zu Phoenix. Ihn habe ich immer wieder jenseits des Schleiers getroffen«, sagte Hayden vage, machte mit seinem Blick aber deutlich, dass er nicht mehr sagen würde.

Ich sah Phoenix an und konnte mir nicht verkneifen, ihm eine Haarsträhne, die an seiner verschwitzten Stirn festklebte, wegzustreichen. Hoffentlich erholte er sich schnell. Ich glaubte nicht an sein Schicksal. Es kam mir falsch vor, wie er und Hayden scheinbar blindlings dem gefolgt waren, wozu sie *bestimmt* gewesen waren.

»Du liebst ihn«, stellte Hayden fest. Als ich zu ihm sah, musterten mich seine blauen Augen mit einem durchdringenden Blick. Ich konnte nicht einschätzen, wie er wirklich darüber dachte.

»Ich mag ihn«, stammelte ich. »Sehr. Ich weiß nicht, ob es …« Ich schloss meinen Mund. Das musste er nicht so genau wissen.

»Ich verstehe. Liebe ist ein zu großes Wort.« Sein Gesicht wirkte auf einmal unendlich traurig und ich hatte den Drang, ihn zu trösten. Es stand so viel Schmerz darin, dass ich es nicht wagte, nachzuhaken.

Ein Stöhnen neben mir forderte jedoch im nächsten Moment meine gesamte Aufmerksamkeit. Phoenix' Lider zuckten und er verzog das Gesicht.

»Ich verschwinde dann mal besser«, sagte Hayden leise. »Wir sehen uns beim Aufbau.«

Ich nickte, sah ihm jedoch nicht nach, sondern wartete darauf, dass Phoenix zu sich kam, während all die Aussagen von Hayden sich in meinem Kopf zu hohen Türmen aus weiteren Fragen aufstapelten.

Er lächelte zufrieden. Dass es so schnell gehen würde, hätte selbst er nicht vermutet. Doch wer hätte schon gedacht, dass Gefühle so stark sein können, dass eine Verbindung entstehen würde, die für so lange Zeit undenkbar gewesen war?

Er dachte zurück an die Zeit von Atlantis. An Fortunas Plan, der sich nur mit einer so tief greifenden Einmischung in das Schicksal vieler hatte umsetzen lassen. Aus Freunden mussten Feinde werden, die Schicksalswege personifiziert werden. Der erste Stein, der Anstoß von Fortunas Rad.

Bald schon würden seine damaligen Verbündeten wieder an seiner Seite stehen. Diejenigen, die geschworen hatten, sich niemals dem Schicksal zu unterwerfen.

Ein Kreischen riss ihn aus seinen Gedanken.

Er sah sich zu den blutrünstigen Kreaturen um, die er um sich geschart hatte.

»Bald ist es so weit«, beruhigte er sie mit seinen Gedanken. »Die Uhr tickt.«

Kapitel 48

Phoenix stöhnte erneut, öffnete mit einem Ruck die Augen und sah sich verwirrt um. Als er mich sah, schlich sich ein kurzes Lächeln auf sein Gesicht.

»Guten Morgen, Dornröschen«, flüsterte ich die Worte, mit denen er mich am Tag zuvor zur Weißglut getrieben hatte. Mit einem Grummeln griff er sich an den Kopf.

»Habe ich eine Party verpasst?« Langsam stützte er sich auf die Unterarme. Sein T-Shirt rutschte über seine nackte Haut und die Spitze des Tattoos, das nun durch die Narbe wie zerrissen und wieder zusammengeklebt aussah.

»So ähnlich«, antwortete ich und wartete, bis er sich selbst wieder an alles erinnern konnte. Der Moment war nicht zu übersehen: Innerhalb von Millisekunden stand er auf den Beinen und sah sich in Verteidigungshaltung um. Vermutlich suchte er nach Hayden.

»Er ist schon beim Aufbau im Club. Wir sollen nachkommen.«

Phoenix schien so desorientiert, dass er mir leidtat.

»Hat er dir etwas getan?«, fragte er und zog mich vom Boden auf.

»Nein. Wir haben nur geredet.«

Er wurde misstrauisch. »Worüber?«

»Alles … Mögliche. Er hat dich geheilt.« Ich deutete auf

die Stelle, an der noch immer das rote Blut auf dem T-Shirt zu sehen war.

Phoenix blickte lange auf die Stelle, dann zu mir. Die Verwirrung stand ihm ins Gesicht geschrieben.

»Er hat mir gezeigt, dass ihr kein normales Blut habt. Dass du kein *rotes* Blut haben solltest.« Ich schluckte und wartete seine Reaktion ab.

Schneller, als ich es verstand, hatte er mich fest an sich gerissen. »Es tut mir leid«, flüsterte er in meine Haare.

»Was?« Ich bekam kaum Luft, so fest presste er mich gegen sich. Ihm tat es leid?

»Ich konnte dich nicht beschützen.«

»Mir ist nichts passiert«, sagte ich, während ich mich ein klein wenig von ihm zu lösen versuchte. »Aber dir. Ich hatte Angst um dich. Du lagst blutend auf dem Boden, ich ... ich konnte nicht anders, als Hayden zu fragen, ob er dich heilen könne. Er war selbst so geschockt. Ich musste ihn nicht ... *zwingen*, es zu tun.«

Ein paar Augenblicke lang sagte niemand von uns etwas. Ich genoss einfach nur Phoenix' Gegenwart, seine Nähe und Wärme.

»Es fühlt sich scheiße an«, grummelte er über meinem Kopf.

Ich wartete ab, ob er das näher erklären würde.

»Ich war immer stärker als Hayden. Jetzt komme ich mir so nutzlos vor wie dein Sunnyboy.«

»Hey!«, rief ich aufgebracht und trat einen Schritt nach hinten. Musste er sogar sticheln, wenn Cody gar nicht in der Nähe war?

Phoenix stand da wie ein trotziges Kind, das sich über sich selbst ärgerte und irgendwem die Schuld daran geben wollte.

Mein bester Freund war Phoenix' Sündenbock. Ich musste wieder an Codys Unfall denken.

»Du wusstest, dass ihm etwas zustoßen könnte, nicht wahr? Also hatte Hayden recht?« Ich hoffte so sehr, dass er verneinen würde, sich verteidigte oder sonst was. Aber er tat es nicht. Mein Magen zog sich zusammen. »Lass uns gehen. Hayden braucht unsere Hilfe.«

Ohne auf ihn zu warten, ging ich in den Flur, schnappte meine Sachen und verließ das Haus, indem ich die Tür zuknallen ließ. Er konnte ruhig wissen, dass ich mit seinem Verhalten nicht einverstanden war.

Ich dachte schon, er würde mir nicht folgen, als ich den Weg zur Bushaltestelle einschlug und mir wegen Cody die schlimmsten Vorwürfe machte. Da ploppte er neben mir auf, als wäre er die ganze Zeit dort gewesen. Er streckte die Hand nach mir aus. Ich widerstand dem Drang meines Körpers, ihn zu berühren, nur mit größter Mühe. Stur auf den Boden blickend ging ich die letzten Meter zur Haltestelle.

»Kiera«, sagte er flehend und wollte mich zum Reden zwingen. Ich ignorierte ihn und sah aus dem Fenster, während der Bus gerade über die West Seattle Bridge fuhr.

»Es tut mir leid, verdammt. Ja, ich wusste, dass etwas passieren könnte, aber besser er als du.«

Hier im Bus war es eindeutig nicht mehr so leicht, ihn zu ignorieren. Als wir dann noch an einer Ampel anhielten und sich die Bilder jenseits des Fensters nicht mehr änderten, wandte ich mich ihm zu.

»Ach ja?«, zischte ich ihn an. »Wer bist du, das zu entscheiden?« Doch ich ließ ihn gar nicht erst zu Wort kommen. »Vergiss es! Ich hätte gerne selbst gewusst, was passieren könnte, und selbst entschieden. Von nun an werde ich nicht mehr eingreifen. Alles, was ich anpacke, geht schief.«

»Kiera, du hast gesehen, was passiert, wenn du nichts tust. Die Münze sucht sich selbst einen Weg.«

»Dann soll sie das. Wenn du mir nicht mehr helfen kannst, dann soll es wohl so sein.« Ich wollte mutig klingen, empfand aber genau das Gegenteil. Aber eins wusste ich: dass ich nicht noch einmal dafür verantwortlich sein wollte, wenn jemand verletzt wurde.

»Ich will sie nicht mehr loswerden, den Deal mit Hayden kannst du vergessen. Ich will nicht schuld daran sein, dass die Menschen dem schlechten Schicksal unterliegen.« Selbst wenn das bedeutete, dass ich Phoenix verlieren würde. Ich schluckte, denn ich sah, wie sehr ihn meine Worte trafen. Sein Blick tat mir im Herzen weh. Es war genau das, was ich fühlte. Aber ich konnte ihn und mich nicht über das Leben von so vielen anderen stellen.

»Okay, ich werde alles tun, was du willst. Wenn es dich glücklich macht«, sagte er schließlich. »Aber ich werde nicht zusehen, wie dir etwas Schlimmes zustößt. Es ist mein Job, dich …«

»Jaja.« Ich hob die Hand, um ihn zu unterbrechen. »Mein letzter Stand ist, dass wir über ›Job‹ hinaus sind. Also gilt das nicht mehr.«

»Sind wir das?« Nun veränderte sich sein Blick. Seine dunklen Augen wurden noch dunkler, er senkte seine Lider ein Stück und atmete tief ein.

Das brachte mich aus dem Konzept und ich versuchte, meinen Verstand mit einem Kopfschütteln wieder in Gang zu setzen.

Er lehnte sich zu mir hinüber, presste mir die Lippen auf

den Mund und küsste mich mit einer prickelnden Mischung aus Zuneigung und Wut. Mein Puls raste, ich erwiderte wie von selbst den Kuss, ehe mein Hirn reagierte und ich es schaffte, ihn von mir zu schieben.

»Eine derartige Beeinflussung ist verboten«, keuchte ich.

Er zuckte mit den Schultern und lächelte. »Im Spiel und in der Liebe ist alles erlaubt.«

Liebe.

Da fiel mir ein, wie Hayden vorhin reagiert hatte.

»Was hat Hayden gegen die Liebe?«, fragte ich und Phoenix erstarrte.

»Wie kommst du darauf, er könne etwas dagegen haben?«

»Von seiner Reaktion her, als er gefragt hat, wie ich zu dir stehe.«

Phoenix wurde nervös. Ich erkannte das an den Seitenblicken. »Sie ist vielleicht die einzige Möglichkeit, die Münze loszuwerden. Hayden hat es einmal geschafft. Und da war Liebe im Spiel.« Er stand auf und wartete an der Tür auf die nächste Haltestelle.

Ich starrte ihm nach und war viel zu perplex, um zu reagieren.

Kapitel 49

Er hatte mich mit offenem Mund sitzen gelassen. Das konnte er doch nicht machen! Hieß das etwa, es war nicht das erste Mal, dass sich das Schicksal verliebt hatte? Und dann auch noch Hayden?

Wütend stand ich auf und stellte mich neben ihn an die Tür. Kurz darauf erreichten wir unsere Haltestelle und stiegen aus.

»Du kannst nicht so etwas hinwerfen und dann gehen!«, platzte es aus mir heraus, sobald wir draußen standen.

»Siehst du doch.« Er klang gereizt und sofort verkrampfte sich mein Magen.

»Phoenix, bitte.« Ich hielt ihn am Unterarm fest, wollte ihn zum Stehenbleiben bringen, doch er ging bereits mit großen Schritten in Richtung Club.

»Ich weiß nichts Genaueres. Ein einziges Mal hat die Münze noch vor dem Ablauf der achtundzwanzig Tage den Besitzer gewechselt. Und ich habe ihn damals mit ihr gesehen. Er musste sich verliebt haben. Damals fand ich es lächerlich. Bis ich es selbst gespürt habe.« Er fasste sich an die Brust. »Ich habe mich nie dafür interessiert, was er so treibt, nur für die Tatsache, dass er danach etliche Jahre verschwunden war. Die Träger gehörten allesamt mir, das war alles, was zählte. Bis jetzt.«

Nun blieb er stehen. Wir waren beinahe am Parkplatz

des Clubs angekommen und würden nur noch um die Ecke biegen müssen, ehe wir wieder auf Hayden treffen würden, vielleicht sogar Cody.

»Er muss eine Möglichkeit gefunden haben, das Leben mit dieser Frau verbringen zu können, Kiera. Und das ist es, was ich mir auch wünsche. Mehr als achtundzwanzig Tage. Ich will ein gesamtes Leben und es ist mir egal, was Hayden in der Zwischenzeit mit der Münze tut. So wie es ihm damals egal war. Erst jetzt kann ich ihn wirklich verstehen. Kann nachvollziehen, warum jemand sein gewohntes Leben auf den Kopf stellt, all das hinter sich lässt, nur um mit jemandem zusammen zu sein.«

Schmerzhaft verzog Phoenix das Gesicht, während in meinem Magen erst ein Gefühl von Schwerelosigkeit wie bei einer Achterbahnfahrt einsetzte und dann eine Woge purer Energie durch meinen Körper brandete, um selbst die hintersten Winkel mit Wärme zu erfüllen. Seine Worte vertrieben den dumpfen Schmerz in meinem Inneren, wenn ich an den Ablauf der achtundzwanzig Tage dachte. Natürlich konnte ich nicht wissen, ob es funktionieren würde, ob ein »Für immer« überhaupt erstrebenswert war ... Aber das würde ich gerne selbst herausfinden. Und die Möglichkeit schien nun zum Greifen nah. Vielleicht hatte sich Hayden deshalb mit Kairos getroffen? Vielleicht konnte er ihn überzeugen, die Münze weiterzugeben, ohne sich selbst weiterzuverpflichten?

»Ich liebe dich, Kiera«, unterbrach Phoenix meine Gedanken und stupste meine Nase mit seiner an.

»Du kannst aufhören, den Romantiker zu spielen«, sagte ich mit gebrochener Stimme.

Phoenix schloss die Augen und atmete bebend ein. Seine Mundwinkel zuckten.

Dann öffnete er das linke Auge ein kleines bisschen. »Hat es denn funktioniert?«

Ich schlug ihm auf die Brust und murmelte: »Idiot!«

Was ihn nur zum Lachen brachte. Blitzschnell zog er mich an sich, küsste mich auf den Scheitel und flüsterte: »Ich bin nicht gut in solchen Dingen, Kiera. Ich musste mich immer zwar um den Träger kümmern, aber vor allem die Münze beschützen. Nie zuvor musste ich mir Gedanken machen, wie der Münzträger nach den vier Wochen mit mir weiterlebte. Aber du hast das alles auf den Kopf gestellt.«

Ich schlang meine Arme fest um seine Taille und drückte mich noch fester an ihn.

»Ha!«, lachte er auf. »Anscheinend bin ich doch nicht so schlecht in solchen Dingen.«

Ich kniff ihn in die Seite und er schrie gespielt auf. Dennoch zuckte ich zusammen, weil ich das getrocknete Blut auf seinem T-Shirt spürte.

»Du solltest dich umziehen.«

Ich zog am Saum des T-Shirts.

»Du willst sehen, wie ich mich ausziehe, gib's zu.«

»Hm, auch. Aber es sieht komisch aus, wenn du blutbefleckt unter Menschen gehst.«

»Hm. Da könntest du recht haben.«

»Hallo? Der Träger hat immer recht. Steht ganz sicher irgendwo. Und wenn nicht, dann gilt das ab sofort.«

Er schmunzelte und nahm mich in den Arm. Es tat gut, zumindest für den Moment so etwas wie Normalität zu haben, damit ich mich voll und ganz auf den Abend konzentrieren konnte. Innerhalb des nächsten Augenblicks fühlte ich einen anderen Stoff zwischen meinen Händen und an meinem Gesicht.

»Oh, das ist schon ziemlich praktisch«, kommentierte ich lächelnd seine Verwandlung. »Jetzt sollten wir uns aber beeilen. Sonst dreht Hayden noch durch.«

Ich fühlte nach seiner Hand und wollte schon weiter, doch er hielt mich zurück.

»Ist alles wieder gut?« Er sah besorgt aus.

Ich nickte und sah die Erleichterung auf seinem Gesicht. »Aber lass Cody heute Abend in Ruhe. Kein Eingreifen mehr. Keine Beeinflussung, ehe noch Schlimmeres passiert.«

Nahezu beschwingt ging er jetzt neben mir her. Es war schön, ihn so gut gelaunt zu sehen. Als wir über den Parkplatz auf den Club zusteuerten, verdüsterte sich sein Gesicht jedoch. Denn neben dem Eingang stand Cody.

»O wie schön, Sunnyboy ist doch schon wieder geheilt«, grummelte er.

Ich hörte Phoenix' Worte schon gar nicht mehr, rannte los und warf mich in Codys Arme. Er tätschelte mich unbeholfen. Ein Schluchzen stieg in meiner Kehle auf, so froh war ich, dass es ihm gut ging. Er hingegen stöhnte auf und schob mich dann von sich.

»Kiera, es ist alles gut. Es ist nur eine ganz leichte Gehirnerschütterung und eine geprellte Rippe.«

Ich wurde rot, weil ich ihm durch meine stürmische Umarmung Schmerzen bereitet hatte. Wenn er wüsste, dass ich an seinem Unfall schuld war! Ich ließ ihn vorsichtig los und er entspannte sich sichtlich. Er sah wirklich unverletzt aus.

»Hey, alles in Ordnung.« Cody strahlte mich an. »Es ist nichts. Ich kann gehen, stehen und mich bewegen. Es ist nichts gebrochen. Ich konnte noch rechtzeitig aus dem Krankenhaus abhauen, ehe die mich noch den Rest des Tages von einer Untersuchung zur nächsten gezerrt hätten. Wir haben zu tun. Ich habe so lange auf diesen Tag gewartet.«

Ich nickte, schluckte den Kloß in meinem Hals hinab und bat Cody in Gedanken um Verzeihung.

»Wir müssen die Sachen noch reintragen.« Cody deutete auf den kleinen Lieferwagen, der mit technischem Equipment vollgestopft war. »Nehmt ihr gleich etwas mit?«

Ich nickte und ging zum Wagen, packte ein paar zusammengebundene Kabel und wartete auf Phoenix. Der zog einen der großen Verstärker aus dem Innenraum, als würde er nichts wiegen.

Cody sah ihm mit funkelnden Augen zu. Ich stieß meinen besten Freund an und er schnaubte. »Muss er so angeben?«

»Cody!«, wies ich ihn zurecht.

»Stimmt doch.« Er verschränkte die Arme vor der Brust und starrte in den Lieferwagen auf die übrigen Verstärker.

»Lass es«, bat ich ihn. »Ich weiß, was du vorhast. Du musst nicht mit ihm konkurrieren. Nicht mit einer geprellten Rippe!«

»Es muss mir aber trotzdem nicht gefallen.«

»Nein, das nicht. Aber ich wäre froh, wenn du dich damit arrangieren würdest.« Ich setzte noch ein flehendes »Bitte« hinzu.

Er lenkte ein. Dann veränderte sich plötzlich sein Gesichtsausdruck.

»Ist noch was?« Sofort geisterten mir alle möglichen furchtbaren Szenarien durch den Kopf.

»Als ich im Krankenhaus war, habe ich eine SMS von Xander bekommen.«

Jetzt verdüsterte sich mein Gesicht. Ich erschauderte beim Gedanken an den schmierigen Xander, der mir so sehr auf die Pelle gerückt war.

»Er ist weg.«

Die Information sickerte nur langsam zu mir durch. »Wie weg?«

»Er ist schon heute Morgen mit seinem Dad nach L.A. Dort wird sein Vater ab nächster Woche arbeiten. Xander wollte eigentlich bleiben, bis seine Mutter alles mit dem Verkauf des Hauses geregelt hat, aber … Keine Ahnung. Ich habe mit ihm telefoniert, aber er wollte mir den wirklichen Grund für den Sinneswandel nicht sagen. Aber er wünscht uns alles Gute für heute Abend.«

Noch einmal überlegte ich, ob Xander noch irgendetwas von diesem gelöschten Tag wusste, und schluckte. War ich durch mein dummes Schicksalsspiel mit ihm vielleicht doch schuld, dass er die Stadt so schnell verlassen hatte?

Um irgendwas zu sagen, murmelte ich ein »Danke für die Info« und Cody nickte. Dann warf er wieder einen Blick in den Transporter, dann hinüber zu Phoenix, der gerade mit dem letzten Verstärker durch den Backstage-Eingang des Clubs verschwand.

»Wehe, er lenkt dich beim Gig ab«, sagte Cody nun mit strenger Stimme und bemüht ernstem Gesichtsausdruck.

»Das wird er nicht. Alles wird gut, Cody.«

Und ich glaubte ganz fest daran.

Doch im nächsten Moment war meine Gelassenheit verflogen. Ich entdeckte Amy, die am Rande des Parkplatzes stand und uns beobachtete. Sie war ziemlich bleich, ihre Haare waren nicht so akkurat frisiert wie sonst. Ihr Blick folgte Cody, der mit ein paar Kabeln bepackt zum Lieferanteneingang des Clubs ging, und ich hatte ein mehr als seltsames Gefühl im Magen.

Kapitel 50

Der Aufbau war schon in vollem Gange, weil so viele Leute halfen. Während ein Orga-Komitee des *Bricks* den Club mit großen Postern legendärer Bands dekorierte und eine Handvoll Roadies meterweise Kabel im Saal verlegten, sprangen wir zwischen Bühne und Backstagebereich hin und her. Auch die anderen Bands bereiteten ihre Auftritte vor, machten Soundchecks und verstauten ihre Sachen dem Programmablauf entsprechend hinter der Bühne.

Die Nervosität aller nahm von Stunde zu Stunde zu. Gegen Mittag waren wir fertig, was sich sehr gut traf, denn Cody war das reinste Nervenbündel und brauchte dringend eine Erholungspause. Er war so zappelig, dass Phoenix ihm jedes Mal genervte Blicke zuwarf und seinem Drang, ihn zu ›beruhigen‹, sicher nicht mehr lange würde widerstehen können.

Wir verabredeten uns zu einem späteren kurzen Soundcheck kurz vor Öffnung des Clubs und ich bat ihn eindringlich, nach Hause zu gehen.

»Dort ist niemand, der auf mich wartet oder sich sorgt«, antwortete Cody mit etwas Melancholie in der Stimme. Sein bleiches Gesicht wurde von einem Schatten überzogen. »Mein Vater«, das Wort schien ihm schwer über die Lippen zu gehen, »war nicht einmal im Krankenhaus, obwohl man ihn angerufen hat. Und der alte Van ist nun auch Schrott. Das wird ihn nicht gerade freuen.«

Wieder einmal schmerzte es mich zu sehen, wie Codys Leben bei seinem Vater war. Lieblos, entmutigend. Cody hatte etwas so viel Besseres verdient, weshalb er auch so hart für diesen Abend gearbeitet hatte. Unwillkürlich griff ich nach der Münze um meinen Hals und versuchte, das Gewebe zu sehen. Könnte ich nicht vielleicht doch Codys Schicksal erneut beeinflussen und dafür sorgen, dass *Excellence* den Contest gewann?

Auf dem Gewebe erhaschte ich einen kurzen Blick auf einen blassen Cody, der dafür sorgte, dass ich die Münze schnell losließ und mir verbot, erneut für eine Konsequenz wie Codys Unfall zu sorgen. Die Folgen meines letzten Eingriffs hatte er noch nicht überwunden. Wir würden mit Talent überzeugen, ich glaubte fest daran. Bis dahin konnte ich nur hoffen, dass er wissen würde, wie sehr sein Körper eine Pause bräuchte. Kurz bevor ich ging, nahm ich ihn noch einmal zur Seite.

»Noch einmal, Kiera: Mir geht es gut. Aber auf diese Chance habe ich so lange gewartet. Sie werden da sein, das wurde nun im Netz offiziell bestätigt.«

Ich wusste, dass er mit ›sie‹ die Talentscouts meinte. Wie offiziell die Aussage wirklich war, konnte ich jedoch nicht einschätzen.

»Ein Post in Foren ist nicht offiziell, Cody.« Er durfte sich nicht so sehr hineinsteigern. Sein Gesicht hatte jetzt schon ein für ihn unnatürliches Weiß angenommen, wie sollte das erst heute Abend werden?

Er reagierte nicht auf meine Aussage.

»Versprich mir wenigstens, etwas zu essen. Auch wenn

du keinen Appetit hast«, setzte ich nach, als er bereits den Mund zu einem Einwand geöffnet hatte.

»Du kennst mich zu gut.« Er lächelte und hob ergeben die Hände. »Ich werde jetzt etwas essen gehen, versprochen. Geh du mit deinem … Schicksal.« Er nickte nur mit dem Kopf in Phoenix' Richtung und rümpfte die Nase.

Ich pikte ihn mit dem Finger in die Brust. »Lass das!«

Cody lachte nur und steckte mich damit an, ehe sich sein Gesicht schmerzverzerrt zusammenzog.

»Lachen ist noch nicht so gut.« Er fasste sich an die geprellte Rippe.

Kopfschüttelnd verabschiedete ich mich und ging hinüber zu Phoenix, der mit düsterer Miene mein Gespräch mit Cody verfolgt hatte.

»Fang du nicht auch noch an«, grummelte ich, als ich bei ihm angekommen war.

»Niemals!«, antwortete Phoenix nur, schenkte mir ein bezauberndes Lächeln und schnappte sich meine Hand. Gemeinsam verließen wir den Club und schlenderten über den Parkplatz.

Ich spürte Haydens Blicke auf mir, als wir an ihm vorbeigingen, und mir lief es kalt den Rücken hinab.

»Was ist?«, fragte Phoenix, zog mich näher zu sich und legte mir den Arm um die Schulter.

»Hayden. Er macht mir Angst. Zu Hause, nachdem er dich geheilt hatte, war er so … nett. Ich verstehe nicht, wie er widerstehen konnte, die Münze an sich zu bringen. Er hätte irgendjemanden herholen, beeinflussen und sie mir wegnehmen lassen können, als du ohnmächtig warst«, setzte ich hinzu und mit einem Seitenblick erkannte ich, wie sich sein Gesicht verfinsterte.

»Jaja, erinnere mich nur fleißig daran.«

»Ich meine das im Ernst, Phoenix. Er hat rein gar nichts versucht, um an die Münze zu gelangen.«

Endlich wagte ich auszusprechen, was die ganze Zeit in meinem Kopf herumgegeistert war. Etwas, das unlogisch war, wie ein Puzzlestück, das einfach nicht passte.

Phoenix sagte nichts dazu.

Wir gingen ein Stück die Straße hinab und kamen gerade an einem *Starbucks* vorbei. »Lass uns etwas trinken«, schlug ich vor.

Phoenix musterte mich skeptisch, nickte dann jedoch. Ich setzte mich an einen der wenigen freien Tische und überließ Phoenix die Bestellung. Während er in der Schlange wartete, versuchte ich, mir die richtigen Worte zurechtzulegen, um endlich weitere Antworten von ihm zu erhalten.

»Was passiert, wenn die achtundzwanzig Tage vorbei sind? Verschwindet die Münze und landet bei Kairos?«, überfiel ich ihn, als er kurz darauf mit einem Espresso für sich und einem Frappuccino für mich zurückkam.

Phoenix nickte. »Gleichzeitig gab er auch immer das Buch und damit das Wissen um seine neu gewonnene Macht weiter.«

Die Klingel über der Eingangstür schlug an und ganz automatisch beobachtete ich, wer gerade den Laden betrat. Sofort spannte ich mich an. Amy. Verfolgte sie mich etwa? Oder Phoenix? Unsere Blicke trafen sich und erneut stand ihr diese Verwirrung ins Gesicht geschrieben. Was war nur mit ihr los? Waren das etwa immer noch Nachwirkungen meiner Pickel-Intervention? Wortlos wandte sie sich um und verließ das Café. Irgendwie wurde sie von Tag zu Tag gruseliger.

Ich versuchte, meine Gänsehaut loszuwerden, und konzentrierte mich wieder auf mein Gespräch mit Phoenix.

»Kairos reicht die Münze an jemand anderen weiter und ihr beiden ... spürt, wo ihr hinzugehen habt?«

»Es fühlt sich so an, wie Heimweh immer beschrieben wird. Eine Sehnsucht, die einem keine Wahl lässt, als dem Ruf zu folgen.« In seiner Stimme schwang Melancholie mit. Er hatte keine Heimat. Oder? Ich hatte ihn nie gefragt, wo er wohnte. Oder wo Hayden wohnte.

»Aber wir sehen die Münze auch als hellen Fleck auf dem Gewebe, nur können wir nicht genau sagen, welchen Schicksalsfaden sie kreuzt.«

»Deshalb habt ihr Cody und mich umworben, weil ihr nicht sicher wart, wer von uns beiden die Münze besaß.«

»Genau. Da ihr euch beide am selben Ort aufgehalten habt, als das Mal aktiviert wurde, hättet ihr beide Münzträger sein können. Ebenso wie Amy.« Er knirschte mit den Zähnen. »Sie war auch in der Nähe, als du die Münze berührt hast.«

Ich runzelte die Stirn. Was hatte Amy morgens vor der Schule in der Nähe meines Zuhauses zu suchen? Doch dann fiel mir ein, dass unser neues Haus ja auf Amys Schulweg lag.

»Was passiert, wenn mir jemand die Münze wegnimmt? Oder ich sie weggebe. Cody zum Beispiel.«

»Du kannst sie nicht weggeben, genauso wenig, wie du sie wegwerfen kannst, sie wird immer zu dir zurückkehren.« Er deutete auf meine Brust und erinnerte mich wieder an den BH-Zwischenfall. »Niemand kann sie dir ohne Beeinflussung wegnehmen. Der Pizzajunge hätte es gekonnt. Er stand unter dem Bann des Schicksals, wäre sofort eine Verbindung mit demjenigen eingegangen, der ihn kontrolliert. Die achtundzwanzig Tage hätten neu begonnen. Aber es ist nicht empfehlenswert, jemandem in der Nähe das Schicksal zu überlassen. Denn dann trifft es dich mit voller Härte.«

Ich sah ihn fragend an.

»Der neue Träger wird wissen, dass du die Münze vorher hattest, und du wirst alles vergessen haben. Das hat mit der Macht der Münze zu tun, die die Gedanken aller außer dem Träger verschleiert und das Wissen auslöscht. Aber ganz gleich, welche Seite den neuen Träger bestimmt, es ist nie gut für den vorherigen Träger ausgegangen. Selbst das Glück wird zur Tragödie, wenn alle anderen es besitzen und du nicht mehr. Die Münze verändert Menschen. Aber glücklicherweise ist die Münze nur sehr selten zu einem Besitzer in direkter Umgebung gewechselt und nur ein einziges Mal haben wir die Münze *verloren*. Hayden und ich passen gut genug auf, um so etwas nicht noch einmal geschehen zu lassen. Das ganze Gewebe wurde erschüttert, so etwas möchte ich nie wieder erleben.«

Er sah mich nachdenklich an. »Deshalb beschützen wir die Träger Tag und Nacht. Also ich mache das und vermute mal, dass Hayden ähnlich handelt.« Er seufzte. »Wenn ich nur wüsste, wie er es geschafft hat, diese Frau damals vorher von der Münze zu befreien!«

»Meinst du, er hatte Hilfe von Kairos?«

»Wie kommst du darauf?«

»Hayden hat erzählt, dass er ihn getroffen hat. Ich weiß nur nicht, wann.«

Phoenix spannte sich an. »Das wusste ich nicht. Bis zu diesem Einsa– ... Ich habe dir doch bereits erzählt, dass Hayden und ich seit Jahrhunderten nicht mehr miteinander gesprochen haben. Warum sollte ich auch. Jeder von uns machte seinen Job. Es war nicht notwendig, sich in irgendeiner Weise auszutauschen.«

Ich dachte an meine Unterhaltung mit Hayden. Irgendwas in diesem Gespräch hatte mich gerade stutzig gemacht, aber ich konnte es nicht genau greifen.

»Vermutlich springt ihr euch genau deshalb an die Gurgel«, sagte ich trocken. »Ihr redet einfach zu wenig miteinander.« Ich grinste ihn an und klaute ihm den Keks von der Untertasse.

»Was hast du eigentlich alles mit Hayden *besprochen*?« Wie er das letzte Wort betonte, gefiel mir nicht.

»Nicht sehr viel. Aber er erzählt wenigstens und lenkt nicht wie du immer nur ab.« Ich reckte das Kinn herausfordernd vor und begann anschließend, den Keks auszupacken. Dann legte ich ihn beiseite. Der Gedanke daran, ihn essen zu müssen – obwohl es eine meiner liebsten Sorten war –, verursachte mir Übelkeit.

»Aber ich gebe dir doch Antworten auf deine Fragen.« Phoenix glaubte das vermutlich wirklich, was mich nur schnauben ließ. »Und vor allem manipuliere ich die Leute um mich herum nicht.«

»Tut er das denn?« Doch schon während ich die Frage aussprach, musste ich an den ersten Abend mit Hayden im Proberaum denken. So langsam zweifelte ich immer mehr an der Gut-oder-Böse-Geschichte. Vielleicht hatte Phoenix übertrieben und Hayden einfach als seinen Kontrahenten schlechtgeredet. Genauso wenig, wie Phoenix die Nettigkeit in Person war, war Hayden boshaft oder Ähnliches. Wahrscheinlich neigten sie beide zu Übertreibungen. Eigentlich kein Wunder, wenn man schon mehrere Tausend Jahre alt war. Aber damit würde ich ihn erst bei einer passenden Gelegenheit konfrontieren.

Ich nahm einen Schluck von meinem Frappuccino, aber die Sahne musste sauer sein, denn mir wurde prompt übel.

»Schmeckt dein Espresso?«, fragte ich Phoenix.

»Vermutlich nicht. Nahrung ... bekommt mir nicht.«

Ich war kurz irritiert, aber ich hatte ihn wirklich nie etwas essen oder trinken sehen. »Warum bestellst du dann etwas?«

»Weil es doof aussehen würde, nichts zu bestellen?«

Ich verzog den Mund und starrte sehnsüchtig auf seine Tasse. Mit einem Lächeln schob er sie zu mir. Doch leider schmeckte der Espresso genauso wenig.

Ich beschwerte mich bei der Barista, die sich daraufhin zigmal entschuldigte und mir einen neuen Kaffee zubereiten wollte, aber ich lehnte ab. Mir war eindeutig der Appetit vergangen. Selbst auf Kaffee.

Mit zwei Gutscheinen für den nächsten Besuch in der Hand verließen wir den Laden.

Kapitel 51

Nach dem Kaffee-Dilemma war mir immer noch flau im Magen. Ich war froh, noch einmal nach Hause fahren zu können, um mein Bühnenoutfit anzuziehen. Phoenix war während der Heimfahrt seltsam still und weil er nicht selbst zu erzählen begann, konfrontierte ich ihn damit, sobald ich die Haustür hinter uns geschlossen hatte.

»Ich mache mir Sorgen«, war alles, was er sagte.

»Ach, das ist ja ganz was Neues!«, sagte ich schnippisch. So langsam war ich seine knappen Antworten wirklich leid.

Er fixierte mich mit seinen dunklen Augen und schob mich in die Küche. Dort hob er mich auf einen der Barhocker und suchte nach etwas im Kühlschrank.

Mit übertriebener Geste stellte er eins meiner Lieblingsdesserts im Becher vor mich auf die Theke.

»Ich habe keinen Hunger«, erwiderte ich und schob die Mousse au Chocolat von mir weg.

»Iss!«, befahl er und legte einen Löffel neben den Becher.

Ich wollte protestieren, doch sein Blick war so eindringlich, dass ich zumindest langsam den Deckel abzog. Ich betrachtete die tollen Schokostückchen in der sahnigen Creme und dennoch verkrampfte sich mein Magen beim Gedanken daran, ein wenig davon zu essen.

»Iss!«, wiederholte Phoenix.

Ich sah ihn fast flehend an.

»Mir wird übel, wenn ich auch nur daran denke.«

»Wenn du nicht gerade schwanger bist, wäre es ein sehr seltsamer *Zufall*, dass du dir gerade jetzt eine fiese Magen-Darm-Grippe zugezogen hast, denkst du nicht auch?« Er kniff die Augen zu Schlitzen zusammen.

Ich unterließ es zu erklären, dass ich bislang gar keine Möglichkeit gehabt hatte, schwanger zu werden. Rot wurde ich trotzdem, doch Phoenix reagierte nicht darauf wie sonst. Im Gegenteil. Die Falten auf seiner Stirn vertieften sich noch.

»Zufall?«, presste ich hervor und schob den Becher weit von mir, damit ich ihn nicht mehr ansehen musste.

»Und ob. Kairos versucht entweder, dich aus dem Verkehr zu ziehen – was ich nicht glaube, denn er könnte härtere Geschütze auffahren –, oder du veränderst dich und wirst uns ähnlicher.«

»Nur weil ihr nicht esst …«, setzte ich an, doch er brachte mich zum Schweigen.

»Erst die Energie, die du freigesetzt hast … Vielleicht war es gar nicht die Münze, sondern es kam aus dir selbst, Kiera. Jetzt die Sache mit der Nahrung.« Er fuhr sich durch die dunklen Haare. »Und nicht zuletzt bin ich nun irgendwie … menschlicher.« Das letzte Wort flüsterte er nur, als wagte er nicht, es auszusprechen.

Ich schüttelte den Kopf. »Du machst dir zu viele Gedanken. Ich habe einfach keinen Appetit. Es ist sehr viel passiert die letzten Tage. Da ist das doch kein Wunder.« Demonstrativ stellte ich die Mousse au Chocolat zurück in den Kühlschrank und ging hinüber ins Wohnzimmer. »Ende der Diskussion.«

»Wenn du meinst«, grummelte Phoenix und ließ sich neben mir aufs Sofa fallen. »Nur wie erklärst du dir, dass ich plötzlich blute?«

Ja, das war tatsächlich eine gute Frage.

»Vielleicht war es nur … vorübergehend?«, versuchte ich, überzeugend zu sein.

»Testen wir es.«

Er griff an sein Tattoo unter dem T-Shirt und der Dolch erschien in seiner Hand. Er drehte ihn hin und her, wobei die Waffe Lichtreflexe auf seinem Gesicht tanzen ließ.

»Es ist die einzige Waffe, die wir benutzen können, um uns gegen das Übernatürliche zu beschützen.«

»Gegen Hayden?«

»Er ist nicht der Einzige.«

Ich keuchte auf. »Aber die Götter …«

»Die sind von der Erde verschwunden, für die von ihnen erschaffenen Wesen gilt das jedoch nicht. Es war kein Scherz, als ich dir von dem Phönix erzählt habe. Die meisten menschlichen Legenden beruhen auf wahren Begebenheiten. Nur leben diese verborgen hinter dem Schleier. Gelegentlich treten sie jedoch in eure Welt und sorgen für Chaos.« Bei dem Wort Chaos musste ich sofort wieder an das Zitat denken, das ich bei Dad gelesen hatte. Ich öffnete bereits den Mund, um etwas zu fragen, doch sein strenger Blick sagte mir, dass er sowieso nicht darauf antworten würde. Zumindest jetzt nicht.

»Aber genug der Theorie«, fuhr er fort. »Wir sollten testen, wie vorübergehend die Sache wirklich war.«

Er setzte den Dolch an der Unterseite seines Handgelenks an und ich schrie auf und griff nach seiner Hand.

»Bist du verrückt?«

Seine Augenbrauen zuckten kurz, als er darüber nachdachte, warum ich ihn zurückgehalten hatte. Die Erkenntnis ließ seine Augen größer werden.

»Das wäre wohl … dumm gewesen«, lachte er trocken und ritzte sich stattdessen leicht auf der Oberseite seines Armes. Eine feine Linie hellroten Blutes quoll sofort hervor. Wir starrten beide lange darauf. Die Wunde hörte irgendwann auf zu bluten, eine schmale Linie Schorf blieb jedoch. Kein Vergleich zu der Wunde, die sich Hayden zu Demonstrationszwecken zugefügt hatte.

»Tja, so viel zum Thema vorübergehend.« Seine Augen funkelten vor Wut. »Wer hat die Macht, mich menschlich werden zu lassen?«

Menschlich.

Normal.

Ich schluckte mehrmals gegen den Kloß in meinem Hals an. Das Bild, das sich ganz deutlich in meinem Kopf ausbreitete, sorgte jedoch nur dafür, dass der Kloß größer und größer wurde.

Was sollte ich ihm sagen? Wie sollte ich ihm meine Vermutung mitteilen? Er hielt sicherlich Kairos für den Übeltäter, dabei saß derjenige vielleicht genau vor ihm.

Ich dachte an die Küsse zurück, daran, wie ich mich verliebt hatte und wie die Angst langsam angekrochen kam, dass die Zeit ihn mir wegnehmen könnte. Es gab einen Gedanken, der sich bei jedem Kuss, jeder Berührung wiederholte. Aber was sollte ich tun?

Ein »Schatz, ich habe mir gewünscht, dass du menschlich wirst« kam sicherlich nicht gut an.

Kapitel 52

Lange starrte ich ins Nichts. Haderte mit mir, ob ich Phoenix weiter in dem Glauben lassen sollte, Kairos wäre der Drahtzieher. Ich hatte Angst, wie er über mich denken würde, hatte Angst, ihn zu verlieren. Mühsam kämpfte ich gegen die aufkommende Panik an und gab mir einen Ruck.

»Ich denke nicht, dass Kairos schuld ist«, flüsterte ich und sein Kopf bewegte sich langsam in meine Richtung.

Ich sah auf meine Finger hinab und pulte an meinem Fingernagel herum, bis er nach meiner Hand griff und diese sanft umschloss.

Ich wagte es, aufzusehen, doch seine Miene war unergründlich. Ich sog tief die Luft ein.

»Ich habe mir gewünscht, dass du menschlich wärst.«

Er sprang vom Sofa auf, hielt mich an den Oberarmen fest und mahlte mit dem Kiefer.

Mühsam presste ich ein »Es tut mir leid« hervor.

Mehrere Minuten herrschte Stille.

Dann endlich ließ er seine Hände sinken und blickte mir tief in die Augen. Er sah nicht verärgert aus, was ich befürchtet hatte.

»Ich würde nicht beschwören, dass du die Schuld trägst, Kiera. Nein, sag jetzt nichts dazu«, hielt er mich zurück. »Ich möchte nur wissen, warum du es dir gewünscht hast.«

Ich sah wieder auf meine Hände hinab und vergrub sie unter einem Kissen.

»Das kannst du dir ja wohl denken«, murmelte ich, ehe ich vorsichtig zu ihm hochblickte und mir auf die Lippe biss.

Er wirkte erleichtert, was mich irritierte.

»An was hattest du denn gedacht, Phoenix?«

»Vielleicht, dass Hayden dich überzeugt ...«

»Wie bitte?«

»Ich habe keinen Gegenspieler außer ihm, Kiera. Ich unterstelle ihm alles.«

»Und was ist mit Kairos?«

»Der hat in all der Zeit nie eine Rolle gespielt.«

»Ich muss es rückgängig machen«, sagte ich mehr zu mir selbst. »Ich muss dafür sorgen, dass du nicht mehr so leicht zu verletzen bist.«

»Ich komme schon klar«, lächelte Phoenix schmal. »Was aber die Frage aufwirft, ob du dir ebenfalls gewünscht hast, so zu sein wie ich.«

Ich riss die Augen auf. Nein. Definitiv nicht. Eher im Gegenteil. Aufgebracht erklärte ich ihm, dass ich die Vorstellung, so lange zu existieren – nur zu existieren, nicht zu leben –, schrecklich fand.

»Dann kann es nur daran liegen, dass du mit dieser Wunschvorstellung dein eigenes Schicksal beeinflusst hast – und das geht immer nach hinten los.«

Er nahm es erstaunlich gelassen, menschlicher zu sein, wie ich fand. Ich sah ihn lange an, bis es ihm tatsächlich unangenehm wurde.

»Ich mache diesen Job schon sehr lange«, sagte er in die Stille hinein und fuhr mit dem Finger über das Muster eines der Sofakissen. »Vielleicht habe ich mir diese Veränderung selbst herbeigesehnt. Ein Ende.« Ich konnte aus seinem Gesicht nicht herauslesen, ob er es ernst meinte oder mich nur irgendwie beruhigen wollte.

Er griff nach meiner Hand.

»Bevor ich dich traf, machte ich nur noch meinen Job. Ich suchte den Träger, markierte ihn, er beeinflusste das Schicksal. Ich sah zu, dass Hayden niemanden in seine Nähe schicken konnte, dann war der nächste dran. Monat für Monat.« Er seufzte. Ich fand, dass es schwer nach Burn-out klang. Aber nach Jahrhunderten mit derselben Tätigkeit konnte ich das verstehen. Wem würde es nicht so gehen?

»Nachdem ich die Münze diesmal aufgespürt hatte, hatte ich bereits im Gefühl, dass sich etwas verändern würde.« Er runzelte kurz die Stirn. »Ehe Kairos damals verschwand, hat er geschworen, einen neuen Weg zu finden. Mir war bisher nie klar gewesen, wie sehr auch ich mir das gewünscht habe.« Sein Daumen malte Kreise auf meinen Handrücken, die kleine, angenehm kribbelige Wellen meinen Arm hinaufjagten.

»Du hast dir gewünscht, ein Mensch zu sein?«, fragte ich leise.

»Nein, niemals. Bislang habe ich Menschen für schwach gehalten, ihren niederen Instinkten erlegen. Sie sind so leicht zu korrumpieren.«

»Du hast ja eine tolle Meinung von uns.« Ich rümpfte entrüstet die Nase.

»Würde es helfen, wenn ich sage, dass du meine bisherige Sichtweise verändert hast?« Er bedachte mich mit einem Dackelblick.

»Ich weiß nicht«, antwortete ich flüsternd. Eigentlich hätte schon dieser Blick ausgereicht, um mich umzustimmen.

»Muss ich dich etwa *überzeugen?*«, fragte er mit rauer Stimme. Seine Augen veränderten sich. Die Belustigung darin war einem ganz anderen Glanz gewichen.

»Hm. Ich weiß nicht«, krächzte ich und wünschte mir doch nichts sehnlicher, als überzeugt zu werden.

»Dann sollte ich es versuchen«, hauchte seine Stimme im nächsten Augenblick neben meinem Ohr. Ich spürte seinen warmen Körper so dicht an meinem. Wohlige Schauer liefen mir den Rücken hinab. Ich schluckte.

»Ich habe noch nie einen Menschen wie dich kennengelernt, Kiera«, sagte er mit fester Stimme, ehe er mich zu sich umdrehte und seine Stirn auf meine legte. »Und das liegt sicher nicht an diesem jungen Körper mit seinen vielen unerklärlichen Emotionen. Am Anfang vielleicht, aber daraus ist so viel mehr geworden.«

Er nahm meine Hand und drückte sie auf seine Brust.

Ich fühlte mich tief in rosa Wattewolken verpackt und genoss den Moment, ganz gleich, wie kitschig er eigentlich war. Es fühlte sich einfach so richtig an.

Und ich spürte, dass er dasselbe fühlte wie ich. Wir waren ... verliebt, wie ganz normale Teenager. Und zum ersten Mal, seit ich diese Gefühle akzeptierte, sah ich eine Zukunft für uns. Mit einem menschlichen Phoenix.

Um den Moment perfekt zu machen, küsste er mich. Nicht sanft oder forschend, sondern drängend und ... verzweifelt.

Dabei presste er mich fest an sich, als könnte ich ihm jeden Moment entgleiten. Seine Hände krallten sich beinahe in meinen Rücken, kurz bevor er den Kuss beendete.

Atemlos lächelte ich ihn an.

»Ich muss dir noch etwas sagen.« Der Schatten auf seinem

Gesicht gefiel mir nicht und er passte so gar nicht in meine rosarote Wattewelt. Ich schüttelte den Kopf.

»Nicht jetzt.«

Für einen kurzen Moment zögerte er, dann resignierte er und zog mich wieder an sich. Eisige Schauer wechselten sich mit Hitzewellen ab und wir versanken förmlich in den Sofakissen.

Ich war verrückt nach ihm. Nach seinen Küssen. Nach seiner Nähe. Das Bild einer gemeinsamen Zukunft festigte sich immer weiter.

Aber konnte ich tatsächlich das Schicksal für mich beanspruchen?

Ein leichtes Ziehen in meinem Magen war Hinweis genug, dass ich zu blauäugig damit umging. Und nur mit Mühe blendete ich die schrecklichen Bilder aus, die mit meinen Besitzwünschen einhergingen.

Beinahe hätte er aufgelacht. Kiera glaubte, sie hätte in das Schicksal seines Bruders eingegriffen, um ihn sterblich zu machen? Sie war zwar mächtig, aber selbst die Tochter des Schicksals würde seinen Brüdern die Unsterblichkeit nicht nehmen können. So weit in die Vergangenheit konnte sie nicht eingreifen.

Aber das war auch nicht notwendig.

Zufrieden widmete er sich seinen Gästen, die bereits ungeduldig wurden. Ihr Kreischen hallte durch den Schleier.

Die Sanduhr war beinahe abgelaufen.

Kieras Blut war eindeutig erwacht. Die Tochter des Schicksals war bereit. Bereit, das neue Zeitalter einzuläuten.

Kapitel 53

Mein Handy schlug Alarm. Es war an der Zeit, mich umzuziehen und bühnentauglich zu machen. So schwer es mir auch fiel, löste ich mich von Phoenix' Lippen. Er brummelte etwas vor sich hin, es war jedoch nicht zu überhören, dass er nicht begeistert darüber war. Der entrückte Ausdruck auf seinem Gesicht brachte mich zum Lächeln. Ich war nicht allein in meiner rosa Wolkenwelt.

Dann verdüsterte sich sein Gesichtsausdruck.

»Wir müssen noch über etwas reden.«

»Haben wir das nicht gerade? Und dann hast du angefangen, mich zu *überzeugen?*«, grinste ich und sprang vom Sofa hoch.

»Das ist kein Witz, Kiera.«

»Dann rede. Ich ziehe mich nebenbei um.«

Ich ging hoch in mein Zimmer. Wie erwartet saß Phoenix dort bereits auf meinem Bett. Seltsam, wie man sich daran gewöhnte und nicht einmal mehr zusammenzuckte.

In meinem Schrank wühlend, fragte ich ihn, über was er denn reden wollte. Plötzlich stand er neben mir und hielt mich an der Hand fest.

»Phoenix, ich … wir müssen in einer Stunde zum letzten Soundcheck wieder im Club sein.« Sein enttäuschter Gesichtsausdruck tat mir im Herzen weh, aber ich konnte und wollte Cody nicht hängen lassen und zu spät kommen. Ich wollte mich schon ins Badezimmer zurückziehen, als er mich seufzend aufhielt.

»Auf diesen Tag heute haben wir so lange hingearbeitet«, versuchte ich ihm zu erklären.

»Du? Oder Cody?« Der Name meines besten Freundes klang aus seinem Mund plötzlich wie ein Schimpfwort.

»Ich habe Cody in dieser Sache immer unterstützt. Er hat ein besseres Leben verdient. Ich liebe das Singen als Hobby, aber er träumt von mehr und hat auch das Talent dazu.«

Phoenix starrte mich immer noch wenig überzeugt an.

»Und du bist dir sicher, dass es nur das ist?«, fragte er trotzig. Was war denn nur plötzlich in ihn gefahren?

»Ja, bin ich.« Ich musterte ihn genauer. »Bist du etwa immer noch eifersüchtig? Hatte Hayden wirklich recht?«

Seine Augen verdunkelten sich.

»Ich spüre, dass heute etwas passieren wird. Das Gewebe des Schicksals ist so angespannt, zum Zerreißen gedehnt. Ich kann es dir nicht besser erklären.« Mit seiner freien Hand fuhr er nervös durch seine Haare. Die Verzweiflung stand ihm ins Gesicht geschrieben und sorgte bei mir für ein Angstgefühl.

»Vielleicht hatte Hayden das schon vor Tagen gespürt?«, überlegte ich laut und lehnte mich dabei gegen die kühle Schranktür. Dass ich mich eigentlich hatte beeilen wollen, war weit in meinen Hinterkopf gerückt. »Bei der Bandprobe. Er hatte doch vom ›unvergesslichen großen Auftritt‹ gesprochen.« Je länger ich über diesen Satz nachdachte, desto negativer klang er plötzlich.

Phoenix sah mich lange an. »Vielleicht ist er etwas sensibler, was das Gewebe angeht«, sagte er und zeigte mir deutlich, dass er das für eine schlechte Eigenschaft hielt. »Aber auch ich höre das entfernte Kreischen, wenn ich mich jenseits des Schleiers bewege. Es wäre nicht das erste Mal, dass das Gewebe durch Wesen jenseits des Schleiers beeinflusst wird.«

»Was?« Jetzt war ich vollkommen verwirrt.

Phoenix deutete auf die Stelle, an der sich unter dem T-Shirt das Tattoo befand, und als ich nicht darauf reagierte, schob er wieder einmal den Saum hoch und ließ den Dolch erscheinen.

»Ich habe dir erzählt, dass einzig diese Waffe göttliche Wesen verletzen kann. Sie befinden sich alle noch in dieser Welt, sind nur durch den Schleier von ihr getrennt. Von Menschen können sie nur gesehen werden, wenn sie es schaffen, den Schleier zu überwinden. Das passiert nur sehr selten und sorgt meist für großes Aufsehen«, erklärte er.

»Wie kommt es eigentlich, dass du mir immer noch häppchenweise Neuigkeiten erzählst? Warum hast du mir nicht von Anfang an *alles* erzählt?«

Stimmte doch. Jeden Tag kam er mit noch einer Neuigkeit an, die mein ganzes Weltbild wieder veränderte.

»Wie ich dir ganz am Anfang erklärt habe: Es hätte Wochen gebraucht, alles zu erzählen. Ich gebe dir die Informationen, sobald du sie brauchst.«

»Oder sobald du denkst, sie könnten mich dazu bringen, deiner Meinung zu sein.«

Sein spitzbübisches Grinsen war Antwort genug. Ich schlug ihm gegen die Brust und er gab ein übertriebenes Stöhnen von sich. Der Dolch verschwand wieder.

»Dann kann ich also davon ausgehen, dass diese Schauergeschichte nur dazu da war zu verhindern, dass ich heute auftrete?«

»Hat es funktioniert?«

»Nein.«

»Dann war sie nicht dazu da«, feixte er, zumindest ein halbes Lächeln war wieder auf seinem Gesicht aufgetaucht. Aber es wirkte nicht echt.

Ich hätte ihm fast die Zunge rausgestreckt, ehe ich endlich mit meinen Klamotten im Arm ins Badezimmer verschwinden konnte.

Schneller als je zuvor zog ich mich um, schminkte mich, so gut es in der Eile eben ging, und kehrte dann in mein Zimmer zurück.

Phoenix war nicht zu sehen und sofort fühlte ich mich ... verunsichert.

»Buh!«, machte es hinter mir.

»Lass das!«, schimpfte ich verärgert über seinen Überfall und war zugleich erleichtert über seine Anwesenheit.

Mein Handywecker piepte erneut. Wir mussten wirklich los. Ich machte Anstalten, mein Zimmer zu verlassen, doch Phoenix hielt mich zurück.

»Ich hätte dir schon längst so gern alles über mich erzählt, Kiera«, flüsterte er in mein Ohr, während er mich fest an sich presste. »Ich wünschte, du würdest die ganze Wahrheit kennen. Die Zeit läuft uns davon.«

»Wir werden eine Lösung finden. Es bleiben uns noch einundzwanzig Tage«, antwortete ich und ein Lächeln erschien auf meinen Lippen, als ich daran dachte, dass sich vielleicht wirklich alles noch zum Positiven wenden könnte.

Phoenix jedoch nickte nur wenig überzeugt.

Seine eine Hand wanderte meinen Rücken hinauf, grub sich in meine Haare und zog meinen Kopf sanft nach hinten.

Seine dunklen Augen trafen mich daraufhin wie ein Schlag.

Ich konnte die Emotionen darin nicht zuordnen, bis er seine Lippen auf meinen Mund presste und mich voller Leidenschaft küsste.

Verzweiflung.

Angst.

Trauer.

Der Kuss war zärtlich, doch das, was darin mitschwang, sorgte bei mir für eine schmerzende Leere im Magen.

Es fühlte sich an wie ein Abschiedskuss.

Kapitel 54

Im abgedunkelten Club wuselte es bereits von Menschen. Die anderen Bands machten ihren letzten Soundcheck, der Manager des Clubs, der den Band-Battle organisiert hatte, ging mit Klemmbrett bewaffnet und von Mitgliedern des Partykomitees flankiert durch den Saal, machte Notizen oder malte vielleicht auch nur Kringel, um wichtig auszusehen.

Die Atmosphäre war jetzt schon angespannt. Meine Haut kribbelte, je weiter wir in Richtung Bühne gingen. War es die Nervosität der Bandmitglieder oder lag wirklich etwas in der Luft?

»Du spürst es auch, nicht wahr?«, flüsterte Phoenix mir ins Ohr und ich nickte zur Antwort.

»Es ist das Gewebe. Diese Anspannung … Sie ist beinahe greifbar.«

Ganz genau schaute ich mich im Saal um. Alles sah normal aus, vom letzten Chaos, ehe die Türen für das Publikum geöffnet wurden, mal abgesehen. Auf einem kleinen Podest am hinteren Ende des Raumes, gegenüber von der Bühne, stand Cody und redete auf einen jungen Typen ein, der für Ton und Licht verantwortlich war. Cody gestikulierte wild zu den Spots an der Decke. Wollte er jetzt auch noch die Scheinwerfer kontrollieren? Ach, Cody.

Dann erkannte ich, wie bleich er im Gesicht war, seine Stirn glänzte selbst aus der Entfernung. Sofort meldete sich mein schlechtes Gewissen und mit schnellen Schritten lief ich auf ihn zu. Phoenix folgte mir mit einem Seufzen, aber so gelassen, wie er tat, war er nicht. Ich konnte seine Anspannung förmlich spüren. Als ich mich zu ihm umdrehte, war er plötzlich verschwunden.

Als Cody mich entdeckte, lächelte er. Zumindest versuchte er es. Er sah aus der Nähe noch schlimmer aus. Seine Haut war überall von einem feinen Schweißfilm überzogen, er war nicht nur bleich, er war weiß wie eine Wand.

»Warst du etwa den ganzen Tag hier?«, fragte ich, obwohl ich die Antwort bereits kannte.

Cody sah mir nicht in die Augen, sondern blickte konzentriert zu Boden.

»Natürlich«, log er ziemlich offensichtlich.

»Hast du wenigstens etwas gegessen?«

Nun schüttelte er den Kopf. »Ich hatte keine Zeit. Einer der Verstärker war defekt, wir mussten kurzfristig einen neuen organisieren.«

»Das hättest nicht *du* übernehmen müssen«, sagte ich.

»Kiera, du weißt, wie sehr ...«

Ich wusste es. Ich wusste, dass er seine Seele verkaufen würde, wenn er damit seinen Traum vom Musikerleben hätte erfüllen können. Es war, als redete ich gegen eine Mauer.

»Ich besorge dir etwas zu essen. Sonst kippst du auf der Bühne noch um.«

»Mach das«, sagte er leichthin und wandte sich wieder zu dem Soundtechniker. Kurz lag ein schmerzhafter Schatten auf seinem Gesicht und seine Hand schnellte zu seiner Taille.

Misstrauisch kniff ich die Augen zusammen. Cody spürte meinen Blick und richtete sich schnell wieder auf.

Doch ich war schneller und zog sein T-Shirt nach oben. Cody zuckte zusammen, er hatte mein Vorhaben zu spät erkannt. Zischend sog er die Luft ein. Die schnelle Bewegung, um mich abzuwehren, war zu viel für ihn und ich sah auch sofort, warum.

Mein Herz pochte schneller, als ich es für möglich gehalten hatte. Von Codys unterem Rippenbogen ausgehend breitete sich ein dunkelroter, in dem diffusen Licht fast schwarzer Fleck aus. Demonstrativ zog er sein T-Shirt wieder nach unten und sah mich vorwurfsvoll an.

»Cody! Du musst zurück ins Krankenhaus!«

»Es ist nur eine angebrochene Rippe. Kein Grund zur Sorge«, versuchte er, lässig zu klingen. Auch wenn er sich nun wieder angezogen hatte, sah ich den großen Bluterguss noch immer vor mir. »Weißt du noch, wie wir den Reanimationspuppen die Rippen gebrochen haben?«

Er wartete, bis meine Erinnerungen wiederkamen. Wir hatten einen Erste-Hilfe-Kurs in der Schule besucht und hatten beide für etliche gebrochene Rippen bei dem Übungstorso gesorgt. Der Kursleiter hatte uns jedoch immer wieder beruhigt, dass Rippen von selbst heilen würden – sofern unser Patient reanimiert werden konnte. Ein beruhigendes Gefühl stellte sich jedoch nicht ein. Die Puppen hatten keine blauen Flecken gehabt.

Ich verschränkte wütend die Arme, weil ich wusste, dass ich Cody niemals von dem Auftritt heute würde fernhalten können. Ich suchte den Raum nach Phoenix ab und als hätte er mich gespürt, stand er plötzlich neben uns, als wäre er nie woanders gewesen.

»Kannst du ihn heilen?«, flüsterte ich ihm zu und er verneinte mit zusammengepressten Lippen. Ich zog ihn zur Seite. »Du kannst nicht oder du willst nicht?«, zischte ich ihn an. »Soll ich Hayden fragen?«

Sofort wurde sein Blick eiskalt. »Es würde nichts bringen. Wir können nur *dich* heilen, den Träger.«

»Und Hayden konnte dich heilen.«

»Das ist ... keine Ahnung, warum er das konnte. Es war ja noch nie nötig gewesen«, seufzte er. »Ich kann es bei Cody versuchen, aber glaub mir, es wird nicht funktionieren.«

»Bitte versuch es trotzdem«, flehte ich. In Gedanken sah ich, wie der Bluterguss größer und größer wurde und Cody schließlich ohnmächtig zusammenbrach. War das meine Fantasie, die mit mir durchging, oder ein Blick auf das Schicksalsgewebe?

»Von mir aus.« Phoenix zuckte mit den Schultern.

Ich zog Cody zu mir und trotz seiner Einwände zerrte ich ihn durch eine Tür in den Nebenraum, in dem einige Tische und Stühle gelagert waren.

»Was soll das?«, beschwerte Cody sich.

»Er wird dich heilen.« Ich deutete auf Phoenix, der sehr begeistert darüber war und Cody nur mit einem arroganten Blick bedachte.

»Vergiss es.«

»Und du kannst den Auftritt vergessen, wenn du dich nicht von ihm behandeln lässt. Ich streike.« Codys Gesicht wirkte verzweifelt. Es war gemein, ihn zu erpressen. Aber es war doch nur zu seinem Besten. Eine kleine Stimme in mir flüsterte, dass ich so nur mich selbst beruhigen wollte. Schließlich war allein ich schuld an allem.

»Schon gut, schon gut.« Cody hob ergeben die Hände.

»Dann zeig mal, was du draufhast, Sohn der Fortuna.« Mit einem Augenverdrehen wandte sich Phoenix an mich. Ich lächelte ihn an und meine Lippen formten ein lautloses *Bitte*.

»Ich kann nicht versprechen, dass es funktioniert«, erklärte Phoenix so sachlich wie möglich. Er deutete auf drei nebeneinanderstehende Tische und gebot Cody, sich daraufzusetzen.

Cody wollte sich auch schon wie gewohnt rückwärts hochziehen, keuchte jedoch vor Schmerz auf und versuchte es umständlicher und wesentlich langsamer.

»Leg dich hin«, befahl ich, obwohl ich nicht wusste, ob es nötig war. Cody gehorchte ohne Widerworte.

Phoenix trat näher, nachdem ich Codys T-Shirt hochgeschoben hatte.

Während er seine Hand über die Verletzung hielt, sagte ich mir immer wieder, dass es funktionieren musste. Ich wünschte es mir aus vollem Herzen und bettelte regelrecht darum. Es musste funktionieren. Ich hatte das verursacht, ich musste es wiedergutmachen.

Phoenix' Hand begann zu leuchten. Nein, sie leuchtete nicht, es waren etliche von diesen feinen Blitzen, wenn man genauer hinsah. Sie strömten hinab zu der Wunde und Cody keuchte vor Schmerzen auf.

Er wird ihn heilen. Cody wird gleich wieder der Alte sein. Wieder und wieder sagte ich die Sätze in Gedanken vor mich hin, während Cody aufstöhnte.

»Es funktioniert nicht«, stieß Phoenix zwischen zusammengepressten Zähnen hervor. »Ich habe es dir gesagt. Er leidet nur noch mehr.«

Ich biss mir auf die Lippe. Warum funktionierte es nicht? Ich hatte es ihm doch befohlen. *Heile!*, brüllte ich noch einmal in Gedanken, doch außer einem Aufkeuchen von Cody passierte nichts.

»Es tut mir so leid«, flüsterte ich und Phoenix zog seine Hand zurück.

Er blickte zu Boden, als täte ihm Cody sogar leid. Dann reichte Phoenix Cody die Hand und half ihm vorsichtig auf. Seine Haare klebten an der schweißnassen Stirn.

»Tut mir leid«, wiederholte ich noch einmal.

Cody versuchte zu lächeln, doch es glich einer Fratze. »Sofort nach unserem Auftritt fahren wir dich zurück ins Krankenhaus«, forderte ich.

»Ja, ja, Mama.« Cody verdrehte die Augen. Wenigstens war ihm sein Humor noch geblieben. »Sobald ich mit dem Talentscout alle Bedingungen ausgehandelt habe.« Er versuchte zu grinsen, doch sein Blick glitt in die Ferne und sein Körper erschauderte.

Ich bat inständig, dass es so weit kommen würde – und dass sich alles zum Guten wenden würde.

Kapitel 55

Nach einem kurzen Gespräch mit dem Tontechniker stiegen wir auf die Bühne, die die gesamte Breite des Raumes einnahm. So hatten selbst die Drumsets der verschiedenen Bands, die heute auftreten würden, ausreichend Platz. Hayden und Jason warteten bereits auf unseren Soundcheck. Sie sahen mich fragend an, doch ich schüttelte nur flüchtig den Kopf.

Cody hatte nicht einmal ein kleines bisschen Farbe zurückbekommen. Ich machte mir Vorwürfe, dass ich ihn zusätzlich gequält hatte. Konnte nicht einfach irgendwas funktionieren, das ich in die Hand nahm? Am liebsten hätte ich laut geflucht.

Wir gingen auf unsere Plätze und Cody reichte mir mein Mikrofon. Es war mit ›Kiera, Excellence‹ beschriftet. Sein eigenes steckte schon im Mikrofonständer und er prüfte mehrfach, ob es auch wirklich richtig funktionierte.

Jason zog seine Drumsticks aus der hinteren Hosentasche und wirbelte sie wie ein Jongleur in der Luft herum, während er zum Schlagzeug ging. Hayden und Cody stimmten ein letztes Mal ihre Gitarren.

Den Anweisungen des Tontechnikers entsprechend begann Jason, und einer nach dem anderen folgte, bis alles saß.

Als wir von der Bühne gingen, war hinter den wenigen

Fenstern, die ins Flachdach des Gebäudes eingelassen waren, bereits Dämmerlicht zu sehen.

»Ich muss noch einmal kurz nach Hause«, sagte Cody und deutete auf seine teils verdreckten Klamotten.

Ich sah mich kurz um, Jason war außer Hörweite.

»Kannst du nicht Kleidung für ihn besorgen?«, bat ich Hayden, der schon die ganze Zeit finster in Phoenix' Richtung blickte.

»Ich hole ihm was«, sagte Hayden langsam. Es schien fast so, als würde er Phoenix um Erlaubnis fragen – oder ihn auf etwas hinweisen. Was war da los?

Ich sah zwischen beiden hin und her. Sie verständigten sich wortlos. Schließlich fragte Hayden Cody, was genau er bräuchte, und dieser wirkte erleichtert, nicht noch extra nach Hause zu müssen.

»Wir könnten bis zum Auftritt noch etwas essen gehen«, schlug ich vor, um Cody etwas Energie einzuflößen. Mir selbst drehte sich der Magen beim Gedanken an Essen eher um.

Cody sah sich in der Halle um, suchte nach etwas, das er noch tun konnte, aber fand nichts.

Ein Prickeln lag nach wie vor in der Luft, dennoch hatte die Atmosphäre etwas von der sprichwörtlichen Ruhe vor dem Sturm. Die meisten Bands waren noch kurz nach Hause oder vielleicht ebenfalls etwas essen gegangen, niemand zupfte mehr an der Dekoration herum und nur noch wenige Menschen befanden sich im Saal.

»Von mir aus«, sagte Cody irgendwann und zuckte resigniert mit den Schultern.

Nachdem Hayden zurückgekehrt war und Cody sich umgezogen hatte, gingen wir geschlossen zu einem Fast-Food-Restaurant um die Ecke. Seltsamerweise wirkte nicht einmal

Hayden verärgert darüber, dass Phoenix nicht von meiner Seite wich und die Band begleitete. Vielleicht hatte er aufgegeben.

Oder er plant etwas, ließ mich meine innere Stimme grübeln.

Mein Handy piepte und ich scrollte durch die zuletzt eingegangenen Nachrichten. Mom und Dad, die getrennt voneinander versprachen, rechtzeitig da zu sein. Sie waren bisher bei jedem meiner Auftritte dabei gewesen, doch dies würde der erste sein, zu dem sie nicht gemeinsam erschienen. Der Gedanke verursachte mir einen Stich. Das war wohl die Gefühlsregung, auf die Dr. Yates so lange gewartet hatte. Ich würde ihr nächsten Freitag berichten müssen.

Als hätte sie irgendeine gedankliche Verbindung zu mir, kam sogar von ihr eine Nachricht. Sie drückte mir die Daumen. Stirnrunzelnd sah ich auf das Display. Sie hatte mir noch nie zuvor geschrieben. Aber wahrscheinlich hatte ich ihr von keinem meiner anderen Auftritte erzählt, erklärte ich mir die Nachricht. Wie aufmerksam von ihr, daran zu denken.

»Willst du nichts essen?«, holte mich Cody aus meinen Gedanken und starrte gierig auf den Burger vor mir, den Phoenix mir zur Tarnung geholt hatte.

»Ich habe vorhin zu Hause noch gegessen«, log ich. »Wenn ich noch mehr esse, musst du mich nachher auf die Bühne rollen. Möchtest du?«

Ich schob ihm lächelnd meinen Teller hin und Cody aß auch noch meine Portion. Das Essen brachte ihm ein wenig Farbe ins Gesicht und wenn ich nicht gewusst hätte, dass er unter dem Shirt eine Verletzung hatte, hätte ich schwören können, dass er nur etwas aufgeregt war und daher so fahrig.

Jason unterhielt sich eifrig mit Hayden, der mehr über Instrumente zu wissen schien als ein Lexikon. Ich fragte mich, ob er diese Infos irgendwie aus dem Universum saugen konnte oder ob er wirklich so an der Musik interessiert war. Auf jeden Fall beeindruckte er nicht nur meinen Bandkollegen, als er erwähnte, welche Vielzahl an Instrumenten er beherrschte.

Dabei fiel mir auf, wie gleichgültig er davon erzählte, nicht angeberisch, wie ich von ihm erwartet hätte.

»Spielst du denn auch?«, wagte Jason es, Phoenix anzusprechen. Der saß bislang wie eine hübsche Dekoration neben mir und funkelte alle außer mir böse an, wie er es immer tat. Nun jedoch warf er Jason einen Blick zu, der diesen sofort um mehrere Zentimeter schrumpfen ließ. Ich stieß Phoenix den Ellbogen in die Rippen. Er könnte ja wenigstens versuchen, freundlich zu sein.

»Ich habe mich nie sonderlich dafür interessiert«, sagte er dann. »Ich höre mir Musik viel lieber an.«

Jason wartete noch ein wenig, ob da mehr kommen würde, doch Phoenix starrte ihn so lange nieder, bis er nickte und sich wieder mit Hayden unterhielt.

Bald war es Zeit zu gehen. Wir verließen gemeinsam den Imbiss und nahmen einen Schleichweg über die Hinterhöfe und angepflanzten Areale, anstatt den Umweg über die Straße zum Club zu nehmen.

Hayden hielt Phoenix und mich zurück. Cody und Jason wollten erst auf uns warten, doch Hayden wies sie an, schon vorzugehen. Ich funkelte ihn böse an.

»Heute passiert etwas«, rückte Hayden gleich mit der Sprache heraus. »Du spürst es auch, oder?«

Phoenix stellte sich schützend vor mich, gab jedoch keine Antwort.

Hayden trat einen weiteren Schritt auf Phoenix zu, musterte ihn dabei genauer. Sein Blick glitt von Phoenix' Gesicht zu unseren Händen, die immer noch ineinander verschränkt waren.

»Du hast es ihr nicht gesagt.« Ich hatte Hayden noch nie so kühl erlebt. Mir fuhr es eiskalt den Rücken hinunter. Phoenix drückte meine Hand noch fester.

»Nein. Ich hatte keine Gelegenheit dazu.«

»Das soll wohl ein Witz sein.« Hayden lachte höhnisch auf. »Ich habe dir ein Ultimatum gestellt. Du sorgst für noch größeres Chaos als sonst und sie hat damit zu tun.« Er deutete mit einem wütenden Kopfnicken zu mir. So aggressiv kannte ich Hayden gar nicht. »Wenn du es nicht tust, werde ich es machen. Vergiss diesen Eid, den ich geleistet habe«, zischte er nun. »Das hier ist größer als alles, was mit mir geschehen könnte. Oder war das vielleicht dein Plan?«

Mit diesen Worten verschwand er und befand sich im nächsten Moment außer Sicht und ich stand mit Phoenix allein auf dem schummrig beleuchteten Hinterhof.

Ohne es zu wollen, grübelte ich über seine Worte nach, über seinen ›Plan‹. Gleichzeitig verfolgte ich Phoenix' Mimik ganz genau. Er schien ebenso darüber nachzudenken wie ich, zuerst irritiert, dann jedoch festigte sich ein Gedanke bei ihm, ich konnte beinahe dabei zusehen.

Ich spürte den immer stärker werdenden Druck seiner Hand, die mich beinahe verzweifelt festhielt. Genau wie zuvor bei unserem Kuss. Ein Kloß bildete sich in meinem Hals und ich versuchte vergeblich, ihn hinunterzuschlucken.

Es dauerte mehrere Minuten, in denen ich nur auf unsere Hände sah, ehe ich es wagte, meinen Kopf zu heben. Was ich dort sah, zerriss etwas in mir. Phoenix hatte die Augen geschlossen, aber eine Träne hatte sich bereits hervorgestohlen und rann seine Wange hinab, während er entschlossen nickte.

Sein Gesicht verzog sich voller Schmerz. Allein bei diesem Anblick brannten mir selbst Tränen in den Augen.

»Hayden hat recht, Kiera.«

Seine Worte waren so zart wie das Wispern des Windes und doch brachten sie mich zu Fall.

»Ich hätte es dir sagen sollen. Schon lange. Ich habe es heute versucht, aber … Nein, es gibt keine Entschuldigung dafür. Es war purer Egoismus.«

Ich wagte nicht einmal zu atmen. Etwas in mir wehrte sich dagegen, ihm weiter zuzuhören. Ich versuchte instinktiv, mich dagegen zu verschließen.

Phoenix ließ das jedoch nicht zu, drückte erst meine Hand, fuhr dann meinen Arm entlang zu meiner Wange und strich zärtlich darüber.

Es fühlte sich an wie ein Abschiedskuss, hallten meine eigenen Gedanken durch den Kopf.

Phoenix trat einen Schritt zurück, das Gesicht eine eisige Maske, völlig emotionslos.

Ich wollte nach ihm greifen, ihn festhalten, ihn trösten. Doch er stieß mich zurück und zog wortlos sein T-Shirt aus. Das erste Mal sah ich mehr als nur einen Streifen oder eine Spitze des Tattoos.

Es bedeckte beinahe die gesamte rechte Hälfte seines Oberkörpers, schlängelte sich vom Schlüsselbein über die muskulöse Brust, die ich unter der Kleidung immer nur hatte erahnen können, bis zu dem gut definierten Sixpack. Das Muster glich auf beunruhigende Weise den Ornamenten auf Fortunas Buch. Fast erwartete ich, dass sie sich jeden Moment zu bewegen begannen.

Die einzelnen Ranken bewegten sich jedoch nicht, zeichneten nur weitere Krümmungen und Biegungen an seiner Hüfte entlang und verschwanden über den V-Muskel unter der Jeans. Ich schluckte und versuchte wegzusehen, meinen Blick zu heben.

Phoenix half mir dabei. Seine Hand hob mein Kinn.

»Was hast du vor?«, fragte ich, mein Kopf war wie leer gefegt. »Warum ziehst du dich hier vor mir aus? Jetzt?«

»Dieses Tattoo habe ich damals *erhalten*, als ich mich für meinen Weg entschieden habe. Ganz gleich, welche Gestalt ich annehme, es ist immer da.«

»Und?« Ich wollte nicht nachhaken, ob mit ›damals‹ Atlantis gemeint war. Ich ahnte es aber bereits.

»Sieh genau hin, Kiera«, befahl er in kühlem Ton, der mich frösteln ließ, und ich folgte seinem Finger, der auf seine Brust deutete.

Inmitten des tiefschwarzen Geästs aus Ornamenten, die wie frisch tätowiert aussahen, erkannte ich eine der Gestalten wieder, die auch Fortunas Buch zierten. Das kleine Wesen, das boshaft dreinschaute und das ich für den Teufel gehalten hatte, weil die Schnörkel darüber wie Hörner aussahen – oder vielleicht sogar Hörner waren.

Mein Hirn arbeitete auf Hochtouren, sperrte sich mit aller Kraft gegen das Offensichtliche.

Phoenix verfolgte jede meiner Bewegungen. Ich ging auf ihn zu, meine Hand erhob sich wie von selbst.

Vorsichtig glitten meine Finger über die leicht erhabenen Zeichen und Symbole, die ich auch auf dem Buch zu erkennen geglaubt hatte.

Bei meiner Berührung spannten sich Phoenix' Muskeln an. Irgendwann stieß er den Atem in einem Zug aus und packte nach meiner Hand. Ich schrak zusammen, hob den Blick und sah in sein Gesicht.

Erneut stand Qual in seinen Augen.

»Ich … ich bin nicht der, für den du mich hältst.« Er schluckte, senkte die Lider und seine Mimik gefror erneut zur Maske. »Ich bin Zoferos, der Schicksalsschlag, und nichts, was du in meinem Beisein tust, wird zum Guten führen. Jede weitere Entscheidung, jede Beeinflussung eines Schicksals wird es nur noch schlimmer machen.«

Die Worte brauchten Zeit, bis sie wirklich in meinem Kopf ankamen. Es war jedoch nicht einmal die Aussage selbst, die mich schockierte. Eher die Tatsache, dass ich es immer gewusst hatte. Ich hatte mich immer gefragt, warum nichts klappte, all meine Wünsche schiefgelaufen waren.

»Kein Fluchen und Schimpfen?«, fragte Phoenix sichtlich irritiert.

»Ich glaube, ich habe es eigentlich schon immer gewusst. Du bist nicht gerade die Freundlichkeit in Person.« Ich versuchte, sarkastisch zu klingen, doch die Worte kamen geflüstert hervor.

Er hielt mich an meinem Handgelenk fest, ehe ich ihn berühren konnte. »Du musst dich von mir fernhalten, Kiera«, sagte er mit fester Stimme.

Ich schüttelte den Kopf. Ich konnte nicht. Ich wollte nicht. Es war unmöglich. So unmöglich, wie sich vorzunehmen, für immer aufzuhören zu atmen. Er war nicht böse, war nicht das, wofür er sich hielt. Genauso wenig wie Hayden. Die nächsten Worte machten es noch schlimmer.

»Ich ziehe mich zurück und überlasse Hayden den Job.«

Mir wurde eiskalt und ich versuchte zu begreifen, was er mir sagen wollte.

Ohne Vorwarnung griff er nach meiner linken Hand und berührte blitzschnell meine Handfläche mit einem Finger. Anstatt zu entflammen, wie sonst immer, erlosch das Mal und hinterließ eine tiefe Leere.

»Mein Plan hat nicht funktioniert«, flüsterte er noch, ehe er verschwand und einen Teil von mir mit sich nahm.

Kapitel 56

Irgendwo erklang ein heiserer Schrei. Er zog sich beinahe endlos, bis ich bemerkte, dass er aus meiner Kehle drang.

Der Schrei ging in Schluchzen über. Ich schlang die Arme um meinen Körper, versuchte, mich zusammenzuhalten, nicht auseinanderzufallen. Verloren auf einem Hinterhof im Nirgendwo.

Ich versuchte, eine Erklärung zu finden, wollte wissen, welcher Plan nicht funktioniert hatte.

Er war die schlechte Fügung, das dunkle Schicksal, na und? Wenn ich aufhörte, etwas zu beeinflussen, würde ich niemandem schaden und wir könnten versuchen, einen Ausweg zu finden. Einen Weg, die Münze loszuwerden und trotzdem zusammenzubleiben.

Endlich blitzte die Erkenntnis in meinem Kopf auf: Wenn ich weiter nichts tat, brauchte Phoenix mich nicht. Ich brachte ihn nicht voran. Sein Plan hatte nicht funktioniert. Hatte er tatsächlich vorgehabt, auf Kosten meiner Gefühle Schicksalsschläge heraufzubeschwören? War alles eine Lüge gewesen, ein Spiel mit mir?

Ich schüttelte vehement den Kopf, glaubte meinen eigenen Gedanken nicht.

Hatte er mich davon die ganze Zeit überzeugen wollen?

Dass er mich verlassen musste? Wieso ausgerechnet jetzt, so kurz vor dem Auftritt?

Tränen rollten über meine Wange. Mein Körper erzitterte bei jedem Atemzug.

Da stand Hayden plötzlich vor mir.

Urplötzlich verwandelte sich meine Trauer in Wut.

»Du hast ihn dazu gebracht!«, brüllte ich ihn an. Sein Blick war so klar, sein Gesicht so unschuldig, dass ich am liebsten darauf eingeschlagen hätte.

»Kiera, ich weiß, was du durchmachst«, begann er, doch ich hörte nicht weiter hin. Stattdessen lachte ich hysterisch auf.

»Warum?«, fragte ich nach einem tiefen Atemzug.

»Phoenix hat das erste Mal in seinem Leben das Richtige getan. Ich hoffe, es wird ausreichen.«

Meine Hände ballten sich zu Fäusten.

»Wir haben das Schicksal nicht in der Hand, Kiera. Das liegt bei dir. Mit der Entscheidung, die Gefühle zu ihm zuzulassen, hast du etwas ins Rollen gebracht. Als du ihn verändert hast, hat das auf dem Gewebe Spuren hinterlassen, wie ich sie noch nie gesehen habe. Es hat Risse, Kiera, viele feine Risse. Phoenix hat es genauso gespürt wie ich, dass heute etwas passieren wird. Etwas Großes. Und du wirst nicht eingreifen können, wenn er dir zur Seite steht. Du wirst nur alles schlimmer machen. Niemals hätte ich mich auf einen Handel mit ihm einlassen sollen.« Er fuhr sich nervös durchs Haar. »Nicht, wenn ich gewusst hätte, was auf dem Spiel steht. Ich spüre Kairos' Nähe. Er hat euch beobachtet. Wie er es damals bei Chenoa und mir getan hat.«

Ich horchte auf. Für einen Moment rückte die Verzweiflung in den Hintergrund.

»Chenoa ist die Frau, mit der du dein Leben – ihr Leben – verbracht hast?«

Hayden presste fest die Lippen zusammen und ich erkannte die Sehnsucht und Trauer in seinem Blick.

»Ich habe nicht ihr Leben mit ihr verbracht. Meine Liebe hat sie umgebracht.« Seine Stimme klang wie aus der Tiefe einer Höhle.

Mein Herzschlag setzte kurz aus.

»Aber Phoenix hat gesagt ...«, stammelte ich.

»Phoenix konnte nicht wissen, was damals geschehen ist. Er hat sich alles nur zusammengereimt. Ich habe ihm heute Vormittag alles erklärt. Das, was er zu wissen wünschte, konnte ich ihm nicht geben. Die Liebe zu mir hat Chenoa getötet.«

»Aber du warst viele Jahre lang untergetaucht«, stammelte ich. »Phoenix dachte ...«

»Könntest du einfach weitermachen wie vorher, wenn du die Liebe deines Lebens verlierst? Die erste Person, die eine Verbindung zu dir hatte – nach so vielen, vielen Jahren der Einsamkeit? Ich habe nie zuvor Liebe empfunden, Kiera. Und dann wurde sie mir brutal entrissen und hinterließ eine Leere, die ich für Jahrzehnte nicht ausfüllen konnte. Chenoa ist auch heute noch hier.« Er griff sich an die Brust.

Eigentlich hätte ich mitfühlen sollen, Verständnis zeigen oder ihn ... vielleicht trösten. Aber ich empfand rein gar nichts.

»Du hast ihn dazu gebracht, mich zu verlassen«, brachte ich hervor.

Haydens traurige Augen blickten auf, ehe er nickte.

Während er nach meiner linken Hand griff, hob er seine Lider und aus den strahlenden blauen Augen sprach nichts als die Wahrheit. Er war ein guter Lügner, wirkte so aufrichtig, während er über meine Handfläche strich und ich ein Brennen spürte. Ich sprang einen Schritt zurück.

»Du wirst mich nicht anfassen«, zischte ich.

»Dann wirst du das Schicksal nicht lenken können. Nicht, wenn das Mal nicht aktiviert ist.«

Ich schüttelte den Kopf. Allein der Gedanke fühlte sich so falsch an, lähmte mich.

Hayden mahlte mit dem Kiefer. Ich sah Bedauern in seinen Augen.

»Dann lass mich dich wenigstens heilen.«

Ich sah ihn fragend an. Ich war nicht verletzt. Die Sorte von Schmerz, die ich hatte, konnte er mir nicht nehmen.

Er streifte mit dem Daumen eine Träne von meiner Wange. Eine Geste, die bei Phoenix immer für ein Wohlgefühl gesorgt hatte, mich bei Hayden jedoch zurückzucken ließ.

»So kannst du nicht auf die Bühne. Cody wird sich Sorgen machen.«

Meine Augen waren sicherlich rot und zugeschwollen. Auch wenn ich es nicht gerne zugab, hatte Hayden recht. Ich musste diesen Auftritt für Cody bestmöglich hinter mich bringen. Daher ließ ich seine Geste zu.

Ich spürte eine Wärme, die von seiner Hand aus in mich floss, und mein Gesicht entspannte sich. Sofort trat Hayden zurück und begutachtete sein Werk.

»Wenn du deine Meinung änderst, bin ich für dich da. Solange du nicht markiert bist, wirst du das Schicksal nicht gezielt lenken können, es kann positiv oder negativ werden. Der Zufall regiert und er handelt nie uneigennützig.«

Seine Worte klangen wie eine Drohung und ich sah zu, dass ich schnell von ihm wegkam.

»Er musste gehen«, rief Hayden mir noch nach. »Er musste mich eingreifen lassen, andernfalls …« Seine Stimme verklang.

Alles in mir schrie danach, Phoenix zu suchen, ihm sein Aufgeben auszureden, wo ich mich doch mit ganzem Herzen für ihn entschieden hatte. Doch zuerst musste ich meinem besten Freund zur Seite stehen.

Kapitel 57

Ich rannte mitten in eine Person hinein, die soeben vom Parkplatz aus in den Schleichweg einbog.

»Kiera?«

Ich zuckte zusammen.

»Dad?« Ich blinzelte mehrmals, um sicherzugehen, dass ich mich nicht getäuscht hatte. Tatsächlich trat mein Vater einen Schritt zur Seite und schirmte so mein Gesicht von den hellen Lichtern des Parkplatzes ab.

Es dauerte einen kurzen Augenblick, ehe er die Situation erfasste. Hayden hinter mir, ich vor ihm davonrennend.

»Kiera. Was ist passiert?«, fragte mein Vater misstrauisch und zog mich zu sich.

Die verschiedensten Lügen rauschten durch meinen Kopf, während Hayden nun ebenfalls auf den Parkplatz ins Licht trat.

»Dad, das ist Hayden, unser neuer Bassist«, versuchte ich mich an etwas Unverfänglichem. Hayden wollte ihm schon die Hand reichen, doch Dads abwehrende Haltung und sein eiserner Blick sorgten dafür, dass Haydens Hand wieder zurückzuckte. Dad nickte ihm nur kurz zu. So kannte ich ihn gar nicht.

»Freut mich, Sie kennenzulernen«, sagte Hayden.

Dad kratzte sich am Kopf. Nach einer Weile nickte er.

»Wir sollten hineingehen. Die Bands spielen schon.« Er wandte sich bereits um, doch ich hielt ihn zurück.

»Wie hast du uns hier gefunden?«

»Deine Mutter und ich haben uns Sorgen um dich gemacht. Der Rest eurer Band sucht ebenfalls nach euch. Sie haben mich hierhergeschickt.«

Mit schnellen Schritten folgten wir Dad und trafen vor dem Clubeingang auf Cody und Jason.

Ich erschrak, als ich sah, dass sich Codys Zustand noch verschlimmert hatte. Er war noch bleicher als heute Nachmittag, seine Stirn glänzte und er zitterte. Kein Wunder. Er stand in einem dünnen T-Shirt hier draußen in der abendlichen Kälte.

Und das nur wegen mir. Ich verfluchte mich für meine Rücksichtslosigkeit und ich verfluchte Phoenix, weil er sich irgendwelche bescheuerten Ideen von Hayden ins Hirn hatte pflanzen lassen. Und natürlich verfluchte ich Hayden dafür, dass er das Gute in Phoenix nicht sehen konnte. Meine Fluchliste war endlos, doch was konnte ich im Moment schon tun? Ich wollte nur die beste Freundin und Bandkollegin sein, die Cody sich wünschen würde, und für ihn alles zum Guten wenden. Ich warf einen Blick zu Hayden. Sollte ich mich wirklich von ihm markieren lassen?

»Tut mir leid«, sagte ich, noch ehe die Fragen kamen. »Phoenix geht es nicht gut. Er musste nach Hause.« Schlimm, wie glatt mir die Lügen mittlerweile über die Lippen kamen.

»Egal. Wir müssen rein. Noch«, Cody hörte kurz auf die Musik aus dem Club, die wummernd durch die Tür drang, »noch zwei Songs, dann sind wir dran.«

Er wandte sich bereits um und ging hinein. Wir anderen folgten ihm.

Dad hielt mich fest. »Deine Mutter wartet bereits drinnen auf mich. Ich habe ihr gesagt, sie soll uns einen guten Platz aussuchen.« Er lächelte mich an. »Der alles entscheidende Auftritt, meine Kleine. Toi, toi, toi.« Er hob den Daumen in meine Richtung, ehe er Hayden einen langen misstrauischen Blick zuwarf, den dieser genauso skeptisch erwiderte.

Ich runzelte noch immer die Stirn, als er bereits davonging. Schnell folgte ich den anderen durch den Backstageeingang.

Hinter der Bühne stand ein Spiegel und ich sah sofort, dass Hayden ganze Arbeit geleistet hatte. Ich sah aus wie das blühende Leben. Vielleicht sollte ich ihm dankbar sein, weil es so wenigstens keine Fragen gab.

Cody stand bereits neben den drei Stufen, die seitlich zur Bühne führten. Er zitterte noch immer. Seine Haare klebten in Strähnen an seiner Stirn und im Nacken. Er war angespannt, seine Kiefermuskulatur trat deutlich hervor. Seine rechte Hand lag auf seinem unteren Rippenbogen. Die Verletzung musste so schmerzhaft sein. Aber für den Auftritt würde er sie ertragen.

Mein Blick glitt zu Hayden, der Cody ebenfalls mit sorgenvollen Blicken beobachtete. Er bemerkte, dass ich ihn ansah, und sein Kopf drehte sich zu mir. Sein Gesicht war nun wieder absolut ausdruckslos. Ich konnte nicht einmal erahnen, was er dachte, was er … plante. Erneut packte mich das Misstrauen, obwohl ich doch wusste, dass er in dieser Sache der Gute war. Aber genauso wenig, wie Phoenix nur das Schlechte verkörperte, könnte er weniger gut sein, als ich glauben sollte.

»Kiera, bitte«, flüsterte er leise und doch konnte ich ihn genau hören. Er deutete auf seine eigene Handfläche. Ich schüttelte nur den Kopf. Etwas in meinem Inneren sperrte sich gegen den Gedanken, mich an ihn zu binden.

Unser Gespräch wurde unterbrochen von tosendem Applaus und schon sprangen die Jungs der Band vor uns die Treppe hinab. Wir rückten näher zu Cody, der die Stufen hochging und seine Gitarre schnappte.

Hayden griff nach seinem Bass, während Jasons Drumsticks klackernde Geräusche von sich gaben, als er sie von einer Hand in die andere wechselte. Die Mikrofone wurden von einem der Roadies ausgetauscht. Die Nervosität, wie ich sie vor jedem Auftritt kannte, stellte sich ein. Bisher war ich viel zu abgelenkt gewesen, um mich darauf zu konzentrieren. Nun traf sie mich mit voller Wucht, während ich neben dem zitternden Cody stand.

Er griff nach meiner Hand und drückte sie fest. Dieses vertraute Ritual, für das wir uns vor jedem Auftritt Zeit nahmen, beruhigte mich. Für einen kurzen Moment hatte ich das Gefühl, dass alles gut ausgehen würde.

Bis sich vor meinem inneren Auge ein schrecklicher Film abspulte. Ich sah Menschen in Panik ausbrechen, schreiend durch die Gegend rennen, sich gegenseitig niedertrampeln und – ich keuchte auf.

»Alles wird gut. Das wird der Auftritt unseres Lebens«, flüsterte mir Cody ins Ohr, ehe er mich mit sich auf die Bühne zog und der tosende Applaus uns in Empfang nahm.

Die Bands vor uns hatten den Saal gut aufgeheizt, die Stimmung war absolut berauschend und dennoch lag im Raum etwas, das nichts mit Musik zu tun hatte.

Instinktiv sah ich zu Hayden, dessen Blick umherhuschte, als suche er nach etwas, während er sich an seinen Platz stellte. Er spürte es auch.

Dann brannten sich seine blauen Augen flehend in meine. Was wollte er? Ich runzelte die Stirn. Er gestikulierte, deutete mit dem Finger auf sich, Panik stand ihm in den Augen.

Doch ehe ich weiter nachhaken konnte, schlug Jason bereits die Drumsticks aneinander und zählte den ersten Song an. Ich hob entschuldigend die Hände in Haydens Richtung und wandte mich dem Publikum zu, den vielen Menschen, die voller Erwartung zur Bühne sahen, und versuchte, gegen die blendenden Spots meine Eltern auszumachen.

Cody begann mit dem Intro unseres Songs *Love's Lost* und die Zuschauer tobten. Die vielen Mädchen, die dicht am Bühnenrand standen, warfen ihm schwärmerische Blicke zu und einige hatten sogar Plakate für ihn gemalt. Auf der Bühne glich Cody nun mal einem jungen Gott. Und wenn ein junger Gott von Liebe und deren Schmerz sang, vom Schicksal zweier verlorener Seelen, konnte man ihm nur erliegen.

Lächelnd sah ich zu ihm, ehe ich die zweite Stimme im Refrain übernahm. In diesem Moment hätte selbst ich schwören können, dass er das Liebesgeständnis nur für mich sang, sein betörender Blick, seine Haltung, mir zugewandt. Ich spürte das Knistern zwischen uns und mein Puls schlug schneller.

Mein Blick flog über die Zuschauer. Von unten musste es aussehen, als würden die Funken zwischen Cody und mir nur so fliegen. Die Menge war gebannt und ich konnte ihre Begeisterung förmlich spüren.

Doch plötzlich mischten sich andere Geräusche mit der Musik aus den Monitorboxen. Spitze Schreie überlagerten die Jubelrufe des Publikums. Erst dann erfasste mein Gehirn, dass ich nur noch alleine sang, nur noch meine Stimme aus den Boxen drang und auch die Instrumente ausgesetzt hatten.

Ich drehte mich zu meinen Bandkollegen und – Cody! Er lag auf der Bühne, die Gitarre noch in der Hand, als hätte er sich nur schlafen gelegt.

Sofort stürmten Erwachsene auf die Bühne zu.

Und die Welt verlor an Farbe.

Er empfand pure Euphorie, als der nächste Dominostein kippte, die nächste Welle von Ereignissen ausgelöst wurde. In Ruhe beobachtete er, wie Cody zusammenbrach, verfolgte die Auswirkung auf Kiera, die selbstverständlich genauso reagierte wie geplant.

Gleich würde sie erkennen, dass nicht das Schicksal die Karten mischte, sondern dass am Ende der Zufall regierte.

Kapitel 58

Die Zeit stand still. Alle Geräusche um mich herum waren verstummt. Ich nahm nichts wahr außer Cody, der neben seinem Mikrofon lag, blass und unwirklich, sein Körper wie verschwommen. Nur mühsam erfasste ich den Schemen, der sich wie in Zeitlupe auf den Rand der Bühne zubewegte, konnte ihn jedoch nicht fixieren. Ich spürte einen Lufthauch. Hayden.

Er sprang in normaler Geschwindigkeit an mir vorbei, klar und deutlich zu erkennen, ehe auch er zu einem undeutlicheren, verschwommenen Umriss neben Cody wurde. Hatten meine Augen vor lauter Schock plötzlich ihre Sehkraft verloren?

Eine solche Hilflosigkeit hatte ich nie zuvor empfunden. Erst mein Freund, der blutend in der Küche gelegen hatte, jetzt Cody. Beim Gedanken an Phoenix legte sich eine eiserne Hand um mein Herz und es fiel mir schwer zu atmen. Ich fühlte mich so verlassen, so allein, und suchte instinktiv nach den Menschen, die mir mein Leben lang Halt in allen Situationen gegeben hatten: nach meinen Eltern.

Ich sah an die Stelle, an der ich sie zuletzt gesehen hatte. Doch nur mein Vater war klar und deutlich zu erkennen, reglos, wie aus der Zeit gefallen.

Ein Schaudern durchfuhr meinen Körper. Neben ihm

stand eine unwirkliche Gestalt, die sich an seinen Arm klammerte.

Mom? Ich runzelte die Stirn, kniff die Augen zusammen, um sie genauer zu erkennen, doch das war nahezu unmöglich.

Mein Vater stand noch immer bewegungslos wie eine Statue im Saal und lächelte in meine Richtung. Ganz gleich, wie oft er mich gelobt hatte, nie zuvor hatte er mich mit einem solchen Stolz angestrahlt. Dann nickte er kurz in meine Richtung und wurde zu einem Schemen wie die anderen, nur nicht ganz so blass. Meine Sicht verschwamm und ich schaffte es nicht mehr, ihn genau zu fixieren. Mein Blick schwankte hinüber zu Cody, bei dem ich noch immer Mühe hatte, ihn zu fixieren. Vermutlich lag es an den Tränen, die mir in den Augen standen. Ich kniete mich neben Hayden, der Codys Puls fühlte. Die Person, die versuchte, auf die Bühne zu kommen, war noch immer nicht bei ihm angekommen, kletterte gerade auf die Bühne, als bewege sie sich durch großen Widerstand. Was war hier los?

Hayden starrte mit weit aufgerissenem Mund in meine Richtung, die etwas verschwommene Version von ihm wurde plötzlich klar und deutlich, als hätte man ein Objektiv scharf gestellt oder einen Tränenschleier weggeblinzelt.

»Was in Fortunas Namen bist du?«, stieß er hervor, während er versuchte, Cody mit einem blauen Licht zu heilen – natürlich ebenso vergeblich wie Phoenix' Versuche zuvor.

»Was?«, fragte ich irritiert. Kein ›Hilf mir!‹, ›Ruf einen Notarzt!‹ oder so etwas in der Art?

Verzweifelt schlug Hayden mit der Faust auf die Bühnenbretter, als seine Heilung von Cody keine Wirkung zeigte.

»Wir sind hier hinter dem Schleier, Kiera. Du solltest nicht hier sein.« Er deutete mit dem Kopf auf die Person, die in Zeitlupe Millimeter für Millimeter näher kam. »Nur Wesen mit göttlichem Blut können die Seite des Schleiers allein betreten.

»Aber mein Dad …«, setzte ich an, ehe mein Gehirn die letzten Puzzleteile zusammensetzte und ich die Augen weit aufriss.

Mit einem Mal wusste ich, wessen Gestalt Kairos angenommen hatte.

Kapitel 59

Zitternd tippte ich Hayden an, der nicht reagierte, sondern auf dieser Seite des Schleiers weiter versuchte, Cody zu heilen.

»Du musst sein Schicksal ändern, Kiera!«, drängte Hayden, ehe ich ihm die neuen Informationen geben konnte. »Er stirbt sonst.«

»Ich weiß nicht, wie!«, schrie ich.

»Lass mich dich markieren und greife in sein Schicksal ein. Du kannst es rückgängig machen, die Ursache.«

Meine Gedanken flogen ein paar Stunden zurück, zu dem Punkt, an dem ich entschieden hatte, Cody zum *Bricks* zu schicken. Ich hatte Codys Leben gefährdet!

Ich musste es rückgängig machen. Schon griff ich nach der Münze, um das Gewebe deutlicher zu sehen.

»Stopp!«, rief Hayden. »Du kannst das Schicksal nicht lenken, wenn ich nicht mit dir verbunden bin. Es wäre sonst ein reines Glücksspiel.«

Glücksspiel. Zufall. Kairos. Er hatte die Fäden in der Hand.

»Mein Vater ...«, stammelte ich. »Kairos. Er ... ist hier.«

Mit diesem Satz hatte ich Haydens Aufmerksamkeit. Er ließ Cody in Ruhe und sprang binnen eines Wimpernschlags auf und ging in Verteidigungshaltung.

»Wo?«, fragte er und sein Blick glitt durch den Raum.

»Mein Vater«, flüsterte ich.

»Die Tochter des Schicksals«, hauchte Hayden ehrfürchtig und wurde kreidebleich.

Ich verstand nicht.

»Ich hatte Kairos für verrückt gehalten. Er war immer etwas … zu sehr darauf fixiert, die alte Zeit wiederherzustellen. Er hat irgendwann von der Tochter des Schicksals erzählt, die alles verändern würde.« Hayden fuhr sich durchs Haar. »Bleib hier. Hinter dem Schleier. Ich hole Phoenix.«

Noch ehe ich protestieren konnte, raste er davon. Mein Herz pochte wie wild. Wie konnte er mich in diesem Moment zurücklassen? Ich sah zu dem verschwommenen Umriss, der soeben endlich die Bühne erklomm und im Schneckentempo auf Cody zuhielt.

Tochter des Schicksals.

Haydens Worte hallten durch meinen Kopf wider. Aber nur, weil Kairos die Gestalt von Dad angenommen hatte, wäre ich doch nicht automatisch seine Tochter. Oder war das nur metaphorisch gesprochen?

Wieder einmal verfluchte ich das Schicksal. Phoenix und Hayden. Wieso ließen sie mich ständig in Unwissenheit?

»Hallo, Engelchen.« Die Stimme war so vertraut, dass mein Herz schmerzte. Ich drehte mich nach ihr um.

Kairos sah exakt so aus wie mein Vater. Sogar das halbe Lächeln und der etwas entrückte, wie in Gedanken versunkene Gesichtsausdruck stimmten.

»Wo ist mein Vater?«, fragte ich mit möglichst fester Stimme. Die Worte kamen jedoch nur als ein leises Flüstern heraus.

»Kiera, Engelchen.« Kairos trat mit weit geöffneten Armen auf mich zu, als wollte er mich umarmen, wie es Dad früher immer getan hatte. Tränen verschleierten meinen Blick.

»Was hast du mit meinem Vater gemacht?« Hatten sich meine Eltern deswegen getrennt? Weil nicht mehr mein echter Vater bei uns zu Hause gewohnt hatte? Wie lange hatte er uns schon ausgehorcht? Was hätte alles passieren können?

Dad – Kairos! – legte den Kopf schräg, wie mein Vater es immer tat, wenn er mich eingehend beobachtete. Dann sah er mich mit einem Blick voll wahrer Liebe an. Der Liebe zu seinem Kind. Ein Blick, den ich trotz idiotischer Dinge, die ich früher angestellt hatte, immer wieder zu sehen bekommen hatte und der mir gesagt hatte, dass alles wieder gut werden würde.

Meine Lippen zitterten. Die Tränen vermehrten sich unaufhaltsam.

»Alles wird gut, Kiera, Engelchen. Alles wird so, wie es immer hätte sein sollen.«

»Nein«, flüsterte ich.

»Du wirst es nicht aufhalten können, Engelchen. Nicht mehr.« Er riss mich an sich, und obwohl ich mich wehrte, drückte er mich fest, fuhr mir übers Haar. »Die Liebe wird das Schicksal vernichten, den Schleier ein für alle Mal zerstören und Fortuna wird wiederkehren.«

»Das willst du? Du willst Fortuna zurückholen?« Es auszusprechen machte es noch viel verrückter. Seit einer Woche hatte ich beinahe täglich ein neues Level an Verrücktheit erreicht. Mehr ging einfach nicht mehr. Doch die Person vor mir belehrte mich eines Besseren. Ich stand hier hinter dem *Schleier* und der Rest des Saales war in Slow Motion gefangen.

»Du gehörst nicht zu dieser Welt, Kiera.« Dad zeigte auf jemanden, der sich nun endlich neben Cody kniete. Mit etwas Augenkneifen erkannte ich einen der Sanitäter, die im Saal postiert gewesen waren.

»Hilf ihm!«, forderte ich und deutete auf Cody. »Du kannst ihn heilen!«

»Du hast es in der Hand, Engelchen. Bestimme sein Schicksal.«

Doch gerade, als ich etwas erwidern wollte, trat Hayden dazwischen.

»Tu es nicht, du weißt nicht, in welche Richtung du es beeinflussen würdest. Du bist wie er«, sagte Hayden, der neben mir zum Halten kam. Selbst auf dieser Seite des Schleiers konnte er sich unglaublich schnell bewegen. »Lass mich dir helfen und du wirst Codys Schicksal zum Positiven verändern, du wirst sogar diesen blöden Talentscout überzeugen können.«

Für einen Moment genoss ich die Bilder, die Haydens Worte entstehen ließen. Einen von Fans umjubelten Cody, eine große Konzerttournee.

»Du gehörst zu mir. Und wir werden Fortunas Macht wiedererwecken.« Kairos' Stimme war scharf.

»Niemals.« Die Worte kamen so scharf hervor und doch sorgte die dazugehörige Stimme dafür, dass mein Herz einen Luftsprung machte. Nur um sich danach schmerzhaft zusammenzuziehen.

Phoenix trat an meine eine Seite und nahm meine Hand. Das gewohnte Kribbeln fuhr meinen Arm hoch.

Hayden sah lächelnd zu ihm.

Kairos lachte auf, als er auf Phoenix' und meine verschränkten Hände sah.

»Wie schön. Ich wusste, es würde funktionieren.«

Phoenix' Blick hätte tödlicher nicht sein können. Er krallte sich fester in meine Hand.

Kairos' Mimik veränderte sich schlagartig. Die Belustigung, die sein Gesicht immer umspielt hatte, verschwand. Seine grauen Augen blitzten scharf auf.

Phoenix streckte seine Hand in die Luft, die ersten blauen Funken zuckten bereits daran empor.

»Zoferos, mein unsterblicher *Bruder*!«, sagte Kairos mit einem spöttischen Lächeln. »Ach, nein. Meine Tochter hat ja dafür gesorgt, dass du deine menschliche Seite entdeckt hast.« Er lachte finster auf und musterte Phoenix von oben bis unten, während mir eiskalt wurde und ich immer mehr erstarrte.

»Wie gut, dass du dich rechtzeitig von Kiera lösen konntest.« Ich sah verwirrt zu Phoenix und kniff die Augen zusammen, spiegelte damit seinen Gesichtsausdruck, ehe er zu Hayden sah.

Dad nickte wissend. »Es war nicht immer einfach, euch zu täuschen. Du warst immer sehr skeptisch, Zoferos. Aber die Gefühle für meine Tochter haben dir deinen Instinkt geraubt und du hast nicht einmal bemerkt, dass ich es war, dem du auf dem Hochhausdach begegnet bist. Den du aufgesucht hast, um dir zu *helfen*. Ich bin mir nämlich nicht sicher, was passiert, wenn du mit meiner Tochter verbunden bist, während du für immer vergehst.«

Ich stieß einen lauten Schrei aus und sackte zusammen.

Kapitel 60

Kairos wartete einen Moment ab, bis Phoenix zischend die Luft ausstieß. Ein tiefes Grollen drang aus seiner Kehle. Er war im Begriff, auf Kairos loszugehen, seine Hände sprühten nur so vor Funken.

»Das würde ich nicht tun, Zoferos. Du kannst mich nicht töten.« Er lachte gehässig. »Genauso wenig wie ich dich. Dass du menschlich geworden bist, heißt nur, dass du nicht zurückkehrst. Trotzdem bin ich nicht in der Lage, dir eine tödliche Verletzung zuzufügen.« Seinem Gesichtsausdruck zufolge war ihm dieser Umstand ein Dorn im Auge, für mich jedoch bedeutete es Hoffnung. Kairos fuhr fort: »Wie war es denn? Konntest du bereits einen ersten Blick in Hades' Reich werfen oder hat Eftychios zu schnell eingegriffen? Du warst nahe dran, nicht wahr?« Seine Lippen verzogen sich zu einem eiskalten Grinsen. Er sah nicht mehr aus wie mein Vater, sondern glich der Fratze des Jokers.

Phoenix grollte ein »Was willst du?«, die Funken auf seiner Hand zogen sich jedoch etwas zurück.

Doch Phoenix' Frage ging in einem Splittern und Knarren unter, als das Dach des Clubs auseinanderbrach.

Ich schrie auf, als Teile davon in Zeitlupe nach unten stürzten, mitten ins Publikum. Und wir hatten von der Bühne aus einen kompletten Überblick auf das Geschehen.

Erst dann entdeckte ich die geflügelten Wesen, die sich auf unserer Seite des Schleiers bewegten und nun hinab in den Saal stürzten.

Die Menschen! Meine Mom! Cody! Mein Blick schnellte von den widerlichen Wesen zu Cody, der noch immer zu unseren Füßen von dem Sanitäter untersucht wurde. Nein. Nicht mehr. Er hatte seine Hand zurückgezogen, die Cody abgetastet hatte, und nun bewegte er mit gesenktem Blick ganz langsam den Kopf hin und her.

»Nein!«, schrie ich entsetzt, riss mich von Phoenix los und stürzte zu Cody, völlig hilflos, was ich sonst tun sollte. Ich kniete mich neben ihn und zog seinen Kopf auf meinen Schoß, während mein Vater lateinische Worte vor sich hin sang, die ich erst mit etwas Verzögerung erkannte.

»Erkennst du die *Carmina Burana*, mein Engelchen?«, unterbrach er den Gesang. »Eine Ode an unsere Schöpferin. Und bald wird sie die Welt wieder regieren.« Er lachte teuflisch auf. »Meine Freundinnen werden mir dabei helfen.«

»Harpyien«, knurrte Phoenix und ließ den Dolch in seiner Hand erscheinen. Von Göttern erschaffene Wesen, die diese Seite des Schleiers bewohnten, wie Phoenix mir zuvor erzählt hatte. Nur hätte ich sie mir niemals *so* vorgestellt. Sie waren geflügelte hässliche Wesen mit langem Schnabel inmitten eines uralten Frauengesichts.

Die Menschen erkannten nun die Gefahr, die von oben kam. Ich wusste nicht, ob es die einstürzende Decke war oder ob sie die Harpyien schon sehen konnten. Aber ihre Münder öffneten sich in Zeitlupe und sie zeigten nach oben.

»Wir müssen Cody hier rausbringen!«, schrie ich. »Und die anderen Menschen.« Für uns fielen die gigantischen

Stahlträger des Daches langsam genug, um den Menschen zu helfen.

»Wir müssen etwas gegen die Harpyien unternehmen.« Auch Hayden hatte nun seinen Dolch in der Hand und wartete auf den ersten Angriff der beiden kreischenden Wesen.

»Wo ist die dritte?«, fragte Phoenix misstrauisch. »Sie sind immer zu dritt.«

Wie gerufen brach das dritte Monster durch die doppelflügelige Notausgangstür neben der langen Theke und schleuderte ein paar Menschen davon.

Hatte dort in der Nähe nicht meine Mutter gestanden? Wo war sie jetzt? Mein Blick huschte zwischen den Zuschauern und Cody in meinen Armen hin und her.

Kairos lachte.

»Und, mein Engelchen? Wessen Schicksal wirst du in die Hand nehmen? Deine Mutter gegen deinen besten Freund? Wie dramatisch.« Er schüttelte sich vor Lachen.

»Warum tust du das?«, schrie ich. Wie konnte er – mein Vater – mir so etwas antun? Ich presste Codys Kopf an mich und strich ihm die Haare aus dem blutleeren Gesicht.

»Es hat lange gedauert, bis ich verstand, was Fortuna mir damals gesagt hatte. ›Wo Chaos herrscht, regiert der Zufall.‹ Das Schicksal muss vernichtet werden. Damals waren wir alle ebenbürtig. Niemand war gut, niemand war böse, trotz der von Fortuna verliehenen Namen. Eftychios und Zoferos arbeiteten Hand in Hand, bis ich genügend Zwietracht säen konnte, dass sie sich voneinander entfernten.«

Er sah zu Phoenix und Hayden und wie auf Kommando stürzten sich die Monster auf sie hinab. Ich schrie auf. Der scharfe Schnabel einer der Harpyien schnappte nach Phoenix. Er duckte sich im letzten Moment zur Seite und stieß den silbernen Dolch nach oben. Die Harpyie kreischte auf. Mein Körper erstarrte. Ich konnte mich nicht bewegen, klammerte mich an Cody, an mein altes Leben.

Kairos redete unbeirrt weiter: »Es sollte nach Atlantis noch Jahrhunderte dauern, bis ich Fortunas versteckte Hinweise entschlüsseln konnte. Fortunas Kinder sind unsterblich, besitzen keine sterbliche Seele wie die Menschen. Wie also konnte ich sie vernichten, ohne dass sie wiederkehren würden?

Ich musste dafür sorgen, dass sie eine Seele bekamen. Durch die Liebe einer Trägerin wurde Eftychios zu einem kleinen Teil menschlich, so sehr, dass er Jahrzehnte um sie trauerte, als sie *zufällig* gestorben ist.« Abfällig lächelte er Phoenix zu.

»Er glaubte doch tatsächlich, das dunkle Mittelalter wäre seiner Stärke zu verdanken.« Für einen Moment hielt er inne. »Eins hat mir die Liebe zwischen Chenoa und Eftychios jedoch gezeigt: Es reichte nicht aus, von einem *Menschen* geliebt zu werden. Dann stieß ich Jahrhunderte später auf eine alte Prophezeiung über die *Tochter des Schicksals*. Sie würde auf besondere Weise lieben können und ihre Liebe würde Zoferos oder Eftychios zerstören und das Gleichgewicht von Gut und Böse durcheinanderbringen und sie vernichten.« Voller Stolz sah er mich an.

»Nein!« Ich schüttelte wieder und wieder ungläubig den Kopf, konnte nicht realisieren, dass all das gerade wirklich passierte. Ich presste Cody an mich, als könnte er mir Halt geben, während Phoenix und Hayden noch immer die Angriffe der Harpyien abwehrten. Doch eine Information sickerte zu mir hindurch: Phoenix war nicht aufgrund meines Wunsches oder einer Entscheidung zum Menschen geworden – meine bloße Nähe und meine Gefühle hatten ihn dazu gemacht? Ich schluckte und verdrängte den Gedanken. Warum erzählte er mir das alles? War er wirklich so ... krank im Kopf, dass er tatsächlich stolz darauf war?

Kairos lachte wissend. »Ich hätte jedoch nie geglaubt, dass du dich für Zoferos entscheiden würdest, Engelchen.« Er warf mir einen für Dad so typischen tadelnden Blick zu, dass sich mein Herz sofort verkrampfte.

Ich wusste nicht mehr, in welche Richtung meine Gedanken zuerst arbeiten sollten. Dass ich tatsächlich die Tochter von Kairos war oder dass mich selbst mein Vater dafür verachtete, in Phoenix nicht das erkannt zu haben, was er war: Phoenix war Zoferos. Das schlechte Schicksal, das Böse, das die dunklen Zeiten unserer Geschichte gelenkt hatte.

Ist das wirklich wichtig?, fragte mich eine innere Stimme ruhig. *Phoenix war nicht immer so, du hast es eben gehört und schon lange zuvor gespürt.*

»Er hat das erste Mal in seinem Leben das Richtige getan«, wiederholte ich im Geiste Haydens Worte. Phoenix hat mich gehen lassen, damit ich das Schicksal in die Hand nehmen und zum Guten beeinflussen konnte.

Ich setzte mich aufrechter. Ein neuer Gedanke machte mich stärker. Ich würde Kairos' Plan ändern können!

Kairos sah mich misstrauisch an und ich lächelte.

Ich nahm die Münze in meine linke Hand, schloss die Augen und flog über das Gewebe. Bis ins kleinste Detail stellte ich mir vor, wie die Harpyien verschwanden, dorthin, wo sie hergekommen waren, wie das Dach wieder ganz wurde. Ich erlebte den Nachmittag im Rückwärtsgang, hoffte ebenfalls, eingreifen zu können und Cody mit dem Notarzt oder zur

Not mit eigenen Händen ins Krankenhaus bringen zu können, damit er überlebte.

Alles, was geschehen war, lief im Rückwärtsgang vor meinem inneren Auge ab. Ich umschloss die Münze so fest, bis mir die Fingernägel in die Haut stachen.

Ich war die Trägerin der Münze, aber ich war auch in der Lage, die Vergangenheit zu ändern. Ich war die Tochter des Schicksals. Und ich glaubte daran, dass alles gut werden würde.

Die Energie ballte sich um mich herum, während Kairos die Augen zusammenkniff. Blaue Funken sprühten aus meinen Händen, ein leuchtendes Netz breitete sich über meine Arme aus und griff sogar auf Cody über. Es würde funktionieren. Ich glaubte daran, ich wünschte es mir, ich hoffte es.

Eine nebelfeine Flüssigkeit traf mich, überzog meinen Arm und die Seite meines Gesichts in dem Moment, in dem mich die Energiedetonation wie schon mehrere Male zuvor umwarf.

Kapitel 61

Ich rappelte mich auf, sah mich hastig um, spürte nach wie vor Codys Gewicht auf meinen Oberschenkeln.

Ich hatte nichts verändert.

Panik überkam mich, als ich den feinen Nebel als das erkannte, was er tatsächlich war. Dunkelrotes Blut verfärbte meinen Arm.

Hilfe suchend rief ich nach Hayden und Phoenix. Doch sie hatten Mühe, die Harpyien von sich und den Menschen fernzuhalten. Drei Harpyien stürzten sich abwechselnd auf einen undeutlichen Schemen, der ihnen die Hand mit dem Dolch wieder und wieder entgegenstieß.

Er war jenseits des Schleiers. Ich suchte nach dem zweiten Bruder, erkannte ihn mit zusammengekniffenen Augen zu Füßen des noch kämpfenden Schemens. Sie waren beide nicht hier. Der Kampf fand dort – unter Menschen – statt.

Doch wer lag am Boden, wer kämpfte gegen die Überzahl der Monster? Ich kniff die Augen fest zusammen und konzentrierte mich auf die andere Seite, doch ich bekam sie einfach nicht zu fassen, konnte mich nicht konzentrieren. So vorsichtig und doch so schnell wie möglich bettete ich Codys Kopf auf die Seite und sprang auf.

Ich rannte zu den beiden Brüdern, wollte irgendwie helfen, doch im Unterschied zu Codys leblosem Körper konnte ich nicht nach ihnen greifen, sie durch den Schleier nicht berühren. Sie bewegten sich in einer anderen Dimension, in einer anderen ... Zeit.

Verzweifelt versuchte ich, dem verschwommenen Körper am Boden den Dolch aus der Hand zu nehmen, doch es gelang mir nicht.

Kairos trat neben mich und schüttelte missbilligend den Kopf.

»Engelchen.« Ich wich seiner Berührung aus. Einem Schultertätscheln, wie mein Vater es immer wieder getan hatte. Doch jetzt ekelte mich diese Berührung nur noch an.

»Wieso hat es nicht funktioniert?«, schrie ich ihm ins Gesicht.

»Weil all die Ereignisse heute nur Folgen sind, weitere Verkettungen und kein erneuter Eingriff des Schicksals.« Sein Ton war belehrend wie früher. Doch nun war ich kein kleines Mädchen mehr.

Ich griff abermals nach dem verschwommenen Dolch. Versuchte es zumindest.

»Tststs, Kiera. Hast du nicht verstanden, dass diese Seite jenseits der normalen Welt existiert? Du musst hinübertreten, um etwas beeinflussen zu können. Ich habe Jahrtausende hier verbracht, verborgen vor Eftychios und Zoferos, als flüsternde Worte, habe die beiden in Gestalt des jeweils anderen besucht.« Er runzelte die Stirn. »Nein, nur Eftychios. Zoferos – *Phoenix* – war zu skeptisch. Er hat Hayden immer mehr misstraut.«

Ich hörte nur mit halbem Ohr hin, versuchte, wieder durch den Schleier in meine Welt zu treten.

Dabei wusste ich nicht einmal, ob derjenige am Boden noch lebte.

Die Angst um Phoenix wurde immer größer. Jetzt, wo ich wusste, dass alles von langer Hand geplant gewesen war, hätte ich heulen können beim Gedanken daran, dass ich Phoenix nicht vertraut hatte. Warum hatte ich nur einen Gedanken daran verschwendet zu glauben, dass er mich tatsächlich nicht mehr wollte? Dabei hatte er geglaubt, er könnte mich retten.

Nicht nur mich.

Cody.

Alle.

Ich wischte die Tränen aus meinem Gesicht und stand auf. Ich musste zu ihm.

Die Harpyien kreisten zwischen den in der Luft hängenden Dachbalken, die Scherben der zerborstenen Fenster reflektierten das Licht des Mondes, als sie von den Flügeln der Monster zur Seite geschleudert wurden.

Kairos folgte meinem Blick.

»Sieht es nicht wunderschön aus? Ihre Welt ist so … einfach.« Er hielt plötzlich einen Dolch in der Hand. Denselben, den auch Hayden und Phoenix besaßen. Doch seine Klinge schimmerte schwarz. Mein Dad hatte nie ein Tattoo besessen, durch das er die Waffe hätte erscheinen lassen können.

Kairos' Lächeln holte mich wieder in die Realität. Ich handelte intuitiv und griff nach seinem Arm.

Er riss mich mit sich auf die andere Seite des Schleiers.

Kapitel 62

Nach der Stille war der Lärm jenseits des Schleiers ohrenbetäubend. Die Schreie der Menschen, die versuchten, den herabstürzenden Teilen des Daches auszuweichen und einander zur Seite schubsten. Das Knirschen der übrig gebliebenen Trägerbalken, die nun die Last allein zu tragen hatten. Das Kreischen der Harpyien.

Noch surrealer wurde das Ganze durch die Musik. Carl Orffs *Carmina Burana* dröhnte über alle Geräusche hinweg wie ein schlechter Witz. Hatte Kairos das zu verantworten? War er schon verrückt geworden?

Die Harpyien kreisten den Bruchteil einer Sekunde über unseren Köpfen, dann griffen sie auch schon direkt Hayden an, der versuchte, schnell genug zu reagieren. Phoenix lag blutüberströmt zu seinen Füßen.

Die ersten großen Metallplatten stürzten in den Zuschauerraum und begruben etliche Menschen. Die Schreie wurden noch lauter.

Auch wenn jetzt alles wieder in Echtzeit ablief, registrierte ich doch jedes Detail ganz genau. Die Körper, die begraben wurden, sandten eine Energie aus. Nein, ein Echo davon. Ihre Energie war erloschen, ebenso wie die von Phoenix.

Mit schnellen Schritten überquerte ich die Bühne, ignorierte Kairos' neugierigen Blick, als wäre ich ein Labortier, das man studieren musste. Neben Phoenix ließ ich mich zu Boden fallen. Aus der tiefen Wunde in seinem Bauch quoll in kleinen Schüben rotes Blut hervor. Sofort packte mich der Schwindel.

Die nächste Metallplatte sorgte erneut für ein Energie-Echo im Saal.

Hayden stieß einen schmerzhaften Schrei aus und erwischte mit seinem Dolch eine Harpyie, die soeben nach seiner Schulter gehackt hatte. Aus der klaffenden Wunde floss unablässig Blut, das immer heller und heller wurde. Wurde auch er zum Menschen? Warum?

Mir fiel ein, was Kairos zum Gleichgewicht zwischen Gut und Böse gesagt hatte.

Du hast es in Gang gesetzt.

Du bist dafür verantwortlich.

Für Phoenix, dessen Energie in diesem Moment erlosch, als das Blut nicht mehr pulsierend aus der Wunde trat.

Für Hayden, dessen Hauptschlagader gerade zielgenau von einem scharfen Schnabel aufgeschlitzt wurde.

Für Cody, dessen lebloser Körper sich in meinen Kopf gebrannt hatte, sodass ich mich gar nicht erst zu ihm umdrehen musste.

Für meine Mutter und all die Menschen, die heute nur einen ausgelassenen Abend verbringen wollten und nun von den einstürzenden Teilen des Daches erschlagen und begraben wurden.

Für die Erfüllung von Kairos' Schicksal: die Ära der Götter erneut einzuläuten und Fortuna zurückkehren zu lassen.

Die Verantwortung für all das drohte mich umzuwerfen.

Es war Kairos, der mich auffing, der mit mir auf die andere

Seite des Schleiers verschwand, von wo aus ich Hayden in Zeitlupe fallen sah. Direkt auf Phoenix' leblosen Körper.

Kairos war es auch, der mich nach draußen vor den Club trug, ehe er wieder mit mir auf die andere Seite wechselte und mit siegesgewissem Blick zusah, wie der Rest der Halle zusammenstürzte, während ich ohne seinen Halt zusammensackte und die Arme um meine angewinkelten Beine schlang.

Es musste ein Traum sein, ein Traum. Eine Vision. Ein Blick auf ein mögliches Schicksal. Das konnte auf keinen Fall die Realität sein. Niemals.

Von irgendwoher drangen Sirenen an mein Ohr. Sie waren mindestens genauso unwirklich wie die letzten Töne der *Carmina Burana*, die noch aus dem einstürzenden Club zu uns herüberwehten, ehe auch die Musik verstummte.

Kapitel 63

Die letzten Geräusche erstarben und eine unheimliche Stille breitete sich aus, doch die Schreie, das Knirschen, das Kreischen der Harpyien und zuletzt die Gesänge des Chors lagen noch in meinen Ohren und brachten meinen Kopf beinahe zum Platzen.

In wenigen Minuten hatte ich mein ganzes Leben verloren. Zusammengekauert auf dem Boden, war ich nicht dazu fähig, etwas anderes zu tun, als zu versuchen, aus diesem Albtraum aufzuwachen. Meine Fingernägel krallten sich in meine Unterarme. Der Schmerz schaffte es nicht, mich aufzuwecken und mich zu erlösen.

Die Sirenen kamen näher.

Kairos neben mir spannte sich an, zog mich an meinem Oberarm nach oben wie eine Stoffpuppe.

»Zoferos ist noch nicht vernichtet«, zischte er.

Noch nicht vernichtet. Dieser kleine geflüsterte Satz vertrieb das Durcheinander in meinem Kopf. Ich brauchte Zeit.

»Warum musst du ihn vernichten?«, fragte ich daher, obwohl ich es mir bereits zusammengereimt hatte. Die Antwort hatte all die Jahre in seinem Arbeitszimmer gehangen.

Kairos wandte sich mir seufzend zu.

»Wen von beiden ich vernichte, ist egal. Der eine kann

nicht ohne den anderen existieren. Sie sind ein Gleichgewicht.«

Also sprach ich das Zitat aus, während ich fieberhaft nach einer Lösung suchte. »*Wo Chaos herrscht, regiert der Zufall.* Wenn die beiden vernichtet sind, bist du mächtig genug, Fortuna zurückzuholen.«

Kairos' Gesicht erstrahlte. In diesem Moment sah er wieder so nach Dad aus, dass es mich zerriss.

»Woher willst du wissen, dass nicht auch du vernichtet wirst?«

»Ich war nie wie sie. Wir haben die wahre Macht, Kiera. Wir beide können tun und lassen, was wir wollen. Wir sind frei.«

Ich wusste, was ich tun musste. Der Gedanke gab mir Kraft und die Idee reifte innerhalb von Millisekunden. Auch wenn für Mom und Cody alles zu spät sein würde, könnte ich vielleicht den Rest der Menschen retten.

Ich war dafür verantwortlich gewesen, dass Phoenix menschlich geworden war, indem ich mich in ihn verliebt hatte. Doch ich liebte nicht nur ihn.

Kairos hatte es mir selbst erklärt: Wir hatten die wahre Macht. Wir waren stärker.

Mit einem tiefen Atemzug schloss ich die Augen und dachte an die Liebe, die ich für meinen Vater empfand, schon immer empfunden hatte. An meine wundervolle Kindheit, die vielen schönen Momente, die ich erlebt hatte, und dachte dabei immer wieder daran, wie sehr ich meinen Dad – Kairos – liebte. Ein Ruck fuhr durch mich hindurch und ich öffnete die Augen.

Kairos' Augen war jegliche Wärme verloren gegangen. Auch wenn er noch immer aussah wie mein Vater, war der eiskalte, an Wahnsinn grenzende Blick der klare Beweis, dass mein Vater nur eine Rolle gewesen war.

In meiner Hand prickelte die Energie, zog sich vom Netz zu einem leuchtenden blauen Ball zusammen.

Kairos riss seine Augen weit auf, als ich die Energie direkt auf seine Brust presste und sein gesamter Oberkörper sofort von einem Netz aus blauen Blitzen überzogen wurde.

Während ich darauf wartete, dass er zusammenbrach, zeigten sich kleine Fältchen um seine Augen.

»Ach, Kiera.« Er nahm meine glühende Hand beiseite. Die Funken sprangen zwischen unseren Armen hin und her.

Wieso passierte nichts?

»Ich war niemals Hüter oder Jäger des Schicksals, Kiera.« Er schüttelte die letzten Funken ab, als wären sie lästige Fliegen. »Fortuna hat dafür gesorgt, dass nur das positive und negative Schicksal so schwach sind, um sich von der Liebe beeinflussen zu lassen. Sie selbst störten mit ihren Entscheidungen das Gleichgewicht. Und keine Entscheidung bewirkt nur Positives oder Negatives. Die Folgen sind nicht berechenbar. Wie bei Fortunas Rad ist des einen Aufstieg der Fall des anderen. Sie werden sich immer gegenseitig beeinflussen, und solange sie gegeneinander kämpfen, würden sie sich immer weiter zerstören.«

Er lächelte mich erwartungsvoll an, als müsse ich stolz darauf sein, welche Intrigen er gesponnen hatte. Schon lange vor meiner Geburt.

In Kairos' Hand befand sich plötzlich wieder der Dolch. Ich starrte darauf.

Die Tochter des Schicksals.

Meine Gedanken wirbelten immer schneller und schneller.

Hatte er mich zeugen müssen – ich würgte bei dem Gedanken daran –, damit ich ihm irgendeine Tür aufhielt? War ich nur Mittel zum Zweck?

Hatte er nun vor, mich ebenso zu töten, weil er freie Bahn brauchte?

Kairos sog genüsslich die Luft ein.

»Nun werde ich beenden, was ich vor so langer Zeit begonnen habe.«

Kapitel 64

Ich öffnete die Augen, hatte nicht bemerkt, wie ich sie in Erwartung meines eigenen Todes geschlossen hatte.

Es war nicht mehr genügend Gefühl in mir, erleichtert zu sein, dass ich nicht tot war oder dass Kairos verschwunden war.

Ich dachte nur noch daran, dass er es beenden wollte. Dass er dafür sorgen würde, dass das Schicksal, wie wir es kannten, nicht mehr existierte und er die endgültige Macht erlangte.

Er musste durch den Schleier zu den Trümmern der Halle gegangen sein. Ich wollte ihm folgen. Aber ich fühlte mich so machtlos, so erschöpft.

Die Harpyien kreischten auf und machten mir eines bewusst. Der Schleier, der sie aus dieser Realität fernhalten sollte, hatte sich bereits gelüftet. Das Gewebe zerriss, ich spürte es.

Wann hatte es begonnen?

Kairos hatte nie dementiert, dass ich rückgängig machen könnte, was geschehen war. Als ich versucht hatte, den heutigen Tag zu verändern, hatte ich nur den falschen Moment gewählt. Es hatte nicht genügt, zu meinem Eingriff in Codys Schicksal heute Vormittag zurückzukehren.

Ich nahm die Münze in die Hand, sah wieder das dichte

Geflecht vor mir, in dem ich beim Heranzoomen die einzelnen Stränge erkennen konnte, und begann, meinen Faden zurückzuverfolgen.

Was hatte all das ins Rollen gebracht?

Welche meiner Entscheidungen war der Anstoß gewesen, der den ersten Dominostein zu Fall gebracht hatte?

Während die Harpyien zur Landung ansetzten und sehr langsam damit begannen, mit ihren langen Schnäbeln Trümmer zur Seite zu schieben, trat Kairos wieder hinter dem Schleier hervor und wartete beinahe geduldig, bis die Monster sich einen Weg zu Hayden und Phoenix gebahnt hatten. Als hätte er alle Zeit der Welt.

›*Ich dachte, die Liebe des Trägers würde ausreichen*‹, glitten seine Worte durch meinen Kopf und ich traf eine Entscheidung, die schwerer wog als alle bisherigen zusammen.

Ich verschloss mein Herz, das allein beim Gedanken daran in Stücke zu zerspringen drohte, und erinnerte mich an genau den Tag, an dem mir klar geworden war, dass ich mich in Phoenix verliebt hatte.

Jetzt wusste ich, dass das, was ich immer als Energiedetonation beschrieben hatte, die Schicksalsfäden waren, die ich neu verknüpft hatte. Das Gewebe hatte sich in dem Moment geändert, in dem ich diesen neuen Weg geschaffen hatte. Der Weg, der dazu geführt hatte, dass Phoenix durch meine Gefühle und die stetige Nähe immer menschlicher wurde – sterben konnte, ohne zurückzukehren.

Der mich dazu gebracht hatte, auf ihn zu hören und mich selbst zu schützen, anstatt die Konsequenzen zu bedenken. Womit ich Codys Tod verursacht hatte.

Ich hatte mich für die Liebe entschieden, diesen Weg selbst zugelassen.

Noch ein letztes Mal ließ ich mich von dem Kribbeln im Bauch, von dem Prickeln zwischen uns, von den Neckereien und den Küssen mitreißen, ehe ich all das wegschloss und mir wünschte, dass ich mich niemals in das Schicksal verliebt hätte, diese Möglichkeit nie zugelassen hätte.

Ich konzentrierte mich auf den Knotenpunkt im Gewebe, bis er sich auflöste. Der Schicksalsfaden schnellte zurück. Anhand der freigesetzten Energie, die ich nun als Ruck an dem Gewebe erkannte und die mich mehrere Meter nach hinten schleuderte, wusste ich, dass ich alles richtig gemacht hatte.

Die Tränen, die meine Wange hinabrollten, wussten es jedoch besser. Sie wussten, was in mir drin geschah. Der Preis dafür, sein eigenes Schicksal zu verändern.

Mein Herz gefror und zersplitterte in Tausende Teile, die nie mehr ein Ganzes ergeben würden.

Kapitel 65

»Kiera!«

Jemand riss an meinem Arm.

Mein Kopf tat weh. Ich verzog das Gesicht, ehe ich mit Mühe die Augen aufschlug und in das jubelnde Publikum sah.

»Verdammt, war das knapp. Wolltest du dich von der Bühne stürzen?«

Cody schüttelte vorwurfsvoll den Kopf, ein Grinsen im Gesicht. Mit einem Wink holte er Jason und den unversehrten Hayden nach vorne an den Bühnenrand, damit wir vier uns ganz klassisch verbeugen konnten, woraufhin der Applaus erneut aufbrandete.

Erst da realisierte ich, dass ich tatsächlich die Vergangenheit verändert hatte. Es war, als hätte Kairos' Eingriff nie stattgefunden. Vor lauter Freude, Cody lebend zu sehen, schlang ich meine Arme um ihn und drückte ihn so fest an mich, wie ich nur konnte. Auf meiner Brust brannte etwas. Ich tastete nach der Münze um meinen Hals und war erleichtert, dass sie noch da war. Hayden fing meinen Blick auf, als ich mich an Codys Brust schmiegte und den so vertrauten Geruch einsog.

Hayden nickte mit gesenkten Lidern und zusammengepressten Lippen. Er wusste, welchen Preis ich bezahlt hatte, um das Richtige zu tun.

Dann schob mich Cody ein wenig von sich und hob mit der Hand mein Kinn an, um mich zu küssen. Das Publikum tobte.

Ich erstarrte, versuchte krampfhaft herauszufinden, wie diese Woche abgelaufen wäre, wenn ich mich nicht in Phoenix verliebt hätte. Wären Cody und ich zusammengekommen? Alles in mir schrie »Nein!«, doch seine Lippen auf meinen behaupteten etwas anderes.

Es fühlte sich so falsch an.

Mein Herz setzte aus, wusste, dass ich nicht den Richtigen küsste. Ich verkrampfte, Cody zuckte zurück.

»Tut mir leid«, stammelte er. »Ich bin nur so … froh, dass wir es geschafft haben.« Er sah verlegen zu Boden.

Schnell warf ich einen weiteren Blick zu Hayden, dessen Gesichtsausdruck unergründlich war. Bei der Treppe, über die wir die Bühne betreten hatten, tauchte Amy auf. Ganz allein, kreidebleich wie nie zuvor, stand sie dort und hatte die Augen weit aufgerissen. Sie machte ein paar zögerliche Schritte in Richtung Bühne und sagte etwas, das ich unter dem Toben der Menge nicht hören konnte. Dann riss sie den Kopf herum, als riefe jemand nach ihr. Ich folgte ihrem Blick, konnte jedoch nichts sehen. Als ich mich ihr wieder zuwandte, war sie bereits verschwunden.

Irritiert sah ich wieder zu Hayden, der seine Lippen fest zusammenpresste und nur stumm den Kopf schüttelte.

Nachdem wir gemeinsam die Bühne verlassen hatten, konnte ich die Tränen nicht länger wegblinzeln. Der Preis für den Eingriff in mein eigenes Schicksal war hoch, der Schmerz in meinem Inneren so groß, dass er mich zu zerreißen drohte.

Alle anderen wussten nicht mehr, wie ein Dominostein nach dem anderen umgekippt war, wie Fortunas Rad sich immer schneller gedreht hatte. Waren der Erinnerung beraubt, was in der letzten Woche wirklich geschehen war.

Ich selbst jedoch würde nicht vergessen, würde für immer wissen, dass es dort draußen jemanden gab, den ich so sehr liebte, dass ich beinahe das Schicksal der Welt dafür geopfert hätte. Den ich nun von mir fernhalten musste, um es nicht erneut so weit kommen zu lassen.

Durch einen Tränenschleier sah ich zu Hayden.

Er musste mir helfen, einen Weg zu finden, das alles zu überleben, auch wenn er mir den Schmerz nicht nehmen konnte.

Epilog

Phoenix schleuderte einen Energiestoß auf den nächstgelegenen Baum. Irgendwie musste er sich abreagieren.

›Tu das Richtige‹, hatte Eftychios gesagt. Es wäre zum Totlachen gewesen, wenn es nicht ihn betroffen hätte.

Sie nun zu sehen, wie sie einen anderen küsste – ausgerechnet Sunnyboy –, machte ihn beinahe wahnsinnig. Hätte sich ihr Schicksal genauso entwickelt, wenn er nicht ihre Nähe gesucht hätte?

Der Gedanke, dass sie die Zeit mit ihm ausgelöscht hatte, schmerzte mehr als die Hiebe der Harpyien. Doch wer wusste schon vorher, wie hoch der Preis für einen Eingriff ins eigene Schicksal war.

Er hätte diese Gefühle nie zulassen dürfen. Gefühle, die dafür gesorgt hatten, dass Kairos' lang gesponnene Intrigen Wirkung zeigten.

Vielleicht war jetzt alles in Ordnung. Kiera liebte Cody, wurde von jemandem geliebt, den sie verdient hatte.

Er lachte freudlos auf. Kiera hatte etwas Besseres verdient als ihn.

Phoenix lief am Haus von Kieras Vater vorbei. Es war leer. Vor einer Woche waren die Bewohner ausgezogen, er hatte es bereits auf dem Gewebe gesehen. Ein ›Zu verkaufen‹-Schild mit den Kontaktdaten von Kieras Mutter stand im Vorgarten. Doch sosehr er sich auch konzentrierte, er konnte Kairos nicht spüren. Sein Schicksalsfaden war auf dem Gewebe nicht auszumachen.

Er selbst jedoch war gezwungen, in der Nähe der Münze zu bleiben, und würde noch weiterhin Tag für Tag daran erinnert werden, wie es war, Kiera zu berühren.

Doch er konnte sich nicht von ihr fernhalten. Er würde nicht zulassen, dass Kairos ihm das nahm, wofür es sich zu existieren lohnte. Er würde eine Möglichkeit finden.

Niemals würde er Kiera freiwillig aufgeben, ganz gleich, was der Zufall wollte. Seine Hände waren zu Fäusten geballt, denn noch immer spürte er all die Erschütterungen des Gewebes.

Doch plötzlich war da eine fremde Macht, die an seinem Blut zupfte, sich seiner Kraft entgegenstemmte. Sofort fuhr er herum und vermutete, gleich Kairos gegenüberzustehen.

Doch da war niemand.

Für einen kurzen Moment glaubte er zu sehen, wie sich ein Mädchen mit indianischem Aussehen umwandte und davonging. Sie erinnerte Phoenix an Chenoa, Haydens Freundin. Doch als er sie ansprechen wollte, war sie bereits wieder verschwunden.

Seine Gedanken flogen zurück zu Kiera. Er würde für sie kämpfen. Es war noch nicht vorbei. Er würde Kairos finden.

Und sich rächen.

Für einen kurzen Augenblick hatte Kairos tatsächlich gezweifelt und geglaubt, dass sein Plan misslingen würde. Er hatte vorhergesehen, wie Kiera das Geschehene nicht rückgängig machen und seinen Plan damit vereiteln würde. So hatte er gezö-

gert, ihr genügend Zeit gelassen, zu den richtigen Schlüssen zu kommen, die richtigen Schritte zu unternehmen.

Die Harpyien unter Kontrolle zu halten, war selbst für ihn eine Herausforderung gewesen. Aber niemand würde seine Pläne durchkreuzen. Kiera hatte letztendlich getan, was von ihr erwartet wurde, hatte sämtliche seiner Lügen geglaubt, wie geplant.

Liebe? Was konnte Liebe schon bewirken. Sie würde niemals stark genug sein, um einen Unsterblichen zum Menschen zu machen. Aber wenn es um Gefühle ging, dachte anscheinend niemand mehr realistisch.

Kairos lächelte zufrieden, als er den breiten Riss im Gewebe sah. Hinter dem Schleier war bereits ein goldener Glanz zu sehen. Seit Jahrtausenden hatte er auf diesen Moment hingearbeitet.

Endlich war es so weit.

Danksagung

Dass *Schicksalsbringer – Ich bin deine Bestimmung* in dieser Form vor euch liegt, habe ich vermutlich einem Wink des Schicksals zu verdanken. Ob nun Kairos oder ein anderer der Jungs seine Finger im Spiel hatte, wird sich zeigen.

Eftychios höchstpersönlich muss mir die beste Lektorin der Welt zugeteilt haben. Die zahlreichen Mails und Telefonate mit Cara Berg machten aus dem Text immer mehr das, was ihr zu lesen bekommen habt.

Ein ganz besonderer Dank geht auch an Damaris Metzger, die mit ihrem ersten Feedback zu Kiera und Phoenix dazu beigetragen hat, die beiden und ihre Beziehung realistischer und glaubhafter wirken zu lassen.

Dasselbe gilt für meinen Mann Kay, der bei jeder romantischen Szene noch immer die Augen verdreht, obwohl er es doch langsam gewohnt sein müsste. Ich liebe dich trotzdem und bin dankbar, dass du mir zur Seite stehst.

Schreiben ist einsam und würde einen wahnsinnig machen, wenn man nicht wundervolle Kolleginnen hätte, die stets ein offenes Ohr für alles haben und motivieren und mitfiebern, wann immer es nötig ist. Danke an Tanja Voosen, Ava Reed, Valentina Fast, Felicitas Brandt, Amelie Murmann und Lisa Rosenbecker. Ich liebe euch alle.

Der allergrößte Dank jedoch gilt meinen Lesern: jedem

Einzelnen, der zu diesem Buch gegriffen hat, darüber spricht oder seine Leseerlebnisse im Internet mit anderen teilt. Ohne euch wäre ich nichts. Jeder von euch ist ein Teil des großen Ganzen.

Wenn ihr das nächste Mal denkt, das Schicksal hätte euch betrogen, meldet euch bei mir – ich werde ein ernstes Wörtchen mit den Jungs reden.

Aber wer glaubt schon an Schicksal?

Wir lesen uns!

Bis bald,
Eure Steffi

© privat

Stefanie Hasse lebt mit ihrem Mann und ihren lesebegeisterten Kindern in Süddeutschland. Wenn sie nicht gerade selbst in fremden Buchwelten versinkt oder darüber bloggt, denkt sie sich fantastisch-romantische Geschichten aus und liebt es, ihre Leser mit unvorhergesehenen Wendungen zu überraschen. Und manchmal hat dabei natürlich auch das Schicksal seine Hände im Spiel.

Das schicksalsträchtige Finale

ISBN 978-3-7855-8570-2

Kiera kann immer noch nicht glauben, dass sie wirklich göttliches Blut in sich trägt. Doch als sie eines Tages in einen Hinterhalt gerät und von Lamien angegriffen wird, ist ihr klar, dass der Schleier zwischen menschlicher und göttlicher Welt bald fallen wird. Fortunas und Kairos' Sieg steht kurz bevor. Wäre doch nur Phoenix noch an ihrer Seite, um ihr irgendwie zu helfen! Und dann geschieht das Unfassbare: Kiera verliert die Schicksalsmünze ...

Loewe